Souvenirs trompeurs

Pour que justice soit rendue

CARLA CASSIDY

Souvenirs trompeurs

Traduction française de
CATHERINE VALLEROY

BLACK ROSE

HARLEQUIN

Collection : BLACK ROSE

Titre original :
KILLER IN THE HEARTLAND

HARPERCOLLINS FRANCE
83-85, boulevard Vincent-Auriol, 75646 PARIS CEDEX 13
Service Lectrices — Tél. : 01 45 82 47 47 - www.harlequin.fr
ISBN 978-2-2804-9450-2 — ISSN 1950-2753

Composé et édité par HarperCollins France.
Imprimé en août 2023 par CPI Black Print (Barcelone)
en utilisant 100% d'électricité renouvelable.
Dépôt légal : septembre 2023.

FSC www.fsc.org
MIXTE
Papier issu de sources responsables
FSC® C159065

Pour limiter l'empreinte environnementale de ses livres, HarperCollins France s'engage à n'utiliser que du papier fabriqué à partir de bois provenant de forêts gérées durablement et de manière responsable.

1

— Oh mon Dieu, toutes ces tours bizarres, je n'arrive pas à y croire. On dirait un film d'horreur, s'exclama Heidi Barnell en écarquillant les yeux.

— Ce sont des silos à grain, répondit sèchement Lucas Maddox.

Il ne connaissait Heidi que depuis deux minutes, mais il savait déjà qu'elle ne conviendrait pas pour l'emploi.

Lorsqu'elle passa devant lui pour entrer dans la maison, il sentit une distincte odeur de marijuana. Il n'était pas du genre moralisateur, peu lui importait ce que les gens faisaient de leur vie. Mais il soupçonnait que la jeune femme planait, et cela la disqualifiait d'emblée pour l'emploi auqu'elle postulait.

— Heidi, vous avez apporté votre CV ? demanda-t-il.

— Oui, bien sûr.

Elle lui adressa un sourire éclatant en balançant une longue natte rose sur son épaule et fouilla dans son énorme sac. Elle en sortit une feuille de papier chiffonnée, qu'elle s'efforça de défriper avant de la lui tendre.

— Il est plutôt court, avoua-t-elle. Je n'ai pas travaillé depuis quelque temps.

Sans doute était-ce pour cette raison qu'elle avait prétendu que cela ne l'ennuyait pas de faire une heure et demie de trajet depuis Kansas City, dans le Missouri, jusqu'à Millsville, dans le Kansas. Peut-être espérait-elle que son sourire béat lui vaudrait automatiquement la place.

— Cette maison est absolument incroyable, dit-elle tandis qu'il faisait mine de lire son très court CV. Ça ne me dérangerait pas de vivre ici, même si la ville est plutôt petite et vieille.

Il leva les yeux et sourit.

— Merci. Nous aimons vivre ici.

— Le maïs fout les jetons, mais votre maison est super belle. Vous vous rappelez ce vieux film avec des gosses dans le maïs ? J'ai eu la frousse pendant des semaines.

— Le maïs n'est qu'une de nos cultures. Je ne l'ai jamais trouvé particulièrement effrayant.

Il se leva.

— Je vous suis très reconnaissant d'avoir fait tout ce trajet. Je garde votre CV, mais j'ai d'autres candidates à interviewer.

Se levant à son tour, elle le suivit jusqu'à la porte.

— Ça ne m'embête pas de conduire. J'adore rouler les vitres baissées en écoutant du rock à fond. C'était sympa de vous rencontrer, monsieur Maddock.

— Maddox, corrigea-t-il.

— Pardon ?

Le sourire aux lèvres, elle le fixa d'un air vide.

— Peu importe. C'était un plaisir de vous rencontrer. Soyez prudente sur la route, conclut-il.

Debout sous le porche, il la regarda monter en voiture et s'éloigner dans la longue allée. Lorsqu'elle disparut à sa vue, une autre voiture, celle-là familière, apparut.

Souriant, il descendit les marches pour accueillir sa belle-mère. Tous deux se donnèrent l'accolade.

— Qui était-ce ? demanda Nicole tandis qu'ils se dirigeaient vers la porte.

— Une jeune femme qui a postulé pour l'emploi.

À l'intérieur, il l'escorta jusqu'à la cuisine. Au moins une fois par semaine, Nicole passait en fin d'après-midi pour bavarder et boire un café.

— C'était une bonne candidate ? demanda-t-elle en se laissant tomber sur une chaise autour de la table.

— Malheureusement non.

Il mit le café en route, puis s'assit face à elle. Bien qu'âgée, Nicole Dennis était encore une belle femme. Ses cheveux noirs et ses yeux bleus rappelaient constamment à Lucas sa fille, qui avait été son premier et son seul amour.

Mariée durant des années, Nicole avait vécu avec Raymond Dennis dans une petite ferme sise sur un grand ranch. Après la mort de ce dernier, due à une crise cardiaque, elle avait vendu la plupart des terres, ne conservant que deux hectares et demi autour de la maison.

Mince et bien proportionnée toute sa vie, elle avait pris beaucoup de poids ces dernières années. Pourtant, elle était toujours belle.

— Combien tu en as vu jusqu'à maintenant ? questionna-t-elle.

— Sept.

Il se rembrunit.

— On aurait pu croire que, sur sept femmes, il y en aurait une qui conviendrait.

Nicole secoua tristement la tête.

— J'aimerais bien pouvoir t'aider.

Un mois auparavant, on lui avait diagnostiqué une faiblesse cardiaque, et le médecin lui avait formellement déconseillé de continuer à aider Lucas.

— Je ne veux pas de votre aide, je veux que vous vous

reposiez et que vous suiviez les ordres du médecin. Je continuerai d'effectuer des entretiens jusqu'à ce que je trouve la candidate parfaite. Elle doit bien être quelque part.

Se levant, il leur versa une tasse de café à chacun puis reprit sa place.

— J'ai rédigé une petite annonce qui sortira demain dans le journal local. L'autre restera encore une semaine dans le *Kansas City Star*.

— Tu devrais peut-être en mettre une aussi dans le journal de Topeka. Ce n'est pas si loin d'ici, suggéra Nicole.

— Peut-être.

Nicole se pencha par-dessus la table et lui tapota la main.

— Je suis si fière de la manière dont tu gères les choses, Lucas. Diana aurait été merveilleusement fière de toi.

Comme toujours, le seul nom de Diana suffit à raviver le chagrin qui l'accompagnait depuis trois ans. Diana avait tout représenté pour lui… sa meilleure amie, son amante, sa femme. Un cancer du sein l'avait emportée, et il ne s'écoulait pas un jour sans qu'il ne pense à elle.

— Merci, Nicole.

Des gloussements et le tapotement de petits pieds brisèrent le silence relatif de la cuisine. La petite Annabelle, trois ans, grands yeux bleus et boucles brunes, se rua dans la cuisine.

— Mamie ! cria-t-elle en s'élançant vers Nicole.

Elle grimpa sur les genoux de sa grand-mère et lui mit les bras autour du cou.

— Tu as fait une bonne sieste, microbe ? demanda Lucas.

Annabelle hocha la tête et sourit à Nicole.

— Tu m'as apporté un cadeau, mamie ?

— Je suis désolée, chérie, je n'ai pas de cadeau pour

toi aujourd'hui. Mamie n'a pas eu le temps d'aller faire des courses ce matin.

Annabelle fit la moue.

— Mamie ne peut pas t'apporter un cadeau chaque fois qu'elle vient nous voir, dit Lucas, espérant éviter l'un des célèbres caprices de sa fille.

— Je crois que j'ai un bonbon à la cerise dans mon sac, dit Nicole.

Prenant son sac, elle en sortit un bonbon enveloppé et le tendit à Annabelle.

— Qu'est-ce qu'on dit à mamie ? dit Lucas.

— Merci, mamie.

Annabelle se laissa glisser des genoux de sa grand-mère.

— Je vais chercher ma poupée.

Elle sortit en courant de la cuisine, emportant avec elle toute l'énergie qu'il y avait dans la pièce.

— Vous la gâtez trop, remarqua Lucas.

Nicole sourit.

— Nous la gâtons tous les deux. Quand je la regarde, je vois Diana et je fonds.

— J'ai le même problème. Mais il faut commencer à lui imposer quelques règles. Autrement, elle rencontrera des difficultés quand elle entrera à l'école.

— Oh ! c'est seulement dans deux ans, répondit Nicole. Tu as encore le temps de la discipliner. Et puis elle est exactement comme Diana à cet âge, et Diana s'en est bien sortie.

— Parfaitement, dit Lucas en souriant.

Tous deux bavardèrent encore une demi-heure. Après le départ de Nicole, Lucas donna le dîner puis le bain à Annabelle avant de la coucher.

Quelques heures plus tard, il vint vérifier si elle dormait. Au seuil de la chambre, il vit qu'elle était allongée sur le dos, les bras écartés comme pour embrasser la vie. Comme d'habitude, elle avait repoussé les couvertures, découvrant son pyjama rose de princesse.

Sa fille était la prunelle de ses yeux. Il serait littéralement mort pour elle. Sa femme *était* morte pour elle. À l'insu de Lucas, et en même temps qu'elle apprenait sa grossesse, Diana avait découvert qu'elle avait un cancer du sein.

Le médecin avait suggéré qu'elle avorte pour traiter sa maladie, mais Diana avait choisi de porter Annabelle et de repousser le traitement. Lorsque Lucas l'avait appris, il l'avait suppliée de changer d'avis, mais Diana avait été catégorique : elle voulait porter le bébé et ne commencer la chimiothérapie qu'après l'accouchement.

Malheureusement, à ce moment-là, le cancer avait métastasé. Trois mois après la naissance de leur fille, Diana s'était éteinte dans ses bras.

Lucas n'aurait pas survécu aux trois années écoulées sans sa petite fille et sa belle-mère. Sa propre mère était morte lorsqu'il avait seize ans. Elle avait été victime d'un anévrisme cérébral un soir en préparant le dîner.

Lorsque Lucas avait eu dix-huit ans, son père lui avait fait don de la maison familiale et des terres alentour et était parti s'installer en Californie. La dernière fois que Lucas lui avait parlé, il habitait une péniche et profitait de la vie.

Ces trois dernières années, Nicole s'était occupée d'Annabelle pendant que Lucas travaillait aux champs. Mais depuis son diagnostic cardiaque, tout avait changé. Lucas avait dû s'occuper lui-même de sa fille et se reposer sur les quatre ouvriers qui travaillaient pour lui à temps partiel.

Poussant un profond soupir, il s'éloigna de la chambre

de sa fille et retourna au salon. Il alla contempler les champs de maïs, sur lesquels donnait la fenêtre nord.

Il sourit en se rappelant la remarque de Heidi. Les « tours bizarres » étaient les quatre silos à grain qu'il partageait avec ses voisins. Le maïs n'avait rien d'effrayant, c'était leur gagne-pain. Pour l'instant, il grimpait à hauteur de genou, exactement là où il devait en être début juillet.

Millsville n'était pas non plus effrayante. C'était une petite ville d'agriculteurs, hommes et femmes, qui travaillaient dur et comptaient les uns sur les autres. Mais cela ne les empêchait pas d'aller de temps en temps manger une glace ou dîner au café.

Il y avait également le Farmer's Club, un bar où les habitants de la ville se réunissaient pour se détendre et boire quelques bières. Difficile de qualifier cela d'effrayant.

Il se détourna de la fenêtre avec un froncement de sourcils, repris par le problème du moment. Peut-être était-il trop difficile. Peut-être attendait-il trop de ses candidates.

Tout ce qu'il voulait, c'était une femme qui sache cuisiner, faire le ménage et s'occuper d'Annabelle. Non seulement elle serait logée et nourrie, mais il avait l'intention de lui octroyer un généreux salaire. Mais il lui fallait quelqu'un de respectable, qui aime les enfants et se conforme aux règles de sa maisonnée.

Il ne s'attendait pas à ce que cette femme aime Annabelle autant que lui. Personne ne le pouvait. Mais il existait certainement une candidate gentille qui leur faciliterait la vie et lui permettrait de travailler sans s'inquiéter du bien-être de son enfant.

Tout ce qu'il pouvait faire, c'était continuer à chercher et à espérer qu'il la trouverait bientôt.

Mary Curtis fixa la lettre que sa logeuse, Agnes Woodward, avait glissée sous sa porte ce matin-là. Elle savait que cela viendrait. Elle l'avait su dès qu'Agnes avait mis sa maison en vente. Maintenant elle était vendue, et les nouveaux propriétaires ne voulaient pas de locataire. Ce qui voulait dire que Mary avait vingt jours pour quitter les lieux.

Elle mit la lettre de côté et soupira profondément. Elle ignorait où aller. Elle vivait dans cette maison depuis dix ans. Lorsqu'elle avait emménagé, elle n'était qu'une jeune fille de dix-huit ans apeurée, à laquelle ses parents avaient annoncé qu'il était temps qu'elle prenne son envol.

Rouvrant la porte de sa chambre, elle parcourut le couloir en direction de la cuisine. Agnes était assise à la grande table en chêne, une tasse de café devant elle.

— Prends un café et assieds-toi, lui dit Agnes avec un sourire un peu triste.

Mary se versa une tasse et la rejoignit à la table.

— Ne vous inquiétez pas, Agnes, je m'en sortirai.

— J'espère. Tu vas vraiment me manquer, Mary. Tu es la fille que je n'ai jamais eue.

Mary tendit la main pour recouvrir les doigts déformés de la vieille dame.

— Et vous êtes la mère que je n'ai jamais eue. Mais vous avez pris la bonne décision. C'est pour le mieux.

Agnes était veuve, et son arthrite rhumatoïde empirait de mois en mois. Elle avait décidé de se rapprocher de son fils, lequel vivait dans l'Indiana et encourageait sa mère, depuis des années, à venir habiter plus près de chez lui.

— Tu as réfléchi à ce que tu allais faire ? questionna Agnes.

— Non. Mais je suis en congé aujourd'hui, je vais aller visiter quelques appartements.

— Tu pourrais demander à Etta Lawrence. Je sais qu'elle louait des chambres chez elle. J'ignore si elle le fait toujours, mais ça vaut la peine de lui en parler.

— Je n'y manquerai pas.

Mary regarda l'horloge au mur. Il était juste après 9 heures.

— Vous avez fini de le lire ? demanda-t-elle en désignant le journal plié sur la table.

— Oui, dit Agnes en le poussant dans sa direction.

— Je veux voir si quelqu'un cherche une colocataire.

— Bonne idée. Promets-moi juste une chose, Mary.

— Quoi donc ?

— Que tu vas continuer tes études pour devenir institutrice à plein temps.

— C'est une promesse facile à tenir, répondit Mary avec un sourire. Ça me prendra peut-être plus longtemps que d'autres, mais je finirai par y arriver.

— C'est ce que je te souhaite. Je veux que tes rêves se réalisent, dit Agnes.

Les deux femmes bavardèrent encore une demi-heure, puis Mary monta dans sa chambre et s'étendit sur son lit avec le journal. En le feuilletant pour trouver les petites annonces, elle repensa à sa promesse.

Son projet avait toujours été de devenir institutrice en primaire mais, comme ses parents ne lui avaient pas offert de l'aider financièrement à l'université, elle s'était résignée à prendre un emploi de caissière au supermarché. Malgré la nécessité de payer un loyer, elle avait réussi à économiser assez d'argent pour se payer des cours en ligne. Lorsque l'argent avait été épuisé, elle avait travaillé encore quelques mois jusqu'à avoir les fonds nécessaires pour suivre d'autres cours.

Finalement, deux ans auparavant, elle avait accumulé

assez d'heures de cours pour pouvoir devenir institutrice remplaçante. Depuis lors elle faisait des remplacements chaque fois qu'elle le pouvait à l'école, tout en continuant à travailler autant que possible au supermarché.

Son objectif était d'économiser assez pour pouvoir quitter son travail et se concentrer uniquement sur ses études. Mais la vie ne cessait de dresser des obstacles sur son chemin. Comme maintenant. Elle doutait de trouver une chambre aussi agréable et bon marché que celle où elle vivait présentement.

Elle se secoua mentalement. Elle n'arriverait à rien si elle restait sur son lit, perdue dans ses pensées.

La lecture des petites annonces était incontestablement déprimante. Il n'y avait qu'une offre de location, et il était hors de question qu'elle aille habiter chez ce vieux lubrique de Fred Stanley, quatre-vingts ans bien sonnés.

Les femmes en ville se débrouillaient pour l'éviter, car il n'hésitait pas à leur pincer les fesses et à envahir leur espace personnel. Il demandait constamment à de jeunes femmes de lui accorder des faveurs sexuelles. Elle aurait préféré vivre dans la rue plutôt que d'habiter chez Fred.

Il y avait aussi le Millsville Motel, un établissement qui louait cinq chambres miteuses à la nuit, à la semaine ou au mois. Au pire, elle pourrait s'y réfugier le temps de trouver quelque chose de plus adapté.

En survolant la page, elle s'arrêta sur une annonce classée dans les offres d'emploi. Lucas Maddox cherchait une nounou à domicile ? Son cœur battit un peu plus vite, et elle relut l'annonce. Était-ce une réponse à sa situation ?

Une image de Lucas lui traversa l'esprit. C'était un très bel homme. Cheveux noirs un peu ébouriffés, yeux d'un bleu magnifique, traits prononcés. Le reste n'était pas mal non plus : larges épaules, hanches étroites, longues jambes… Oh ! c'était un véritable apollon, pas de doute.

Elle ne le connaissait pas vraiment. Elle savait qu'il avait une petite fille, qu'il chérissait visiblement. Elle l'avait croisé plusieurs fois au supermarché, et il s'était toujours montré agréable. Pourtant, elle s'était sentie inexplicablement intimidée en sa présence.

Toutefois, il pouvait être la réponse à son problème. Elle rêvait de travailler avec des enfants et adorerait être la nounou d'Annabelle. Plus elle y pensait, plus son enthousiasme croissait.

Pourrait-elle le convaincre qu'elle était faite pour ce job ? Le poste était-il toujours vacant ou Lucas Maddox avait-il déjà trouvé quelqu'un ? Elle ne le découvrirait qu'en se levant et en bougeant.

Une heure plus tard, elle franchit la porte. La chaleur de cette matinée de juillet la gifla en plein visage. Les étés à Millsville étaient toujours chauds et humides.

Elle monta en voiture et brancha immédiatement l'air conditionné. Elle avait décidé de porter un pantalon noir et un corsage blanc sans manches. Avec ses longs cheveux bruns noués en tresse dans son dos et une touche de maquillage, elle espérait avoir l'air compétente et professionnelle.

Mais plus elle approchait de la ferme, à la périphérie de la ville, plus elle devenait nerveuse. Peut-être aurait-elle dû appeler d'abord pour solliciter un entretien ? Mais son instinct lui disait qu'il valait mieux arriver à l'improviste et espérer pour le mieux.

Elle se demandait si elle était nerveuse parce qu'elle trouvait Lucas incroyablement attirant ou parce qu'il lui semblait soudain absolument vital d'obtenir cet emploi.

Elle tourna sur la petite route qui menait aux terres

de Lucas. Elle savait que la plupart des fermiers de la région cultivaient le blé, le maïs, le foin et le mil, mais elle ignorait totalement comment on les faisait pousser. Elle ne savait même pas ce qu'était le mil. Le cas échéant, elle pourrait apprendre tout cela.

Mais seulement si elle obtenait l'emploi. Elle n'avait pas de vraies références. Lucas serait-il prêt à engager quelqu'un qui n'avait pas d'expérience ?

Elle resserra les doigts sur le volant en dépassant un grand champ de maïs. Puis la maison fut en vue. La demeure de Lucas était une grande bâtisse de type ranch. Il y avait deux fauteuils sous le porche et un petit tricycle rose. Cette image évoquait l'hospitalité et la famille. Des choses qu'elle n'avait jamais eues dans la vie.

Elle s'arrêta et se gara dans l'allée circulaire, juste devant la porte d'entrée. Après avoir inspiré à fond pour se donner du courage, elle prit son sac et descendit de voiture.

Un instant un plus tard, elle se tenait devant la porte, rassemblant son courage pour frapper. Elle tapa finalement trois fois.

Lucas vint ouvrir.

— Mary, dit-il avec une surprise visible. Entrez donc.

— Merci, dit-elle.

Au moins, il connaît mon prénom, songea-t-elle en le suivant dans le hall puis dans le salon.

— Je vous en prie, asseyez-vous.

Il lui désigna un canapé marron capitonné. Dans son jean usé et son T-shirt bleu marine, il était renversant.

Elle se laissa tomber sur le sofa tandis qu'il prenait place dans un fauteuil assorti, un air de curiosité sur le visage.

— Je… euh… j'aurais probablement dû appeler d'abord,

mais je suis venue poser ma candidature au poste, s'il est toujours disponible.

Une fois de plus, il eut l'air surpris.

— Euh… Je n'ai pas apporté de CV et je n'ai aucune référence dans ce domaine. Mais j'ai toujours rêvé de travailler avec de jeunes enfants. Je fais des remplacements comme institutrice à l'école primaire chaque fois que possible. Je sais cuisiner et faire le ménage mais, plus important, je crois que je peux m'occuper de votre fille avec amour.

Elle parlait vite, et les mots sortaient de sa bouche avec passion.

— J'ai bonne réputation, continua-t-elle, vous pouvez demander à n'importe qui en ville. Vous savez que je travaille au supermarché, mais je prends aussi des cours en ligne pour obtenir un diplôme d'enseignement. En tout cas, voici mes coordonnées.

Elle se leva pour lui tendre un petit morceau de papier, puis se rassit.

— Donc vous n'avez jamais travaillé comme nounou ? demanda-t-il.

— Non, mais les remplacements à l'école primaire sont une bonne expérience. J'enseigne aux élèves et j'ai un très bon contact avec eux. Vous pouvez appeler l'école et les interroger sur mon travail là-bas.

— Et vous seriez disponible pour emménager ici à plein temps ?

— Absolument.

Elle songea à expliquer sa situation, à savoir qu'elle allait perdre son logement dans quelques semaines, mais préféra taire cette information. Elle ne voulait pas qu'il pense que c'était la seule raison pour laquelle elle était là.

— Ma fille n'est pas facile parfois, dit-il.

Elle sourit.

— La plupart des enfants de cet âge ne sont pas faciles.

Il l'observa un long moment et sourit.

— Mary, je vous remercie d'être venue me voir. J'ai encore quelques entretiens prévus les jours prochains, mais je vais sans aucun doute garder votre candidature à l'esprit.

Elle se leva.

— Je vous suis reconnaissante d'avoir pris le temps de me recevoir.

L'imitant, il la raccompagna à la porte. Il était assez proche pour qu'elle sente son odeur, un parfum de soleil et d'eau de Cologne très agréable.

— Merci encore d'être passée, Mary, dit-il.

— Merci encore de m'avoir reçue.

Quelques minutes plus tard, elle était dans sa voiture, en chemin vers chez elle. Une vague de dépression s'abattit sur elle. Elle était certaine de ne pas avoir le job. Lucas ne lui avait rien dit de spécial et ne lui avait pas posé de questions. Il trouverait probablement quelqu'un avec de l'expérience et des références.

Elle aurait adoré être la nounou de la fille de Lucas, une enfant délicieuse privée de mère. Mais cela n'allait manifestement pas se produire.

En vingt-huit ans, Mary avait rarement obtenu ce qu'elle voulait. Ses parents étaient froids et distants, et elle s'était souvent demandé pourquoi ils avaient eu un enfant. Son enfance avait été marquée par la solitude et la tristesse. Peut-être était-ce pour cette raison qu'elle aimait les enfants.

Elle se sentait maintenant embarrassée d'être allée voir Lucas. Elle aurait dû se douter qu'il ne voulait que le meilleur pour sa fille, et personne ne lui avait jamais dit qu'elle était la meilleure. En tout cas, elle espérait qu'il n'y aurait pas de gêne entre eux la prochaine fois qu'elle le verrait au supermarché.

Maintenant, il était grand temps de trouver un endroit où s'installer. Il lui fallait un logement qui n'engloutirait pas tout son argent.

Ces dix dernières années, elle avait l'impression de n'avoir fait que lutter pour se construire une vie qui ne consiste pas seulement à survivre d'un mois à l'autre avec un salaire minable. Elle espérait avoir un jour un emploi digne de ce nom et vivre dans une petite maison à elle.

Son nouvel objectif était d'y arriver avant ses trente ans. Elle y arriverait, avec ou sans le job de Lucas, se persuada-t-elle. Elle ferait comme elle avait toujours fait : travailler dur, persévérer et faire preuve de dévouement. Repoussant sa dépression, elle se concentra sur la prochaine étape.

2

— Je pense avoir trouvé quelqu'un, dit Lucas à Nicole le lendemain après-midi.

Elle était passée à l'improviste s'enquérir de ses recherches.

Nicole haussa un sourcil noir.

— Tu as eu un entretien ce matin ?

— Non, c'était une surprise complète. Mary Curtis est passée hier pour se porter candidate.

Nicole plissa le front.

— Mary Curtis ? Tu veux dire cette petite caissière quelconque du supermarché ?

— Elle est quelconque ? Je ne l'ai pas remarqué, dit Lucas, surpris. En tout cas, elle m'a dit que le poste l'intéressait, et je pense que je vais l'engager.

— Vraiment ? Quelles sont ses qualifications ? Elle a déjà été nounou ? Elle a des références ? demanda Nicole, les sourcils à nouveau haussés.

— Non et non, mais elle m'a fait bonne impression. Elle m'a parlé de ses études en ligne pour devenir institutrice. Elle fait des remplacements à l'école élémentaire. Elle adore les enfants et a bonne réputation. Je préfère l'engager elle, qui est née ici, plutôt qu'une complète étrangère.

Nicole prit une gorgée de son café, puis reposa sa tasse.

— Lucas, je veux ce qu'il y a de mieux pour ma petite-fille, et je sais que c'est aussi ton cas. Je soutiendrai ta décision, parce que je sais que tu la prends dans l'intérêt d'Annabelle.

— Merci, Nicole. J'ai l'intention d'appeler Mary tout à l'heure, pour voir si elle peut venir faire la connaissance d'Annabelle. Elle faisait la sieste quand Mary est passée hier. De cette rencontre dépendra ma décision de l'engager ou non.

— Je sais combien tu es impatient de retourner aux champs. J'aimerais pouvoir t'aider, répliqua Nicole d'un ton chagrin.

— Le moment est venu pour vous de profiter de la vie sans aucune responsabilité. Tout ira bien pour moi. Si Mary ne convient pas, j'ai encore quelques entretiens programmés. Je trouverai la bonne personne.

— Je l'espère, conclut Nicole.

Juste après le déjeuner, Lucas s'assit sur le canapé tandis qu'Annabelle jouait avec ses poupées sur le plancher.

Il avait pensé à Mary toute la soirée. Quand elle était face à lui, la veille, il était clair qu'elle était extrêmement nerveuse. Mais, derrière cette nervosité, sa passion pour les enfants était palpable.

Il trouvait drôle que Nicole l'ait qualifiée de « quelconque ». Il n'avait jamais vu Mary autrement qu'avec une longue natte ou un chignon, mais sans doute était-elle très jolie quand ses cheveux étaient lâchés.

Ses yeux verts étaient vifs et brillants. Il l'avait trouvée d'une beauté discrète, sans forfanterie. Toutefois, peu importait sa joliesse et qu'il soit ou non attiré par elle – la dernière chose qu'il voulait, c'était une liaison avec une femme.

Diana avait été tout pour lui. Son souvenir brûlerait

pour toujours dans son cœur, et cela lui suffisait. Il avait eu une femme parfaite, et il lui était impossible de la remplacer.

— Papa, regarde… le bébé dort dans son lit, dit Annabelle.

Lucas contempla le petit berceau en plastique rose où elle avait couché le poupon.

— Il a l'air bien à son aise, dit-il. Papa doit passer un coup de fil. Tu peux te taire pendant que je téléphone ?

— D'accord, répondit Annabelle. Mais dépêche-toi, parce qu'il faut que je chante une chanson au bébé.

— Je te promets de faire vite.

Il prit son téléphone et le morceau de papier avec les coordonnées de Mary.

Elle répondit à la seconde sonnerie.

— Mary, c'est Lucas Maddox.

— Oh ! bonjour, monsieur Maddox !

— Je vous en prie, appelez-moi Lucas. Mary, je me demandais si vous seriez disponible vers 15 heures pour venir faire la connaissance d'Annabelle.

— Naturellement. Je serai là à 15 heures sans faute. Merci, Lucas.

Elle raccrocha avant qu'il puisse ajouter autre chose. C'était apparemment une femme de peu de mots, ce qui était une bonne chose. Il ne voulait pas d'une femme excessivement bavarde chez lui, qui ne connaîtrait pas la valeur du silence.

Annabelle s'éveilla de sa sieste juste avant 15 heures. Délaissant ses poupées, elle construisait des tours avec de gros blocs en plastique quand un coup retentit à la porte.

En se levant, Lucas sentit son estomac se nouer. Il voulait que ça marche. Il devait absolument trouver une bonne nounou pour pouvoir retourner aux champs.

— Bonjour, Mary, la salua-t-il. Entrez, je vous en prie.

Il ouvrit la porte plus grand pour la laisser entrer. Elle hocha la tête et, tandis qu'elle passait devant lui, il saisit une bouffée de parfum fleuri sur fond de lilas.

Aujourd'hui encore, elle portait un pantalon noir, cette fois avec un corsage sans manches couleur d'herbe, qui mettait ses yeux verts en valeur.

Il n'eut pas à se soucier des présentations. Mary pénétra dans le grand salon et se mit à applaudir.

— Quelle tour magnifique, Annabelle ! Tu l'as fait toute seule ?

Annabelle hocha fièrement la tête.

— T'es la dame du supermarché, dit-elle.

— C'est vrai. Je m'appelle Mary et je suis venue te rendre visite.

— Pas à mon papa ? questionna Annabelle d'un air de curiosité.

— Non, pas pour l'instant.

Mary s'assit sur le plancher.

— C'est toi que je suis venue voir.

— Tu m'as apporté un cadeau ? demanda la petite fille.

Mary jeta un coup d'œil à Lucas avant de répondre :

— Le cadeau, c'est que j'aimerais jouer avec toi.

Annabelle fronça les sourcils, et Lucas retint son souffle, s'attendant à une colère de sa fille. Mais elle sourit et battit des mains.

— C'est un beau cadeau. Tu veux jouer à la poupée ?

— J'adorerais jouer à la poupée, répondit Mary.

Durant la demi-heure suivante, Lucas les observa. Il avait toujours vu Mary comme une femme discrète et réservée, mais, avec Annabelle, elle se montrait gaie et pleine d'entrain. Elle avait aussi un rire musical ; plus d'une fois, Annabelle et elle furent prises de fou rire.

Quand la demi-heure fut écoulée, Lucas avait pris sa décision.

— Annabelle, tu peux aller jouer dans ta chambre un petit moment ? Mary et moi devons avoir une conversation de grands.

— Je peux encore jouer cinq minutes ? supplia Annabelle. Juste cinq minutes, papa. Juste cinq… d'accord ?

Elle lui adressa un sourire charmeur.

— D'accord, cinq minutes, dit Lucas.

Au bout de cinq minutes, il réussit à persuader sa fille d'emporter ses poupées dans sa chambre.

— Allons à la cuisine, proposa-t-il à Mary quand elle se fut relevée.

Elle le suivit, et il lui indiqua une chaise à la table.

— Je peux vous servir quelque chose à boire ? Un café ou peut-être un soda ?

— Non, merci, répondit-elle.

Il s'assit face à elle. Une fois encore, il percevait sa nervosité.

— Que pensez-vous d'Annabelle ? Vous vous voyez passer vos journées avec elle ?

Mary lui répondit avec un grand sourire :

— Elle est absolument délicieuse. Elle est manifestement intelligente et elle s'exprime bien. Oui, je me vois bien m'occuper d'elle.

— Laissez-moi vous en dire plus sur l'emploi. Il faudra non seulement que vous vous occupiez d'elle pendant que je suis aux champs, mais aussi que vous cuisiniez le dîner et nettoyiez la maison. Une fois le dîner achevé, vous serez libre. Vous aurez aussi vos week-ends.

Il lui expliqua ses attentes en détail et lui annonça le salaire offert. Durant toute la conversation, il ne put parvenir à déchiffrer son regard. Elle maintenait un contact visuel avec lui, mais ne montrait aucunement si le poste l'intéressait ou non.

Peut-être n'avait-elle pas vraiment aimé Annabelle. Peut-être pensait-elle que la petite fille serait trop difficile et reculait-elle devant cet engagement. Annabelle était assurément une vraie boule d'énergie.

— Inutile de dire, continua-t-il, que vous aurez votre propre chambre et que, si vous avez des meubles, j'ai une grange pour les stocker. Alors… euh… qu'en pensez-vous ?

— J'adorerais travailler pour vous, répondit-elle simplement.

Une vague de soulagement parcourut Lucas. Tout cela lui faisait bonne impression.

— Quand seriez-vous disponible pour commencer ?

— Dès que vous le voudrez.

— Demain ne serait pas trop tôt ? On sera samedi, vous serez en congé et vous pourrez prendre tout le week-end pour vous installer et vous familiariser avec la maison.

— D'accord, dit-elle. Dans ce cas, il vaudrait mieux que je rentre et que je commence à faire mes valises.

Elle se leva, et il l'imita. Annabelle arriva en courant.

— Tu vas jouer encore avec moi ? demanda-t-elle.

— Mary doit rentrer chez elle maintenant, dit Lucas. Mais tu aimerais qu'elle vienne vivre avec nous et s'occupe de toi ?

Les sourcils froncés, la petite fille regarda Mary.

— Tu joueras avec moi ?

Mary se pencha pour être à son niveau.

— Absolument, je jouerai avec toi. Nous passerons du temps à jouer et à travailler. Qu'est-ce que tu en penses ? Tu aimerais que je vienne habiter avec ton père et toi ?

— Et tu joueras à la poupée avec moi ?

Mary se mit à rire et, une fois encore, Lucas trouva son rire musical et joyeux.

— Oui, nous aurons plein de temps pour jouer à la poupée.

— Alors viens chez nous, viens chez nous ! chantonna Annabelle en dansant autour d'elle.

Lucas et Mary rirent de concert. Ils se dirent finalement au revoir, et Mary s'en fut. Annabelle retourna dans sa chambre, et Lucas gagna la cuisine. Se versant une tasse de café, il s'assit à la table. Pour la première fois depuis longtemps, il avait l'impression que la chance était de son côté.

Mary semblait parfaite. Oui, elle semblait absolument parfaite… Mais il connaissait bien les caprices du destin et espérait n'avoir pas fait d'erreur.

Mary rangea sa dernière valise à l'arrière de sa voiture, puis retourna dans la maison dire au revoir à Agnes.

— Tout est chargé, alors ? demanda Agnes lorsqu'elle entra dans la cuisine.

— Je crois, répondit Mary. Vous pouvez toujours m'appeler si j'ai oublié quelque chose.

— Au moins, je sais que tu vas vivre dans une belle maison et travailler pour un homme respectable, dit Agnes en se levant pour accompagner Mary au-dehors.

— Il semble très gentil et sa fille est vraiment mignonne. Et le salaire qu'il m'a offert en plus du logement et de la nourriture est très généreux.

— Oh ! Mary, je suis si heureuse que ça marche pour toi ! s'exclama Agnes. Maintenant, je peux déménager sans m'inquiéter pour toi.

— Parce que je vous ai déjà donné une raison de vous inquiéter pour moi ? questionna Mary d'un ton taquin.

— Juste une fois. Quand tu t'es fait harceler en ligne par ce type horrible. Est-ce qu'il t'embête toujours ? s'enquit Agnes, le front plissé.

— Non, il ne m'ennuie plus.

C'était un petit mensonge, destiné à tranquilliser Agnes. La dernière chose que Mary voulait, c'était que la vieille dame se fasse du souci pour elle alors qu'elles entraient toutes deux dans une nouvelle étape de leur vie.

— Et bien sûr, nous resterons en contact par téléphone, ajouta Mary tandis qu'elles sortaient sous le porche.

L'émotion la gagna lorsqu'elle fit face à Agnes.

La vieille dame avait accueilli une jeune fille de dix-huit ans qui ne possédait rien en dehors de l'équivalent d'un mois de loyer. Sans Agnes, elle ignorait où elle serait maintenant.

— Je ferais mieux d'y aller, dit-elle avant de se laisser gagner par la tristesse.

Agnes la prit dans ses bras pour la serrer contre elle.

— Prends bien soin de toi, ma petite, dit-elle en lui tapotant le dos. Peut-être que tu finiras par épouser Lucas et vivre heureuse pour toujours.

Elle recula d'un pas, et Mary se mit à rire.

— Ça n'arrivera certainement pas. Lucas n'est que mon patron et ne sera jamais autre chose pour moi. En parlant de lui, il faut que j'y aille maintenant. Merci, Agnes, pour avoir cru en moi quand je n'y croyais pas moi-même.

— Tu as été ma meilleure locataire, et tu sais que je t'aime, Mary.

Agnes tira un mouchoir de son corsage et se tamponna les yeux.

— Je vous aime aussi, Agnes, et je vous appellerai dès que je serai installée.

Mary se dirigea vers sa voiture sans jeter de regard en arrière, de crainte de se mettre à pleurer elle aussi.

Agnes lui manquerait beaucoup, car elle l'avait énormément soutenue ces dix dernières années. Mais il était temps pour elle de penser à son futur immédiat.

Ses interrogations l'avaient empêchée de dormir la veille. Elle s'était retournée dans son lit, agitée à l'idée d'emménager chez Lucas Maddox. Après tout, elle ignorait presque tout de lui.

Elle savait qu'il avait perdu sa femme juste après la naissance de sa fille, mais elle n'avait jamais entendu dire qu'il soit sorti avec quelqu'un d'autre. En fait, elle n'avait jamais entendu de rumeur le concernant. Elle ne pouvait qu'espérer qu'il soit exactement ce qu'il avait l'air d'être, à savoir un homme gentil et correct.

Le trajet jusque chez Lucas était agréable. Les terres cultivées offraient une variété de couleurs et faisaient un contraste splendide avec le ciel d'un bleu éclatant.

Elle adorait vivre à Millsville et n'avait jamais eu envie de déménager ailleurs. Elle aimait l'atmosphère bon enfant de la petite ville. En travaillant au supermarché, elle connaissait pratiquement tous les habitants. Elle avait entendu beaucoup de commérages, mais n'y avait jamais mis son grain de sel.

Son cœur accéléra lorsqu'elle vit les champs de maïs à proximité de la maison de Lucas. Elle ne pouvait s'empêcher d'être nerveuse. Elle avait sauté sur ce job sans aucun plan de rechange. Si pour une raison quelconque ça ne marchait pas, elle ne perdrait pas seulement un emploi mais aussi un logement.

Elle vérifia l'heure sur le tableau de bord : 9 heures. Il

y avait une autre voiture garée dans l'allée et, lorsqu'elle s'arrêta derrière, Lucas sortit de la maison. Comme s'il avait guetté son arrivée.

— Bonjour, dit-il tandis qu'elle descendait de voiture.

Elle s'efforça de ne pas remarquer à quel point il était beau, avec le soleil brillant dans ses cheveux noirs et son grand sourire.

— Bonjour, fit-elle timidement. J'espère que je ne suis pas trop en avance.

— Pas du tout. J'ai commis l'erreur de dire à Annabelle que vous vous installiez aujourd'hui, et elle me harcèle depuis pour savoir dans combien de temps vous arrivez.

Mary sourit.

— Moi aussi, je suis impatiente de la voir.

— Alors allons vous installer.

Mary ouvrit le coffre de sa voiture. Lucas jeta un coup d'œil à l'intérieur et se tourna vers elle.

— Vous apporterez d'autres affaires plus tard ?

— Non… euh… C'est tout ce que j'ai.

N'était-ce pas pathétique que les possessions d'une jeune femme de vingt-huit ans tiennent dans deux valises, un petit bagage et un carton ?

— D'accord, rentrons tout ça à l'intérieur, dit-il.

Il prit les deux valises, et elle se chargea du petit bagage à main. Il faudrait qu'elle revienne pour le carton. Dès qu'elle pénétra dans la maison, Annabelle arriva en courant, suivie de Nicole Dennis, dont Mary savait qu'elle était la belle-mère de Lucas.

— Mary… Mary, viens jouer avec moi ! s'exclama Annabelle.

— Tu te souviens de ce qu'on a dit, Annabelle ? demanda Nicole.

La petite fille fronça les sourcils, puis son visage s'éclaira.

— Mamzelle Mary… C'est ça, mamie ? Y faut que je l'appelle « mamzelle Mary ».

— C'est ça.

Nicole sourit à sa petite-fille, puis à Mary.

— Nous sommes ravis de vous avoir ici, Mary.

— Merci. Je suis également ravie.

— Laissez-moi vous montrer votre chambre, intervint Lucas.

Il s'engagea dans un long couloir, et Mary le suivit tandis qu'Annabelle dansait derrière eux. Au bout du couloir, il entra dans une chambre meublée d'un grand lit avec un dessus-de-lit couleur pêche.

Il y avait une commode avec un poste de télévision, et une autre sur laquelle se trouvait un arrangement de fleurs artificielles dans les tons pêche, vert et blanc. La chambre avait même un petit bureau pour son ordinateur.

— C'est vraiment charmant, dit-elle tandis qu'il posait les valises au pied du lit.

— Merci. Il y a un grand placard et une salle de bains, dit-il en désignant deux portes. La télévision diffuse les mêmes chaînes que les autres postes de la maison. Vous pensez que vous pourrez vous plaire ici ?

Il la regarda avec intensité, comme s'il craignait qu'elle n'aime pas ce logement.

— Je serai parfaitement satisfaite, dit-elle. C'est très joli.

Il parut pousser un soupir de soulagement. Puis il se retourna et se pencha vers Annabelle, qui les avait suivis.

— C'est la chambre de Mlle Mary, et quand elle y est, il ne faut pas la déranger. Tu peux seulement y entrer si elle t'y invite. Tu comprends ?

Annabelle hocha la tête.

— Mais elle jouera quand même avec moi ?

— Bien sûr que oui, répondit Mary avec un sourire. Nous aurons beaucoup de temps pour jouer.

— On peut jouer maintenant ?

— Mlle Mary va défaire ses valises. Elle ne commence pas à travailler avant lundi. C'est dans deux jours, précisa Lucas à sa fille.

— Je suis sûre que je trouverai le temps de jouer avec toi tout à l'heure, dit Mary.

Annabelle tapa dans ses mains.

— Et on jouera à la poupée, d'accord ?

Mary se mit à rire.

— D'accord.

— Et maintenant, nous allons laisser Mlle Mary tranquille pour qu'elle range ses affaires. Je vais chercher le carton dans votre voiture et je vous l'apporte, ajouta-t-il.

— Merci, c'est gentil.

— Et nous bavarderons plus tard, dit Nicole à Mary.

Mary se retrouva brusquement seule. Elle s'assit au bord du lit et contempla la grande pièce où elle allait vivre pour une période indéterminée.

Les tables de chevet supportaient deux jolies lampes jumelles. Il y avait deux fenêtres ; elle se leva pour regarder la vue qu'elles offraient. L'une d'elles faisait face aux champs de maïs, et l'autre donnait sur le jardin. Dans un petit enclos se dressait une maison pour enfants en plastique rose et blanc. Mary aperçut aussi le bord de ce qui semblait être un grand patio.

Laissant retomber le voilage, elle alla explorer la salle de bains. Cette pièce-là était également peinte en pêche et blanc. Le placard contenait des serviettes de toutes tailles et le rideau de douche couleur pêche avait l'air neuf.

Elle se tourna finalement vers ses valises pour les défaire. Il y avait beaucoup de cintres dans le placard, aussi suspendit-elle tout ce qu'elle put avant de placer le reste dans les tiroirs de la commode.

Son carton contenait un assortiment de babioles et de souvenirs rassemblés au fil des ans. Ainsi que quelques articles achetés la veille, comme des crayons de couleur, du papier à dessin, des autocollants en forme d'étoiles et d'autres petites choses propres à récompenser une petite fille.

Rien de tout cela ne lui avait été donné par ses parents. Ils lui avaient offert une voiture bas de gamme et deux valises pour son dix-huitième anniversaire, lui signifiant qu'elle devait aller vivre ailleurs.

Mais elle possédait un magnifique vase violet dont Agnes lui avait fait présent pour son vingt-cinquième anniversaire, ainsi qu'un drôle de crapaud en faïence, également donné par Agnes. En le lui offrant, la vieille dame lui avait dit qu'elle espérait qu'elle n'aurait pas à embrasser trop de crapauds avant de trouver son prince charmant.

Malheureusement, Mary avait embrassé quelques crapauds et avait renoncé à trouver un prince. Lors de sa dernière tentative, elle était entrée en contact avec un homme sur un site de rencontres en ligne. Cette relation plaisante au début avait très vite tourné au cauchemar. Après cela, elle avait décidé de se concentrer sur elle plutôt que de chercher l'amour.

Vers midi, elle eut achevé de défaire ses bagages. Même si elle avait dit à Annabelle qu'elle jouerait avec elle, Mary n'était pas certaine de devoir quitter sa chambre.

Elle était assise au bord de son lit depuis une demi-heure quand un coup résonna à la porte. C'était Lucas.

— Le déjeuner est prêt, si vous voulez manger avec nous.

— Avec plaisir, dit-elle, et elle le suivit dans le couloir.

— Mamzelle Mary ! cria Annabelle. On va jouer ?

— Non, petit microbe. On va manger, maintenant.

Lucas souleva Annabelle dans ses bras et la jeta sur son épaule.

— Papa, je suis pas un microbe, dit Annabelle en gloussant.

Lucas l'emporta dans la cuisine. Mary se demanda si c'était Nicole qui avait préparé le repas.

— Est-ce que Mme Dennis est partie ? demanda-t-elle.

— Oui, elle avait un rendez-vous, répondit-il.

Il posa Annabelle sur son siège rehausseur à la table ronde, puis désigna une chaise à Mary. Elle savait qu'il existait une salle à manger dans la maison, car ils étaient passés devant, mais cette table, avec ses quatre chaises, était beaucoup plus intime.

Au milieu de la table trônaient un gratin de nouilles au thon, un saladier de petits pois et un autre de gelée rouge avec des fruits.

— Ce gratin a l'air délicieux. C'est Mme Dennis qui l'a préparé ?

Lucas s'assit sur une chaise face à elle et secoua la tête.

— Non, c'est Celeste Winthrop qui l'a déposé hier. De temps en temps, une femme de la ville passe me rendre visite et apporte un plat. Je suppose qu'elles craignent qu'Annabelle meure de faim s'il n'y a que moi qui cuisine. Je vous en prie, servez-vous.

Mary était certaine que ce n'étaient pas des repas d'Annabelle dont ces femmes se préoccupaient. Elle imaginait bien un aréopage de célibataires venant voir comment se portait ce séduisant veuf. Ce serait bien pour Lucas s'il pouvait se remarier, surtout s'il trouvait une femme qui non seulement l'aimait lui, mais aimait aussi sa fille.

— Il faudra me dire ce que vous avez envie de manger, pour que je sache quoi cuisiner, dit-elle.

— Pas de petits pois, papa, dit Annabelle tandis que Lucas en déposait une cuillérée dans son assiette.

— Tu connais les règles, Annabelle, dit-il.

— Quelle est cette règle ? demanda Mary, curieuse.

— Elle doit manger trois bouchées de légumes au déjeuner et au dîner.

— Pas de petits pois, répéta Annabelle avec plus de force.

Elle plissa le nez et fit la moue.

— Allons, chérie. Juste trois petites bouchées.

Lucas regarda sa fille, puis jeta un regard embarrassé à Mary.

La petite fille leva le menton, prit plusieurs petits pois avec les doigts et les jeta sur le plancher. Mary ne put retenir un petit cri de surprise.

— Oh ! Annabelle…

Lucas se leva pour ramasser les petits pois.

— Mange le thon et les nouilles, dit-il à sa fille en se rasseyant et en posant les petits pois vagabonds sur le bord de son assiette.

Mary prit note mentalement de parler de discipline avec lui.

— Où en étions-nous ? demanda-t-il, les joues un peu rouges.

— Je vous demandais de me dire ce que vous aimez manger, pour que je sache quoi vous préparer, répéta-t-elle.

— Je ne suis pas difficile. J'aime presque tout. J'ai demandé à Nicole de venir lundi matin pour vous aider dans votre première journée de travail. Mais d'ici là, n'hésitez pas à explorer la cuisine pour vous en faire une idée.

— Entendu. Maintenant que j'ai défait mes valises, je n'ai pas grand-chose à faire.

— Je vous invite à visiter toute la maison et à vous familiariser avec votre environnement.

— J'aime le truc rouge, dit Annabelle. Mamzelle Mary, j'aime le truc rouge.

Joignant le geste à la parole, elle prit une grosse bouchée de gelée.

— C'est bon à savoir. J'aime ça aussi.

Mary sourit à la petite fille.

— Mais j'aime aussi les petits pois, ajouta-t-elle en prenant une bouchée de ces légumes.

Annabelle contempla les petits pois dans son assiette, et en prit trois, qu'elle avala.

— Moi aussi j'aime les petits pois, mamzelle Mary.

— Voilà un changement rapide, observa Lucas d'un air surpris.

— Je suis nouvelle, et on dirait que quelqu'un a envie de me faire plaisir, dit Mary en souriant. Croyez-moi, ça changera dès que je lui serai plus familière.

Le reste du repas se passa agréablement. Lucas lui parla en détail de leur routine quotidienne.

— Je vais vous aider à ranger, dit Mary quand ils eurent fini de déjeuner.

— Ce n'est pas nécessaire. Vous n'êtes pas encore de service.

— Vraiment, ça ne m'ennuie pas.

Avec l'aide de Lucas, Annabelle descendit de sa chaise et courut à sa chambre pour jouer. Mary et Lucas débarrassèrent la table.

— Il y a une chose dont nous n'avons pas encore parlé, dit-elle quand tout fut rangé.

— Quoi donc ?

En voyant ses beaux yeux bleus la contempler, elle sentit son cœur palpiter. Doux Jésus, que cet homme était beau ! Et il l'était encore plus du fait qu'il était inconscient de l'être.

— Mary ?

Elle rougit jusqu'aux oreilles. Depuis combien de temps le fixait-elle ?

— Je suis désolée. Je… j'étais juste en train de réfléchir. Voilà, nous n'avons pas parlé de discipline.

Il tressaillit, ce qui n'enleva rien à sa beauté.

— Ah, vous l'avez probablement remarqué, je ne suis pas très doué pour ça. Mais elle en a incontestablement besoin. Cependant, je suis contre la fessée.

— Moi aussi, le rassura-t-elle. Mais vous êtes d'accord avec l'instauration de temps morts et de petites sanctions pour qu'elle prenne conscience des conséquences de ses actions ? Comme, par exemple, « Si tu ne manges pas tes petits pois tu n'auras pas de dessert » ?

— Ça me va parfaitement, dit-il.

— Et, bien sûr, pour que ça marche, il faudra faire preuve de constance. Au début, Annabelle va pleurer, essayer de nous enjôler et faire tout ce qui est en son pouvoir pour obtenir ce qu'elle veut. Lucas, je ne veux pas outrepasser mes limites, alors s'il y a quelque chose qui ne vous convient pas dans ma manière de faire, il faut me le dire. Simplement, ne me le dites pas devant Annabelle.

Elle rougit à nouveau.

— Désolée, je parle sans doute trop.

— Non, pas du tout, l'assura-t-il avec l'un de ses beaux

sourires. Nous sommes sur la même longueur d'onde. Dites-moi simplement ce que je dois faire. Annabelle est une enfant charmante, mais elle peut aussi se révéler un petit diable quand elle n'obtient pas ce qu'elle veut. Nicole et moi sommes conscients que nous avons échoué dans ce domaine.

— Pourtant, vous avez formidablement réussi dans le domaine de l'affection. Il est évident qu'Annabelle se sent aimée et en sécurité, et c'est le plus important, répondit-elle.

— Merci, Mary. Annabelle est ma priorité. Et maintenant, je vais aller la mettre au lit pour sa sieste.

Tandis qu'il quittait la cuisine pour se rendre dans la chambre d'Annabelle, Mary gagna la sienne. Une fois là, elle alluma son ordinateur et se connecta à Internet avec le mot de passe que Lucas lui avait donné.

Avant de vérifier ses mails, elle resta immobile quelques instants, se repassant sa conversation avec Lucas. Bien sûr elle ne le connaissait pas encore très bien, mais elle dut s'avouer qu'elle commençait à avoir le béguin pour lui.

C'était tout à fait déplacé, et elle savait que ça n'irait nulle part. Avec un peu de chance, elle se débarrasserait de cette tocade idiote avec le temps. Avec un soupir, elle ouvrit sa boîte mail.

Son sang se figea immédiatement. Vingt messages. Il y avait vingt messages de lui – de ce Kenny Majors qui la harcelait en ligne depuis des mois.

Elle avait cessé de lui répondre dès qu'il était devenu verbalement agressif. Elle avait espéré qu'il passerait à autre chose, mais cela ne s'était pas produit. Ces nouveaux messages étaient remplis de méchanceté.

Elle supprima tous les mails et éteignit son ordinateur. Poussant un profond soupir, elle se leva et alla à la fenêtre pour contempler le maïs. Il y avait un homme qui l'effrayait parce qu'elle ignorait jusqu'à quel point il pouvait être dangereux, et un autre qu'elle commençait à aimer sans pouvoir s'abandonner à ce sentiment… parce qu'elle *savait* que ce serait dangereux.

3

— Lucas prend son café noir et, le week-end, il adore les pancakes et le bacon pour le petit déjeuner, dit Nicole.

Les deux femmes étaient assises dans la cuisine, chacune devant une tasse de café. Il était juste après 7 heures, le lundi matin. Lucas était parti travailler, et Annabelle dormait encore.

Nicole était joliment habillée, avec un corsage bleu roi et un pantalon noir. Mary avait un calepin ouvert devant elle et prenait des notes à mesure que Nicole lui exposait ce que Lucas et Annabelle aimaient ou n'aimaient pas.

Après avoir passé en revue le petit déjeuner, le déjeuner et le dîner, Nicole poursuivit :

— Lucas n'aime pas les bavardages. En dehors du temps qu'il passe avec Annabelle, c'est un homme plutôt solitaire, qui apprécie le silence, surtout le soir.

Mary fut vaguement surprise. Lucas s'était montré plutôt disert la veille avec elle.

— Je ne manquerai pas de m'en souvenir, dit-elle.

— Vous savez, ma fille et lui étaient des amis d'enfance, et leur amour n'a fait que croître au fil des ans.

Les yeux bleus de Nicole devinrent humides.

— C'était une merveilleuse histoire d'amour, et je sais

que Lucas ne se remariera jamais. Il aime toujours ma fille, et elle vit toujours dans son cœur… dans son âme.

Ses paroles avaient pris tout à coup l'allure d'un avertissement. Mais Nicole n'avait rien à craindre. Mary ne caressait pas l'idée d'une relation personnelle avec Lucas. En outre, elle connaissait la profondeur de son amour pour son épouse décédée.

Des photos de Diana étaient accrochées partout dans la maison. C'était une très belle femme aux yeux bleus et aux cheveux noirs. Annabelle était le portrait craché de sa mère, et Mary était certaine que regarder la petite fille procurait à la fois énormément de plaisir et une peine extrême à Nicole et à Lucas.

Nicole continua d'expliquer à Mary comment Lucas aimait qu'on lave et qu'on range ses vêtements, quel adoucissant utiliser pour les vêtements d'Annabelle, et d'autres détails qu'elle devait connaître.

La belle-mère de Lucas s'en alla à midi tandis que Mary préparait des toasts au fromage pour le déjeuner d'Annabelle. En toute honnêteté, Mary trouvait que ce n'était pas trop tôt, même si Nicole était très gentille. Il était évident que cette femme pleurait encore la mort de sa fille. Mary le comprenait : à n'importe quel âge, la mort d'un enfant est dévastatrice.

Après le déjeuner, Annabelle et Mary allèrent dans la chambre de la petite fille pour jouer. Elles jouèrent environ une heure, puis Mary annonça que c'était l'heure de la sieste.

— On peut jouer encore un peu, plaida Annabelle. Cinq minutes, d'accord ? Encore cinq minutes.

— Cinq minutes, et ensuite tu promets d'aller au lit ?

— Oui, fit Annabelle.

Mary fut surprise quand Annabelle se coucha sans

protester. Cinq minutes plus tard, la petite fille dormait profondément, et Mary se rendit à la cuisine pour commencer à préparer le dîner.

Elle était un peu nerveuse, car le dîner serait son premier repas en tant que gouvernante. Heureusement, elle aimait cuisiner et se considérait plutôt douée pour cela. Elle avait cuisiné de nombreuses fois pour Agnes, qui l'avait encouragée à essayer une grande variété de recettes.

— Considère-moi comme ton cobaye, disait Agnes, l'œil scintillant. Je mangerai tout ce que tu prépareras.

Ce soir-là, Mary avait prévu du bifteck, de la purée de pommes de terre et des haricots verts, ainsi que le reste de la gelée pour le dessert. Elle espérait que la viande serait tendre, et que Lucas l'aimerait.

Annabelle dormit jusqu'à 15 heures. Mary sut qu'elle était réveillée quand elle arriva en dansant dans la cuisine.

— Tu viens jouer avec moi, mamzelle Mary ?

— Ce n'est pas l'heure de jouer. C'est l'heure de travailler, répondit Mary.

— Travailler ?

Annabelle la regarda avec curiosité.

— Pour faire quoi ?

— Je pensais que tu pourrais mettre la table, pour qu'on puisse dîner quand ton papa rentrera.

— Mettre la table ? Je sais pas.

Annabelle saisit une mèche de ses cheveux et l'entortilla autour de ses doigts.

— Ne t'inquiète pas. Je vais te montrer, répondit Mary avec un sourire.

Mais elle sortit d'abord les crayons de couleur et une grande feuille de papier. Au sommet, elle écrivit « Les tâches d'Annabelle ». Elle traça un tableau avec les jours de la semaine, puis montra le paquet d'étoiles autocollantes à la petite fille.

— Tu gagnes une étoile chaque fois que tu m'aides ou que tu aides papa, et tu peux en gagner une aussi quand tu es très sage. Quand tu auras dix étoiles, tu auras un petit cadeau.

Annabelle applaudit des deux mains.

— J'aime les cadeaux. Je veux avoir dix étoiles.

— Et tu peux en gagner une en mettant la table, d'accord ?

— D'accord, répondit avidement Annabelle.

Elles se mirent alors à dresser la table. Chaque fois qu'Annabelle disposait une assiette ou un couvert, elle poussait un petit cri d'excitation, ravie à l'idée de dire à son papa ce qu'elle avait fait et de gagner sa première étoile.

Mary avait toujours pensé qu'on disciplinait les enfants en les récompensant de leur bon comportement et non en les punissant de leurs bêtises. Si elle devait quand même infliger une sanction, l'observation d'un temps mort sur une chaise pour faire réfléchir un petit aux conséquences de ses actes lui semblait suffisant.

Elle croyait aussi au fait de converser avec les enfants, non de leur crier dessus. Comme elle ne l'avait jamais fait dans la vie réelle, elle ne pouvait qu'espérer que ses théories fonctionnaient.

Elle assit Annabelle à la table avec les crayons et une autre feuille de papier.

— Pendant que je prépare le dîner, pourquoi ne fais-tu pas un beau dessin pour ton papa ? dit-elle. Je suis sûr qu'il sera très content.

— D'accord, fit la petite fille.

Tandis que toutes deux s'occupaient, Annabelle bavarda sans relâche. Elles parlèrent d'animaux ; Annabelle voulait un bébé aardvark. Elle cita à Mary les noms de toutes ses poupées, et il y en avait beaucoup. Elle interrogea Mary sur son papa et sa maman, puis elle lui dit que sa maman était au ciel.

— Papa dit que c'est un ange qui veille sur nous.

— Je suis sûre que oui, déclara Mary.

Son cœur se serra à l'idée qu'Annabelle avait perdu sa mère si tôt dans la vie. Elle n'avait pas eu la chance de connaître l'amour d'une mère.

Lorsque Lucas entra par la porte de service, le dîner était prêt.

— Papa, j'ai fait un dessin pour toi, annonça Annabelle.

— Tu m'as fait un dessin ?

Lucas s'approcha de la table pour admirer l'œuvre de sa fille.

— C'est magnifique, chérie, dit-il.

Annabelle sauta de sa chaise, prit son père par la main et le mena près du réfrigérateur, où le tableau réalisé par Mary était maintenu par de petits aimants en forme de coccinelles.

— Et regarde, j'ai eu une étoile et, quand j'en aurai dix, mamzelle Mary m'achètera un cadeau, dit-elle.

— Oh ! une étoile.

Lucas jeta un coup d'œil à Mary, puis revint sur sa fille.

— Comment as-tu obtenu une étoile ?

— J'ai mis la table, annonça-t-elle fièrement.

— Tu as mis la table ?

Annabelle hocha vigoureusement la tête.

— Toute seule ?

— Toute seule, et mamzelle Mary m'a aidée, répondit-elle.

Lucas se mit à rire.

— C'est merveilleux. Je suis fier de toi, Annabelle.

Se penchant, il l'embrassa sur la joue.

— Le dîner est prêt, si vous voulez, dit Mary.

— Laissez-moi prendre une douche rapide et j'arrive, répondit-il.

— Annabelle, range les crayons maintenant, je vais t'aider à t'installer sur ta chaise pour le dîner, dit Mary.

Elle s'efforça d'ignorer sa nervosité. Elle voulait tellement que Lucas aime ce qu'elle avait préparé. Elle espérait aussi qu'il approuverait le système d'étoiles, même si elle ne lui en avait pas parlé d'abord.

Lorsqu'il entra dans la cuisine quinze minutes plus tard, Annabelle était sur son rehausseur et Mary avait disposé les plats sur la table.

— Mmm, ça sent vraiment bon, dit-il en désignant la chaise face à lui.

Quelque chose sentait bon, effectivement. Lucas fleurait bon le soleil, le savon à la menthe et l'eau de Cologne.

— Ça a l'air délicieux, Mary, dit-il en lui souriant.

— J'espère que c'est aussi bon que ça en a l'air.

Ils se servirent, et il la complimenta à la première bouchée. Elle se détendit un peu. Dieu merci, il aimait ça.

— Alors comment s'est passée votre journée ? questionna-t-elle.

— Oh ! très bien, répondit-il comme s'il était surpris par la question. Et la vôtre ?

Tandis qu'ils mangeaient, Annabelle lui expliqua qu'elles avaient joué ensemble, puis Mary lui parla de son système d'étoiles.

— Ça me plaît, remarqua-t-il. Mais quand elle aura dix étoiles, c'est moi qui vous donnerai l'argent pour sa récompense.

— Non, s'il vous plaît. J'insiste pour le faire moi-même, protesta Mary.

— Vous êtes sûre ?

— Absolument, répondit-elle fermement. C'est mon programme, et je m'en occupe.

— Alors d'accord, les désirs de la dame sont des ordres, répondit-il avec un sourire.

— Merci.

Elle se sentit rougir. Elle espérait qu'avec le temps elle ne serait plus aussi sensible à sa beauté et à ses sourires.

Durant le reste du repas, ils parlèrent de choses anodines… le temps, son travail.

— Vous savez que votre fille voudrait un aardvark comme animal de compagnie ? lança-t-elle lorsqu'il y eut un blanc dans la conversation.

— Oui, un advak ! s'exclama Annabelle. Je veux un bébé advak !

Lucas poussa un soupir.

— Oui, je sais. *Les Aventures d'Andy et de l'aardvark.* C'est un dessin animé à la télé.

— Ah, je comprends mieux, dit Mary en riant.

— Je suppose que je devrais être heureux que ce ne soit pas l'éléphant Elmer, dit-il, la faisant rire à nouveau.

Lorsqu'ils eurent fini de manger, il commença à débarrasser la table, mais elle l'arrêta.

— Je suis de service. Allez jouer avec votre fille ou détendez-vous.

Elle lui prit l'assiette qu'il avait dans les mains.

Annabelle et lui disparurent dans le salon, et Mary rangea la cuisine. Puis, se rappelant ce qu'avait dit Nicole concernant le fait que Lucas aimait être tranquille le soir, elle se retira dans sa chambre.

La semaine suivante s'écoula très vite. Mary apprit rapidement qu'Annabelle ne voulait pas toujours suivre les règles et que la promesse d'une étoile ne marchait pas à chaque fois. Aussi, avec la permission de Lucas, avait-elle institué des temps morts sur une chaise.

Heureusement, elle ne voyait pas beaucoup son patron, car il sortait avant qu'elle ne se lève le matin et ne revenait qu'à l'heure du dîner. Moins elle le voyait, mieux cela valait, car elle était incontestablement attirée par lui.

Non seulement il était séduisant physiquement, mais il était aussi bienveillant et possédait un grand sens de l'humour. Elle adorait le regarder interagir avec sa fille. Il était si gentil et affectueux avec elle. Il était aussi d'une patience excessive.

Tout cela ne faisait que le rendre plus attirant aux yeux de Mary. Bien sûr, il ne lui témoignait que gentillesse et respect. Cette inclination ne tirerait pas à conséquence tant qu'elle ne dirait ni ne ferait rien de stupide qui gâcherait l'harmonie qu'ils avaient trouvée.

Elle devait se rappeler que c'était un emploi qui lui procurait aussi un endroit magnifique où vivre. La dernière chose qu'elle voulait, c'était saboter tout cela.

Encore plus important, elle devait se souvenir de ce que lui avait dit Nicole : que le destin avait brisé Lucas en lui enlevant son épouse bien-aimée. À cause de l'amour qu'il lui portait, il ne se remarierait jamais.

Mary trouvait cela tragique, pour lui mais aussi pour la petite fille privée de mère qu'elle commençait à aimer.

Le samedi, en milieu de matinée, Lucas longea le couloir en direction de la chambre de Mary. Jusque-là, il était extrêmement satisfait de l'avoir engagée. Les repas étaient délicieux, et Annabelle semblait s'épanouir grâce aux soins de la jeune femme.

La seule chose qui le surprenait était le temps que

Mary passait dans sa chambre. Tous les soirs, après avoir rangé la cuisine, elle disparaissait.

Lorsqu'il l'avait engagée, il avait supposé qu'ils passeraient certaines soirées ensemble, ne serait-ce que pour regarder la télévision. Il avait un peu espéré cette compagnie, bien que cela ne fasse pas partie des obligations de son employée.

Son temps libre était à elle, et si elle voulait le passer dans sa chambre, il n'avait rien à y redire. On était samedi matin, et bien qu'elle ne soit pas de service, il avait l'intention de l'inviter à se promener. Si elle décidait de se joindre à eux, tant mieux, si elle refusait, tant pis.

Il frappa à sa porte. Il ne fallut qu'un instant pour qu'elle lui ouvre.

— Lucas, il y a quelque chose qui ne va pas ? questionna-t-elle.

— Non, pas du tout. La chaleur a un peu baissé, alors je me demandais si vous aimeriez faire une promenade avec Annabelle et moi, dit-il. Ce sera juste un tour dans les terres, près des champs de maïs.

— Oh ! j'adorerais ça !

— Je vous conseille de mettre un jean. Il y a des aoûtats et pas mal de poussière.

— D'accord, je me change et je vous rejoins.

Quelques minutes plus tard, elle entra au salon, vêtue d'un jean moulant et d'un corsage vert sans manches.

— Oh ! Annabelle, j'adore ta salopette ! s'exclama-t-elle.

Annabelle rayonna.

— Je suis une fermière.

— Tout à fait, ma puce. Tu es une fermière, comme ton papa, dit Lucas en la prenant dans ses bras.

Il portait aussi une salopette. Annabelle voulait toujours porter la sienne quand il le faisait. Il sourit à Mary.

— Prête ?

— Prête.

Ils sortirent par la porte de service. Lucas posa Annabelle par terre, et elle prit sa main ainsi que celle de Mary.

— C'est une belle journée, commenta Mary tandis qu'ils traversaient le jardin.

— Oui, la météo dit que la température va baisser pendant plusieurs jours, mais elle va remonter ensuite.

Il ne put s'empêcher de noter les mèches plus claires qui brillaient dans les cheveux de la jeune femme. Comme d'habitude, elle les avait noués en une longue tresse. Il se demanda de quoi elle aurait l'air avec les cheveux lâchés sur les épaules.

Il ne comprenait pas que Nicole ait pu dire que Mary était quelconque. Il ne la trouvait pas du tout quelconque. Était-ce une beauté ravageuse comme Diana ? Certes non. Mais il y avait toutes sortes de beautés, et Mary avait incontestablement une beauté discrète.

— Alors, vous prenez des cours en ce moment ? demanda-t-il tandis qu'ils marchaient.

Cela expliquerait le temps qu'elle passait dans sa chambre. Peut-être étudiait-elle et passait-elle des examens.

— Non, pas pour le moment, répondit-elle. J'espère pouvoir reprendre au semestre d'automne.

— Vous avez toujours voulu être institutrice ?

— Oui, j'ai toujours eu envie de travailler avec de jeunes enfants. Ça me prend juste un peu plus longtemps que les autres pour y arriver. Mon emploi au supermarché ne me permettait pas de mettre suffisamment de côté pour payer tous les cours que je voulais suivre.

— Vous ne pouviez pas prendre un crédit ? Vous n'aviez pas droit à une bourse ? questionna-t-il avec curiosité.

— Je ne voulais certainement pas postuler pour une

bourse dont quelqu'un d'autre aurait pu avoir plus besoin que moi, et je ne veux pas emprunter de l'argent. Je veux finir mes études sans devoir rien à personne.

— C'est admirable.

Jusque-là, Annabelle avait marché tranquillement entre eux mais, soudain, elle plia les jambes, les obligeant, Mary et lui, à la soulever. Elle poussa des cris de ravissement comme ils la portaient sur plusieurs mètres.

— Allez, ça suffit, Annabelle. Repose les pieds par terre comme une grande fille.

Lucas poussa un soupir de soulagement lorsqu'elle s'exécuta.

— Alors, qu'est-ce que vous faites durant votre temps libre ? demanda-t-il à Mary.

— Il y a des programmes télévisés que j'apprécie, et j'aime aussi lire.

— Quelles sont les émissions que vous aimez ?

Elle en mentionna quelques-unes qu'il regardait aussi.

— Vous devriez sortir de votre chambre le soir et regarder la télévision avec moi au salon.

Elle lui lança un regard étonné.

— Je pensais que vous préfériez rester seul.

Ce fut au tour de Lucas d'être surpris.

— Pourquoi croyiez-vous cela ?

— Euh... Nicole m'a dit que vous aimiez être tranquille, le soir, et ne pas avoir à faire la conversation.

— Papa, tu me prends ? demanda Annabelle. Mes jambes ne marchent plus.

Lucas se mit à rire et enleva sa fille dans ses bras. Elle était manifestement fatiguée de marcher.

— Je crois que Nicole essayait de me protéger, au cas vous seriez trop bavarde.

Mary lui sourit.

— Personne ne m'a jamais traitée de bavarde.

Elle avait un sourire magnifique, qui découvrait de belles dents blanches et faisait étinceler ses yeux.

— Bon, alors c'est décidé. Vous êtes la bienvenue pour passer la soirée avec moi quand vous en avez envie, dit-il.

— À une seule condition : que vous me promettiez de me dire si ma compagnie vous fatigue. Ça ne me vexera pas.

— Marché conclu.

Ils marchaient à présent le long d'un champ de maïs.

— Vous avez toujours cultivé du maïs ? demanda-t-elle.

— Toujours. Comme mon père, et son père avant lui.

— Votre père est toujours en vie ?

— Quand j'ai eu dix-huit ans, il m'a transmis cette exploitation et est parti vivre en Californie. Il vit maintenant sur une péniche et, selon lui, il profite enfin de la vie.

— Vous étiez très jeune pour prendre ces terres en charge, remarqua-t-elle.

— J'étais assez vieux pour travailler dans les champs, mais pas assez pour boire une bière au Farmer's Club, dit-il d'un ton plaisant.

— Vous y allez souvent, au Farmer's Club ? s'enquit-elle.

— De temps en temps, le samedi soir, pour boire une ou deux bières et parler des récoltes, de la météo et de trucs de fermiers.

— Trucs de fermiers, répéta Annabelle, comme pour leur rappeler qu'elle était là. Papa, je veux monter sur ton dos.

Lucas la jucha sur ses épaules, et elle lui entoura le cou de ses bras.

— Je t'aime, papa ! s'exclama-t-elle. Et j'aime mamzelle Mary.

— Je t'aime aussi, Annabelle, répondit Mary en souriant.

Son regard quitta la petite fille pour se poser sur les épis de maïs. Elle se figea soudain et plaqua une main sur sa bouche. De l'autre, elle désigna un endroit dans le maïs.

Lucas suivit son regard et resta bouche bée. Il y avait plusieurs épouvantails pour éloigner les corbeaux, mais celui qu'il fixait le remplit d'horreur.

Ce n'était pas une vieille chemise remplie de paille avec un vieux chapeau au sommet. Malgré ce qui lui avait été fait, Lucas reconnut la femme attachée au piquet. C'était Cindy Perry, une serveuse du café.

Sauf qu'elle n'était plus du tout jolie. Sa bouche avait été cousue avec du gros fil noir, et ses yeux avaient disparu, comme becquetés par les corbeaux. Une vision cauchemardesque qui le figea d'horreur.

— Viens, Annabelle. Retournons jouer à la maison, dit Mary d'une voix aiguë.

— À quoi ? demanda Annabelle tandis que Lucas la posait vivement par terre.

Il fut reconnaissant à Mary d'entraîner sa fille en direction de la maison.

— On décidera du jeu en chemin.

Il les regarda s'éloigner et, une fois qu'elles eurent disparu, se tourna à nouveau vers l'horrible spectacle. Cindy portait un jean déchiré et une chemise à carreaux rouges et noirs. Un chapeau de paille était planté sur sa tête selon un angle coquet.

Le spectacle de ses lèvres cousues et de ses orbites vides le fit frissonner. Qui diable avait pu commettre cette abomination ? Qui avait tué Cindy et en avait fait un épouvantail humain ? C'était ignoble et malfaisant.

Enfin, il reprit assez ses esprits pour sortir son téléphone de sa poche. Il composa le numéro d'un homme qui était non seulement l'un de ses meilleurs amis, mais aussi le chef de la police de Millsville.

Dallas Calloway répondit à la deuxième sonnerie.

— Dallas, c'est Lucas. Il y a un problème.

— Quel genre de problème ?

— Il faut que tu appelles Josiah Mills et que tu viennes avec lui.

Josiah était le médecin légiste.

Il y eut une longue pause.

— C'est Nicole ?

— Non, c'est Cindy Perry. Elle a été assassinée et laissée dans mon champ, répondit Lucas.

— J'arrive.

Dallas raccrocha.

Lucas rangea son téléphone. Même s'il ne voulait pas la voir, son regard revenait sans cesse sur Cindy. C'était une jolie jeune femme de son vivant. Même dans la mort, ses courts cheveux blonds brillaient au soleil. Ses yeux avaient été d'un bleu vif… Oh Seigneur, qu'était-il arrivé à ses yeux ?

Dieu merci, Mary avait réagi promptement et éloigné sa fille avant qu'elle ne voie cette horreur. Annabelle n'en serait pas traumatisée, mais quid de Mary ?

Elle devait être dans le même état que lui : écœurée, horrifiée par la scène, se demandant qui avait pu commettre ce meurtre obscène. Pour ce qu'il en savait, elle était peut-être déjà en train de faire ses bagages.

Il revint finalement à la maison, où il attendit Dallas devant la porte. Un tourbillon de questions se pressait dans son cerveau.

Dieu merci, Dallas ne fut pas long à arriver. Brun, de grande taille, il sortit de son véhicule et s'approcha de lui.

— Salut, vieux, dit-il. J'ai contacté Josiah, il devrait être là dans une demi-heure.

Josiah Mills avait largement dépassé l'âge de la retraite, mais il poursuivait son activité.

— Elle est dans le champ de maïs. Tu veux jeter un coup d'œil avant qu'il arrive ? demanda Lucas.

— Absolument.

Les deux hommes retournèrent ensemble sur la parcelle de terre.

— Tu sais depuis combien de temps elle est là ? questionna Dallas.

— Pas plus de deux jours. Je suis passé dans le coin avant-hier, et elle n'était pas là, répondit Lucas.

Lorsque Dallas la vit, il sursauta et recula d'un pas.

— Bon sang, dit-il en fixant Cindy. Tu as une idée de la raison pour laquelle on l'a laissée dans ton champ ?

— Aucune.

— Il faut que j'appelle mes hommes pour traiter la scène, mais ce sera difficile au milieu du maïs, dit Dallas. Attendons Josiah pour qu'il nous en dise plus.

Ses yeux gris s'assombrirent.

— Je n'arrive pas à croire qu'on lui ait fait ça. Tu penses que ce sont les corbeaux qui lui ont arraché les yeux ?

— Peut-être. J'imagine que Josiah pourra nous le dire, répondit Lucas, l'estomac retourné à cette pensée.

Une heure et demie plus tard, les photos étaient prises et les recherches préliminaires conduites. Josiah et son assistant, Gary Walters, avaient détaché Cindy de son piquet avec l'aide d'autres policiers arrivés sur place et l'avaient posée sur une bâche à proximité des rangées de maïs.

Josiah acheva son examen initial et se redressa, les mains sur les reins.

— Je deviens trop vieux pour ça, bougonna-t-il.

— Alors, qu'est-ce que vous pouvez nous dire ? questionna Dallas.

— La mort est due à cinq coups de couteau dans la poitrine. Quant à l'heure, je la fixerai à la journée d'hier, entre midi et 17 heures. Évidemment, elle a été tuée ailleurs et amenée ici après coup.

Josiah parlait d'un ton neutre, sans aucune émotion dans la voix.

— D'après mes observations préliminaires, je dirais que les yeux ont été ôtés avec un couteau ou un scalpel. Ce ne sont pas les oiseaux qui les ont mangés.

Josiah regarda son assistant.

— Gary, mettons-la sur une civière. Je pourrais en apprendre plus quand elle sera sur ma table d'examen, ajouta-t-il à l'attention de Dallas. Si ce que je viens de vous dire est infirmé par un autre élément, je vous appellerai.

Quelques minutes plus tard, le corps de Cindy fut emporté à la morgue.

— Je serai à la maison si tu as besoin de moi, dit finalement Lucas à Dallas.

Il savait que les policiers allaient passer la scène au peigne fin et qu'il n'y avait rien qu'il puisse faire personnellement.

Lorsqu'il entra dans la maison, il la trouva silencieuse. Mary était assise sur le canapé. Elle se leva à son entrée.

— J'ai fait manger Annabelle et je l'ai couchée pour la sieste.

— Merci.

Il lui fit signe de se rasseoir et l'imita.

— Et merci de l'avoir éloignée aussi vite.

— Je ne voulais pas que ce spectacle s'imprime dans son cerveau, répondit-elle.

Mais il était évident, à en juger par sa pâleur et la dilatation de ses pupilles, qu'il s'était imprimé dans sa tête à elle.

— Qu'a dit Dallas ?

— Pas grand-chose, en dehors du fait qu'il viendra nous parler dans un moment.

Il sentit le parfum de Mary, une fragrance de lilas qui chassa la puanteur de la mort qui avait assailli ses narines. La jeune femme s'entoura de ses bras, comme si elle avait soudain froid.

— Je ne vais pas avoir grand-chose à lui raconter, murmura-t-elle. Je ne sais rien de Cindy, en dehors du fait qu'elle m'a servie quelquefois au café.

Lucas avait envie de l'attirer à lui pour la réchauffer et l'apaiser. C'était bizarre. En vérité, il ne la connaissait pas très bien. Elle n'était son employée que depuis une semaine.

Il ne put s'empêcher de se demander si quelque chose dans son passé pouvait avoir un rapport avec cette mise en scène macabre. Mary en savait-elle plus qu'elle ne voulait bien le dire ? Qui avait-il introduit dans sa maison ? Plus important, qui avait-il introduit dans la vie de sa fille ?

4

Mary n'arrivait pas à se sortir de la tête l'affreuse image de Cindy. Qui pouvait avoir fait une chose aussi horrible ? C'était de la malfaisance pure. Et de tous les champs de maïs de la région, pourquoi avoir choisi celui de Lucas pour y laisser son corps ?

Un million de questions se pressait dans sa tête lorsque Dallas passa une heure plus tard. Il alla droit au but.

— Mary, vous avez déjà eu des problèmes avec Cindy ? demanda-t-il en fixant sur elle ses intenses yeux gris.

— Non, pas du tout, répondit-elle. Je l'ai dit à Lucas tout à l'heure, je ne la connaissais même pas, en dehors du fait qu'elle m'a servie quelques fois au café.

— Pareil pour moi, ajouta Lucas. Je ne la connaissais pas vraiment.

— L'un de vous sait-il si elle avait des problèmes avec quelqu'un ?

Lucas et elle répondirent par la négative. Dallas fronça les sourcils.

— Lucas, pourquoi dans ton champ, à ton avis ?

— Du diable si je le sais, répondit Lucas avec ferveur.

Il s'adossa au canapé.

— Dallas, nous sommes amis depuis toujours. Tu dois me croire quand je te dis que je n'ai absolument rien à voir avec ça. Je ne sais pas qui a fait ça, ni pourquoi elle a été laissée dans mon champ.

— Et j'espère que personne que je connais n'est responsable de cette chose horrible, ajouta Mary, parcourue d'un frisson glacé.

— Dans une ville de cette taille, nous connaissons probablement tous le meurtrier, objecta sombrement Dallas.

— Rien que cela est horrifiant. Un meurtre est choquant en soi, mais ce qu'on lui a fait est parfaitement ignoble.

Elle réprima un autre frisson.

— En parlant de ce qu'on lui a fait, précisa Dallas, j'aimerais rester aussi discret que possible sur les détails de sa mort et la découverte de son corps. Cela veut dire qu'il faut que vous les gardiez aussi pour vous. Ne parlez pas de ce que vous avez vu. Cela interférerait avec l'enquête.

— Je n'ai jamais été du genre à commérer, et je n'ai pas l'intention de commencer maintenant, dit Mary. Surtout à propos de cela.

— Pareil pour moi, dit Lucas.

Dallas hocha la tête.

— Qui que ce soit, je vais trouver ce meurtrier et m'assurer qu'il sera mis derrière les barreaux pour que cela n'arrive plus jamais.

Il se leva.

— Tu penses que ça pourrait se reproduire ? demanda Lucas.

— On ne peut rien exclure, mais j'espère de toutes mes forces que c'est un meurtre unique, dû à quelque chose qui se passait dans la vie de Cindy.

— Je te raccompagne, dit Lucas en se levant à son tour.

Tandis que les deux hommes sortaient, Mary s'adossa au canapé et expira avec force. Elle avait l'impression d'avoir retenu son souffle depuis la découverte de Cindy.

Tout cela était un horrible cauchemar. Il allait lui falloir du temps pour oublier cette affreuse vision. Elle était tellement soulagée qu'Annabelle n'ait rien vu. Elle espérait seulement que cette image horrible n'allait pas se glisser dans son sommeil.

Elle leva les yeux lorsque Lucas revint. Il se laissa tomber sur le canapé près d'elle et poussa un gros soupir.

— En fait, je craignais que vous ne soyez en train de faire vos bagages, dit-il. Mais je vous jure, Mary, que je n'ai rien à voir avec tout ça, et j'ignore totalement pourquoi cette pauvre Cindy était dans mon champ.

Il avait l'air sincère. Son regard dénotait une honnêteté et une innocence auxquelles Mary voulait croire. En outre, il lui était difficile d'imaginer qu'il puisse border sa fille avant d'aller assassiner Cindy et d'en faire ensuite un épouvantail.

— Je ne vous connais pas très bien, Lucas. Mais d'après ce que je sais de vous, je ne peux pas croire que vous y soyez mêlé.

— Merci, répondit-il avec un soulagement évident. Et merci de ne pas avoir fait tout de suite vos paquets.

— Vous me le demanderez peut-être après avoir goûté à davantage de mes repas, dit-elle en un effort pour alléger l'atmosphère.

Il lâcha un rire bref et lui sourit.

— Merci, j'en avais besoin.

— Alors, que va-t-il se passer maintenant ? questionna-t-elle en reprenant son sérieux.

— Je n'ai jamais été mêlé à une enquête, mais je suppose que Dallas va interroger les connaissances et les collègues de Cindy.

— J'espère qu'il trouvera rapidement le meurtrier, dit Mary en frissonnant.

— Moi aussi.

— C'est dur de croire que quelqu'un que nous connaissons puisse être capable d'une telle chose. Je veux dire, pourquoi lui faire ça ? Et j'espère qu'il lui a fait ça *après* sa mort.

— Je comprends ce que vous voulez dire. Je partage le même sentiment. J'espère de toutes mes forces qu'elle n'était plus en vie quand elle a été autant… défigurée.

Annabelle sortit de sa chambre en courant, joyeuse comme toujours après sa sieste. Lorsque Lucas se mit à jouer avec elle, Mary retourna dans sa propre chambre.

Elle s'occupa avec des jeux en ligne, afin de se sortir l'image de Cindy de la tête. Constatant que cela ne suffisait pas, elle prit le roman qu'elle lisait, espérant qu'une comédie romantique la distrairait de ces visions de meurtre.

Lucas prépara des hamburgers et des frites pour le dîner. Tous trois mangèrent ensemble, et la conversation demeura facile et légère. Une fois le repas fini, Mary aida Lucas à débarrasser, puis retourna à sa chambre.

Juste avant 19 heures, on frappa à sa porte. C'était Lucas.

— Vous voulez venir regarder la télévision avec moi ?

— Oui, volontiers.

Tout ce qui pourrait la distraire de ses pensées noires était le bienvenu.

Dans le salon, Lucas s'assit dans son fauteuil et elle se blottit au coin du canapé. Annabelle était déjà au lit. Il alluma la télévision et mit la série policière dont Mary lui avait dit qu'elle la regardait. Apparemment, c'était aussi son cas car, à chaque interruption publicitaire, ils parlèrent avec animation des intrigues passées et de la psychologie des personnages.

Ce schéma se répéta durant les cinq jours suivants

et s'établit en une sorte de routine. Annabelle exigeait désormais chaque soir que Mary vienne la border.

Dallas n'était pas revenu leur parler du meurtre. Ils n'en savaient pas plus sur les raisons de la présence de la jeune femme dans le champ de maïs. Il avait fallu plusieurs jours aux policiers pour finir de traiter la scène, mais ils étaient enfin partis.

Nicole était venue plusieurs fois, en début de soirée, et leur avait dit que le meurtre faisait l'objet de toutes les conversations en ville. Au moins, Mary pouvait-elle passer maintenant une journée entière sans penser à Cindy.

De jour en jour, son inclination pour son patron s'approfondissait. Plus elle le côtoyait, plus elle l'appréciait. Elle s'était souvent demandé par le passé quel genre d'homme elle aimerait épouser un jour.

Il devrait être intelligent et bienveillant. Il devrait aimer les enfants et avoir le sens de l'humour. Il devrait aussi respecter et encourager son désir d'enseigner. Lucas correspondait à toutes ces exigences.

Malheureusement, il était son employeur et elle ne pouvait franchir cette ligne avec lui. Non qu'il lui ait laissé entendre qu'il voulait la franchir avec elle. Cela ne l'empêchait pourtant pas de s'éprendre de plus en plus de lui.

On était jeudi soir, et elle était à nouveau installée sur le canapé pour regarder la télévision avec Lucas.

Les jours écoulés l'avaient persuadée que son employeur était un homme qui souffrait d'être seul. Il s'accrochait au souvenir de sa femme, mais une morte ne pouvait remplir ses longues soirées solitaires.

— Parlez-moi de vos parents, Mary, dit-il juste au moment où l'émission commençait. Je sais qu'ils vivent en ville, mais je ne vous ai jamais entendu dire quoi que ce soit sur eux, et vous n'allez pas les voir.

Mary fronça les sourcils, reprise par la tristesse que la pensée de ses parents lui causait toujours.

— Nous ne sommes pas très proches. Pour être honnête, je ne pense pas qu'ils voulaient un enfant, et je crois que j'étais une erreur... un accident. Depuis aussi longtemps que je m'en souvienne, ils se sont toujours montrés froids et distants avec moi. Ils ne jouaient pas avec moi et ne me bordaient pas le soir. Le seul moment où ils m'ont témoigné un semblant d'affection, c'est quand ils m'ont offert une voiture et deux valises pour mon dix-huitième anniversaire et qu'ils m'ont dit de partir.

Le rouge lui monta aux joues.

— Je suis désolée. Je suis sûre que c'est plus que vous ne vouliez en savoir.

— Ne vous excusez pas. Je suis seulement navré que vous ayez eu cette sorte d'enfance.

Son regard était doux et, durant un instant, elle eut envie de se noyer dans ses profondeurs bleues.

Un coup résonna à la porte.

— Restez assise, dit Lucas en se levant.

Un instant plus tard, Celeste Winthrop pénétra dans la pièce avec un plat recouvert d'un torchon. Elle s'arrêta net à la vue de Mary, visiblement surprise, et se tourna vers Lucas.

— Oh ! j'ignorais que vous aviez déjà de la compagnie.

— Mary vit ici, répondit Lucas. C'est la nounou de ma fille et ma gouvernante.

— Bonsoir, Celeste, dit Mary.

— Mary, la salua Celeste avec un hochement de tête raide.

Celeste était une séduisante femme divorcée, aux

cheveux blond cendré et aux grands yeux marron. Elle faisait rarement mine de reconnaître Mary lorsqu'elle la voyait au supermarché. Elle plissa les yeux, puis se tourna vers Lucas avec un sourire éclatant.

— J'ai préparé des cookies pour le club de jardinage, et j'en ai fait un peu plus, sachant combien Annabelle aime les biscuits aux pépites de chocolat.

Elle lui tendit le plat.

— Merci, Celeste. C'est très gentil de votre part.

Mary se leva.

— Je vais les emporter à la cuisine.

Elle alla poser le plat sur le comptoir de la cuisine, puis se rendit dans sa chambre. Elle supposait que Celeste voudrait rester bavarder. Il était évident qu'elle avait des vues sur Lucas, et Mary se doutait que la façon de gagner le cœur de Lucas était de choyer sa fille.

Elle était sur le point de passer sa chemise de nuit quand Lucas frappa à sa porte.

— J'ai mis la série en pause, vous voulez la finir ?

— Oh ! je pensais que Celeste allait rester.

— Je ne l'ai pas invitée à s'asseoir, répondit-il.

— Alors j'aimerais bien finir l'épisode avec vous.

Quelques minutes plus tard, ils étaient à leurs places respectives. Lorsqu'une publicité apparut, Lucas coupa le son.

— Vous savez, je ne suis pas idiot, dit-il.

— Je n'ai jamais pensé que vous l'étiez, répliqua Mary, surprise.

— Je suis conscient que Celeste et d'autres femmes ont jeté leur dévolu sur moi. Je sais qu'elles me font la cour avec leurs gratins et leurs cookies.

Un pli lui barrait le front.

— J'ai essayé de les décourager mais, vu la nouvelle

visite de Celeste ce soir, il faudra que je sois plus ferme et que je les informe en termes clairs que le mariage ne m'intéresse pas. J'ai vécu un grand amour avec Diana et, quand elle est morte, mon cœur s'est refermé pour toujours.

Rougissant, il se passa une main dans les cheveux.

— Désolé, je ne voulais pas vous ennuyer avec ça. J'imagine que les cookies aux pépites de chocolat m'ont mis de mauvaise humeur, finit-il avec un sourire.

Elle se mit à rire.

— Pour moi, ce sont les choux de Bruxelles.

— Les choux de Bruxelles ?

Il la regarda d'un air amusé.

Elle hocha la tête.

— Mes parents me forçaient à en manger quand j'étais petite. Je détestais ça. Je déteste encore ça aujourd'hui.

Ce fut à son tour de rire.

— Alors je veillerai à ne jamais mettre de choux de Bruxelles au menu.

Ah, comme elle aimait le son de son rire ! C'était un rire grave et plein, qui la faisait sourire chaque fois qu'elle l'entendait.

— Non, à moins que vous ne les aimiez vous-même. Si c'est le cas, je veux bien vous en préparer.

— Vous n'avez pas du tout à en cuisiner pour moi, répondit-il. Il y a assez de légumes pour que nous n'ayons jamais à manger de choux de Bruxelles.

Le reste de la soirée se passa agréablement. Plus tard, alors que Mary se préparait à se coucher, elle se repassa les paroles de Lucas à propos de la mort de sa femme.

C'était si triste qu'un homme dont elle soupçonnait qu'il avait beaucoup d'amour à donner ait décidé de s'enterrer avec son épouse décédée.

Même s'il ne la regardait jamais autrement que comme

la nounou de sa fille, elle espérait qu'un jour il ouvrirait assez son cœur pour aimer encore – non seulement pour son propre bien, mais aussi pour celui d'Annabelle.

Lucas était hors de portée. L'idée même qu'il puisse être attiré par une femme comme elle était ridicule. De son vivant, Diana était absolument superbe, et Mary avait bien conscience qu'elle-même était un peu quelconque. Quoi qu'il en soit, elle devait se concentrer sur son travail et sur ses études. Et accepter le fait que l'amour ne serait peut-être jamais pour elle.

Le samedi matin, Lucas, Mary et Annabelle s'assirent à table pour savourer les pancakes et le bacon que Lucas avait préparés pour le petit déjeuner.

Lucas était de très bonne humeur après une semaine où tout avait marché comme sur des roulettes. Les dîners de Mary étaient délicieux ; quant à Annabelle, après avoir été récompensée de dix étoiles pour sa bonne conduite, elle avait gagné une nouvelle poupée.

Lucas s'efforçait de ne pas penser à la pauvre Cindy. C'était perturbant d'imaginer qu'on l'avait laissée dans son champ pour lui nuire, mais il ne voulait pas que cette idée trouble la paix dont il jouissait par ailleurs.

— Il n'y a rien de meilleur que le bacon et le sirop d'érable, déclara Mary.

— Sauf la bière avec la viande au barbecue, rétorqua-t-il.

— Ou les frites avec la mayonnaise.

— Vraiment ?

Il haussa un sourcil noir.

— Vraiment. Vous devriez essayer.

Il se mit à rire.

— Je vais peut-être le faire. Qu'aimez-vous d'autre ?

— La purée de patates, dit Annabelle. Et le *mac and cheese.*

— Oui, je sais que tu aimes beaucoup le *mac and cheese*, dit Mary à Annabelle.

Elle regarda Lucas.

— Elle en réclame presque tous les jours pour le déjeuner.

— Et elle l'obtient ?

— Bien sûr que non !

Mary rit.

— Elle en a une fois par semaine environ, et avec des légumes.

— Les légumes, c'est bon pour moi, intervint Annabelle en pliant le bras pour exposer un muscle invisible.

— C'est vrai, approuva Lucas avec un sourire.

Comme tout avait changé depuis que Mary était là ! Annabelle refusait de manger des légumes auparavant. Désormais, elle ne se faisait pas prier.

Un coup résonna à la porte. Lucas se leva pour aller ouvrir et, quelques instants plus tard, revint avec Nicole.

— N'est-ce pas charmant, fit celle-ci avec un peu d'ironie.

— Mamie, tu m'as apporté un cadeau ? demanda Annabelle.

— Annabelle, qu'est-ce qu'on a dit ? intervint Mary.

— Je-dois-pas-demander-de-cadeaux, dit solennellement Annabelle.

Elle regarda Mary, qui hocha la tête en souriant.

— C'est très bien, Annabelle, mais ce matin, je t'ai effectivement apporté un cadeau, dit Nicole.

Elle tira des petits vêtements de son grand sac.

— C'est un pyjama pour tes poupées. Je le mets là, sur le comptoir, parce que tu as les doigts collants.

— Qu'est-ce qu'on dit, Annabelle ? demanda Lucas.

— Merci, mamie, dit la petite fille en rayonnant. Je vais le mettre à bébé Annie. Elle est toute nue.

Nicole se mit à rire.

— Alors je suis heureuse de te l'avoir apporté.

— Nicole, voulez-vous des pancakes ? offrit Lucas. Je vais vous mettre une assiette.

— Non merci, mais je veux bien une tasse de café, répondit-elle en s'asseyant à table.

Elle était très élégante dans son pantalon noir et son corsage rose, qui mettait en valeur ses cheveux et ses yeux.

— Mary, on dirait que vous vous êtes bien acclimatée, fit-elle avec un gentil sourire.

— Je ne sais pas ce que je ferais sans elle, déclara Lucas.

— Annabelle et Lucas ont l'air heureux, alors vous devez bien faire les choses, commenta Nicole.

— J'espère. Nous avons établi une routine qui fonctionne pour tout le monde, répondit Mary.

— Moi, j'ai l'air heureux, mamie.

Annabelle fit un grand sourire à sa grand-mère. Nicole se mit à rire.

— Je suis ravie de l'entendre, ma petite puce.

Elle reprit son sérieux lorsque Lucas posa une tasse de café devant elle.

— Hélas, l'enquête de Dallas n'avance pas.

— Ah bon ? Moi, je ne sais pas grand-chose en dehors des bribes d'informations que vous nous avez rapportées, répondit Lucas. Ça fait plusieurs semaines que je ne suis pas allé en ville.

— Moi-même je n'y suis allée qu'une fois pour faire les courses et acheter un cadeau à Annabelle, dit Mary.

— J'ai eu dix étoiles, mamie, annonça fièrement

Annabelle. J'ai eu dix étoiles et mamzelle Mary m'a donné une 'compense. Une poupée !

Mary expliqua le système des étoiles à Nicole.

— C'est merveilleux que tu aies eu dix étoiles, dit Nicole en caressant le bras de sa petite-fille.

— Papa, je peux descendre ?

— On va d'abord laver ces doigts collants, dit Mary.

Lucas regarda Mary se lever, prendre une feuille d'essuie-tout et nettoyer le visage et les mains de sa fille. Ce jour-là, elle portait un jean qui moulait ses longues jambes et affinait sa taille. Son corsage jaune vif à manches courtes faisait ressortir le vert de ses yeux.

Bien que l'odeur du bacon et du sirop remplissent encore ses narines, il savait qu'en se penchant plus près il saisirait une bouffée de fleurs printanières, surtout de lilas. C'était un parfum qu'il en était venu à adorer. Lorsque Annabelle quitta la pièce, Lucas se tourna vers sa belle-mère.

— Alors, qu'avez-vous entendu à propos du meurtre de Cindy ?

Nicole prit une gorgée de café avant de répondre.

— Au début, tout le monde en parlait, et je sais que Dallas a conduit toutes sortes d'interrogatoires au café. Mais la dernière nouvelle, c'est que l'enquête est au point mort et que Dallas n'a aucun suspect.

Elle secoua la tête et serra sa tasse entre ses doigts.

— Je ne t'ai pas posé la question, mais ça a dû être terrifiant de la trouver comme ça.

— Que voulez-vous dire ?

— On m'a dit qu'elle était déguisée en épouvantail, que ses yeux avaient été mangés par les oiseaux et qu'il y avait des estafilades sur sa figure, recousues avec du gros fil noir, déclara Nicole.

Lucas regarda Mary, puis de nouveau Nicole.

— Dallas voulait éviter que la population ne connaisse ces détails.

Bien que la description ne soit pas tout à fait exacte, elle était assez proche de la réalité.

— Eh bien, ça a fuité d'une manière ou d'une autre.

Nicole haussa les épaules.

— En tout cas, ce devait être un spectacle horrible.

— J'en ai encore des cauchemars, avoua Mary.

Lucas la considéra avec surprise. Elle ne lui en avait pas parlé. Mais rien d'étonnant à cela, c'était une vision d'horreur, propre à donner des cauchemars à n'importe qui.

Nicole resta encore quelques minutes, puis s'en fut.

— Arrêtez. Souvenez-vous, vous êtes en congé, dit Lucas à Mary, qui s'était levée pour débarrasser la table.

Elle se mit à rire.

— Vous avez cuisiné, alors ça ne me dérange pas de ranger.

— Vous avez des projets pour aujourd'hui ? demanda-t-il.

— En fait, oui. J'ai rendez-vous avec Sally Roth ce soir pour dîner au café.

— Ce sera bien pour vous… une soirée loin de ma fille et de moi. Sally a l'air d'une gentille jeune femme.

Il l'avait rencontrée plusieurs fois au supermarché.

— C'est vrai, j'ai hâte de m'éloigner de vous et d'Annabelle, dit-elle avec une lueur taquine dans les yeux. J'ai l'intention de m'attarder le plus possible pour que vous soyez au lit quand je rentrerai et que je ne voie pas vos vilaines faces avant demain matin.

Il se mit à rire, ravi qu'elle soit assez l'aise pour plaisanter.

— J'essaierai de me coucher tôt pour vous rendre service.

— Merci, je vous en serai reconnaissante, repartit-elle.

Ils finirent de ranger la cuisine ensemble, puis elle se rendit dans sa chambre.

Lucas garda le sourire un long moment. Quelques minutes plus tard, il jouait à la poupée avec sa fille, repensant à sa satisfaction d'avoir engagé Mary. Il semblait sourire beaucoup ces derniers temps.

— Papa, viens jouer encore, dit Annabelle une demi-heure plus tard, en entrant en courant dans le salon où il venait de s'asseoir.

Il se leva.

— Et si j'apportais les blocs et qu'on construise des tours ? suggéra-t-il.

— D'accord, dit-elle. Des grandes, grandes tours.

Ils s'installèrent par terre et Lucas se mit en devoir de bâtir des tours. C'était leur jeu habituel. Il les construisait, et Annabelle les faisait tomber en gloussant.

Il adorait le son de son rire. Annabelle était la meilleure chose qu'il ait jamais faite dans sa vie. Après seulement trois semaines, il voyait les progrès qu'avait obtenus Mary. Sa fille écoutait davantage et piquait moins de crises. Elle adorait gagner des étoiles et n'aimait pas les temps morts, durant lesquels Mary la faisait asseoir sur une chaise pendant trois longues minutes.

Il avait déjà construit cinq grandes tours quand des coups se firent entendre à la porte. En allant ouvrir, il découvrit Gina Hightower souriante sur le seuil, une marmite dans les mains. Elle la lui tendit aussitôt.

— J'ai eu de la famille à dîner hier soir, et j'ai fait bien trop de spaghettis et de boulettes, alors j'ai pensé qu'Annabelle et vous aimeriez en manger.

— J'aime les paguettis, pépia Annabelle derrière lui.

— Bonjour, Annabelle. Comment vas-tu, ma chérie ? dit Gina en se penchant vers elle.

— Papa et moi, on joue, dit-elle.

— C'est bien. Peut-être qu'un jour je viendrai jouer avec toi, moi aussi.

Lucas ne voyait pas cette femme élégante s'asseoir par terre pour jouer avec sa fille. Elle ne ressemblait en rien à Mary, qui se roulait par terre avec Annabelle sans se soucier de ses vêtements ou de ses cheveux.

— Gina, vous devez cesser de m'apporter à manger, dit-il. Bien que je vous sois reconnaissant de votre gentillesse, c'est tout à fait inutile.

Ce qu'il aurait voulu lui dire, c'est que quel que soit le nombre de plats ou de desserts qu'elle lui apporterait, il ne l'épouserait pas. Il ne voulait même pas sortir avec elle. C'était une femme gentille, mais il n'était pas – et ne serait jamais – amoureux d'elle.

Toutefois, lui dire tout cela ne ferait que l'embarrasser, surtout devant Annabelle. Et il ne voulait pas que sa fille entende ce genre de conversation.

— Lucas, vraiment, ça ne me dérange pas. J'imagine ce que c'est d'être un père célibataire. Ce doit être tellement difficile de jongler avec toutes ces tâches, répondit-elle.

— En fait, tout se passe bien depuis que j'ai engagé Mary Curtis comme nounou. Elle est d'une merveilleuse efficacité.

— Mary Curtis ? Vous voulez dire Mary du supermarché ? J'ignorais que vous l'aviez engagée, dit Gina, un sourcil haussé. Alors elle vit avec vous ?

— Oui, elle habite ici, répondit Lucas.

— Mamzelle Mary joue avec moi, dit Annabelle.

— Tant mieux, dit Gina d'un ton beaucoup plus froid.

Elle jeta un regard à Lucas.

— Eh bien, j'espère que vous aimerez mes spaghettis. Je passerai un de ces jours récupérer ma casserole.

Après un au revoir murmuré, elle s'en fut. Lucas referma la porte avec un sourire désabusé. Le fait que Mary vive chez lui avait apparemment le pouvoir de chasser les autres femmes. C'était certainement une bonne chose.

Il emporta les spaghettis dans la cuisine et leur fit de la place dans le réfrigérateur. Il avait le sentiment que ce serait le dernier plat que Gina lui apporterait, et c'était parfait comme ça.

Juste après 18 heures, Mary sortit de sa chambre, vêtue d'une robe d'été rayée rose et blanc. L'encolure ronde laissait entrevoir la naissance de ses seins et la jupe courte découvrait ses longues jambes fuselées. Ses cheveux brillants retombaient en vagues sur ses épaules. Elle était absolument superbe.

Lucas sentit soudain ses doigts le démanger à l'idée de les plonger dans sa chevelure. S'il s'approchait, sentirait-il son parfum à la base de son cou ? Entre ses seins ? Ses yeux s'assombriraient-ils de plaisir s'il se penchait pour l'embrasser ?

Pour la première fois depuis des années, un désir brûlant le saisit aux tripes. C'était complètement inattendu et plus que choquant. Mais cela ne dura qu'un instant.

— Vous êtes très jolie, réussit-il à dire.

— Merci. Eh bien, je m'en vais. Je rentrerai un peu tard.

— Profitez bien de votre soirée.

Il l'accompagna à la porte d'entrée.

— Merci, je n'y manquerai pas. C'est toujours agréable de voir Sally. Elle est tellement drôle.

— Alors bonne soirée, répondit-il.

Un instant plus tard, elle était partie. Elle n'habitait chez lui que depuis trois semaines, mais la maison semblait bizarrement vide sans elle.

Il se rendit compte qu'elle allait lui manquer durant la

soirée. Il s'était habitué à regarder la télévision avec elle. Il repensa à ce désir soudain. Il n'aurait pas dû être surpris. Il n'était pas sorti avec une femme depuis des années. C'était naturel que sa testostérone se réveille après tout ce temps, d'autant plus qu'il trouvait Mary très séduisante.

Mais il n'y avait pas de place pour ce genre de choses dans ses rapports avec elle. Il ne fallait surtout pas gâcher leur entente professionnelle. Mary était une nounou et une gouvernante parfaite. Il l'admirait et la respectait. Il n'obéirait certainement pas à son désir, surtout sachant que son cœur était verrouillé à jamais.

5

Tout en roulant vers son rendez-vous avec Sally, Mary continua de penser à l'homme qu'elle venait de quitter. En se préparant dans sa chambre, elle avait entendu une voix de femme dans le salon.

Lucas était incontestablement un objet de convoitise dans leur petite ville. Et elle comprenait bien pourquoi. Si elle avait été à la recherche d'un mari, il aurait été tout en haut de sa liste de candidats.

Mais elle-même n'était pas sur le marché. Ce qu'elle devait faire, c'était s'occuper de sa propre vie. Elle devait finir ses études et obtenir son diplôme, puis elle voulait être engagée à l'école primaire. Ainsi, elle pourrait subvenir à ses besoins, voire s'acheter une petite maison et commencer à économiser pour sa retraite.

Si un homme se présentait à un moment quelconque de ce parcours – un homme qui soutiendrait ses choix de carrière et l'aimerait avec ferveur –, elle serait comblée. Mais à vingt-huit ans, elle n'avait jamais rencontré d'homme qui l'aime avec ferveur, et elle ne s'attendait pas à ce que cette perle rare apparaisse soudainement.

Elle avait cru faire la connaissance d'un homme correct sur le site de rencontres, mais il n'avait pas fallu longtemps pour que Kenny dévoile la noirceur de son âme. Dieu merci, il vivait à des centaines de kilomètres de chez elle et ignorait son adresse.

Ces réflexions sur les hommes et le mariage cessèrent quand elle arriva en vue du café et elle se réjouit de passer la soirée avec Sally. Comme on était samedi soir le parking était bondé, et elle dut se garer à une rue de là.

Le temps était nuageux, et il régnait une obscurité inhabituelle à cette heure-là. Elle se hâta sur le trottoir, espérant que le ciel couvert ne présageait pas la pluie. La météo ayant été chaude et sèche durant des semaines, elle supposait que les fermiers accueilleraient avec joie une bonne averse.

Elle ouvrit la porte du café. Immédiatement, une odeur d'oignons rissolés, de viande grillée et de pain chaud l'enveloppa, et elle sentit son estomac gargouiller.

L'établissement était très coloré : des balles de foin et des coqs étaient peints sur l'un des murs. Sur le suivant, c'était un champ de maïs, et le troisième représentait un patchwork de petites fermes en vert, or et marron. Mary survola les tables et les box du regard, se demandant si son amie était arrivée.

Ne la voyant nulle part, elle se fraya un chemin jusqu'à une table du fond. Ce faisant, plusieurs personnes qu'elle connaissait lui adressèrent des sourires aimables. Elle prit un siège face à l'entrée et, un instant plus tard, vit son amie pénétrer dans le café.

Coupés dans un style moderne, les cheveux châtains de celle-ci mettaient en valeur ses traits juvéniles. Ce soir-là, elle portait une robe d'été bleue, qui allait à ravir à sa petite taille.

Mary lui fit signe en souriant. Sally l'aperçut et se hâta de la rejoindre.

— Alors, ça fait un bail ! s'exclama Sally en se laissant tomber sur la chaise qui lui faisait face.

— En effet, ça fait longtemps, approuva Mary. Raconte-moi les nouvelles.

Avant qu'elles puissent bavarder, la serveuse vint prendre leur commande. Sally demanda un hamburger avec des frites, et Mary opta pour le menu du jour : pain de viande et purée de pommes de terre.

Quand la serveuse leur eut servi des boissons, Sally mit Mary au courant des derniers potins au supermarché.

— La grande nouvelle, c'est que Samantha s'est finalement fiancée avec Brian.

— Ah, tant mieux pour eux.

Samantha Lindsay travaillait au supermarché depuis quatre ans, et Brian et elle sortaient ensemble depuis plus de cinq ans.

— Oui, elle est vraiment heureuse qu'il l'ait enfin demandée en mariage. Ils ont l'intention de se passer la bague au doigt l'année prochaine. Elle dit que ce sera juste une petite cérémonie. Et maintenant, oublions le supermarché.

Sally coinça une mèche de cheveux derrière son oreille et se pencha en avant, les yeux brillants.

— Je veux tout savoir de toi. Je n'arrive pas à croire que tu vis avec ce canon de Lucas Maddox. Il me coupe le souffle chaque fois qu'il passe à la caisse. Je veux absolument tout savoir.

Mary se mit à rire.

— Je crains de te faire mourir d'ennui.

— Alors j'imagine que tu n'as pas encore couché avec lui.

— Sally, bien sûr que non !

Mary rougit jusqu'aux oreilles, mais son amie sourit de toutes ses dents.

— La couleur de tes joues me dit qu'il se passe quelque chose. Accouche.

— Vraiment, il n'y a rien de spécial à dire. C'est un super boulot, mais je ne vois mon patron que le soir. Je passe mes journées avec sa fille. Je fais le ménage et je leur prépare à dîner chaque soir.

— Comment est-il chez lui ? demanda Sally. Il a toujours l'air tellement gentil quand il vient faire ses courses.

— Il est tout aussi gentil chez lui. Il est bienveillant et respectueux, et il a un grand sens de l'humour. C'est un père affectueux et ça m'attendrit de le voir s'occuper d'Annabelle.

Sally la dévisagea un long moment.

— Tu es dingue de lui.

Mary s'esclaffa à nouveau.

— Un peu…, avoua-t-elle finalement.

L'arrivée de leurs plats lui épargna d'avoir à en dire davantage. Toutefois, Sally était tenace.

— Il sait ce que tu éprouves pour lui ? demanda-t-elle lorsque leur serveuse se fut éloignée.

— Seigneur, non, s'exclama Mary, horrifiée à cette idée. J'aime mon travail et je ne ferai jamais rien qui puisse le mettre en péril. En outre, il aimait tellement sa femme qu'il ne veut pas se remarier ni avoir une autre relation.

Sally soupira.

— Bon sang, j'aimerais bien qu'on m'aime à ce point.

Elle fit une pause, puis demanda :

— Tu l'as déjà vu tout nu ?

Mary faillit s'étouffer avec son soda.

— Absolument pas, réussit-elle à dire après un instant. Sally !

Son amie lui adressa un sourire malicieux.

— J'étais curieuse. Je parie qu'il est aussi sexy nu qu'habillé.

Mary gloussa.

— Tu es bête. Maintenant, parlons de ta vie amoureuse. Tu sors avec quelqu'un en ce moment ?

Tandis qu'elles mangeaient, Sally lui raconta ses aventures, la faisant rire tant et plus. Sally était incontestablement douée pour le théâtre et avait un sens de l'humour qui ravissait Mary. Toutefois, leur conversation prit un tour plus sombre au café.

— Alors tu étais là quand on a découvert Cindy dans le champ de maïs ? demanda Sally.

Mary acquiesça, immédiatement renvoyée à ce jour horrible. Elle se rappelait encore la senteur musquée du maïs, combinée à la riche odeur de la terre. Le ciel au-dessus d'eux était d'un bleu immaculé, et elle était si contente que Lucas l'ait invitée à se promener avec eux.

— J'ai entendu dire qu'on l'avait transformée en épouvantail, chuchota Sally.

— Où as-tu entendu ça ? demanda Mary, se rappelant que Dallas ne voulait pas divulguer les détails du meurtre.

— C'est Minnie Perkins qui me l'a raconté. J'étais en train de passer ses articles à la caisse, et elle m'a dit que Cindy était attachée à un piquet dans le champ, que ses lèvres avaient été cousues et ses yeux mangés par les oiseaux.

— Tu sais bien que Minnie est une commère. On ne peut pas croire la moitié de ce qu'elle dit, riposta Mary.

— Oui, mais tu étais là. Alors, elle dit la vérité ou non ?

Sally la fixait avec intensité. Mary soupira intérieurement. Elle n'avait pas envie de mentir à son amie, mais elle ne voulait pas non plus alimenter les rumeurs.

— Je ne l'ai vue qu'une seconde. Annabelle était avec nous quand nous l'avons découverte, alors je l'ai prise par la main et nous sommes retournées à la maison. Tout ce que je sais, c'est qu'elle était attachée à un piquet, dans la posture d'un épouvantail. Je ne sais rien d'autre.

— Si je voyais un truc comme ça, je crois que je ferais mes valises et que je prendrais le premier avion pour je ne sais où, dit Sally. Tu n'as pas eu peur de rester là, avec Lucas ?

— Tu sais, c'est drôle, même si je ne le connaissais pas très bien, ça ne m'est pas passé par la tête qu'il puisse avoir quelque chose à voir avec le meurtre.

— Pourtant, ce doit être effrayant de vivre là où on a trouvé une victime de meurtre, repartit Sally.

— J'essaie de ne pas y penser.

C'était vrai… en dehors de cauchemars occasionnels, dans lesquels elle rêvait d'épouvantails la pourchassant dans un champ de maïs obscur.

Il était presque 22 heures quand elles se dirent au revoir devant le café. La nuit était tombée, et une odeur de pluie imprégnait l'air.

Mary se hâta d'aller reprendre sa voiture. Elle voulait rentrer à la maison avant qu'il ne commence à pleuvoir. Des éclairs zébraient le ciel, éclairant les nuages.

Elle déverrouilla sa voiture et se mit au volant. Ce fut seulement alors qu'elle le vit. Un prospectus coincé sous l'essuie-glace, juste devant son siège.

Sans doute une pub, pensa-t-elle en rouvrant sa portière et en mettant un pied dehors pour attraper la feuille de papier. Une fois réinstallée au volant, elle la lut à la lueur du tableau de bord.

PARTEZ DE CHEZ LUCAS OU VOUS DEVREZ EN AFFRONTER LES CONSÉQUENCES. VOUS ÊTES PRÉVENUE.

Les grandes lettres rouges la firent frissonner de tout son long. Elle verrouilla les portières et regarda autour d'elle. Qui avait laissé ce… cette menace ? Il y avait des passants dans la rue, mais personne ne semblait lui prêter attention.

Elle replia le message, le rangea dans son sac et démarra. La peur au ventre, elle se hâta de reprendre le chemin du retour. Qui voulait qu'elle s'en aille de chez Lucas et pourquoi ? Elle n'était que la nounou de sa fille.

Et quelles étaient ces « conséquences » dont parlait le message ? Elle serra le volant de toutes ses forces. « Vous êtes prévenue. » La phrase résonnait dans sa tête. Qu'est-ce que cela voulait dire, de toute façon ? Pourquoi lui ordonnait-on de quitter la maison de Lucas ?

Même si elle était assez effrayée pour faire immédiatement ses valises, elle n'avait nulle part où aller. Lucas et Annabelle étaient contents d'elle, et elle était heureuse là où elle était. En quoi cela pouvait-il gêner quelqu'un ?

Elle finit par arriver chez Lucas et se gara à sa place habituelle. Sitôt descendue de voiture, elle fila vers la porte d'entrée en jetant des regards à droite et à gauche.

Lorsqu'elle entra dans le salon, Annabelle courut vers elle.

— Mamzelle Mary. Tu es revenue !

— Annabelle, qu'est-ce que tu fais encore debout ?

La petite fille était en pyjama, mais son heure de coucher était largement dépassée.

Lucas, assis sur le canapé, se leva et lui sourit.

— Elle refusait d'aller se coucher avant que vous la

bordiez. J'ai finalement accepté de la laisser debout un peu plus longtemps au cas où vous ne rentreriez pas trop tard.

Mary posa son sac à main sur la petite table.

— Allez, Annabelle. Je vais te border. Nous les filles, nous devons nous coucher tôt pour garder notre beauté.

— Oui, garder beauté, répéta Annabelle.

Elle prit la main de Mary et bâilla.

La chambre d'Annabelle était un rêve de petite fille. Peinte en rose, elle possédait assez de dentelles et de jouets pour remplir un magasin. Mary conduisit la petite fille à son lit, et Annabelle se faufila sous l'édredon décoré de princesses. Il était visible qu'elle était fatiguée. Mary tira les draps sous son menton et lui caressa la joue et le front.

— Les fées vont venir t'apporter de beaux rêves, murmura-t-elle.

— J'adore les fées, dit Annabelle avec un sourire flou.

— Je sais que tu les adores. Les fées nous apportent des rêves merveilleux, répondit Mary.

— Tu me fais un bisou ? demanda Annabelle.

Mary se pencha et embrassa la joue de la petite fille.

— Voilà, un bisou pour t'envoyer au pays des rêves.

— Mamzelle Mary, je t'aime, murmura Annabelle avec un sourire tremblant avant de s'endormir.

C'était la première fois que la petite fille lui disait cela, et Mary sentit son cœur fondre. Elle prit conscience à cet instant qu'elle aimait aussi cette enfant privée de mère. Il faudrait bien davantage que des menaces pour qu'elle l'abandonne.

Elle sortit de la chambre et revint au salon, où Lucas était toujours assis.

— J'ai essayé de la faire coucher une dizaine de fois, mais elle n'arrêtait pas de dire qu'elle ne dormirait pas avant que vous rentriez.

— Elle dort maintenant.

Mary prit son sac et s'assit à l'autre bout du canapé.

— Vous avez de la chance qu'elle ne fasse pas de difficultés pour s'endormir d'ordinaire.

— Elle a toujours été comme ça, répondit-il. Vous vous êtes bien amusée ce soir ?

— Je m'amuse toujours avec Sally. Elle est vraiment sympa.

Tout en disant cela, Mary pensa au message de menace dans son sac. Lucas l'observait avec acuité.

— Vous n'en avez pas l'air. Il y a quelque chose qui ne va pas ?

Mary rougit. Elle n'était pas surprise qu'il ait remarqué son trouble.

— Il s'est passé quelque chose de perturbant quand je suis sortie du café.

Lucas se pencha en avant.

— Que voulez-vous dire ? Perturbant comment ?

Elle prit le message dans son sac et, après un instant d'hésitation, le lui tendit. Le front plissé, il le prit et l'ouvrit. Après l'avoir lu, il la regarda à nouveau.

— Qu'est-ce que c'est que ça ? Où l'avez-vous trouvé ?

— Il était sous mon essuie-glace quand j'ai repris ma voiture.

— Vous avez vu qui vous l'a laissé ? demanda Lucas d'un ton chargé d'inquiétude.

— Non, je ne sais pas du tout qui c'est.

Elle s'entoura de ses bras pour lutter contre ses frissons.

— Il faut qu'on appelle Dallas, dit Lucas. Il faut qu'il voie ça.

— Il ne pourra rien y faire, dit-elle avec découragement. La personne qui a mis ce mot sur mon pare-brise était sans doute partie depuis longtemps quand je suis sortie du café.

— Je veux quand même le lui signaler.

Il prit son téléphone sur la petite table et passa l'appel.

— Il sera là dans quelques minutes, déclara-t-il une fois qu'il eut raccroché.

Mary hocha la tête.

— Je suis désolée, Lucas.

— De quoi êtes-vous désolée, au nom du ciel ?

Son regard était bienveillant.

— Mary, désolée de quoi ? J'espère que vous n'allez pas me dire que vous démissionnez ?

— Non, pas du tout.

Elle poussa un profond soupir.

— Je suis juste désolée de ce message et du fait que vous deviez vous en occuper.

— Mary, ce n'est pas votre faute.

— Je ne comprends pas qui a pu me laisser ça ni pourquoi. J'aimerais juste savoir si c'est une menace à prendre au sérieux ou non.

— Dallas pourra sans doute nous le dire.

Lucas soutint son regard un long moment.

— J'espère qu'il ne faut pas le prendre au sérieux. Si vous partiez, vous me manqueriez vraiment.

— Vous pourriez toujours engager quelqu'un d'autre.

Son cœur se serra à cette idée. Elle adorait passer ses journées avec Annabelle et ses soirées avec Lucas. Même si elle ne vivait pas depuis très longtemps avec eux, elle avait commencé à penser à eux comme à sa famille… La famille à laquelle elle avait toujours aspiré et n'avait jamais eue.

— Je ne veux engager personne d'autre, répondit-il

fermement, la rassurant. Vous me convenez parfaitement... et Annabelle vous adore positivement.

Mary sourit, s'efforçant d'ignorer le froid qui la tenaillait.

— Elle m'a dit qu'elle m'aimait ce soir, dit-elle.

— Ah bon ?

Lucas la regarda avec surprise.

— Je suis heureux qu'elle s'attache à vous. Elle a besoin d'une présence féminine dans sa vie, et elle ne donne pas facilement son cœur.

— En tout cas, je lui ai donné le mien, dit Mary.

Leur conversation fut interrompue par un coup à la porte. Apparemment, Dallas était arrivé. Mary se tendit d'appréhension. Lui dirait-il qu'elle devait s'en aller ? Allait-elle perdre cette maison qui commençait à lui faire l'effet d'un foyer ?

Lucas ouvrit à Dallas, qui avait l'air plus fatigué que jamais.

— Désolé de t'avoir dérangé, dit-il à son ami.

Lucas savait qu'il faisait des heures supplémentaires pour résoudre le meurtre de Cindy – l'un des rares à avoir été perpétrés dans leur petite ville. Il devait non seulement travailler sur cette affaire, mais s'occuper aussi de tous les autres délits.

— Pas de problème, dit Dallas tandis que Lucas l'invitait d'un geste à entrer au salon. Bonsoir, Mary, la salua-t-il en prenant un siège.

— Bonsoir, Dallas, lui répondit-elle.

— Alors, que se passe-t-il ? demanda le policier.

Il regarda Mary, puis Lucas, qui avait repris place dans son fauteuil.

— Mary est allée dîner en ville ce soir et, quand elle

a repris sa voiture, elle a trouvé un message sur son pare-brise, l'informa Lucas

Il fit signe à Mary de montrer le billet à Dallas. Lorsqu'elle s'exécuta, il ne put s'empêcher de remarquer que sa main tremblait légèrement. Qui avait fait ça ? Qui lui ordonnait de sortir de sa vie ? Il sentait monter en lui un fort besoin de la protéger.

Dallas lut le message, et un muscle se mit à tressauter sur sa mâchoire.

— J'ignore si je dois m'inquiéter ou non, murmura Mary.

Dallas fronça les sourcils et relut le message, puis regarda tour à tour Mary et Lucas.

— Le ton est plutôt grandiloquent. On dirait une écolière rejetée. Alors la question est : qui peut être jalouse de votre présence ici ? Lucas, tu connais quelqu'un que cet arrangement avec Mary contrarie ?

Deux noms lui vinrent immédiatement à l'esprit.

— Eh bien, Celeste Winthrop m'apporte fréquemment des gâteaux et autres plats.

Il sentit son visage devenir tout chaud.

— Voilà qui est intéressant. Elle m'apporte aussi des biscuits et des brownies, répondit Dallas.

Il secoua la tête avec un sourire ironique.

— J'imagine qu'elle multiplie les efforts pour se trouver un nouveau mari.

— Alors peut-être qu'elle n'est pas si contrariée que ça que Mary vive ici, si elle t'a aussi dans le collimateur, observa Lucas.

— Tu penses à quelqu'un d'autre ?

Lucas changea de position dans son fauteuil.

— Gina Hightower… Elle t'a apporté des plats ?

Dallas secoua la tête.

— Non, mais je suppose que toi, oui ?

— En effet. Et elle a été très claire sur le fait qu'elle aimerait avoir une liaison avec moi. Jusqu'ici, je m'en suis sorti en jouant les idiots. Maintenant que j'y pense, quand je lui ai dit que Mary vivait avec nous, je crois que ça ne lui a pas plu. Mais pour l'amour de Dieu, Dallas, je ne vois pas ces femmes s'abaisser à écrire des menaces à l'intention de Mary.

— Qu'en pensez-vous, Mary ?

Dallas s'était tourné vers elle. Mary était blottie au coin du canapé, l'air vulnérable. Une fois encore, la colère monta en lui à l'idée qu'on voulait l'effrayer. Comment quelqu'un osait-il se mêler ainsi de sa vie ?

— Je suis presque certaine qu'aucune de ces deux femmes n'a particulièrement apprécié le fait que je vive chez Lucas, mais je n'arrive pas à imaginer qu'elles veuillent se débarrasser de moi, dit-elle.

— Et dans votre vie à vous, qui n'aimerait pas que vous viviez ici ? reprit Dallas.

— Je… euh… je ne vois pas qui pourrait objecter à cela, répondit-elle doucement.

— Il n'y a vraiment personne ?

Dallas la considérait avec intensité.

— Personne avec qui vous soyez sortie dans le passé ? Ou qui se serait intéressé à vous récemment ?

Elle pâlit un peu.

— Je suppose qu'il y a quelqu'un … Mais il vit à Saint-Louis, et je ne vois pas comment il saurait que j'habite ici.

— Qui est cette personne ? demanda Dallas.

Une rougeur lui monta aux joues.

— Il s'appelle Kenny Majors. Je… euh… suis entrée en contact avec lui sur un site de rencontres en ligne, je ne l'ai jamais vu en personne. Je croyais que c'était un type gentil, et les choses se sont bien passées pendant environ un mois. Mais, ensuite, j'ai commencé à remarquer des choses troublantes chez lui.

— Quel genre de choses troublantes ? questionna Dallas.

— Il a mauvais caractère et tendance à la jalousie. C'en est arrivé au point où j'ai dû lui dire que ça ne marcherait pas entre nous, et c'est alors qu'il a explosé en injures. Depuis, il n'arrête pas de m'envoyer d'horribles courriels.

Tout en parlant, elle fixait ses mains sur ses genoux, comme si elle avait honte. Lucas aurait voulu la réconforter, lui dire qu'il n'y avait pas de quoi avoir honte. Mais il ne comprenait pas pourquoi elle s'était inscrite sur un site de rencontres alors qu'elle était si jolie – si charmante que les hommes devaient faire la queue pour sortir avec elle.

Elle leva finalement les yeux sur Dallas.

— Mais pourquoi serait-il venu ici me laisser un message, sans prendre la peine de me contacter personnellement ? Ça n'a aucun sens.

— Il va falloir que je lise les messages qu'il vous a envoyés.

Elle hocha la tête.

— Je vais chercher mon ordinateur.

Elle se leva et se dirigea vers sa chambre.

— Tu crois vraiment que le type dont elle parle est l'auteur de ce message ? questionna Lucas.

— Je ne sais pas quoi penser pour l'instant, avoua Dallas. Je penche plutôt pour une femme jalouse mais, à ce stade, je veux étudier toutes les pistes.

— Il y a du nouveau dans l'affaire du meurtre de Cindy ?

— Malheureusement, on est dans l'impasse, dit Dallas, les sourcils froncés. Personne en ville n'a pu me donner une raison pour laquelle on aurait pu vouloir lui faire du mal. Ça me mine de ne pas trouver de coupable. Je n'ai jamais eu autant envie de mettre quelqu'un derrière les barreaux.

Mary revint avec son ordinateur dans les bras, les joues légèrement rosies. Ils changèrent tous de position afin que Dallas puisse s'asseoir sur le canapé près de Mary et regarder son écran.

— Ce sont les nouveaux messages que j'ai reçus de lui, dit-elle doucement. Mais je suis sûre qu'ils sont dans la même veine que ceux d'avant.

Pendant quelques minutes, Dallas lut les courriels.

— Pfff, fit-il finalement en s'adossant aux coussins du canapé. Quel type infect !

Mary rougit à nouveau.

— J'aurais aimé être prévenue avant de répondre à son premier message.

— Vous l'avez signalé au site de rencontres ? demanda Dallas.

— Non… Je ne savais pas comment faire et j'étais… trop gênée, avoua-t-elle.

— Je vous aiderai à le faire demain, promit Lucas, et elle lui adressa un sourire reconnaissant.

Elle se tourna vers Dallas.

— Vous pensez vraiment que c'est lui qui m'a laissé ce message ?

Elle pâlit à nouveau.

— Oh mon Dieu… Vous pensez que c'est lui qui a tué Cindy et qui a laissé son corps ici pour me signifier de quitter la maison de Lucas ?

— Waouh, Mary… Ne formulons pas de conclusions hâtives. Il n'y a aucune preuve que la mort de Cindy soit liée d'une quelconque manière à ce message, s'écria Dallas.

Dans tous les cas, je veux que vous me disiez tout ce que vous savez sur ce pauvre type de Majors.

Lucas écouta distraitement tandis qu'elle continuait à parler. Il observa le tremblement de ses mains et la manière dont elle refusait de croiser son regard. Il aurait aimé pouvoir se faufiler dans sa tête pour savoir ce qu'elle pensait à cet instant.

Dallas finit par se lever.

— Mon instinct me dit qu'il n'y a pas trop de souci à se faire pour ce message, c'est juste l'œuvre d'un jaloux ou d'une jalouse qui veut vous effrayer. Mais je vais enquêter et je vous tiendrai informée.

— Merci, Dallas.

Lucas se leva également et sourit à Mary.

— Je raccompagne Dallas, je reviens tout de suite.

Les deux hommes sortirent dans l'obscurité. L'orage que Lucas avait remarqué plus tôt était maintenant au-dessus de leurs têtes. Des éclairs déchiraient le ciel, accompagnés de coups de tonnerre.

— Je vais enquêter sur ce Kenny, dit Dallas. Mais je soupçonne que le message a été écrit par une femme. J'imagine que ce sont des choses qui arrivent quand on est le célibataire le plus sexy de la ville, ajouta-t-il pour plaisanter.

— Arrête, répondit Lucas. Tu nous tiendras au courant de ce que tu trouves ?

— Bien sûr.

Les premières gouttes de pluie commencèrent à tomber.

— Allez, rentre chez toi avant de te faire mouiller.

Lucas regagna le porche, où il attendit que Dallas sorte de l'allée, puis retourna au salon. Mary était toujours sur le canapé, l'air embarrassée.

— Est-ce que ça va ? lui demanda-t-il.

— Je suppose, répondit-elle.

Elle se tordit les doigts sur ses genoux.

— Mary, je suis persuadé que vous n'avez pas à vous en faire pour ce message, dit-il dans une tentative pour la rassurer. Demain, je vous aiderai à signaler le harcèlement de ce Kenny. On peut aussi le bloquer pour qu'il ne puisse plus vous écrire.

Elle sentit à nouveau ses joues s'embraser.

— Je suis désolée que vous ayez dû entendre ça. Ça me gêne tellement.

— Pourquoi seriez-vous gênée ? Vous n'avez rien fait de mal, Mary. La seule chose qui m'intrigue, c'est pourquoi vous vous êtes inscrite sur un site de rencontres. J'aurais cru qu'une femme comme vous aurait l'occasion de sortir avec tous les célibataires de la ville.

Elle lui adressa un petit sourire.

— J'ai eu quelques rendez-vous, mais ça n'a rien donné. Je ne suis pas exactement une beauté ravageuse. Pour être honnête, je crains d'avoir été presque invisible en travaillant comme caissière.

Il voulut protester, puis se rendit compte qu'il ne pouvait nier ce qu'elle ressentait.

— Eh bien, je vous dirai ceci : si les célibataires ne vous invitent pas à sortir, c'est que ce sont tous des idiots.

Une fois encore, elle le remercia d'un sourire.

— Vous êtes très gentil, Lucas Maddox. Et sur ce, je vais me coucher.

Elle se leva et prit son ordinateur. Lucas l'imita. Il la suivit dans le couloir jusqu'aux chambres. Lorsqu'elle eut atteint la sienne, elle se tourna vers lui.

— Bonne nuit, Lucas, murmura-t-elle.

Sa voix n'était qu'un chuchotis. Ses cheveux avaient l'air si doux et brillants, les effluves de son parfum arrivaient jusqu'à lui. Il eut envie de l'embrasser. Il voulait sentir ses longs cheveux se répandre dans ses mains. Il avait l'impression d'être dans le brouillard et, sans plus réfléchir, il fit un pas vers elle.

Elle ne recula pas, et soudain ses lèvres furent sur les siennes et ses mains plongèrent dans ses cheveux. Pendant un instant, il se perdit en elle… dans la chaleur de ses lèvres, dans les mèches soyeuses de ses cheveux, dans son odeur même. Lorsqu'elle ouvrit la bouche, il fut instantanément excité. Leurs langues se mirent à danser ensemble.

Puis un coup de tonnerre secoua la maison, et Annabelle poussa un cri, lui faisant reprendre ses esprits. Il recula en vacillant et dévisagea Mary.

— Je suis… Je suis vraiment désolé. Je n'aurais pas dû faire ça.

Elle acquiesça et ouvrit la porte de sa chambre au moment où le tonnerre résonnait à nouveau et qu'Annabelle l'appelait.

— Allez-y, dit-elle, votre fille a besoin de vous.

Elle fit un pas en arrière et referma la porte de sa chambre.

6

Il l'avait embrassée. C'était merveilleux. Ses lèvres l'avaient enflammée avec une habileté magistrale. Ce baiser l'avait stupéfiée, et elle y pensa encore longtemps après s'être mise au lit.

Pendant une heure encore, la pluie tambourina contre les vitres, ponctuée par des éclairs et des coups de tonnerre. L'orage au-dehors reflétait son chaos intérieur.

Pourquoi l'avait-il embrassée ? Simplement par envie, ou par pitié ? La conversation qui avait précédé avait fait d'elle une femme que personne ne recherchait, une femme qui n'arrivait même pas à flirter en ligne normalement. Que c'était gênant ! Pathétique, même. Était-ce cela qui avait suscité ce baiser ? La pitié ?

La soirée avait été remplie d'émotions. Elle avait adoré le dîner avec Sally, mais avait trouvé ensuite ce message inquiétant. Elle était encore bouleversée par ces menaces lorsque Annabelle lui avait dit qu'elle l'aimait. Elle avait dû ensuite avouer qu'elle ne savait pas choisir les hommes. Et pour finir… le baiser.

Elle finit par s'endormir mais s'éveilla le lendemain matin avec anxiété à l'idée de revoir Lucas. Allait-il faire allusion au baiser ou ferait-il comme s'il ne s'était rien passé ?

Pour sa part, elle n'avait pas l'intention de l'évoquer. Elle espérait que ce serait un jour comme les autres. Cette pensée en tête, elle sortit du lit, se doucha et s'habilla.

En quittant sa chambre, elle perçut l'odeur du café, signe que Lucas était déjà debout. Il était encore trop tôt pour qu'Annabelle soit réveillée. Les paroles de la petite fille la veille au soir lui réchauffaient encore le cœur.

En pénétrant dans la cuisine, elle trouva Lucas assis à table avec une tasse de café et le journal devant lui. Il leva les yeux et lui sourit.

— Bonjour.

— Bonjour. Quelle bonne odeur de café.

Elle alla prendre une tasse dans le placard. Après avoir bu une première gorgée, elle s'assit face à lui.

— Comment avez-vous dormi ? demanda-t-il.

— Il m'a fallu un peu de temps pour me détendre, mais j'ai bien dormi après cela, répondit-elle.

— Tant mieux.

Son sourire s'effaça, et il fronça les sourcils.

— Mary, à propos d'hier soir... Je vous prie de m'excuser d'avoir dépassé les bornes. J'espère que vous me pardonnerez. Sachez que ça n'arrivera plus jamais. C'était une soirée un peu folle, et j'ai perdu la tête.

— Il n'y a rien à pardonner, dit-elle, gênée d'en parler.

— Je veux juste que vous sachiez que je ne ferai jamais rien qui vous mette dans l'embarras, continua-t-il.

— Vraiment, ça va, Lucas.

Il soutint son regard un long moment.

— Alors on continue comme avant ?

— Absolument.

Elle lui sourit, espérant que cela mettrait un terme à la conversation.

— Vous avez quelque chose de prévu aujourd'hui ? demanda-t-il.

— Non, j'avais juste l'intention de me reposer et de jouer avec Annabelle.

— Il faut que j'aille en ville passer des commandes. Vous voulez venir avec moi ?

— Volontiers. J'en profiterai pour faire quelques courses au supermarché, si ça vous va.

— Bien sûr. Pourquoi ne pas partir vers dix heures et demie, faire nos courses et ensuite déjeuner au café ?

— Bonne idée, dit-elle.

Ce serait agréable de sortir de la maison avant de reprendre le collier le lendemain matin. L'air frais et le soleil emporteraient peut-être le souvenir de ce merveilleux baiser, mais elle en doutait sérieusement.

— Et maintenant, je vais mettre le petit déjeuner en route.

Se levant, il alla prendre un paquet de bacon dans le réfrigérateur.

— Vous voulez un coup de main ? demanda-t-elle, se sentant coupable de rester assise, même si c'était son jour de congé.

— Non, merci. Je vais juste faire frire du bacon et préparer des œufs brouillés quand Annabelle sera levée.

Tandis qu'il s'activait, ils parlèrent d'Annabelle.

— Combien de temps vous a-t-il fallu pour la rendormir, hier soir ? demanda Mary.

— Pas beaucoup, heureusement. Je me suis assis sur son lit et je lui ai raconté des histoires sur les dieux du tonnerre jusqu'à ce qu'elle se rendorme.

Mary sourit.

— Les dieux du tonnerre ? Je me demande si ces histoires sont aussi bonnes que mes histoires de fées.

Lucas se mit à rire.

— Je suppose qu'elles servent le même dessein.

— Je vous l'ai déjà dit, vous avez de la chance qu'elle s'endorme aussi facilement. Même pour la sieste, elle ne proteste pas. Elle ne me donne jamais aucun problème.

Lucas retourna le bacon grésillant.

— Oui, elle a toujours été facile de ce point de vue. Et une fois qu'elle s'endort, elle ne se réveille pas de la nuit… à moins qu'il n'y ait de l'orage.

— Ça a dû être très difficile pour vous de perdre votre femme alors qu'Annabelle était bébé.

Il se retourna pour la regarder.

— Pour être honnête, l'avoir m'a sauvé la vie. Elle a été pendant longtemps ma seule raison de sortir du lit chaque matin et de mettre un pied devant l'autre. Sans elle, je ne sais pas où mon chagrin m'aurait conduit.

À cet instant, l'objet de leur conversation entra en courant dans la cuisine, le sourire aux lèvres.

— Bonjour, petit microbe, dit Lucas.

— Papa, je suis pas un microbe, répondit-elle en riant. Moi, je suis une petite fille.

Elle se tourna vers Mary.

— Monter ?

— Qu'est-ce qu'on dit d'autre ? dit Mary.

— Monter, si te plaît.

— C'est bien, répondit Mary en se levant pour l'aider à s'installer sur son rehausseur.

— Tu es prête pour des œufs brouillés ? demanda Lucas en sortant la dernière tranche de bacon de la poêle.

— Des œufs bouillés, oui ! s'exclama Annabelle en tapant dans ses mains.

— Je vais sortir les assiettes et les couverts, dit Mary.

Il était juste après 8 heures quand ils commencèrent à petit déjeuner.

— Papa doit aller au magasin de fourrage pour commander des fournitures, dit Lucas à sa fille.

— Et j'ai un cadeau ? repartit Annabelle.

— Il faut encore que tu gagnes trois étoiles avant d'avoir un cadeau, intervint Mary avant que Lucas puisse répondre.

— Pas de cadeau, dit Annabelle d'un air triste.

— Pas aujourd'hui, dit Lucas. Tu en auras un la prochaine fois que tu auras dix étoiles.

Mary lui sourit. Elle appréciait qu'ils soient sur la même longueur d'onde. C'était bon aussi d'apprendre à Annabelle que les cadeaux n'arrivaient pas automatiquement.

Ils finirent de petit déjeuner, et Mary aida Lucas à débarrasser avant d'aller se préparer dans sa chambre. Une fois encore, elle se surprit à penser au baiser.

Mieux valait ne pas mélanger les affaires et le plaisir, elle le savait. Entamer une liaison avec Lucas pouvait tout gâcher. Cependant, elle ne protesterait pas s'il décidait de l'embrasser encore. En fait, elle espérait secrètement qu'il le ferait.

Ils s'en allèrent à 10 heures. Mary avait décidé de porter un corsaire noir et un corsage d'été sans manches rose et noir. Annabelle avait exigé la même tenue. Elle avait aussi voulu attacher ses cheveux en queue-de-cheval, comme Mary. C'était une forme de flatterie que Mary trouvait touchante. Elle ne prenait pas à la légère d'être la personne qu'Annabelle voulait imiter.

— J'espère que la pluie d'hier soir a fait du bien aux champs, dit-elle lorsqu'ils longèrent lesdits champs sur leur trajet.

Malgré l'orage de la veille, la journée était aussi chaude et humide que d'habitude.

— Ça n'a pas fait de mal, répondit Lucas. En fait, j'aurais aimé qu'il pleuve plus longtemps. L'été est si sec, cette année, que la plupart d'entre nous avons dû arroser davantage nos champs.

— C'est un souci.

— C'est l'agriculture, dit-il. Nous sommes soumis aux caprices du temps. Il me faudra environ vingt minutes au magasin de fourrage. Après ça, on ira déjeuner, puis on fera les courses au supermarché. Ça marche pour vous ?

— C'est parfait pour moi, dit-elle. Annabelle et moi vous attendrons dans le pick-up pendant que vous êtes dans le magasin.

Elle jeta un coup d'œil à l'arrière, où Annabelle était attachée dans son siège-auto.

— On peut attendre papa dans la voiture, n'est-ce pas, Annabelle ?

— Oui, cria-t-elle en donnant des coups de pied enthousiastes.

Quelques minutes plus tard, lorsque Lucas eut disparu dans le magasin, Mary demanda à Annabelle :

— Qu'est-ce que tu veux manger pour le déjeuner ?

— Fromage grillé et purée de patates et *mac and cheese* et glace, dit la petite fille.

Mary se mit à rire.

— Tu as l'air d'avoir faim.

— Oui, j'ai faim, confirma Annabelle.

Un papillon passa près de leurs vitres.

— Un bapillon, cria Annabelle. Regarde, mamzelle Mary, c'est un bapillon.

— Oui, c'est un *pa*pillon.

— J'aime les bapillons, dit Annabelle d'un ton pénétré.

La conversation se porta sur les papillons et tout ce qui les concernait. Elles parlèrent de papillons rouges, jaunes, tachetés. Elles étaient passées aux poupées d'Annabelle quand Lucas revint.

— Prête pour le déjeuner ? demanda-t-il en regardant sa fille dans le rétroviseur.

— Prête, papa. Je suis petite mais j'ai très faim, dit-elle.

— Et moi, je suis grande et j'ai très faim aussi, ajouta Mary en riant.

— Eh bien, je ferais mieux de nourrir les femmes de ma vie, dit-il.

« Les femmes de ma vie. » Ces mots lui réchauffèrent le cœur. Elle était consciente qu'elle n'aurait pas dû prendre l'expression au pied de la lettre, mais elle ne pouvait s'empêcher de s'attendrir.

Elle répéta à Lucas ce qu'Annabelle voulait pour le déjeuner. Il se mit à rire.

— On va revoir un peu le menu à la baisse avant de passer commande.

Le café était bondé en ce dimanche midi. C'était le seul jour de la semaine où une hôtesse était là pour placer les gens. Lorsqu'ils pénétrèrent dans l'établissement, on leur dit qu'ils n'auraient qu'à patienter une minute avant d'être assis dans un box équipé d'un rehausseur.

L'hôtesse ayant tenu parole, ils furent presque immédiatement conduits à leur table. Mary soupçonnait que c'était parce que personne ne voulait d'une petite fille de trois ans grognon, qui piquerait une crise en attendant.

En rejoignant leur table, ils passèrent près de Celeste Winthrop, qui déjeunait avec un homme que Mary ne reconnut pas. Celeste plissa les yeux et la fixa méchamment. Heureusement, une fois qu'ils furent assis, Mary ne la voyait plus. Mais elle ne put s'empêcher de se demander si c'était elle qui avait laissé le message sur son pare-brise.

Ils réussirent à convaincre Annabelle que ce qu'elle voulait manger était un sandwich au fromage grillé et des frites, en lui promettant une glace pour le dessert.

Lucas commanda un cheeseburger au bacon, et Mary opta pour une salade du chef. Une fois leurs boissons servies, ils commencèrent à parler de la météo. On prévoyait encore de la chaleur pour la semaine suivante, et Lucas voulait organiser les travaux agricoles en fonction de cela.

Il parlait depuis plusieurs minutes quand il grimaça soudain.

— Je suis désolé. Je vous ennuie avec toutes ces questions agricoles.

— Questions aguicoles, répéta Annabelle.

— C'est ça, dit Lucas à sa fille en souriant.

— Non, vous ne m'ennuyez pas du tout, répondit sincèrement Mary. Je me rends compte que, même en ayant grandi ici, je ne sais rien des cultures de cette région.

Il lui sourit.

— C'est parce que vous êtes une enfant de la ville. Nous, les enfants de la campagne, nous ne nous mêlions pas à vous. Nous devions rentrer à la maison tout de suite après l'école pour travailler aux champs. Je participais aux travaux agricoles à l'âge de dix ans.

Il s'interrompit un instant avant d'ajouter :

— Je devais marcher aussi quinze kilomètres dans le blizzard et gravir une colline pour aller à l'école, puis retourner à la maison en grimpant la même colline sous une chaleur accablante.

Mary éclata de rire.

— Mon pauvre petit.

Elle reprit son sérieux.

— Mais c'est vrai que vous travailliez à dix ans ?

— C'est vrai, dit-il en hochant la tête.

— Vous en éprouviez du ressentiment ? demanda-t-elle avec curiosité.

— Non, pas du tout. J'étais fier de savoir que j'aidais mon père. J'adorais travailler avec lui.

Il y avait une touche de nostalgie dans sa voix.

— Il vous manque, observa-t-elle.

— Oui, c'est vrai. Mais je suis heureux qu'il fasse ce qu'il veut maintenant. Il a travaillé dur pour développer la ferme, alors il a gagné le droit de vivre comme il l'entend.

La conversation s'interrompit quand leurs plats arrivèrent.

— Je me disais qu'un soir de cette semaine ce serait agréable de faire un pique-nique dans le patio, reprit Mary en observant Lucas.

— Bonne idée, répondit-il immédiatement. Ce sera le premier pique-nique d'Annabelle.

Annabelle sourit à la mention de son prénom et fourra une frite dans sa bouche.

— Alors pourquoi ne pas le faire mercredi soir ?

— Ça me va.

Lucas lui sourit.

— Je suis ravi de vous avoir dans notre vie, Mary.

Elle sentit ses joues rosir.

— Je suis ravie d'être dans votre vie, répondit-elle.

— Moi aussi, dit Annabelle avec un grand sourire.

Mary et Lucas se mirent à rire tous les deux.

— Dites-m'en plus sur ce que vous cultivez, demanda Mary.

— Vous êtes sûre que vous voulez entendre parler de ça ?

— J'en suis sûre, autrement je n'aurais pas posé la

question. Je veux savoir ce que vous faites quand vous êtes dans les champs.

C'était vrai. Elle avait envie de comprendre ce qu'il faisait et comment fonctionnait la ferme. Elle voulait tout savoir de lui. Elle aurait aimé se faufiler dans sa tête pour connaître ses pensées. Avait-il des rêves personnels, ou la mort de sa femme l'avait-elle privé de tous ses rêves ?

— Eh bien, mais n'est-ce pas une réunion charmante ?

Nicole venait d'apparaître devant leur table.

— Bonjour, Nicole. Vous voulez vous joindre à nous ? demanda Lucas.

Mary se déplaça afin que Nicole puisse s'asseoir à côté d'elle.

— Non, merci. Je déjeune avec des amies, répondit-elle en désignant une table où étaient assises deux femmes. Je voulais juste vous dire bonjour.

Elle montra l'assiette de Lucas.

— Tu te souviens combien Diana aimait les hamburgers ici ? Je suis sûre qu'elle te regarde en ce moment même avec tout l'amour qu'elle avait pour toi.

Mary vit la lumière s'éteindre dans les yeux de Lucas.

— Je sais, Nicole. Elle me manque aussi, dit-il.

— Eh bien, profitez du reste du repas. Je passerai dans la semaine, dit Nicole, avant de rejoindre les dames à sa table.

L'ambiance changea après cela. Lucas se tut, et Annabelle, sentant l'humeur de son père, mangea elle aussi silencieusement.

Nicole avait de bonnes intentions, songea Mary, mais, en rappelant constamment à Lucas l'amour éternel de sa fille, elle suscitait à chaque fois son chagrin.

Cela l'attristait qu'un homme aussi gentil, aussi formidable, continue de fermer son cœur à un amour futur. Cela la rendait également triste pour Annabelle, qui ne bénéficierait pas de l'affection d'une belle-mère en grandissant.

Mary savait que son job prendrait probablement fin dans deux ans, lorsque Annabelle irait à l'école. Durant ce temps, tout ce qu'elle pouvait faire, c'était soutenir Lucas et aimer Annabelle. Et oublier le baiser qui avait momentanément ébranlé son monde.

— J'ai juste besoin de quelques articles, dit Mary lorsqu'ils se garèrent devant le supermarché.

— Pas de problème. Je rajouterai peut-être quelques trucs dans le chariot, répondit Lucas.

— Comme quoi ?

Il lui sourit de toutes ses dents.

— De la glace, et peut-être un gâteau.

— De la glace ! s'écria Annabelle en dansant sur son siège.

Ils entrèrent tous les trois dans le magasin, et Lucas prit un chariot.

— J'ignorais que vous aimiez les sucreries, lui dit Mary. Je peux vous faire des desserts si vous me dites ce que vous aimez.

Tandis qu'ils parcouraient les rayons, Lucas énuméra des desserts à Mary. Chaque fois qu'il en mentionnait un, Annabelle battait des mains avec enthousiasme. Le rire musical de Mary ajoutait à la bonne humeur.

Au rayon boulangerie, Lucas trouva un gâteau au chocolat recouvert de vermicelles de couleur, qui se retrouva promptement dans le chariot. Annabelle approuva ce choix ; elle adorait tout ce qui avait des vermicelles.

En tournant dans le rayon suivant, ils tombèrent sur Gina Hightower. Elle les salua avec un sourire éclatant.

— Lucas, je pourrais vous parler un moment… seule à seul ? demanda-t-elle. Peut-être dans l'autre rayon ?

— Euh… oui.

Il regarda Mary et sa fille.

— Je reviens tout de suite.

Il suivit Gina.

— Que se passe-t-il ?

Comme d'ordinaire, Gina était habillée à ravir, d'une robe d'été blanche agrémentée d'un épais collier en or et de boucles d'oreilles assorties.

— Lucas, je garde mes sentiments pour moi depuis un bon moment, mais je crois qu'il est temps que vous sachiez que je suis folle de vous.

Il la dévisagea. Étaient-ils vraiment en train d'avoir cette conversation ? Était-elle en train de lui déclarer son amour au milieu des boîtes de conserve ?

— Gina, je suis désolé. Je suppose que j'aurais dû vous le dire plus tôt. Peut-être ne savez-vous pas à quel point je suis encore en deuil de Diana. Après sa mort, j'ai décidé de ne jamais me remarier, ni même de fréquenter une autre femme.

— Oh…

Ses joues devinrent roses.

— Eh bien, c'est plutôt embarrassant.

— Je suis désolé, Gina. Si je vous ai laissée croire…

— Pas du tout. J'espérais seulement…

Elle ne finit pas sa phrase et détourna le regard. Puis elle reposa les yeux sur lui et lui sourit.

— Ne vous inquiétez pas. Nous pouvons toujours être amis.

— Bien sûr, fit-il vivement. J'en serais heureux.

Elle recula lorsqu'un couple passa dans le rayon.

— Je vous verrai en ville, dit-elle et, tournant les talons, elle poussa son chariot dans la direction opposée.

Lucas la regarda s'éloigner. Il se sentait coupable. Il lui avait fallu beaucoup de courage pour lui avouer ses sentiments, et il l'avait rembarrée.

— Tout va bien ? demanda Mary lorsqu'il les rejoignit.

— Très bien, prétendit-il. Allons voir quelles glaces il y a.

Tout se passa bien durant les jours suivants.

— Il faut déplacer les canons d'arrosage dans l'autre champ, dit Lucas à ses ouvriers le mercredi matin.

— On va les emmener en voiture, ils seront en place dans une heure à peu près, répondit Jack Abrams.

— Le soja a besoin d'eau, vu que la pluie est limitée, déclara Adam Schwartz.

— Alors on s'y met ce matin, conclut Lucas.

Deux heures plus tard, les canons d'arrosage aspergeaient lentement le champ de soja. Le maïs et le soja étaient les principales cultures de Lucas, et il en tirait des revenus confortables.

Mais l'agriculture était toujours un coup de poker. Les conditions météorologiques pouvaient détruire une récolte, de même que les nuisibles. Heureusement, tout avait l'air d'aller bien cette année-là et, le moment venu, Lucas espérait une bonne récolte.

Il était 17 heures lorsqu'il revint à la maison. En franchissant la porte d'entrée, il fut accueilli par le sourire de Mary et la voix joyeuse d'Annabelle.

— Papa, on va faire un nite-pique ! s'exclama-t-elle.

Lucas la regarda avec un peu de confusion, puis se souvint.

— C'est un *pique-nique*, dit-il en souriant à Mary.

— Oui, un nite-pique, répondit Annabelle. On va manger dehors.

— Exactement, dit Mary.

Elle regarda Lucas avec des yeux brillants.

— J'ai tout préparé sous le porche de derrière. Annabelle et vous, vous pouvez vous installer, je vais apporter les plats.

— Bonne idée. Tout ce que j'ai à faire, c'est me laver. Je reviens tout de suite.

Il quitta la cuisine et se rendit dans sa chambre pour se changer.

Ces trois dernières années, il appréhendait de rentrer chez lui après sa journée de travail. Bien qu'il ait été reconnaissant à Nicole de s'occuper d'Annabelle, dès qu'il franchissait la porte, il percevait son chagrin. La maison était obscure et désolée, même avec l'énergie remuante d'Annabelle.

Maintenant, il avait hâte de rentrer et d'être accueilli par le sourire et les bonnes dispositions de Mary. Elle semblait s'intéresser sincèrement à ce qu'il faisait. Annabelle était toujours d'humeur joyeuse lorsqu'il arrivait. Comme si l'attitude positive de Mary déteignait sur elle.

Il prit une douche rapide, s'habilla et retourna à la cuisine, où l'attendaient Mary et Annabelle.

— Bon, vous deux, sortez, le repas arrive dans une minute.

— Tu es prête, Annabelle ? demanda Lucas.

Elle hocha la tête avec enthousiasme.

— Alors allons pique-niquer.

En sortant sous le porche, il fut surpris de voir tout ce que Mary avait accompli. Les coussins colorés habituellement posés sur les chaises de jardin étaient maintenant placés au bord d'une couverture à carreaux rouges et noirs dont il avait oublié l'existence.

Elle avait dû trouver la glacière dans le débarras, car celle-ci trônait au milieu de la couverture.

— Assis-toi, papa, lui ordonna Annabelle en désignant l'un des coussins.

Lorsqu'il eut obéi, sa fille s'assit aussi et battit des mains.

— Maintenant, c'est le nite-pique, dit-elle joyeusement.

Mary sortit de la cuisine avec un plat de poulet rôti dans les mains.

— Oh waouh, ça a l'air délicieux, commenta Lucas, dont l'estomac gronda bruyamment.

— En voilà un estomac affamé, dit Mary en souriant.

Elle s'assit gracieusement sur le dernier coussin et posa le poulet devant elle.

— Annabelle, tu veux bien sortir les assiettes ?

La petite fille hocha la tête et rampa vers la glacière. Elle réussit à en ouvrir le couvercle et à en sortir des assiettes en carton.

— Une pour papa, dit-elle en en plaçant une devant son père. Une pour mamzelle Mary et une pour Annabelle. J'ai bien fait, mamzelle Mary ?

— Tu l'as fait parfaitement, répondit Mary.

Elle sortit les couverts et tendit un carton de lait à Annabelle. La bière favorite de Lucas était glacée à point, et Mary avait un soda. Elle sortit tout un tas de boîtes de la glacière.

— Nous avons de la salade de pommes de terre, des haricots au four et des sandwichs au beurre de cacahuète, dit-elle. Et aussi des cubes de fromage, des tranches de pomme et un gâteau aux fraises pour le dessert.

— C'est moi qui ai fait le glaçage, papa, dit Annabelle tandis que Mary la servait.

— C'est formidable, Annabelle. Tu deviens une grande fille, dit-il.

— Je suis une grande fille, répondit-elle fièrement. J'ai des étoiles.

— C'est fantastique, dit Lucas.

En remplissant son assiette, il ne put s'empêcher de remarquer combien Marie était jolie. Elle avait mis un short en jean qui exposait ses jolies jambes bronzées. Son corsage bleu marine sans manches moulait sa taille et sa poitrine.

Ses cheveux étaient attachés sur la nuque et retombaient dans son dos en une longue queue-de-cheval aux reflets dorés. Lucas ne comprenait pas pourquoi aucun homme ne frappait à sa porte.

Il soupçonnait que cela avait à voir avec sa timidité. Quand ils n'étaient que tous les trois, elle n'était pas réservée ; mais il avait remarqué que, lorsqu'ils étaient en ville ou avec d'autres gens, elle semblait se refermer comme une huître.

Mais ce n'était pas le cas à cet instant, tandis qu'ils mangeaient et riaient des bêtises d'Annabelle. Mary leur apprit même une petite chanson sur les pique-niques et les fourmis. En s'efforçant de l'apprendre, ils rirent plusieurs fois à en perdre haleine.

C'était si bon. Il semblait à Lucas qu'il s'était trop longtemps privé de rire, et c'était merveilleux de retrouver cette gaieté.

La nourriture était excellente, et le pique-nique fut un succès éblouissant. Lorsqu'ils eurent fini de manger, Mary et Lucas restèrent assis sur les coussins et regardèrent Annabelle jouer dans le jardin.

Elle alla chercher deux de ses poupées dans sa chambre

et disparut dans la petite maison. Toutes les deux minutes, elle réapparaissait à la fenêtre pour leur dire quelque chose.

— C'était vraiment agréable, déclara Lucas à Mary. Merci d'avoir tout organisé.

— Je pensais que ce serait amusant pour Annabelle de faire l'expérience d'un *nite-pique*, répondit-elle.

Il se mit à rire.

— Elle était ravie à l'idée de manger dehors.

— Oui, c'est vrai.

— Bonjour papa, bonjour mamzelle Mary, cria Annabelle par la fenêtre de la petite maison. Bébé Sue dort, mais bébé Annie n'est pas sage.

— Assieds-la sur sa chaise, cria Mary en retour.

— D'accord.

Annabelle disparut de la fenêtre.

— Je me trompe ou vous n'avez pas eu à lui imposer de temps morts récemment ? dit-il.

— Elle a été très sage. Elle veut vraiment nous faire plaisir à vous et à moi et, maintenant, je sais ce qui provoque ses colères. J'essaie de les détourner avant qu'elles ne se produisent.

— Vous êtes très douée avec elle. Vous aimeriez avoir des enfants à vous ?

Une lueur mélancolique brilla dans ses jolis yeux verts.

— Dans l'idéal – si j'étais mariée et heureuse –, oui, j'aimerais avoir des enfants.

— Combien en voudriez-vous ? demanda-t-il avec curiosité.

— Au moins deux. En tant que fille unique, j'ai toujours eu le désir d'avoir un frère ou une sœur. J'étais terriblement solitaire, mais je pense que ça avait plus à voir avec la froideur de mes parents qu'avec toute autre chose.

Il contempla la maison d'Annabelle, pensant à sa fille.

Serait-elle solitaire sans frères et sœurs ? Serait-elle équilibrée et épanouie plus tard ? Il reposa les yeux sur Mary.

— Mais vous vous en êtes bien sortie, malgré tout.

Elle se mit à rire.

— Je crois que ça va.

Son regard s'adoucit, et elle lui sourit.

— Lucas, la différence entre Annabelle et moi, c'est qu'elle a un père affectueux, sur lequel elle peut compter.

— Oui, mais est-ce assez ?

— Bien sûr que oui, dit-elle. Du moment que vous restez affectueux et ouvert au dialogue, vous serez à la hauteur de vos responsabilités envers elle.

— Merci, Mary.

Une fois encore, il fut surpris par un soudain élan de désir envers elle. Ce n'était pas seulement parce qu'il la trouvait physiquement séduisante – il était attiré par sa douceur, la tendresse qu'elle témoignait à sa fille. Il aimait la manière dont elle le rassurait quand il avait des doutes.

Il avait envie de se pencher et de capturer ses lèvres douces. De l'enlever dans ses bras et de l'emporter jusqu'à son lit. Il avait envie de se perdre dans sa chaleur, son parfum de lilas, la douceur de ses yeux.

— Papa, regarde-moi.

La voix d'Annabelle s'immisça dans le brouillard de désir qui l'avait momentanément saisi. Lucas se mit debout. Il devait s'éloigner de Mary avant de faire quelque chose de stupide.

— Viens, Annabelle. Il est temps de rentrer.

— Encore cinq minutes, d'accord ? dit-elle. Cinq minutes, si te plaît ?

— D'accord, cinq minutes, ensuite il faudra rentrer et prendre ton bain.

Il se pencha et ramassa les assiettes en carton pour les jeter à la poubelle.

— Je m'occupe du reste, fit Mary en se levant aussi.

— Je peux faire ma part, dit-il.

Il jeta les coussins sur les fauteuils auxquels ils appartenaient tandis qu'elle remettait les boîtes dans la glacière.

Lorsque tout fut remballé, Lucas prit la glacière et Mary se chargea de la couverture, qu'elle replia.

— Allez, viens, Annabelle. Il faut rentrer maintenant, dit-il.

Il s'efforçait de ne pas regarder Mary et de lutter contre le désir qui menaçait de le balayer.

Qu'est-ce qui n'allait pas chez lui ? Il était reconnaissant à Mary d'avoir ramené la joie dans sa vie. Mais ce désir, qui ressemblait à un besoin irrationnel, lui compliquerait la vie de manière inimaginable s'il y cédait.

Et s'il y cédait, comment réagirait Mary ?

Accueillerait-elle ses avances avec plaisir ou les rejetterait-elle d'emblée ?

Et bon sang, pourquoi spéculait-il là-dessus ?

7

Samedi soir, Mary jeta un coup d'œil à son reflet dans le miroir. Elle avait rendez-vous avec Sally et Marianne chez Murphy's. Elle savait que Lucas avait demandé à Nicole de garder Annabelle tandis que lui irait passer quelques heures au Farmer's Club.

Il y avait eu une étrange tension dans l'air depuis le pique-nique. Rien n'avait changé dans leur routine du soir, et pourtant elle avait remarqué que Lucas la regardait parfois de manière différente.

À chaque fois, elle retenait son souffle et sentait une chaleur surprenante s'infiltrer dans ses veines. L'éclat dur de son regard ressemblait à du désir. Le simple fait d'y penser la faisait frissonner de plaisir.

Si c'était du désir qu'il éprouvait pour elle, elle était presque sûre que cela n'était pas dû à son apparence, mais à la proximité et l'intimité de leur vie quotidienne.

Ils vivaient effectivement comme mari et femme, en dehors du fait qu'ils dormaient dans leurs lits respectifs. Peut-être était-ce une sorte de transfert de son amour pour sa femme décédée ?

Ce qu'elle se demandait, c'était ce qu'elle ferait s'il lui faisait des avances. Elle le trouvait incroyablement séduisant, et une part d'elle adorerait rejeter toute prudence et faire l'amour avec lui.

Mais pouvait-elle faire cela sachant qu'il ne l'aimait pas vraiment ? Sachant que cela gâcherait l'harmonie dont ils jouissaient dans la vie quotidienne ? Que cela pouvait mettre en péril à la fois son emploi et son foyer ?

Elle repoussa ces pensées et se détourna du miroir. Chez Murphy's, les tenues étaient décontractées, aussi portait-elle un jean et un corsage rouge sans manches.

Elle avait hâte d'y être. Une soirée avec Sally et Marianne était toujours amusante, et cela ne lui ferait pas de mal de s'éloigner un peu de Lucas et de l'atmosphère chargée d'électricité qui régnait entre eux depuis quelque temps.

À 19 heures, elle quitta sa chambre et se rendit au salon, où Nicole était assise sur le canapé, un livre d'enfant entre les mains. Annabelle était à côté d'elle.

— Bonsoir, Nicole.

— Bonsoir, Mary. Lucas m'a dit que vous alliez chez Murphy's, ce soir.

— Oui, j'ai rendez-vous avec des amies du supermarché.

— Alors vous allez vous amuser.

Mary sourit.

— Oui, je pense. Annabelle, c'est mamie qui va te coucher ce soir.

— Pas mamzelle Mary ?

— Non, pas de mamzelle Mary ce soir, répliqua Mary fermement.

— C'est mamie qui te garde ce soir, dit Nicole à la petite fille. C'est bien, non ?

Annabelle hocha la tête.

— Mamie me lit une histoire.

— C'est gentil. Tu l'écoutes bien ?

Annabelle hocha à nouveau la tête.

— Je suis sage. J'écoute bien.

— Tu es une bonne petite fille, dit Nicole en serrant Annabelle contre elle.

— Je ne rentrerai pas tard, dit Mary. 22 h 30 ou 23 heures au maximum.

À cet instant, Lucas pénétra dans le salon. Il était plus séduisant que jamais, en jean et polo bleu roi. Mary songea qu'elle aimerait aller danser avec lui au Murphy's. Ou n'importe où, d'ailleurs.

Son regard se réchauffa lorsqu'il croisa le sien.

— Mary, vous êtes ravissante, dit-il.

— Vous n'êtes pas mal non plus, répondit-elle avec un sourire. Et maintenant, je file. Bonne soirée, Nicole. Bonne soirée, Lucas.

Quelques minutes plus tard, elle était dans sa voiture, roulant vers la ville. Elle s'efforça de ne pas penser à Lucas et à la petite fille qui avait ravi son cœur pour se concentrer sur la soirée.

Chez Murphy's tenait plus du dancing que du bar et était très populaire parmi les jeunes célibataires. Le Farmer's Club s'adressait à des gens plus mûrs. Là où la musique chez Murphy's était poussée à fond, Mary avait entendu dire qu'au Farmer's Club elle était discrète et qu'il n'y avait pas de piste de danse.

Elle était allée chez Murphy's une dizaine de fois, mais n'était jamais entrée au Farmer's Club. Elle espérait que Lucas passerait une bonne soirée. Il travaillait si dur pendant la semaine qu'il méritait bien de boire quelques bières avec ses amis.

Chez Murphy's était situé à la périphérie de la ville. C'était un long bâtiment bas, avec des enseignes au néon à chaque fenêtre. Mary se gara sur un emplacement vide dans la troisième rangée du parking, juste à côté de la voiture de Sally.

— Bonsoir, Mary, la salua cette dernière lorsqu'elles descendirent toutes deux de voiture. Je ne crois pas que Marianne soit arrivée. On l'attend dehors ?

— Bien sûr, attendons-la ici.

Même s'il faisait chaud, la soirée était agréable, sans un nuage dans le ciel.

Toutes deux bavardèrent jusqu'à ce que Marianne s'arrête à côté d'elles. Marianne était mariée et maman d'un petit garçon d'à peine trois mois.

— Désolée d'être en retard, leur dit-elle après s'être garée.

Elle rassembla sa masse de cheveux roux frisés en une queue-de-cheval floue au sommet de son crâne.

— J'ai eu du mal à partir. J'avais promis à David de changer la couche de Noah. Mais quand je l'ai fait, ce petit coquin m'a fait pipi dessus, m'obligeant à changer de vêtements.

— Ah, les joies de la maternité, dit Mary en riant.

— Eh bien, j'ai hâte d'entrer et de voir si je peux connaître les joies du célibat, répliqua Sally, faisant rire ses amies.

— Et toi, Mary ? Tu es aussi avide de rencontrer un homme que Sally ?

— S'il s'en présente un bon, je ne le repousserai pas. Mais je suis plutôt occupée en ce moment, avec mon nouvel emploi.

— Et tu vas tout me dire quand nous serons à l'intérieur.

Elles réussirent à prendre une table au fond de la salle, où la musique n'était pas si forte, ce qui leur permettrait de converser. Sally fut la seule à commander une boisson alcoolisée, Mary et Marianne se contentèrent de sodas.

Presque immédiatement, Sally se leva pour danser avec un type nommé Craig, dont Mary savait qu'il travaillait comme mécanicien.

— Tu nous manques au supermarché, lui dit Marianne. Tu étais la seule à avoir toujours le sourire et une attitude positive.

— Merci, Marianne. Ça me manque aussi de vous voir tous les jours, Sally et toi, mais j'adore travailler pour Lucas. Je suis tombée amoureuse de sa fille.

— Et de l'homme lui-même ? Sally m'a dit que tu craques pour lui.

Mary se mit à rire.

— Sally parle trop… mais j'avoue que j'ai un petit béguin pour lui.

— Moi aussi, il me fait de l'effet rien qu'en passant à la caisse. Qui ne craquerait pas pour un homme aussi sexy ?

Marianne s'éventa le visage de la main, faisant à nouveau rire Mary.

— Alors, comment va ton petit garçon ?

Marianne reprit son sérieux.

— Je n'ai jamais aimé personne autant que Noah. Mary, c'est un genre d'amour que je n'avais jamais éprouvé avant. Il faut que tu trouves un homme bien, que tu l'épouses et que tu aies un bébé. C'est seulement là que tu comprendras ce dont je parle.

— Pour le moment, je ne cherche pas vraiment quelqu'un. Peut-être quand j'en aurai fini avec cet emploi et que j'aurai mon diplôme d'enseignante, je serai prête pour une liaison.

Cela avait toujours été son plan.

C'était dans un moment de solitude qu'elle s'était inscrite sur ce stupide site de rencontres et avait croisé la route de Kenny. Heureusement, le lendemain de son entretien avec Dallas, Lucas l'avait aidée à signaler son comportement au site et lui avait montré comment bloquer ses mails. Ces derniers jours, elle ne recevait donc plus de messages agressifs.

Sally revint à table, et la conversation se porta sur les potins en ville. Avec son don pour le théâtre, Sally donna le fou rire à ses amies en leur racontant les rumeurs les plus extravagantes.

Mary fut invitée deux fois à danser. Par Jeff Wyland, un homme gentil qui travaillait à la poste, et Ethan Dourty, qui officiait dans l'unique cabinet d'assurances de la ville. Tous deux étaient des hommes bien, mais ils ne l'attiraient pas. Elle avait dansé auparavant avec eux.

Plusieurs fois durant la soirée, elle s'interrogea sur Lucas. S'amusait-il en ce moment même ? Parlait-il avec les autres fermiers ? Lui accordait-il une pensée de temps en temps ?

Elle se morigéna intérieurement. Pourquoi diable devrait-il penser à elle ? Elle n'était que la nounou de sa fille, la gouvernante. Pourtant, elle ne pouvait s'empêcher de repenser au baiser qu'ils avaient partagé.

Juste après 21 heures, Marianne décida que la soirée lui suffisait.

— Il faut que je rentre seconder mon mari. Noah est souvent grincheux le soir et il a du mal à s'endormir.

Toutes trois échangèrent des embrassades, puis Marianne s'en fut.

— Tu ne vas pas me laisser tomber toi aussi, n'est-ce pas ? dit Sally à Mary.

— Je reste encore un peu, répondit-elle bien qu'elle soit plus que prête à rentrer.

Elle avait toujours apprécié les soirées chez Murphy's mais, ce soir, elle aurait préféré être à la maison avec

Annabelle ou regarder la télévision avec Lucas, se rendit-elle compte. *C'est drôle comme les priorités changent*, songea-t-elle.

Elle resta encore une heure, puis dit à Sally qu'elle rentrait. Son amie n'était pas prête à partir, aussi se dirent-elles au revoir avant que Mary ne sorte du bar.

Une fois dans sa voiture, elle sentit une vague de fatigue s'abattre sur elle. Elle étouffa un bâillement en riant d'elle-même. Quelle vieille dame elle faisait... prête à se coucher à 22 heures le samedi soir.

Elle traversa la ville pour prendre la route conduisant chez Lucas. À cette heure-là, Millsville avait l'air d'une ville fantôme ; tous les magasins étaient fermés et il n'y avait personne dans les rues.

Lorsque les dernières maisons s'éloignèrent dans son rétroviseur, elle s'élança sur la longue portion de route menant à la ferme. Aucune autre voiture n'était visible sur l'étroite route à deux voies, flanquée de chaque côté de profonds fossés et de rangées d'arbres.

Elle alluma la radio pour remplir le silence. Elle était environ à mi-chemin de chez Lucas quand elle vit des phares derrière elle. Elle-même roulait à la vitesse autorisée, mais l'autre véhicule arrivait plus vite.

Il s'agissait d'un van ou d'un pick-up. Le conducteur avait l'air de zigzaguer sur la route. *Il doit être soûl*, pensa-t-elle en voyant la voiture passer d'une file à l'autre.

Elle serra le plus possible le bas-côté, afin que le pick-up ait largement la place de la doubler. Mais le véhicule heurta l'arrière de sa voiture, la faisant sursauter. Le volant lui échappa des mains.

Mon Dieu ! Le conducteur était forcément ivre. Il heurta à nouveau sa voiture. Mary poussa un cri en s'efforçant de garder le contrôle de sa voiture.

Elle pressa l'accélérateur, essayant de mettre de la distance entre elle et lui. Que se passait-il ? Qui conduisait ce pick-up ? Le choc était-il dû à une erreur ? Ou était-ce voulu ?

Elle respirait par à-coups, prise de panique. Mais elle n'eut pas le temps de penser au qui ou au pourquoi : le pick-up accéléra et accrocha le coin de son pare-chocs, la faisant déraper. Elle voulut corriger sa trajectoire, mais la voiture se mit à tanguer sans qu'elle puisse en reprendre le contrôle.

La ceinture de sécurité mordit douloureusement sa poitrine, expulsant le peu d'air qui lui restait dans les poumons. Un bref instant, elle prit conscience d'être en danger.

Puis un hurlement lui échappa quand la voiture quitta la route et vola dans les airs.

Lucas se redressa sur son tabouret et entama sa deuxième bière de la soirée. Sortir l'avait détendu. Il avait jusque-là parler la plupart du temps avec Amos Winters, un vieux briscard qui pratiquait l'agriculture depuis cinquante ans.

Amos était un personnage haut en couleur. Il avait été marié cinq fois et avait douze enfants et des dizaines de petits-enfants. Il représentait une mine d'informations sur l'agriculture et les récoltes – certaines bonnes, d'autres pures balivernes. Mais Lucas apprenait toujours quelque chose en parlant avec lui, et le vieil homme l'amusait. Amos venait de partir et, durant un moment, Lucas se retrouva seul devant le comptoir ciré.

Il n'y avait pas foule ce soir-là. Plusieurs personnes jouaient aux palets au fond de la salle, les autres étaient assises dans des box, mangeant les spécialités du bar.

— Tu es sûr que tu ne veux rien, Lucas ? lui demanda Ranger Simmons, le propriétaire de l'établissement.

Vingt ans auparavant, Ranger avait légué sa ferme à son fils et ouvert le Farmer's Club. Il vivait dans un appartement d'une pièce au-dessus. C'était un homme gentil, que tout le monde aimait et admirait en ville.

— Non merci, tout va bien pour moi, Ranger.

— D'après ce que j'ai entendu dire, ça va même *très bien*, avec cette jolie petite caissière que tu as engagée, renchérit Ranger avec un clin d'œil.

Lucas se mit à rire.

— Ce n'est pas ce que tu crois. Elle et moi, nous nous entendons parfaitement pour le travail, c'est tout.

— Je m'en doutais, mais tu sais comment les commérages circulent d'un bout à l'autre de la ville. En tout cas, si tu veux quelque chose à manger, fais-moi signe.

Sur ce, Ranger prit un torchon humide et se mit en devoir d'essuyer le comptoir.

Que faisait Mary en cet instant ? Elle était si mignonne en quittant la maison. Durant la semaine écoulée, il avait été intensément conscient d'elle. Le désir qu'il avait d'elle, qui l'avait frappé aux moments les plus inattendus, coulait maintenant dans ses veines en continu.

Il s'efforça de penser à Diana et à son amour pour elle. De se rappeler qu'il avait juré de l'aimer pour toujours... pour l'éternité.

Mais cela faisait trois longues années qu'elle était partie. Diana ne meublait pas ses soirées avec des conversations et des rires. Embrasser sa photo ne réchauffait pas ses lèvres et ne faisait pas battre son cœur plus vite.

Éprouverait-il le même désir pour n'importe quelle femme qui lui cuisinerait ses repas et prendrait soin de sa fille ? Non... Il s'agissait bien de Mary.

Il adorait sa manière de l'accueillir après une dure journée. Il adorait aussi le son de son rire, et il se surprenait à faire de l'humour juste pour entendre ces notes musicales.

Il avait vu comment elle s'asseyait sur le plancher pour s'amuser avec Annabelle, combien il lui était facile de jouer à faire semblant. Il était évident que sa fille aimait « mamzelle » Mary.

S'il devait éprouver du désir pour quelqu'un, alors pourquoi pas Celeste ou Gina ? Toutes deux étaient des femmes séduisantes et lui avaient fait comprendre qu'elles étaient prêtes à accepter ses avances.

Mais aucune d'elles ne lui échauffait le sang comme Mary. Aucune d'elle ne faisait couler un désir brûlant dans ses veines. C'était Mary et elle seule. Il n'y avait aucun doute qu'elle avait éveillé une part de lui qu'il avait crue morte et enterrée avec Diana.

Et il ignorait que faire à ce propos. Il savait ce qu'il aurait *dû* faire : laisser Mary tranquille et s'en tenir à leurs rapports de travail. Et c'est ce qu'il avait l'intention de faire désormais – mais il savait aussi que ce serait un défi insoutenable.

Son téléphone vibra dans sa poche. Il le prit et vit s'afficher le numéro de Dallas. Il répondit, se demandant ce que le policier pouvait bien lui vouloir un samedi soir.

— Dallas, quoi de neuf ?

— Lucas, il y a eu un accident.

Lucas se figea à ces mots. Il pensa immédiatement à Nicole et à Annabelle.

— Quel genre d'accident ? demanda-t-il d'une voix tendue, le cœur battant.

— C'est Mary. Elle a eu un accident de voiture.

— C'est grave ?

Il se leva et jeta quelques billets sur le comptoir.

— Sa voiture a fait plusieurs tonneaux.

— Où est-elle ?

Lucas était déjà dehors.

— Dans l'ambulance, on l'emmène à l'hôpital.

Il n'attendit pas d'en entendre davantage. Tout ce qu'il savait, c'est qu'il devait aller à l'hôpital aussi vite que possible. Il courut vers son pick-up, garé dans le parking.

Lorsqu'il fut sur la route, les questions fusèrent dans son cerveau. Sa voiture avait fait des tonneaux ! Que s'était-il passé, au nom du ciel ? Avait-elle trop bu ? Il trouvait difficile de croire qu'elle risque sa vie ou celle de quelqu'un d'autre en abusant de la boisson avant de prendre le volant.

Pour le moment, peu importait ce qui avait causé l'accident. Il aurait dû interroger Dallas sur son état. Était-elle gravement blessée ?

Il serra le volant entre ses doigts, l'imaginant blessée et en sang. Peut-être se cramponnait-elle à la vie en ce moment même ? Mon Dieu, pas Mary. Il ne pouvait pas supporter l'idée qu'elle souffre. Il ne pouvait pas supporter l'idée qu'elle…

Il repoussa cette pensée monstrueuse avant de la reformuler entièrement et appuya sur l'accélérateur. Heureusement, l'hôpital n'était pas loin du Farmer's Club.

Il pénétra dans le parking, s'arrêta sur un emplacement et descendit en hâte de voiture. Son cœur battait à un rythme effréné qui lui donnait la nausée.

Une fois dans le service des urgences, il trouva Gloria Young, une jolie femme aux courts cheveux blonds, à la réception. Il n'y avait personne dans la salle d'attente.

— Gloria, Mary Curtis a été amenée ici en ambulance. Pouvez-vous demander qu'on me renseigne sur son état ?

— Je vais le faire.

Se levant, elle disparut derrière une porte marquée « Réservé au personnel ».

Lucas fit les cent pas, le cœur serré par la peur. Gloria revint.

— Le Dr Erickson va venir vous parler dès qu'il le pourra, dit-elle en se rasseyant.

« Dès qu'il le pourra » ? Qu'est-ce que cela voulait dire ? Mary allait-elle être opérée ? Au moins, il savait qu'Alexander Erickson était un bon chirurgien. Il avait deux ans de plus que lui, et Lucas se souvenait qu'il avait toujours voulu être médecin. Millsville avait de la chance qu'il ait choisi d'exercer dans sa ville natale, au lieu de s'installer dans une grande ville. Il travaillait à l'hôpital, mais avait aussi sa propre patientèle.

Lucas continua de faire les cent pas tandis que les minutes s'écoulaient. Au bout d'une heure, dévoré d'inquiétude, il se laissa tomber sur une inconfortable chaise en plastique vert et se prit la tête dans les mains.

Que se passait-il ? Quand le médecin viendrait-il lui parler ? Devait-il appeler les parents de Mary ? Cette idée flotta dans son esprit, mais il l'écarta immédiatement. Mary lui avait clairement dit qu'elle n'avait plus de rapports avec eux. Dans tous les cas, ce n'était pas à lui de les contacter.

Il se rendit soudain compte qu'en dehors de ses quelques amies elle n'avait que lui. Un coup d'œil à son téléphone lui apprit qu'il était presque minuit. Il donna un bref coup de fil à Nicole pour la mettre au courant de ce qui était arrivé et la prévenir qu'il rentrerait tard.

Elle l'assura que tout allait bien : elle somnolait sur le canapé tandis qu'Annabelle dormait. Elle ajouta qu'elle espérait que Mary s'en sortirait et qu'elle le verrait quand il rentrerait. Du moins savait-il que sa fille dormait. Elle s'éveillait rarement une fois endormie.

À minuit et demi, Dallas pénétra dans la salle d'attente.

— Des nouvelles ? demanda-t-il.

— J'attends toujours de parler au médecin, répondit Lucas.

Dallas s'assit à côté de lui.

— Si ça peut te rassurer, elle a été trouvée hors de la voiture, ça veut dire qu'elle a pu s'en éloigner après l'accident, dit-il.

— Ah bon ?

L'espoir monta soudain en lui.

— Je t'assure. C'est un miracle, parce que la voiture est bonne pour la casse. Heureusement, elle portait sa ceinture. Mais je crains que ce ne soit l'adrénaline qui lui a permis de sortir de la voiture.

— Alors qu'est-ce qui s'est passé, exactement ? Tu m'as dit qu'elle a fait des tonneaux. Elle s'est endormie au volant ?

— Elle m'a dit qu'un pick-up lui a foncé dedans par l'arrière. Malheureusement, elle n'a pas identifié la marque ni le modèle. Elle n'a même pas pu me préciser la couleur. Mais nous avons pu déduire certains éléments à partir des dégâts causés par l'autre véhicule.

Lucas sentit la tête lui tourner à l'exposé de ces informations.

— Alors quelqu'un lui a fait ça volontairement ?

Son sang se figea à cette seule idée, et il repensa au message que la jeune femme avait trouvé sur son pare-brise.

— Elle n'en est pas certaine. Elle s'est dit que le conducteur devait être ivre ou drogué. Il faisait des zigzags sur la route avant de l'emboutir. En tout cas, il a pris la fuite. C'est en rentrant chez lui que Clive Burns est tombé sur l'accident. C'est lui qui m'a appelé.

— Dieu merci, dit Lucas.

— Nous avons ramassé des pièces qui indiquent que le véhicule du chauffard est noir et qu'il a perdu un morceau de phare. Je vais donc demander au garage de me faire savoir si quelqu'un amène à réparer une voiture noire.

Leur conversation s'interrompit lorsque le Dr Erickson apparut. Lucas bondit de son siège.

— Comment va-t-elle ?

— Elle est très secouée, répondit le médecin. J'ai procédé à une série de tests pour m'assurer qu'il n'y avait pas de lésions internes, et tout va bien. Néanmoins elle a subi un traumatisme, alors je vais la garder en observation cette nuit.

— Je peux la voir ?

Le médecin acquiesça.

— Elle est dans la chambre 2. Je lui ai donné un sédatif léger, alors sois bref.

— Je vais avec toi, dit Dallas.

Les deux hommes quittèrent la salle d'attente. Dieu merci, Mary ne souffrait pas de lésions internes.

Lorsque Lucas pénétra dans sa chambre, son cœur se serra. La pièce n'était éclairée que par une lampe de lecture au-dessus du lit. Mary avait les yeux fermés et paraissait toute petite. Elle était sous perfusion et portait un tensiomètre au bras.

Elle ouvrit soudain les yeux.

— Lucas…

Elle sourit une seconde, puis son sourire se fêla et ses yeux se remplirent de larmes.

— Hé… ne pleurez pas.

Il s'approcha en hâte du lit et s'assit sur une chaise.

— Vous avez mal ? Vous voulez que j'aille chercher le médecin ?

Elle secoua la tête et essuya ses pleurs. Ce faisant, il vit qu'elle avait un gros hématome en haut du bras.

— Je ne comprends pas ce qui m'est arrivé. Est-ce que cela a à voir avec le message que j'ai eu ? poursuivit-elle à l'attention de Dallas. Kenny m'a-t-il retrouvée et a-t-il décidé de m'agresser en personne ? Que s'est-il passé ?

Son regard larmoyant les engloba tous deux avant de revenir se poser sur Dallas.

— Je suis pratiquement sûr qu'il ne s'agit pas de Kenny, répondit Dallas. J'avais l'intention de vous l'annoncer demain : j'ai pris contact avec un policier de Saint-Louis qui a fait quelques vérifications. Kenny était très loin d'ici le soir où le message a été laissé sur votre pare-brise. En fait, c'est un comptable assez bien noté, qui n'a pas manqué un seul jour de travail depuis quinze ans. Il ne devient « Kenny le Pauvre Type » que lorsqu'il est devant son ordinateur, apparemment. Le policier l'a averti de ne plus entrer en contact avec vous.

— Alors si ce n'est pas Kenny… qui est-ce ?

Mary se frotta le front, comme si elle souffrait d'une sévère migraine.

— Un conducteur ivre, peut-être, dit-elle en répondant à sa propre question. Le pick-up faisait des zigzags avant de me heurter.

— Mary, il faut que vous vous reposiez et que vous me laissiez mener l'enquête, répliqua Dallas.

Même s'il avait parlé avec assurance, Lucas vit l'épuisement sur le visage de son ami. Dallas essayait toujours de trouver qui avait tué Cindy. Il posa quelques questions de plus à Mary, puis s'en fut.

Après son départ, Lucas prit la main de la jeune femme.

— Je ne veux pas que vous vous inquiétiez. Je viendrai vous chercher demain, et vous vous reposerez tout le temps dont vous aurez besoin.

— Je devrais peut-être démissionner, Lucas. Je cause plus d'ennuis que je ne rends service, dit-elle d'une voix misérable.

De nouvelles larmes brillaient dans ses yeux.

— Balivernes. Je ne veux pas vous entendre dire cela.

Il lui pressa légèrement la main.

— Vous faites partie de la famille maintenant, Mary. Vous ne pouvez pas nous laisser tomber.

Il relâcha sa main et se leva.

— Maintenant, reposez-vous, je vous verrai demain.

Lorsqu'il fut remonté dans son pick-up, Lucas posa le front quelques instants sur le volant, envahi par des vagues d'émotion.

Dieu merci, elle était saine et sauve. Pourtant son inquiétude n'avait pas disparu. Quelqu'un l'avait emboutie, causant un accident qui aurait pu la tuer. Était-ce d'ailleurs un accident ? Un conducteur sous l'emprise de l'alcool ou une collision volontaire ?

Il releva la tête et fixa l'obscurité, qui semblait se communiquer à son cerveau.

Puis il serra le volant entre les mains. Si l'accident avait été prémédité, c'était une tentative de meurtre.

8

Mary s'éveilla à la lumière du jour passant par la fenêtre. Bonté divine, elle avait l'impression d'avoir été renversée par un camion… un très gros camion. Chacun de ses muscles et de ses os lui faisait mal. Mais elle accueillait volontiers cette douleur, car cela voulait dire qu'elle était en vie.

Elle avait cru mourir la veille au soir. Lorsque sa voiture avait quitté la route et commencé à faire des tonneaux, elle avait été certaine qu'elle n'allait pas en réchapper. C'était la chose la plus terrifiante qu'elle ait jamais vécue.

Poussant un soupir tremblant, elle referma les yeux. Elle avait eu une chance incroyable. Lorsque la voiture s'était enfin immobilisée, sa portière était enfoncée. Impossible de l'ouvrir. Mais elle s'était débrouillée pour sortir par la fenêtre brisée.

Elle s'était alors éloignée en direction de la route. Elle ignorait où se trouvaient son sac et son téléphone. Elle s'était simplement postée au milieu de la route, priant pour que quelqu'un s'arrête.

Dieu merci, Clive Burns était arrivé et avait non seulement appelé Dallas, mais insisté pour qu'elle s'assoie dans sa voiture en attendant les secours.

Elle rouvrit les yeux en entendant quelqu'un entrer

dans la chambre. C'était Amber James, une des infirmières. Mary la connaissait, car elles étaient allées au lycée ensemble.

— Bonjour, Mary, dit Amber avec un grand sourire.

C'était une jolie femme, aux cheveux bruns et aux yeux bleus.

— Comment va notre patiente ce matin ?

— J'ai mal à des muscles et à des os dont j'ignorais l'existence, répondit Mary.

Amber sourit avec compassion.

— Je suis désolée, Mary. Mais d'après ce que j'ai entendu dire, tu as eu beaucoup de chance.

— Pour ça, je suis d'accord.

— Et on m'a demandé de te donner quelque chose pour la douleur. Je vais le mettre dans ta perfusion, alors tu devrais te sentir mieux dans quelques minutes. Mais avant ça, je dois prendre tes constantes.

Quelques minutes plus tard, elle s'en fut. Lorsque l'analgésique commença à faire effet, Mary se rendormit. Elle s'éveilla à nouveau quand le petit déjeuner arriva, suivi de près par le Dr Erickson.

— Bonjour, Mary. Un peu courbatue, ce matin ?

Elle sourit.

— C'est un euphémisme. Mais l'antidouleur qu'Amber a mis dans ma perfusion m'a fait du bien.

— Ma garde est finie, alors je voulais vous dire que vous serez entre de bonnes mains avec le Dr Reeves. Je l'ai mis au courant de ce qui s'est passé, et il viendra vous voir tout à l'heure.

— Je peux rentrer chez moi ? demanda-t-elle.

— Il n'y a aucune contre-indication à votre sortie, dit-il. Je veillerai à ce que vous ayez une ordonnance pour des antalgiques. Vous allez devoir vous reposer quelques jours, vous avez subi un traumatisme.

Elle acquiesça. Heureusement, on était dimanche, son jour de repos. Elle pourrait se mettre au lit et regarder la télévision. Nul doute qu'elle irait mieux le lendemain pour reprendre ses tâches habituelles.

— Maintenant, mangez et détendez-vous, dit le Dr Erickson en souriant. Vous avez beaucoup de chance d'être encore parmi nous.

Le médecin parti, elle mangea une partie des œufs brouillés et du toast qu'on lui avait servis et sirota son café.

Elle devrait faire une déclaration à son assurance auto et voir si on pouvait lui fournir une voiture de location. Elle n'était pas certaine que le garage O'Brian – le seul vendeur de voitures de la ville – ait des véhicules de location.

Elle grogna intérieurement en repensant à son sac à main. Allait-on le retrouver sur le lieu de l'accident ? Si ce n'était pas le cas, elle devrait se procurer un duplicata de son permis de conduire et faire opposition à sa carte bancaire, entre autres choses. Aurait-elle au moins un téléphone pour cela ?

Amber revint la voir.

— Si tu as fini ton petit déjeuner, je vais débarrasser ton plateau.

— Oui merci, j'ai fini, répondit Mary.

— Cet analgésique t'a fait un peu de bien ?

— Oui, merci.

— Bon. Je reviens tout à l'heure, dit Amber en prenant le plateau et en sortant de la chambre.

Les pensées de Mary revinrent alors à Lucas. La veille, il lui avait tenu la main en lui disant qu'elle faisait partie de la famille. Bien que ces paroles lui aient fait chaud au cœur, elle se demandait s'il estimait qu'elle causait plus de problèmes qu'elle n'en résolvait. D'abord le message et maintenant ça. Elle saurait ce qu'il en pensait plus tard, quand elle pourrait sortir et qu'il viendrait la chercher.

Ce fut juste après le déjeuner que le Dr Ralph Reeves pénétra dans sa chambre. Cet homme âgé avait été son médecin traitant la plus grande partie de sa vie. C'était un homme bienveillant, qui inspirait la confiance et le respect.

— Mary, d'après ce que j'ai entendu dire, vous avez eu beaucoup de chance, commença-t-il en s'asseyant à côté de son lit. Comment vous sentez-vous cet après-midi ?

— Comme si j'avais été renversée par un énorme camion, dit-elle honnêtement.

Il sourit avec sympathie.

— Malheureusement, vous allez vous sentir comme ça encore plusieurs jours, car vous avez été sévèrement contusionnée. Dieu merci, vous vous en êtes sortie sans fracture ni lésion interne.

— Je peux rentrer à la maison alors ?

— Je ne vois aucune raison de vous garder ici, répondit-il. Vous vous sentez prête à rentrer ?

— Absolument.

Quitte à avoir mal, autant avoir mal chez elle.

— Alors je vais signer le bulletin de sortie. Vous devriez pouvoir partir d'ici une demi-heure.

Le Dr Reeves se releva et la considéra de ses yeux bleu pâle, infiniment bienveillants.

— Mary, soyez indulgente avec vous et prenez le temps qu'il vous faut pour vous reposer.

— Oui, je le ferai.

Dès que le médecin quitta la chambre, elle souleva le

récepteur du téléphone et composa le numéro de Lucas. Il répondit à la première sonnerie.

— Mary, comment ça va ?

Il y avait tant d'inquiétude dans sa voix qu'elle eut envie de pleurer.

— Je vais bien, répondit-elle en ravalant ses larmes. En fait, je peux sortir dans une demi-heure.

— Annabelle et moi allons venir vous chercher, dit-il. À tout de suite.

— Merci, Lucas.

Des larmes brûlantes lui montèrent aux yeux lorsqu'elle raccrocha. Mais qu'est-ce qui lui arrivait ? Elle connaissait la réponse. Elle avait mal partout, et la douleur la rendait encore plus émotive que d'habitude. Elle devait reprendre le contrôle de ses émotions avant que Lucas et Annabelle n'arrivent.

Quinze minutes plus tard, Amber revint.

— Les papiers sont en ordre, dit-elle. Tes vêtements sont dans le placard. Tu as besoin d'aide pour t'habiller ?

— Non merci, ça ira, répondit Mary.

— Alors je vais te retirer la perfusion et t'aider à sortir du lit.

Quelques minutes plus tard, Mary était assise au bord du lit. Ses vêtements étaient tachés d'herbe et d'huile, et son jean déchiré. Amber lui remit son bulletin de sortie avec une ordonnance pour des analgésiques.

Mary entendit Annabelle avant de la voir. Malgré son état, le son des petits pas dans le couloir la fit sourire. La petite fille se rua dans la chambre, puis fit halte pour attendre Lucas.

— Mamzelle Mary, on t'a apporté des fleurs.

Lucas tenait un gros bouquet multicolore.

— C'est très gentil à vous, dit Mary.

— Papa m'a dit que tu as beaucoup de bobos.

La petite fille s'approcha de Mary.

— Oh ! je vois un bobo.

Elle montra l'hématome que Mary avait au bras.

— Tu veux que je fasse un bisou dessus ?

Mary sentit son cœur se gonfler. Annabelle avait l'air si sérieuse, si compatissante.

— Peut-être qu'un bisou me fera du bien, oui.

Elle se pencha pour que la petite fille puisse poser les lèvres sur sa peau.

— Tu m'as manqué, mamzelle Mary.

— Vous nous avez manqué à tous les deux, intervint Lucas.

Il s'éclaircit la gorge et lui sourit.

— J'ai parlé au Dr Erickson ce matin, il m'a dit que vous n'avez rien de grave mais que vous souffrez beaucoup.

— Ça résume à peu près les choses, dit-elle.

Avant qu'elle puisse ajouter autre chose, Amber apparut à la porte avec un fauteuil roulant.

— Prête à y aller ?

— Prête, répondit Mary.

— Prête, répéta Annabelle en battant des mains. Papa, donne les fleurs à mamzelle Mary.

Lucas lui tendit le bouquet.

— Annabelle et moi allons avancer le pick-up jusqu'à l'entrée, dit-il. Viens, Annabelle.

Tous deux sortirent.

— Quelle enfant adorable ! s'exclama Amber. Elle est si belle et elle a l'air si intelligente.

— Elle est tout ça et bien plus, dit Mary en s'asseyant dans le fauteuil roulant.

Le parfum des fleurs l'enveloppait. Elle était touchée que Lucas se soit donné la peine de lui en apporter.

— J'espère que tu te sentiras très vite mieux, dit Amber.

Elle poussa Mary dans le couloir.

— Merci de t'être si bien occupée de moi.

— Tout le plaisir était pour moi.

Elles sortirent de l'hôpital dans la chaleur de l'après-midi. Le pick-up de Lucas était garé le long du trottoir. Il en descendit vivement et en fit le tour pour l'aider à monter en voiture.

Après avoir dit au revoir à Amber, tous trois prirent la route.

— Mamzelle Mary, tu joues avec moi ? demanda Annabelle depuis son siège auto.

— Mlle Mary ne peut pas jouer aujourd'hui, dit Lucas avant que Mary puisse répondre. Mlle Mary va se reposer et on va s'occuper d'elle.

— Moi, je m'occupe d'elle, dit Annabelle. Je m'occupe d'elle pasque je l'aime.

— Oh ! ma chérie, je t'aime aussi, répondit Mary, émue.

— Nous allons passer à la pharmacie prendre vos médicaments avant de rentrer, dit Lucas.

— Merci. C'est gentil.

Elle était prête à prendre tout ce que le médecin lui avait prescrit. Il lui semblait que sa perfusion lui manquait déjà.

Ils firent comme prévu, puis retournèrent à la ferme. Mary essayait de ne s'inquiéter des conséquences de l'accident. Si elle ne pouvait obtenir une voiture de remplacement, elle devrait compter sur Lucas pour l'emmener faire des courses.

Valait-elle vraiment toute cette peine ? Ne serait-il pas plus facile pour Lucas de la licencier et d'engager quelqu'un d'autre ? Quelqu'un qui ne recevrait pas de message bizarre et n'aurait pas…

— Si vous voulez, vous pouvez vous installer sur le canapé, dit Lucas quand ils furent à la maison.

Il plaça le bouquet de fleurs sur la petite table en bout de canapé.

— J'aimerais bien, répondit-elle.

Même si elle n'avait eu qu'une hâte, s'allonger sur son lit, l'idée de rester seule avec ses pensées ne lui plaisait plus.

— Pourquoi ne pas passer quelque chose de plus confortable ? suggéra-t-il.

Mary acquiesça et se rendit dans sa chambre. Une fois dedans, la première chose qu'elle vit fut son sac à main. Elle l'ouvrit et poussa un soupir de soulagement. Tout était à sa place. Elle prit son téléphone, dont la batterie était vide, et le brancha pour le recharger.

Elle retira ses vêtements et les laissa tomber sur le plancher. Elle les jetterait plus tard. Elle avait un gros hématome sur la hanche et plusieurs autres le long de la jambe. *Pas étonnant que j'aie mal*, se dit-elle en choisissant un T-shirt et un short confortables. Une fois habillée, elle retourna au salon et s'assit avec précaution sur le canapé.

— Mon sac est revenu, dit-elle.

— Oui, Dallas l'a rapporté tôt ce matin.

— Dieu merci, je n'aurai pas à tout remplacer.

— Je vous ai dit de bien vous installer. Allez-y, allongez-vous, Mary, l'encouragea Lucas. Je vais vous apporter un oreiller et une couverture.

Il disparut dans le couloir.

— Moi, je vais chercher un coussin, dit Annabelle en repartant en courant vers sa chambre.

Elle revint un instant plus tard avec un coussin en forme de cœur.

— C'est mon préféré, dit-elle en le donnant à Mary.

— Merci, chérie. Je vais le mettre sur mes genoux.

Lucas réapparut avec un oreiller et une couverture molletonnée. Il plaça l'oreiller derrière sa tête et étendit la couverture sur elle.

— Vous êtes prête pour un de vos cachets ?

— Oh oui !

Elle voulut se rasseoir, mais Lucas lui fit signe de rester couchée.

— Je vais vous le chercher.

Il alla à la cuisine et revint avec le flacon de pilules et un verre d'eau.

— Lucas, vous n'avez pas besoin de me servir, protesta-t-elle.

— Annabelle et moi avons l'intention de bien vous soigner. N'est-ce pas, Annabelle ?

— Oui, dit la petite fille, qui repartit dans sa chambre.

— Vous vous souvenez de ce film que nous voulions regarder l'autre soir ? demanda Lucas. Cette comédie sur un percepteur malchanceux dans une petite ville du Kentucky ?

— Oui, je m'en souviens.

— Et si nous le regardions maintenant ?

— Volontiers.

— Vous êtes sûre que vous êtes bien installée ?

Il n'y avait pas à se tromper sur sa sollicitude affectueuse, et elle s'en sentit toute réchauffée.

Annabelle revint de sa chambre en courant, une poupée sous le bras.

— Regarde, mamzelle Mary. C'est ma poupée infirmière. Si tu la tiens, elle te fera du bien.

Elle lui tendit la poupée et posa la tête contre son flanc.

— Pauvre mamzelle Mary.

Une nouvelle vague d'émotion monta en elle. Cela ne ressemblait plus à un emploi. C'était bien plus qu'un emploi… Même si elle savait que c'était une illusion à laquelle elle ne devait pas se laisser aller. La vérité, c'est qu'en cet instant elle avait l'impression d'être en famille. Avec *sa* famille.

En dépit des protestations de Mary, Lucas n'alla pas travailler aux champs le lundi. Il savait qu'elle souffrait encore de ses contusions et qu'elle ne prendrait pas ses cachets si elle devait s'occuper d'Annabelle.

Une nouvelle journée de repos, c'était ce dont elle avait besoin, insista-t-il. Elle avait déclaré le sinistre à son assurance, qui se chargerait de lui procurer un véhicule de remplacement.

Annabelle se révéla une parfaite petite infirmière. Elle jouait tranquillement dans le salon et, tous les quarts d'heure, courait au côté de Mary pour lui caresser le bras ou le visage et lui demander si elle avait besoin de quelque chose. Lucas était ému de voir sa fille manifester tant de compassion à un si jeune âge. Il était évident qu'elle aimait sa « mamzelle Mary » de tout son cœur.

Vers 14 heures, Nicole passa les voir. Annabelle faisait la sieste, et Lucas et Mary regardaient un autre film.

— Mary, ma chère… Comment vous sentez-vous ? demanda Nicole en entrant au salon.

— Un peu mieux aujourd'hui, répondit Mary.

Elle se redressa sur le canapé afin de faire de la place à Nicole.

— Lucas m'a raconté ce qui vous est arrivé. Ça a dû être absolument terrifiant. Vous avez eu beaucoup de chance.

Mary se mit à rire.

— Si j'avais eu un centime chaque fois que quelqu'un m'a dit ça, je serais riche.

Comme toujours, Lucas fut frappé par la beauté de son sourire, par le son mélodieux de son rire. Il aurait voulu prendre ses souffrances. Il aurait voulu la prendre dans ses bras et… Il se rendit soudain compte que Nicole le regardait, attendant une réponse.

— Je suis désolé. Que disiez-vous ?

— Je disais que j'allais emmener Annabelle passer la nuit chez moi. Elle n'est pas venue depuis un bon moment et, avec Mary immobilisée, c'est une occasion parfaite.

— Ne vous sentez pas obligée de le faire à cause de moi, protesta Mary. Je vais très bien.

— Mais j'ai envie d'avoir ma petite-fille, répondit Nicole.

— Eh bien, dans ce cas, pourquoi ne pas revenir après le dîner ? Ou je peux la déposer chez vous, suggéra Lucas. Comme ça, elle aura mangé et j'aurai le temps de lui préparer un sac.

— C'est parfait, dit Nicole, je viendrai la chercher.

Elle se leva.

— Oh ! j'allais oublier.

Prenant son sac, elle en tira une photo.

— J'ai trouvé ça en nettoyant un tiroir et j'ai pensé que tu aimerais l'avoir.

C'était une photo de Diana, Nicole et lui sous le porche arrière. L'image suscita immédiatement en lui du chagrin et une bonne dose de culpabilité qu'il ne voulut pas examiner de trop près.

— Une merveilleuse photo de Diana, n'est-ce pas ? ajouta Nicole.

— Oui, c'est une bonne photo, fit-il.

— Oh ! Lucas, elle t'aimait tant ! Je me suis dit que tu voudrais l'encadrer et la mettre sur la petite console dans l'entrée.

— Merci, Nicole.

— Je t'en prie. Et maintenant, je m'en vais. Je serai de retour vers 18 heures pour la petite.

Lucas la raccompagna et, dès qu'elle eut franchi la porte, il fourra la photo dans le tiroir de la console. Nicole lui apportait souvent des photos de Diana. Comme si elle craignait qu'il n'oublie sa fille. Mais il n'oublierait jamais la femme qu'il avait aimée… la mère de sa fille adorée.

Peu de temps après le départ de Nicole, Annabelle s'éveilla de sa sieste, et Lucas et elle se mirent à bâtir des tours, encouragés par Mary.

Lucas cessa de jouer assez longtemps pour préparer le dîner. Un repas simple : hot-dogs et chips. Lorsqu'ils eurent fini de manger, il dit à Annabelle que sa grand-mère allait venir la chercher pour l'emmener dormir chez elle.

Annabelle était ravie et, une fois la cuisine rangée, Lucas prépara son sac. Il venait de finir quand Nicole arriva.

Lorsque la grand-mère et la petite fille furent en route, il retourna au salon, où Mary était assise sur le canapé. Se laissant tomber sur son fauteuil, il poussa un gros soupir.

— La maison semble perdre toute sa gaieté quand Annabelle n'est pas là.

Mary sourit.

— Je pensais exactement la même chose. Même quand elle dort, on sent sa présence dans la maison.

— Elle s'est incontestablement attachée à vous, observa-t-il.

— Ça vous ennuie ? questionna Mary d'une voix inquiète.

— Non, pas du tout. Au contraire, je suis ravi qu'elle vous aime et que vous représentiez une figure maternelle pour elle. Elle en a besoin et c'est quelque chose que je ne peux pas lui offrir.

— Honnêtement, je peux vous dire que je l'adore aussi. C'est une petite fille étonnante, elle a si bon cœur.

Elle fronça les sourcils.

— Il n'y a qu'un domaine dans lequel je me fais du souci pour elle.

Lucas se redressa sur son fauteuil.

— Qu'est-ce que c'est ?

Mary se mit à rire.

— Du calme, papa Ours. Ce n'est rien de grave.

— Vous m'avez fait peur une minute. Alors qu'est-ce qui vous inquiète ?

— Annabelle joue avec vous et avec moi, mais elle est à un âge où les enfants fréquentent normalement d'autres enfants. Depuis que je suis ici, elle ne m'a pas parlé de ses amis.

— C'est parce qu'elle n'en a aucun, admit Lucas.

— Je pense que c'est important pour elle de rencontrer d'autres enfants avant de commencer l'école. Vous connaissez des gens qui ont un ou des enfants de son âge ?

Il prit un air pensif.

— Quelques amis, oui.

— Cela vous ennuierait si j'organisais un après-midi de jeux avec eux ?

— Pas du tout, mais reparlons-en quand vous vous sentirez mieux.

C'était bon de discuter d'Annabelle avec elle, comme deux parents se préoccupant de leur enfant.

Et avec cette pensée vint un élan inattendu de désir pour elle. Entre eux existait une proximité croissante qu'il ne pouvait nier. Une fois encore, il prit conscience que ce n'aurait pas été le cas avec n'importe quelle femme : c'était Mary qui éveillait ces sentiments.

— Vous feriez mieux de retourner travailler demain,

dit-elle. Je me sens assez bien pour m'occuper de la cuisine et du ménage, et je ne voudrais pas vous faire honte en vous jetant dehors.

— Ha ! Avec quelle armée ? riposta-t-il d'un ton taquin.

— Je n'ai pas besoin d'une armée, répondit-elle, j'ai des pouvoirs secrets.

Il se mit à rire.

— Quels pouvoirs secrets ?

— Eh bien, si je vous le disais, ils ne seraient plus secrets.

Il la trouva sexy en diable à cet instant, avec ses yeux brillants et ses lèvres retroussées en un sourire mutin. C'était facile de plaisanter avec elle, et cela lui donna envie de se rapprocher encore d'elle.

— Plus sérieusement, je voulais vous dire que j'ai songé à appeler vos parents pour les avertir de votre accident. Bien sûr, j'ai fini par me rendre compte que ce n'était pas à moi de le faire.

— Heureusement que vous ne l'avez pas fait. Ils auraient eu trop peur que je leur demande quelque chose.

Bien que son ton soit neutre, il sentit le chagrin qu'il y avait derrière ces mots. Et il eut de la peine pour elle. Comment était-ce de grandir dans une maison où il n'y avait ni soutien ni amour ? Mary devait être incroyablement solide pour avoir vécu ce genre d'enfance et être aussi affectueuse et ouverte. Cela témoignait de sa forte personnalité.

Tandis qu'ils continuaient à parler de tout et de rien, il sentait le désir courir dans ses veines.

Juste après 19 heures, un coup se fit entendre à la porte d'entrée.

— Peut-être qu'Annabelle a fini par lasser la patience de Nicole, dit-il en se levant pour aller ouvrir.

Mais ce n'était pas Nicole, c'était Gina. La brune sourit.

— Bonsoir, Lucas. Je passais dans le coin et je me suis dit que j'allais m'arrêter reprendre ma casserole.

— Ah oui. Elle est dans la cuisine. Entrez donc, je vais vous la chercher.

En se hâtant vers la cuisine, il entendit Gina saluer Mary. Il retourna au salon, où elle questionnait Mary sur l'accident.

— Alors vous ne savez pas qui vous a emboutie ?

— Je sais que c'était un pick-up noir, c'est tout.

— Malheureusement, il y en a à la douzaine par ici, répliqua Gina.

Mary acquiesça.

— Et Dallas ne sait pas qui conduisait ?

— Non, il ne nous l'a pas dit, intervint Lucas.

— Ah, voilà ma casserole, s'exclama Gina.

Il la lui tendit en souriant. Elle sourit également à Mary.

— Mary, j'espère que vous vous sentirez mieux très vite.

Elle se tourna vers Lucas.

— Vous me raccompagnez ?

— Je reviens tout de suite, dit-il à Mary avant de quitter la maison avec Gina.

— Quelle belle soirée, observa-t-il tandis qu'ils marchaient dans l'allée.

— Encore un peu chaude pour moi, répondit-elle.

Quand ils atteignirent sa voiture, Gina déposa la casserole sur le siège arrière et se tourna vers Lucas.

— Vous savez, Lucas, je vous conviendrais beaucoup qu'elle.

Il voulut protester et lui dire qu'elle faisait erreur sur Mary et lui. Mais avant qu'il puisse ouvrir la bouche, Gina poursuivit :

— Je sais combien vous aimiez Diana. Mais elle est

partie. Ça fait longtemps qu'elle est décédée maintenant. Vous êtes encore jeune, avec une longue vie devant vous. Une femme morte ne peut pas vous faire la conversation le soir. Elle ne peut pas vous masser le dos quand vous êtes courbatu. Elle ne peut pas réchauffer votre lit l'hiver ni vous faire l'amour toute l'année.

Elle rejeta une mèche de cheveux noirs derrière son épaule en le regardant avec intensité.

— Lucas, je pourrais faire tout ça pour vous, et je suis ici, je suis en vie. Je pourrais être une belle-mère affectueuse pour Annabelle. Je pourrais lui donner les baisers que sa mère ne peut plus lui donner. Vous n'auriez pas besoin de Mary pour prendre soin d'elle. Vous m'auriez moi.

— Gina..., commença-t-il.

Elle se pencha en avant et posa un index sur ses lèvres.

— Vous n'avez pas besoin de me répondre maintenant. Réfléchissez seulement à ce que je vous ai dit.

Elle ouvrit sa portière et se glissa dans sa voiture.

— Bonne nuit, Lucas.

Il resta là où il était jusqu'à ce que sa voiture disparaisse. Il se sentait presque offensé par ses paroles. Elle croyait donc être meilleure pour lui que les souvenirs de sa femme ?

Il aurait même été totalement offensé s'il n'avait pas entretenu lui-même certaines de ces pensées. Bien que ce ne soit pas Gina qui le hantait quand son esprit dérivait dans ces eaux dangereuses.

Mary. C'était Mary qui remplissait ses soirées de conversations et de rires. C'était Mary qui donnait des baisers à sa fille, qui essuyait ses larmes quand elle pleurait, qui gloussait avec elle quand elle était heureuse.

Et c'était Mary qu'il avait envie d'embrasser à en perdre

haleine. C'était Mary qu'il voulait mettre dans son lit pour lui faire l'amour lentement et tendrement.

Mais il n'allait pas faire ça. Il allait fantasmer sur elle, languir après elle, mais il s'efforcerait de garder une conduite professionnelle.

9

Lucas s'éveilla instantanément, tendu à l'extrême. Était-ce Annabelle qui l'avait appelé ? Non, non, ça ne pouvait pas être ça, Annabelle était chez Nicole. Il se rallongea et ferma les yeux, supposant qu'il avait fait un mauvais rêve.

Presque immédiatement, il l'entendit à nouveau… Un pleur de détresse. Mary… Il se rassit dans son lit. Était-elle en danger ? Le message de menace qu'elle avait reçu lui traversa l'esprit. Puis on avait embouti sa voiture. Quelqu'un était-il entré dans sa chambre ? Avait-on brisé sa fenêtre ? Voulait-on lui faire du mal ?

Sautant du lit, il sortit de sa chambre et parcourut le couloir en hâte. Devant sa porte fermée, il hésita. Puis il l'entendit crier à nouveau.

En ouvrant la porte, il comprit tout de suite de quoi il s'agissait. Le clair de lune filtrait par la fenêtre, et Mary s'agitait sur son lit, visiblement en proie à un cauchemar.

Devait-il la réveiller ? Ou laisser le mauvais rêve se dissiper de lui-même ? Lorsque son agitation s'intensifia et qu'il vit des larmes rouler sur ses joues, lorsque ses cris devinrent plus aigus, il ne put plus le supporter.

S'approchant du lit, il dit doucement :

— Mary ? Mary, réveillez-vous. Vous faites un cauchemar.

Mais sa tête continuait de rouler d'un côté et de l'autre sur l'oreiller, comme si elle ne pouvait échapper aux rets du cauchemar.

Refusant de la laisser souffrir une minute de plus, il s'assit au bord du lit et lui secoua gentiment l'épaule. Ses yeux s'ouvrirent d'un coup, remplis de terreur. Puis elle le vit et, avec un cri étouffé, se jeta dans ses bras.

Il referma les bras sur elle, et elle se mit à pleurer.

— Des épouvantails… Il y en avait partout… Ils me poursuivaient. J'étais… j'étais dans ma voiture et… et ensuite je faisais des tonneaux et… et les épouvantails arrivaient.

Ses mots étaient entrecoupés par ses sanglots, et elle pressait le visage contre sa poitrine nue.

— Chut, tout va bien maintenant, murmura-t-il contre son oreille en lui caressant le dos. Vous êtes en sécurité. Ce n'était qu'un mauvais rêve.

Elle resserra les bras autour de son cou. Lucas était intensément conscient de son corps tout proche du sien. Il sentait la pression de ses seins contre sa poitrine, et les effluves de son parfum le remuèrent jusqu'au tréfonds de son être.

Pourtant il ne voulait que la réconforter, rien de plus. Il la tint dans ses bras jusqu'à ce que ses larmes cessent. Elle resta quelques minutes de plus immobile contre lui, puis dénoua ses bras.

Reculant un peu, le visage éclairé par le clair de lune, elle dit :

— Je suis désolée, vraiment désolée.

Elle se couvrit le visage de ses mains.

— J'ai tellement honte.

— Pourquoi, au nom du ciel ?

Il lui écarta gentiment les mains.

— Mary, vous avez fait un cauchemar. D'après ce que vous m'avez dit, c'était un affreux cauchemar. Il n'y a rien dont vous devriez avoir honte.

Elle le dévisagea, la peur dans ses yeux progressivement remplacée par quelque chose d'autre – quelque chose qui lui coupa la respiration.

— Merci de m'avoir réveillée, Lucas, dit-elle finalement.

Elle se pencha vers lui, lèvres légèrement entrouvertes.

Lève-toi. Lève-toi de ce lit, l'enjoignit d'urgence une voix dans sa tête. *Éloigne-toi d'elle.*

Mais c'était comme si son corps et son cerveau étaient déconnectés l'un de l'autre.

— Lucas…

Elle murmura son prénom avec un accent de désir.

À cet instant, son cerveau cessa de fonctionner. Il la prit dans ses bras et s'empara de ses lèvres. Instantanément, les bras de Mary se nouèrent autour de son cou, et elle ouvrit la bouche pour l'accueillir.

Sa langue tourbillonna autour de la sienne, et un désir chauffé à blanc se mit à courir dans ses veines. Il lui semblait qu'il voulait cela – Mary – depuis toujours. Elle enflammait son désir depuis si longtemps.

Comme elle se penchait vers lui, il sentit à nouveau le contact de ses seins sur sa peau. Cette fois, ses mamelons durcis pointaient à travers sa chemise de nuit. Cela ne fit qu'attiser son désir.

Lorsque leur baiser prit fin, ils se regardèrent. Devait-il s'excuser et filer ? C'était ce qu'il aurait dû faire, mais il n'en avait aucune envie.

Leurs regards restaient soudés l'un à l'autre, et il crut

distinguer le désir dans les profondeurs des yeux de Mary. Il ne bougea pas.

— Lucas, je… je vous veux.

Les mots lui avaient échappé dans un souffle. Il grogna.

— Oh ! Mary, moi aussi.

Il savait que c'était mal. Il savait qu'ils franchissaient une ligne qui changerait pour toujours la dynamique de leur relation. Mais, face à elle, il se sentait faible. Il n'arrivait pas à penser rationnellement. Il ne voulait même pas penser aux conséquences de ce moment.

Il lui caressa le dos de haut en bas tandis qu'il reprenait ses lèvres. Il devait se souvenir d'être doux. Elle avait des bleus partout et, la dernière chose qu'il voulait, c'était lui faire mal. Lorsque le baiser prit fin, elle le repoussa, et il recula instantanément.

— Mary, vous pouvez me dire non à tout moment et je retournerai dans ma chambre, dit-il d'une voix essoufflée. Je sais que vous souffrez encore, et je ne veux pas vous faire encore plus mal.

— Oh ! Lucas, je ne veux pas dire non, répondit-elle avec un doux sourire. Au contraire, je dis oui.

À sa grande surprise, elle remua sous les draps, retira sa chemise de nuit et la jeta au pied du lit. Puis elle se couvrit les seins de ses mains.

Il les lui écarta doucement.

— Ne vous cachez pas, Mary. Vous êtes si belle.

— C'est vous qui me faites sentir belle.

Ses yeux verts brillaient d'un tel éclat qu'il avait envie de se noyer dedans.

Il la reprit dans ses bras. Leurs bouches se fondirent l'une dans l'autre, et il recouvrit ses seins de ses mains. Sa peau était si douce… si merveilleusement chaude. Elle gémit lorsqu'il taquina le bout de ses seins, et cela ne fit qu'accentuer sa passion. Il voulait lui donner du plaisir comme aucun homme avant lui. Il voulait la satisfaire comme aucun homme ne le ferait jamais plus.

Tandis qu'il caressait son corps, elle l'embrassa dans le cou, derrière l'oreille. Comme si elle connaissait d'avance ce qui l'excitait.

Il laissa glisser sa main le long de son flanc et de sa cuisse. Il adorait la toucher. Cela faisait si longtemps qu'il ne s'était pas senti aussi merveilleusement vivant.

Quand il passa la main sur sa culotte soyeuse, Mary arqua le dos pour venir à sa rencontre.

Le tissu était brûlant et trempé, et il eut hâte de le lui ôter. Elle était manifestement dans le même état d'esprit. Tandis qu'il tirait sur la culotte, elle se souleva pour l'aider.

Lorsqu'elle fut complètement nue, il ôta son caleçon. Alors elle tendit le bras et encercla sa chair vibrante de ses doigts. Et quand elle bougea la main de haut en bas, il faillit jouir.

Il était en feu. Son cœur battait si fort qu'il l'entendait dans sa tête. Il n'y avait plus qu'elle… plus que Mary. Il se noyait en elle. Il dut finalement repousser sa main. Il se positionna alors entre ses jambes et elle l'accueillit.

Il resta dressé au-dessus d'elle un long moment, se perdant dans les profondeurs frémissantes de ses yeux. Puis il la pénétra lentement, et la chaleur et l'étroitesse de son corps lui coupèrent momentanément le souffle.

Il commença à donner des coups de reins, lents et réguliers. Elle agrippa ses fesses pour l'entraîner encore plus profondément en elle.

Perdu. Il était complètement perdu en elle. Son cerveau ne fonctionnait plus. Il n'avait plus de pensées. Il n'y avait plus que Mary et les sensations brûlantes qu'elle suscitait en lui.

Tandis qu'elle venait à sa rencontre à chaque coup de reins, sa respiration se fit plus rapide, ses mouvements plus frénétiques. Puis Mary laissa échapper un long gémissement et elle fut emportée par l'orgasme.

Lorsqu'il sut qu'elle avait pris son plaisir, il perdit tout contrôle et se répandit en elle, vibrant et pulsant. Il grogna son nom en sentant l'orgasme le secouer de tout son long.

Il roula finalement sur le flanc et attendit que sa respiration revienne à la normale.

— Je vous ai fait mal ? demanda-t-il enfin, pensant à ses hématomes.

— Non, pas du tout, répondit-elle. Lucas ?

Elle hésita un instant.

— Vous pourriez rester avec moi toute la nuit ?

Il repensa à son cauchemar et se demanda si elle craignait qu'il ne se manifeste à nouveau.

— Oui, je vais rester avec vous cette nuit, répondit-il. Je reviens tout de suite.

Se levant, il ramassa son caleçon sur le plancher. Puis il quitta la chambre et se rendit dans sa propre salle de bains.

Il évita de se regarder dans le miroir. Les premiers frémissements des reproches qu'il allait se faire tentaient de s'emparer de lui, et il craignait son reflet.

Il ne voulait pas penser que ce qu'il avait fait avec Mary était mal. Cela avait été tellement fou, tellement inattendu qu'ils n'avaient même pas pensé à se protéger. N'était-ce pas stupide ? Cela prouvait seulement qu'il avait perdu le contrôle.

Mais il s'en inquiéterait à la lumière du jour. Pour l'instant, tout ce qu'il voulait, c'était repenser à ces ébats merveilleux. Pendant des semaines, il avait fantasmé l'amour avec elle, et elle s'était montrée plus qu'à la hauteur de ses rêves les plus fous.

Elle avait été si douce, si chaude, si avide, si consentante. Si vivante et passionnée. Rien que d'y penser, il avait envie de recommencer.

Il enfila son caleçon et retourna dans la chambre de la jeune femme. Elle avait remis sa chemise de nuit. Lorsqu'il se glissa dans le lit, elle se blottit immédiatement contre lui. Il passa un bras autour d'elle et s'émerveilla de sentir son corps épouser le sien.

— Merci de rester avec moi, dit-elle.

— Je veux juste que vous vous sentiez en sécurité jusqu'à ce que vous vous rendormiez. Je serai là si votre cauchemar revient vous hanter.

Elle resta silencieuse quelques minutes, et il se demanda si elle s'était rendormie.

— Lucas, dit-elle doucement.

— Oui ?

— C'était merveilleux.

Il resserra son bras autour d'elle.

— Oui, c'est vrai. Maintenant, il est tard. Rendormez-vous.

— Bonne nuit, Lucas.

— Bonne nuit, Mary.

Sa respiration devint égale, et il comprit qu'elle s'était endormie. C'était bon de l'avoir près de lui pendant qu'il cherchait son propre sommeil. Il avait oublié combien cela faisait du bien de tenir quelqu'un dans ses bras.

Il s'efforça de respirer au même rythme qu'elle et de s'endormir. Mais le sommeil le fuyait. L'image de Diana remplissait ses pensées. Il avait manqué à sa mémoire. Il avait juré de l'aimer toujours, et il tenait une autre femme dans ses bras.

Bien que cela ait été merveilleux de faire l'amour avec

Mary, il avait l'impression d'une erreur regrettable. Un moment de faiblesse qui lui faisait honte.

« Une morte ne peut pas vous faire la conversation le soir. Elle ne peut pas réchauffer votre lit l'hiver ni vous faire l'amour toute l'année. » Les paroles de Gina repassèrent dans son esprit, ajoutant à sa confusion.

Tout ce qu'il savait avec certitude, c'était que Mary et lui devaient urgemment avoir une conversation. Il devait s'assurer qu'elle comprenait que cela ne pouvait pas se reproduire – et ne se reproduirait jamais.

En s'éveillant, Mary trouva le lit vide à côté d'elle. L'oreiller à côté du sien était encore chaud, Lucas n'était pas levé depuis longtemps.

Elle n'était pas impatiente de sortir du lit. Elle avait envie de prendre quelques minutes pour repenser à la nuit qu'elle venait de partager avec lui.

Si elle n'avait pas fait un cauchemar, rien de tout cela ne serait arrivé. Aussi horrible qu'il ait été, elle était presque heureuse de l'avoir eu, étant donné que cela avait débouché sur une nuit magique avec Lucas.

Et magique, elle l'avait été. Lucas s'était révélé le genre d'amant dont elle n'avait fait que rêver. Il était passionné et habile, et en même temps généreux et tendre. Il lui avait donné l'impression d'être incroyablement belle et chérie.

Son corps la brûlait rien que d'y penser. Pourtant cela allait changer les choses entre eux. Elle espérait qu'ils pourraient conserver cette proximité, cette intimité, sans que cela nuise à leurs rapports professionnels.

Après tout, ils étaient des adultes consentants, et ce qu'ils faisaient ensemble la nuit ne regardait personne.

Mais ce qu'elle éprouvait pour Lucas ne venait pas seulement de leur nuit d'amour.

C'était durant les soirées passées à bavarder et à rire avec lui que ses sentiments avaient grandi. Et ils s'étaient développés en le regardant interagir avec sa fille.

Elle aimait son odeur, celle du soleil et du vent tiède. Elle respectait le fait qu'il travaille dur pour procurer une vie confortable à sa fille. C'était un homme intelligent, réfléchi. Elle savait qu'il était apprécié et respecté de tous ses concitoyens.

Le fond de l'affaire, c'était qu'elle était amoureuse de lui. Ce n'était plus un simple béguin. C'était l'amour d'une femme pour un homme. Lucas était l'homme idéal, celui avec lequel elle voulait rêver et réaliser ses rêves.

Mais elle était assez réaliste pour savoir que s'il représentait son idéal d'homme, elle n'était pas nécessairement la femme idéale pour lui. Il était possible que tout cela ne conduise qu'à un déchirement. S'il la rejetait après cette nuit, elle lui cacherait l'étendue de sa souffrance.

Elle continuerait à accomplir ses tâches au mieux de ses capacités. Elle le soutiendrait et donnerait de l'amour à Annabelle. Elle s'arrangerait pour continuer à travailler sans lui révéler ses véritables sentiments.

Ses hématomes s'étaient élargis et assombris, mais elle savait qu'ils finiraient par se dissiper. Elle avait passé la journée de la veille sans comprimés et n'avait pas l'intention d'en reprendre.

Tout en enfilant un jean et un débardeur rayé blanc et vert, elle se demanda comment cela se passerait entre eux lorsqu'il rentrerait du travail.

Il était impossible de le savoir avant d'être face à lui. Cette pensée à l'esprit, elle quitta sa chambre et se rendit à la cuisine, guidée par l'odeur du café frais.

Lucas était assis à la table.

— Bonjour, dit-il.

— Vous n'êtes pas censé être là. Vous deviez travailler dans les champs, aujourd'hui.

Elle lui sourit.

— Mais bonjour quand même.

Elle se servit une tasse de café et s'assit face à lui.

— J'ai décidé de vous donner un autre jour de repos, répondit-il.

— Vous n'y êtes pas obligé.

— Je sais, mais je le veux. Vous avez bien dormi ?

Elle sentit une certaine retenue dans sa voix.

— Oh oui, j'ai dormi comme un bébé.

Ce qu'elle avait envie de dire, c'était qu'elle avait dormi comme un bébé parce qu'elle était dans ses bras, qu'il lui avait donné le sentiment d'être aimée et protégée toute la nuit.

— À propos d'hier soir…

Il fronça les sourcils, et Mary se prépara à ce qui allait suivre. Son regard s'égara avant qu'il ne repose les yeux sur elle.

— À propos d'hier soir… vous savez bien sûr que ça n'aurait pas dû arriver. Je… je n'ai pas d'excuse en dehors de ma faiblesse. C'était une grosse erreur, et ça ne se reproduira plus. J'aimais ma femme… J'aime toujours ma femme et, tout ce que je veux, c'est que vous continuiez à vous occuper de ma fille et de ma maison.

Chacun de ses mots lui transperça le cœur. Il parlait sans émotion, comme s'il passait commande d'un plat. La veille au soir, elle avait eu l'impression qu'il lui faisait l'amour. Ce matin, il lui donnait le sentiment qu'elle n'avait été qu'une partenaire de sexe.

— Bon sang, Mary, nous n'avons même pas pensé à nous protéger, dit-il.

— Ça ne devrait pas avoir de conséquences, je prends la pilule, répondit-elle. Lucas, vous en faites une montagne. Nous sommes des adultes consentants, et ce qui s'est passé s'est passé. Mais rien n'a changé. Je suis toujours votre gouvernante et la nounou de votre fille.

Il poussa un soupir de soulagement et lui sourit finalement.

— Merci, Mary… de votre compréhension.

Son sourire s'éteignit.

— Je me suis égaré. Je me sens coupable d'avoir oublié momentanément combien j'aime Diana.

— Ne soyez pas si dur avec vous, Lucas. Hier soir, vous avez cédé à votre nature humaine – et comme vous l'avez dit, ça ne se reproduira pas. Maintenant, que puis-je vous préparer pour le petit déjeuner ?

Elle devait se lever, reprendre sa routine. Elle ne voulait pas penser au chagrin que lui causaient ces paroles.

— Et si c'était moi qui vous préparais le petit déjeuner ? dit-il.

— Certainement pas. Nous sommes mardi. Vous êtes censé travailler et je suis de service, même si vous êtes persuadé que j'ai encore besoin d'un jour de repos.

— Mary, j'ai vu vos hématomes hier soir. Je sais que vous souffrez encore. Je veux que vous vous reposiez. Vous reprendrez vos tâches demain.

Il se leva.

— Maintenant, que voulez-vous pour le petit déjeuner ?

— N'importe quoi, ce sera parfait.

Pourquoi devait-il être si gentil avec elle ? Si affectueux ? Ce serait bien plus facile s'il ne l'était pas – surtout maintenant, avec son cœur aussi malmené que le reste de son corps.

— Alors je vote pour du pain perdu.

Il prit des œufs dans le réfrigérateur et se mit au travail.

En le regardant faire, Mary sentit son cœur se gonfler d'amour. Mais elle ne pouvait lutter contre le souvenir d'une morte. Personne ne le pouvait.

Il était évident que Lucas se sentait coupable d'avoir fait l'amour, d'avoir *couché* avec elle. Il avait l'impression d'avoir trompé Diana. Il n'aimerait jamais Mary comme elle l'aimait. Tout ce qu'il voulait, c'était qu'elle s'occupe de sa maison et de sa fille, et elle pouvait faire ça. Avec un peu de chance, son amour pour lui finirait par s'éteindre.

— Quand est-ce que Nicole ramène Annabelle ? demanda-t-elle lorsqu'ils s'attablèrent pour déguster le pain perdu.

— Quand elle la fait dormir chez elle, elle la ramène en général après le déjeuner, dit-il.

— Aujourd'hui, vous pourriez noter les noms et les numéros des gens que vous connaissez et qui ont des enfants ?

— Oui, je peux faire ça. Mais je ne veux pas que vous prévoyiez d'après-midi de jeux avant au moins une semaine. Vous avez encore besoin de repos, Mary. Cela ne fait que trois jours que vous avez failli mourir.

Ces paroles lui remirent à l'esprit l'accident et, durant un instant, la terreur lui serra la poitrine. Elle prit une gorgée de café, assaillie par les souvenirs.

— J'aimerais juste savoir si c'était un accident ou si on a vraiment essayé de me tuer, dit-elle en reposant sa tasse.

— Le pick-up qui vous a foncé dessus a eu des dégâts. Je suis sûr que Dallas va vérifier non seulement le garage mais aussi toutes les granges de la région, répondit Lucas.

Il trouvera le conducteur, Mary. J'ai confiance en lui, c'est un bon policier.

— Et pourtant, il n'a pas encore identifié le meurtrier de Cindy.

Mary réprima un frisson en revoyant la pauvre fille clouée sur le piquet.

— Mais il le fera. Il finira par arrêter ce salopard.

Lucas se renversa sur sa chaise avec un sourire attristé.

— La conversation est plutôt sinistre ce matin.

— Je suis désolée, répondit-elle automatiquement.

Il la dévisagea un long moment, et elle crut distinguer une grande tendresse dans les profondeurs de son regard.

— Il faut que vous arrêtiez de vous excuser pour tout, Mary. Ce n'est pas votre faute, et vous ne devez d'excuses à personne.

Elle rougit.

— Je suis d…

Elle s'interrompit en riant.

— J'allais le refaire ! Je suppose que c'est dû à mon enfance. Quand on vous répète que vous n'apportez que des ennuis, vous apprenez à vous excuser même quand vous n'y êtes pour rien. Maintenant, vous avez cuisiné, alors c'est à moi de ranger la cuisine.

— Baliverne. Restez assise et détendez-vous.

Il se leva et commença à rassembler les assiettes.

— Lucas, je ne suis pas une invalide, protesta-t-elle. J'apprécie votre sollicitude, mais vraiment je vais bien.

— Vous pouvez bien supporter que je vous traite en invalide encore une journée.

Il lui adressa son sourire le plus charmeur.

— Je suis votre patron, et j'insiste pour que vous preniez un jour de congé de plus.

— Et qui suis-je pour tenir tête au patron ?

Elle lui rendit son sourire.

Une fois encore, Mary alla s'asseoir dans le salon, devant la télévision. Lucas alla passer quelques appels dans son bureau, puis revint s'asseoir à côté d'elle.

— Je ne vous ai même pas demandé si vous aviez passé une bonne soirée au Farmer's Club, dit-elle.

— Oui, c'était bien. C'était une soirée tranquille, j'ai bavardé avec de vieux fermiers de la région. J'aime bien ça, parce que j'apprends toujours quelque chose. Et vous ? Vous vous êtes bien amusée chez Murphy's avant de reprendre la voiture ?

— C'était bien. J'ai dansé quelques fois, et les filles et moi avons bien ri.

— Avec qui avez-vous dansé ? demanda-t-il, un sourcil haussé.

— Jeff Wyland et Ethan Dourty. Ils m'invitent toujours quand je suis chez Murphy's et qu'ils sont là aussi.

— Je ne connais pas très bien Jeff, mais Ethan s'occupe de mes assurances. Il a l'air d'un type sympa.

— Ce sont tous les deux des hommes très gentils.

La conversation languit, et ils reportèrent tous deux leur attention sur la télévision. Le silence s'étira. Mary ne trouvait rien à dire pour rompre ce silence inconfortable, et apparemment lui non plus.

Elle espérait que cela ne présageait pas un nouveau tour dans leur relation. Même si elle n'aurait pas voulu faire disparaître ce qui s'était passé entre eux, elle espérait que cela n'avait pas gâché la cordialité de leurs rapports.

Il était possible que l'accident ait été une tentative de meurtre parce qu'elle vivait chez Lucas. Qu'aurait fait le coupable s'il ou elle avait su qu'ils avaient fait l'amour ?

Cette seule pensée la fit frissonner de tout son long.

10

Une semaine s'était écoulée depuis l'accident de Mary, et Lucas se débattait toujours avec son sentiment de culpabilité. Pour empirer les choses, il avait terriblement envie d'elle. Ce désir était en conflit avec ses souvenirs de Diana.

Diana et lui ne passeraient plus jamais une journée ensemble. Il ne la tiendrait plus jamais dans ses bras et ne lui ferait plus jamais l'amour. Tout ce qui lui restait d'elle, c'étaient des souvenirs, et il commençait à se demander si cela suffirait à remplir le reste de sa vie.

Il travailla plus dur que jamais dans les champs et se mit en devoir de nettoyer la grange. Il travaillait à la limite de l'épuisement, espérant qu'il serait trop fatigué pour ressentir quoi que ce soit quand il rentrerait à la maison et se trouverait à nouveau face à Mary.

Ce soir-là ne fut pas différent. Sale et en sueur, il marcha vers la maison en ayant uniquement à l'esprit l'odeur fraîche et fleurie de Mary.

Son parfum semblait maintenant imprégner chaque pièce de la maison. Lucas était intensément conscient de chacun de ses mouvements quand ils étaient ensemble. Elle le nourrissait non seulement physiquement, mais aussi émotionnellement. S'il avait eu un sou de cervelle, il ferait mieux de la licencier.

Mais serait-ce juste pour elle ? Pour Annabelle, qui l'aimait de tout son cœur ? Quel égoïste serait-il de la renvoyer uniquement parce qu'il ne pouvait contrôler ses pensées la concernant ?

Le fond de l'affaire, c'était que Mary le rendait tout simplement heureux. Elle avait fait de sa maison un véritable foyer. Il avait hâte de rentrer chez lui le soir, après le travail.

Toutes ces pensées tourbillonnaient dans son esprit quand il franchit la porte de derrière. Une odeur délicieuse régnait dans la cuisine, et Mary et Annabelle l'accueillirent avec un grand sourire qui lui alla droit au cœur.

— Papa !

Annabelle agita une feuille de papier qu'elle avait coloriée.

— Je t'ai fait un dessin.

Il saisit la feuille. Il y avait une maison, un énorme soleil et trois bonshommes bâtons.

— C'est papa, maman et Annabelle ?

— Non. C'est papa et moi et mamzelle Mary, dit-elle.

— Eh bien, il est magnifique.

— Pourquoi ne pas le mettre sur le frigo avec les autres ? suggéra Mary.

Elle lui prit le dessin des mains.

— Et le dîner est prêt, dès que vous le serez.

— Il faut que j'aille prendre une douche. J'en ai pour quelques minutes.

— Prenez votre temps. Nous serons là, de toute façon. N'est-ce pas, Annabelle ?

— Oui ! s'exclama l'enfant avec un grand sourire.

Annabelle ne connaissait pas du tout « maman ». Elle

n'avait aucun souvenir de Diana. Même si Nicole et lui lui parlaient souvent de Diana et de son amour pour elle, une petite fille de trois ans ne pouvait pas comprendre le concept de la mort.

Le temps de revenir à la cuisine, il crut avoir repris le contrôle de ses émotions.

— Maintenant, vous pouvez me dire ce qui sent aussi bon, fit-il en s'asseyant à table.

— Poulet à l'étouffée avec des nouilles, brocolis au fromage, salade aux canneberges et petits pains maison, dit Mary en commençant à poser les plats sur la table.

— J'ai grossi au moins de cinq kilos depuis que vous avez commencé à travailler pour moi, répondit-il. Vous êtes incontestablement une bonne cuisinière.

— Merci. J'ai toujours aimé cuisiner.

Elle s'assit et remplit l'assiette d'Annabelle.

— Agnes me donnait toute liberté dans sa cuisine et m'encourageait à essayer des recettes.

— Alors merci à Agnes. Vous avez de ses nouvelles depuis qu'elle a déménagé dans l'Indiana ?

Elle sourit.

— Je l'ai eue au téléphone hier soir, et elle va très bien. En fait, elle s'est installée chez son fils et elle est ravie de passer du temps avec ses petits-enfants et ses arrière-petits-enfants.

— Tant mieux pour elle.

— Papa, regarde… Je mange les trucs verts.

Annabelle prit une bouchée de brocolis au fromage et sourit de toutes ses dents.

— C'est formidable, chérie. Les trucs verts sont bons pour toi, répondit Lucas.

Il sentit son cœur se gonfler d'amour pour sa fille. Lui portait-il préjudice en ayant décidé de ne jamais se remarier ? Lui en voudrait-elle un jour de ne pas lui avoir donné une belle-mère affectueuse ?

— Comment s'est passée votre journée ? demanda Mary quand les assiettes furent servies.

— J'ai surtout travaillé dans la grange. J'essaie de la nettoyer et de la réorganiser – ce que je n'ai pas fait depuis l'année dernière. J'aimerais que ce soit terminé à l'automne. Je fais aussi l'inventaire des stocks, pour établir une liste de commandes.

— C'est une grosse tâche. Est-ce que vos ouvriers vous ont aidé ?

— Non. C'est un travail que je fais toujours tout seul.

— Qu'est-ce que vous devez commander ?

Il savait qu'elle ne posait pas seulement des questions pour faire la conversation, mais parce qu'elle était sincèrement intéressée. Elle voulait en apprendre davantage sur l'agriculture, pour comprendre ce qu'il faisait durant la journée.

Rétrospectivement, il prenait conscience que Diana lui avait rarement demandé comment s'était déroulée sa journée et qu'elle ne voulait jamais parler de son travail. Elle le trouvait passablement ennuyeux.

Ce fut seulement une pensée fugace avant qu'il ne réponde à Mary. Tandis qu'ils mangeaient, la conversation passa de l'agriculture à la journée de Mary avec Annabelle.

— J'ai organisé un après-midi de jeux demain entre 13 et 15 heures. Le petit garçon de Max et Jessica Patrick et la petite fille de Jim et Regina Sampson vont venir, l'informa-t-elle.

— Pour jouer, dit Annabelle en battant des mains. Des amis, papa.

— Oui, des amis, microbe, répondit-il.

— Papa, je suis pas un microbe, dit-elle en gloussant.

Il reposa les yeux sur Mary.

— Vous êtes sûre que vous serez assez en forme ?

— Je vais très bien. Les hématomes sont presque partis et les courbatures aussi.

Elle lui sourit. Un sourire qui lui faisait toujours chaud au cœur, et ailleurs.

— En fait, j'ai hâte d'y être. Ce devrait être super amusant pour Annabelle.

— Amusant, répéta Annabelle. On s'amuse, papa.

Ils finirent de dîner et, pendant que Mary rangeait la vaisselle, Lucas alla au salon avec sa fille. Comme d'habitude, elle voulait jouer à la poupée, et Lucas se surprit à prendre plaisir à changer des couches et à donner un prétendu gâteau au chocolat à un prétendu bébé. C'étaient des instants à chérir, sa petite fille grandissait si vite.

Dans un monde idéal, il aurait aimé avoir d'autres enfants. Au moins deux de plus – mais son monde n'était pas idéal. De fait, il lui paraissait plus confus chaque jour.

Fréquenter Mary au quotidien était devenu une forme de torture délicieuse, et pourtant, soir après soir, il l'invitait à regarder la télévision avec lui. Soir après soir, il recherchait activement sa compagnie.

Il en fut de même ce soir-là. Quand Annabelle fut endormie dans son lit, tous deux s'installèrent au salon.

Lucas venait juste de sélectionner l'une de leurs émissions favorites quand on frappa à la porte. Il mit le programme sur pause et alla voir de qui il s'agissait.

— Hé, mon vieux, qu'est-ce que tu fais ici à cette heure de la soirée ? demanda-t-il en voyant Dallas.

— Je suis venu faire le point avec Mary.

— Entre donc. Elle est au salon.

Lucas le conduisit dans la pièce.

— Bonsoir, Dallas.

Mary fit mine de se lever, mais le policier lui fit signe de rester assise.

— Bonsoir, Mary. Je me suis dit que j'allais vous mettre au courant de nos démarches pour retrouver le pick-up qui vous a emboutie.

— Dallas, assieds-toi, je t'en prie, dit Lucas en désignant l'autre côté du canapé.

Dallas hocha la tête et s'assit tandis que Lucas reprenait son fauteuil.

— Comment allez-vous, Mary ? questionna Dallas.

— Tout est revenu à la normale, dit-elle.

— Bon. J'aimerais avoir de bonnes nouvelles à vous donner mais, malheureusement, nous n'avons pas retrouvé le pick-up en question. Nous avons contacté et inspecté tous les garages de la région, y compris ceux de Kansas City et de Topeka. En vain.

Lucas vit Mary s'affaisser un peu sur elle-même.

— Je vous suis très reconnaissante de vos efforts, dit-elle.

— J'aimerais avoir de meilleures nouvelles à vous donner, répéta Dallas.

— Mais alors, où penses-tu que se trouve ce pick-up ? s'enquit Lucas.

Dallas haussa les épaules.

— Pour ce que j'en sais, il est probablement dissimulé dans un appentis ou une grange dans un rayon de quinze kilomètres.

— Eh bien, c'est une idée frustrante, commenta Lucas.

— Tout est frustrant, ces derniers temps.

Dallas soupira profondément.

— J'ai aussi enquêté au Farmer's Club et chez Murphy's pour savoir si quelqu'un ayant trop bu a quitté un de ces établissements à peu près à la même heure que vous. Là aussi, nous avons fait chou blanc.

Il se leva.

— Voilà, c'est tout pour le moment.

— Merci d'être passé, Dallas, dit Mary. Je comprends bien que vos moyens sont forcément limités.

— Oui, eh bien, j'aimerais en faire plus, répondit le policier. Mais nous n'en avons pas fini, Mary.

— Je te raccompagne, dit Lucas.

Les deux hommes sortirent.

— Pour être honnête, je ne crois pas que je vais retrouver ce pick-up, dit Dallas. Je suis enclin à croire que c'était un conducteur ivre, qui a pris la fuite et s'est aperçu en dessoûlant qu'il ou elle avait heurté une autre voiture. Maintenant, il ou elle cache le pick-up en attendant que les choses se tassent.

— Alors tu ne crois pas que c'était un acte délibéré ? questionna Lucas.

— Je ne peux pas en être sûr à cent pour cent, mais je ne cesse de penser au fait que le pick-up faisait des zigzags sur la route avant d'emboutir la voiture de Mary. Pour moi, ça ressemble plus à une conduite en d'état d'ivresse qu'à un acte délibéré, dit Dallas tandis qu'ils marchaient vers sa voiture.

— Alors je vais le répéter à Mary. Je suis sûr que ça la soulagera un peu. C'est le cas pour moi.

— Comme je te l'ai dit, je ne peux en être absolument sûr, mais les faits pointent dans ce sens.

Dallas ouvrit sa portière.

— Et maintenant, si je pouvais faire une percée dans le meurtre de Cindy Perry…

— Toujours rien ?

— Absolument rien, répondit Dallas avec un soupir

las. Quand je trouverai le salopard qui l'a tuée, toi et moi, on ira boire quelques bières quelque part.

— Bonne idée. Ça fait trop longtemps qu'on n'a pas fait ça.

Ils se dirent au revoir, et Dallas s'éloigna en voiture. Lucas se prépara à rentrer dans la maison – auprès de Mary, la femme qui hantait ses rêves, qui le tourmentait avec son parfum, avec son beau sourire… avec sa présence même.

Debout sous le porche parcouru d'une brise tiède, il s'efforça d'évoquer l'image de Diana. Mais la seule qui lui vint fut le visage de Mary, avec ses longs cheveux soyeux et ses brillants yeux verts. Il en fut un peu effrayé.

Cela l'effraya plus encore quand il ne put se rappeler le rire de Diana, alors que celui de Mary lui venait si facilement à l'esprit.

Que lui arrivait-il donc ? Il avait l'impression de perdre la tête. Il pénétra dans la maison et s'arrêta devant la console du hall d'entrée. Ouvrant le tiroir, il en tira la photo que Nicole lui avait apportée.

Elle était là : la femme aux cheveux bruns et aux yeux bleus qu'il aimerait toujours. Il la fixa plusieurs minutes, absorbant ses traits jusqu'à ce qu'il se sente assez fort pour retourner au salon et passer le reste de la soirée avec Mary.

Dans la chambre d'Annabelle, les jeux des enfants battaient leur plein. Assise sur une chaise dans un coin, Mary les observait. Cela faisait une heure qu'ils étaient ensemble, et il était facile de remarquer leurs différences de comportement.

Bobby Patrick était un petit garçon très mignon, avec d'épais cheveux bruns et des yeux marron. C'était le plus timide des trois. De son côté, Jill Sampson, une petite rouquine au visage parsemé de taches de rousseur, avait le même genre de caractère extraverti qu'Annabelle. Tous trois étaient devenus instantanément amis.

— Et si on allait manger le goûter ?

À peine ces mots furent-ils sortis de sa bouche que les enfants se précipitèrent vers la cuisine.

Comme elle n'avait pas trois rehausseurs, elle les fit asseoir en cercle sur le plancher. Dans la matinée, elle avait préparé des bâtonnets de céleri tartinés de beurre de cacahuète et des tranches de pomme à tremper dans une sauce au caramel. Elle avait aussi fait cuire des cupcakes au four.

Après leur avoir remis un petit carton de lait à chacun, elle s'assit à la table de la cuisine.

Elle avait promis des biscuits à Annabelle avant l'heure du coucher si elle était sage durant l'après-midi, mais il n'y en avait malheureusement plus dans la maison. Jusque-là, Annabelle s'était montrée une hôtesse parfaite. Elle avait prêté ses jouets et, voyant que Bobby restait silencieux et timide, l'avait encouragé à jouer avec elle.

— Allez viens, Bobby, avait-elle dit en passant un bras autour de son cou. On est amis. Joue avec moi et Jill.

Mary se devait donc de tenir sa promesse de biscuits, ce qui voulait dire qu'elle devrait aller en ville après le dîner.

Les enfants repartirent à 15 heures pile, et Mary coucha tout de suite Annabelle pour sa sieste. Une fois qu'elle fut endormie, elle retourna à la cuisine pour commencer à préparer le dîner.

Comme toujours, dès qu'elle avait une minute, ses pensées revenaient à Lucas. Depuis quelques soirs, l'atmosphère était devenue très bizarre entre eux.

Lucas était taciturne et distant, répondant à ses

questions par monosyllabes. Était-il malheureux ? Si la situation se détériorait, elle pourrait toujours s'installer au Millsville Motel dans l'attente d'un nouvel emploi et d'un nouveau logement.

Son cœur se serra à l'idée de ne plus être là, de ne plus faire partie de leur vie. Du moins était-elle assez bien payée pour avoir fait quelques économies. Elle espérait s'en servir pour financer des cours à l'automne mais, si Lucas la renvoyait, elle en aurait besoin pour payer sa chambre au motel.

Peut-être se posait-elle trop de questions. Lucas n'avait pas dit qu'il était malheureux avec elle. Peut-être était-il seulement temps qu'elle passe quelques soirées dans sa chambre et lui laisse de l'espace.

Lorsqu'il franchit la porte de service en début de soirée, Mary avait remisé toutes ces pensées négatives au fond de son esprit. Annabelle et elle l'accueillirent avec le sourire.

— Papa, j'ai des amis ! s'exclama Annabelle.

— C'est vrai ? Comment s'appellent tes amis ?

— Bobby et Jill. Je les aime, papa. Je les aime beaucoup. C'est mes amis. Je les laisse jouer avec mes jouets, hein, mamzelle Mary ?

— Tout à fait. Je suis très fière de toi, Annabelle. Ton papa aussi aurait été fier de toi, ajouta Mary en souriant à la petite fille.

— Et j'aurai des biscuits avant d'aller dormir, hein, mamzelle Mary ? Des biscuits avec les rayures, hein ?

— Tout à fait, lui dit Mary avant de se tourner vers Lucas. Je lui ai promis que, si elle accueillait bien les enfants, elle aurait droit à deux de ses biscuits préférés avant d'aller se coucher. Si vous êtes d'accord, bien sûr.

— Naturellement. Je mangerais bien quelques biscuits avec toi, Annabelle.

Il sourit à sa fille et à Mary.

— Et maintenant, je vais passer sous la douche en vitesse.

Il quitta la cuisine.

Vingt minutes plus tard, il était de retour, sentant le savon à la menthe et l'eau de Cologne. Cette odeur remuait toujours Mary. Cela lui rappelait la nuit où ils avaient fait l'amour.

Ce soir-là, la conversation durant le repas tourna surtout autour des jeux des enfants. Annabelle y tint une part importante en racontant à son père tout ce qu'elle avait fait avec ses nouveaux amis.

Le dîner terminé, Lucas et Annabelle passèrent au salon tandis que Mary s'occupait de la vaisselle. Une fois la cuisine rangée, elle alla prendre son sac dans sa chambre.

Elle se rendit alors au salon, où Lucas et Annabelle construisaient des tours comme d'habitude.

— Il faut que j'aille faire une course au supermarché, dit-elle. Vous n'avez besoin de rien pendant que je suis là-bas ?

— Rien ne me vient à l'esprit, répondit Lucas. Mais vous ne voulez pas attendre demain matin ?

— Impossible. Je suis à court de la récompense promise.

— Ah bon. Mais je suis sûr qu'elle comprendra s'il faut la remettre à demain soir, dit-il.

— Regarde, mamzelle Mary, papa a fait une tour, dit Annabelle.

Elle donna un coup de pied dans la construction, qui s'écroula.

— Oh non ! s'exclama Lucas avec une tristesse feinte. Quelqu'un a renversé ma tour.

— C'est moi, papa. C'est moi qui l'ai fait, dit Annabelle en gloussant.

— On dirait qu'il va falloir bâtir une autre tour, commenta Mary en riant. Et une promesse est une promesse, alors je serai de retour dans trois quarts d'heure.

— Faites attention sur la route, recommanda Lucas. À tout à l'heure.

— À tout à l'heure, mamzelle Mary, dit Annabelle en écho.

Quelques minutes plus tard, Mary était au volant de sa voiture de location, roulant vers la ville.

Elle se sentait beaucoup mieux depuis que Lucas lui avait fait part de la conviction du policier : Dallas était persuadé que l'accident était dû à un chauffard. Néanmoins, chaque fois qu'elle prenait le volant, elle surveillait son rétroviseur pour s'assurer que personne ne la prenait en chasse.

Elle avait repéré une jolie petite voiture chez le marchand d'occasions, et elle avait l'intention de l'acheter dès qu'elle recevrait le chèque de son assurance. Ce serait agréable de disposer à nouveau d'une voiture à elle.

C'était une belle soirée. Malgré la chaleur, le ciel était d'un bleu splendide. De petits nuages blancs semblaient se pourchasser et une légère brise soufflait du sud.

Au lieu d'allumer la climatisation, Mary baissa sa vitre. Le parfum de la terre recuite par le soleil et des champs de maïs envahit l'habitacle, et soudain elle se revit à l'endroit où elle avait senti ces odeurs et avait aperçu l'épouvantail humain.

L'affreux souvenir du corps de Cindy lui coupa presque le souffle. Elle souhaita ardemment que le meurtrier, à défaut d'être derrière les barreaux, soit en train de pourrir quelque part en enfer.

Dieu merci, il n'y avait pas eu d'autre meurtre. Mary

aurait bien voulu savoir ce qui s'était passé dans la vie de Cindy pour avoir mérité une telle fin.

Elle remonta sa vitre et alluma la climatisation, espérant chasser ainsi cet horrible souvenir. Tout ce qu'elle voulait, c'était arriver au supermarché, acheter le paquet de biscuits promis et retourner à la maison.

L'après-midi de jeux avait été un grand succès, mais elle devait avouer que courir après trois enfants l'avait épuisée. Elle était plus fatiguée que d'habitude ce soir-là.

Elle poussa un soupir de soulagement en arrivant enfin au supermarché. Il n'y avait que quelques voitures garées devant, ce qui voulait dire qu'elle n'aurait pas à patienter à la caisse.

La première personne qu'elle vit à l'intérieur fut Celeste Winthrop. Celle-ci lui décocha un regard froid et lui tourna le dos pour s'engager dans un rayon.

Quelle femme grossière, songea Mary en se hâtant vers le rayon des gâteaux. Munie des biscuits d'Annabelle, elle se dirigea vers les caisses.

Sally était de service. Ce qui n'aurait dû prendre qu'un instant fut beaucoup plus long, car son amie voulait bavarder. Au bout de quinze minutes, Mary mit fin à la conversation.

— Sally, il faut vraiment que je ramène ces biscuits à Annabelle.

— Bien sûr, dit son amie en passant le paquet au scanner. Je ne veux pas priver une petite fille de ses biscuits avant le coucher.

Mary paya, lui dit au revoir et quitta le magasin. Elle avait presque atteint sa voiture quand elle entendit une voix la héler depuis un autre véhicule. Elle s'approcha.

— Bonsoir, dit-elle, surprise.

— Mary, je pense qu'il faut que nous parlions. Pourquoi ne montez-vous pas pour bavarder quelques minutes ?

Mary fronça les sourcils, intriguée par cette demande inattendue.

— D'accord, dit-elle finalement. Mais je ne peux pas rester longtemps. Annabelle attend ses biscuits.

Elle ouvrit sa portière et posa les biscuits sur le siège arrière. Puis elle fit le tour de l'autre voiture et se glissa sur le siège passager.

— De quoi voulez-vous me parler ? reprit-elle.

Son interlocutrice se pencha et lui agrippa le bras. Mary sentit alors une piqûre à l'épaule et sursauta.

— Qu'a… qu'avez-vous fait ? demanda-t-elle dans un souffle en avisant la seringue hypodermique plantée dans la manche de son corsage.

Sa vision commença à se brouiller.

— Pourquoi… pourquoi ?

Sa diction ralentissait. Elle tenta de sortir de la voiture, mais elle avait l'impression que tous ses gestes étaient amortis.

Mary tâtonna à la recherche de la poignée, mais ne put l'actionner. Que se passait-il ? Oh Seigneur ! Elle avait des ennuis. De gros ennuis. Ce fut sa dernière pensée avant que l'obscurité ne s'abatte sur elle et l'engloutisse tout entière.

11

Sourcils froncés, Lucas consulta une nouvelle fois sa montre. Mary était partie depuis plus d'une heure, et un brin d'inquiétude se faufila entre ses pensées. Il tenta de se dire que c'était ridicule. Après tout, il fallait au moins quarante-cinq minutes pour arriver en ville, acheter les biscuits et revenir.

Un tas de raisons pouvaient expliquer que cela prenne plus de temps à Mary. La principale étant qu'elle avait beaucoup d'amies au supermarché, qui voudraient sans doute bavarder.

Il n'y avait pas lieu de s'inquiéter. Mais il ne pouvait s'empêcher de penser au message de menace et à l'accident.

— Annabelle, il est l'heure de ranger tes jouets et d'aller prendre ton bain, dit-il à sa fille.

— Encore cinq minutes, d'accord, papa ? Cinq minutes, d'accord ?

Elle lui adressa un sourire charmeur.

— D'accord, cinq minutes de plus, dit-il.

Il était un peu plus de 18 heures, et le soleil était encore haut dans le ciel. Mary allait arriver d'une minute à l'autre.

Lorsque le délai supplémentaire fut écoulé, il aida Annabelle à ranger ses jouets et l'emmena dans la salle de bains pour lui faire prendre un bain parfumé à la fraise.

Il était conscient de chaque minute qui passait. Où était Mary, pour l'amour du ciel ?

Lorsqu'il sortit Annabelle de la baignoire, la sécha et lui mit son pyjama, il était déjà passé en mode alerte. Il s'efforça de se rappeler que Mary n'était plus en service et qu'elle n'était pas obligée de rentrer à une heure donnée.

Mais il se dit aussi qu'elle était consciencieuse à l'extrême et qu'elle n'aurait jamais fait faux bond à Annabelle, sachant que cette dernière attendait ses biscuits avant d'aller se coucher.

— Tu peux aller jouer un petit moment, dit-il à sa fille. Papa doit passer des coups de fil.

— D'accord, dit Annabelle, qui alla dans sa chambre.

Il appela immédiatement Mary. L'appel aboutit sur la messagerie vocale. Soit la batterie de son portable était vide, soit elle l'avait éteint. L'impossibilité de la joindre ne fit que multiplier ses craintes.

Il était maintenant 18 h 30, et elle était partie vers 17 heures. Il se répéta qu'elle n'avait pas à lui rendre des comptes, surtout quand elle n'était pas de service. Elle n'avait même pas à l'appeler si elle était en retard. Peut-être avait-elle eu d'autres courses à faire. Pourtant elle avait dit qu'elle ne faisait que l'aller et retour.

À 19 heures, n'y tenant plus, il appela Dallas.

— Désolé de te déranger. Je me fais peut-être du mauvais sang pour rien, mais je m'inquiète pour Mary, dit-il.

— Pourquoi ?

— Elle est partie vers 17 heures acheter des biscuits au supermarché et elle n'est pas encore rentrée. Elle n'a pas parlé d'autres courses en ville, et elle a même dit qu'elle serait de retour dans quarante-cinq minutes. Deux heures se sont écoulées et elle n'est toujours pas là.

— Tu as essayé de l'appeler ?

— Oui. Les appels aboutissent à sa messagerie vocale.

— Elle conduit toujours cette voiture de location bleue ?

— Oui, c'est ça.

— Je vais passer au supermarché. Elle est peut-être tombée en panne quelque part et est coincée avec un téléphone sans batterie.

— Appelle-moi dès que tu la trouves, d'accord ? demanda Lucas.

— Absolument. Je te tiens au courant.

Lucas se sentit un peu mieux de savoir que Dallas prenait l'affaire en main. Il n'avait pas pensé à une panne de voiture. Peut-être n'était-ce que cela. La voiture de location n'était pas neuve, et il était possible que le moteur ait flanché.

Il se laissa tomber dans son fauteuil, le téléphone à la main. Avec un peu de chance, Dallas le rappellerait rapidement pour lui dire que Mary était saine et sauve.

— Papa, je peux avoir mes biscuits ? demanda Annabelle en entrant dans le salon.

— Dès que Mlle Mary reviendra, répondit-il. Pourquoi ne pas t'asseoir ici pour l'attendre ?

Il savait qu'il ne réussirait pas à la mettre au lit. Mais c'était l'heure du coucher et, avec force bâillements, elle grimpa sur le canapé.

En quelques minutes, elle s'endormit profondément. Lucas alla chercher une couverture et l'en recouvrit. Puis il se rassit pour attendre l'appel de Dallas.

Ce qui se produisit peu après.

— Sa voiture est devant le supermarché, l'informa son ami, mais elle n'est pas là.

Durant un instant, Lucas n'assimila pas le sens de ces mots.

— Qu'est-ce que tu entends par « elle n'est pas là » ? Si sa voiture est sur le parking, elle doit bien être quelque part.

— Sally dit qu'elle est passée à sa caisse il y a environ une heure et demie et que Mary lui a précisé qu'elle rentrait tout de suite. Elle n'est nulle part dans le supermarché. Je vais rassembler quelques hommes et nous allons inspecter les magasins le long de Main Street, pour savoir si elle s'y est rendue.

— Dois-je comprendre que Mary a disparu ?

L'alarme dans sa tête hurlait maintenant à tue-tête. Une peur réelle l'envahit.

— Oui, c'est ce que je te dis, répliqua laconiquement Dallas.

— Dès que je trouve quelqu'un pour garder Annabelle, je vous rejoins.

Sans attendre, Lucas appela Nicole. Elle répondit à la troisième sonnerie.

— Nicole, je me demandais si vous pourriez venir garder Annabelle. Maintenant.

— Oh… Je… Où est Mary ?

Nicole avait une voix essoufflée.

— C'est justement la question… Elle a disparu.

— Disparu ? Que diable veux-tu dire ?

Lucas lui expliqua rapidement la situation.

— Je souhaiterais que vous veniez pour que je puisse participer aux recherches. Mais vous ne m'avez pas l'air très bien.

— Oui, j'ai passé une très mauvaise soirée. Je suis déjà au lit mais, si tu as besoin de moi…

— Non, non, restez couchée, dit Lucas. Je vais demander à Ramona de venir. Je vous tiendrai au courant.

— Oui, tiens-moi informée, dit Nicole.

Lucas raccrocha et composa immédiatement le numéro de Ramona.

Ramona Benjamin était une jeune femme de vingt-deux ans qui faisait occasionnellement du baby-sitting pour lui quand Nicole n'était pas disponible. Elle s'était toujours montrée fiable et responsable. Lucas espéra qu'elle serait libre ce soir-là.

Dieu merci, elle l'était et lui promit d'être là d'ici vingt minutes. En l'attendant, il transporta Annabelle dans son lit, se réjouissant qu'elle ne se réveille pas.

Il avait espéré que Dallas le rappellerait pour lui dire que Mary était saine et sauve, mais son téléphone resta silencieux. Ce silence pesait de tout son poids sur sa poitrine.

Que lui était-il arrivé ? Où avait-elle pu aller sans sa voiture ? Lucas sentait sa peur croître de minute en minute.

Enfin, Ramona fut là. Il lui expliqua qu'il n'avait aucune idée de l'heure à laquelle il rentrerait, et elle l'assura qu'elle pouvait rester toute la nuit.

En montant dans son pick-up, il prit conscience de sa tension musculaire et des battements précipités de son cœur. Ils *devaient* la trouver. Il le fallait.

Il roula aussi vite que possible, impatient d'arriver en ville et de commencer à la chercher. Peut-être s'était-elle rendue dans une autre grande surface et s'était-elle évanouie dans un rayon, sans que personne ne la remarque ? Peut-être s'était-elle cogné la tête d'une manière ou d'une autre et errait-elle dans les rues, souffrant d'une forme d'amnésie ?

Bon sang, il se raccrochait à n'importe quoi. Peut-être qu'elle avait été enlevée – par la personne qui avait laissé un message sur son pare-brise et avait essayé de la tuer en emboutissant sa voiture… C'était l'idée la plus effrayante de toutes.

Était-elle montée en voiture avec quelqu'un ? En qui aurait-elle eu assez confiance pour faire ça ? Celeste ? Gina ? C'étaient les seules personnes qui lui venaient à l'esprit. Mais les croyait-il capables d'une chose pareille ?

Il atteignit enfin le supermarché. La voiture de patrouille de Dallas se trouvait à côté de celle de Mary. En se garant, il vit ce dernier et plusieurs policiers venir vers lui. Il se hâta d'aller à leur rencontre.

— Vous avez quelque chose ? leur demanda-t-il.

Dallas secoua la tête.

— Rien. Mes hommes et moi avons passé le magasin et ses abords au peigne fin et, a priori, personne d'autre que Sally n'a vu Mary ce soir.

— Je vais aller lui parler. Elle a peut-être repéré quelque chose ou quelqu'un dans le magasin.

Sans attendre de réponse, Lucas tourna les talons et se dirigea vers l'entrée du supermarché. Dallas lui emboîta le pas.

Heureusement, il n'y avait personne à la caisse de Sally. Elle les salua d'un air inquiet.

— Vous cherchez Mary ?

— En effet, fit Lucas, le cœur serré par l'anxiété. Sally, a-t-elle dit qu'elle avait d'autres courses à faire ?

— Non. En fait, elle a coupé court à notre discussion en disant qu'elle devait rentrer avec les biscuits avant le coucher d'Annabelle. Je l'ai précisé à Dallas.

— Les biscuits sont dans la voiture, intervint Dallas.

Donc, elle était retournée à sa voiture, pensa Lucas. *Que lui était-il arrivé ensuite ?*

— Il y avait qui dans le magasin, en même temps qu'elle ? demanda-t-il à Sally.

Celle-ci haussa les épaules.

— Pas grand monde. Cet horrible Fred Stanley est

venu acheter de la glace et m'a demandé si je voulais lui faire une gâterie. Il est tellement dégoûtant, ce vieux.

Elle s'interrompit, puis reprit :

— Ethan Dourty a acheté deux steaks et une bouteille de vin. Gloria Young est passée à la caisse juste après le départ de Mary. Oh ! et Celeste Winthrop est venue aussi. Elle a acheté les ingrédients pour une tarte aux pommes. Et je pense que c'est tout, pour ceux qui sont venus à peu près en même temps que Mary.

Lucas se fichait de savoir ce que les gens avaient acheté, mais deux noms avaient attiré son attention. Mary lui avait raconté qu'Ethan voulait toujours danser avec elle quand elle allait au Murphy's. Et il y avait Celeste, dont il savait qu'elle s'était montrée froide et grossière avec Mary – une femme qui voulait sans doute que Mary parte de chez lui pour avoir la voie libre.

Il agrippa le bras de Dallas et l'entraîna vers la sortie.

— Il faut aller chez Ethan et Celeste, dit-il d'une voix pressante. Il est possible que l'un d'eux soit obsédé par Mary.

Et d'expliquer rapidement ce qu'il en était à son ami.

— Pour Ethan, c'est aller chercher un peu loin, répondit Dallas. Ce n'est pas parce qu'il danse avec Mary qu'il est obsédé par elle. Mais je peux aller voir Celeste et lui poser quelques questions.

— Je te suis, dit Lucas.

— Le mieux que tu as à faire à ce stade, c'est de rentrer chez toi et d'y rester au cas où Mary appellerait. Laisse-nous nous occuper du reste, dit Dallas.

— Je n'ai pas d'autre téléphone que celui-ci, et je ne vais pas rester chez moi à me tourner les pouces alors qu'elle a disparu.

Lucas soutint le regard de son ami.

— Il faut que je vienne avec vous. S'il te plaît.

Dallas hésita une seconde, puis hocha la tête sèchement.

— D'accord. Allons voir Celeste.

Quelques minutes plus tard, Lucas, au volant de son pick-up, suivait la voiture de Dallas. La nuit n'allait pas tarder à tomber. Il voulait que Mary soit trouvée avant que l'obscurité ne complique les recherches. En fait, il voulait qu'elle soit trouvée immédiatement, saine et sauve.

L'anxiété lui nouait tellement la poitrine qu'il pouvait à peine respirer.

Mary… Mary, où es-tu ? criait son cœur. *Annabelle a besoin de toi… J'ai besoin de toi.*

Celeste vivait dans une maison à deux étages, dans une rue tranquille et bordée d'arbres. Dallas se gara dans son allée et Lucas s'arrêta le long du trottoir. Ils se rejoignirent devant la porte.

Celeste leur ouvrit. Vêtue d'une robe de chambre bleue, elle écarquilla les yeux en les apercevant sur le seuil.

— Celeste, pouvons-nous entrer ? demanda Dallas. Il faut que nous vous parlions.

— Naturellement.

Elle ouvrit la porte plus grand pour les laisser passer, puis leur désigna le canapé. Mais les deux hommes restèrent debout. Elle prit la télécommande et baissa le son de la télévision.

— De quoi voulez-vous me parler ?

— Celeste, quand avez-vous vu pour la dernière fois Mary Curtis ? interrogea Dallas.

— Mary ? Je l'ai aperçue au supermarché tout à l'heure. Pourquoi ?

Elle regarda Dallas, puis Lucas, puis de nouveau Dallas.

— Dallas, que se passe-t-il ?

Lucas savait que Mary n'était pas là. Il le sentait au

fond de ses tripes. Celeste avait l'air sincèrement étonnée, et aucun bruit, aucune odeur n'indiquait que Mary était là ou y avait été.

Dallas expliqua de quoi il retournait à Celeste.

— Ça ne vous ennuie pas qu'on jette un coup d'œil ?

— Bien sûr que non, mais je trouve un peu vexant que vous pensiez que j'ai quoi que ce soit à voir avec sa disparition, dit-elle d'un ton froid.

— Désolé, Celeste, je ne fais que mon boulot, répondit Dallas.

Lucas ne dit rien. Il se fichait que Celeste soit vexée ou gravement offensée. Tout ce qu'il voulait, c'était retrouver Mary. Il leur fallut dix longues minutes pour inspecter toutes les pièces de la maison, y compris le sous-sol.

— Merci, Celeste, dit Dallas quand ils eurent fini.

— J'espère que vous la retrouverez, dit-elle. Je dois admettre que je me suis montrée assez impolie avec elle, mais je ne lui ai jamais souhaité le moindre mal.

Ils quittèrent la maison de Celeste et se dirigèrent vers celle d'Ethan Dourty. À chaque seconde qui passait, le sentiment d'urgence de Lucas croissait, au point de devenir accablant. Qu'était-il arrivé à Mary ?

La nuit était tombée, apportant avec elle un sentiment d'impuissance et de désespoir. Au nom du ciel, où était-elle ?

Mary revenait lentement à elle. Une odeur de foin et de poussière ainsi que d'autres effluves qu'elle ne reconnut pas assaillirent ses narines. Elle fit effort pour ouvrir les yeux. Elle avait tellement sommeil, elle se sentait tellement embrumée. Pourquoi dormait-elle ? Il lui fallait se lever et s'occuper d'Annabelle. Ce devait être le matin puisqu'elle s'était réveillée.

Elle tenta de bouger les bras. En vain. Pourquoi ? Elle s'efforça de remuer les jambes, avec le même résultat.

La panique lui fit ouvrir les yeux tout grands, et elle regarda frénétiquement autour d'elle. C'est alors qu'elle comprit : elle était ligotée sur une chaise. D'épaisses cordes étaient enroulées autour de ses bras et ses jambes, et une autre encore autour de sa poitrine.

Elle se trouvait dans ce qui avait l'apparence d'une vieille grange. Un véhicule y était garé, recouvert d'une bâche. Il y avait un établi à proximité et, posés dessus, une chemise en flanelle, un jean… et un chapeau de paille. Mary fut immédiatement renvoyée au passé.

Le ciel bleu… l'odeur de maïs… puis l'horreur. Cindy sur un piquet, la bouche cousue et les yeux absents.

Elle ferma les yeux. Était-ce un cauchemar ? Elle rouvrit les yeux. Non, c'était réel. Horriblement réel.

Une fois encore, elle pensa à Cindy et fixa les vêtements. Seigneur, était-ce ce qui allait lui arriver ? Le monstre qui avait tué Cindy allait-il aussi faire d'elle un épouvantail humain ? Non… non, ce n'était pas possible. Ce n'était pas un assassin qui l'avait droguée et attachée.

Tout lui revenait maintenant, le souvenir des minutes précédant le néant. Elle avait acheté les biscuits pour Annabelle et était sortie du magasin. Elle se rappelait la voiture garée à côté de la sienne. Elle n'avait pas eu peur en se glissant sur le siège passager. Et puis la piqûre à son épaule… et le noir.

Elle s'efforça de distendre les cordes qui la ligotaient. Respirant par à-coups, elle remua les poignets, tirant de toutes ses forces. Mais les cordes tenaient bon.

La panique monta en elle, et elle se débattit avec plus de force. Elle gigota et se tortilla jusqu'à ce que ses poignets soient à vif. Des larmes de frustration lui montèrent aux yeux quand elle comprit qu'elle ne pourrait se libérer.

Elle se mit à crier aussi fort qu'elle put :

— Au secours ! À l'aide ! Aidez-moi !

Elle hurla jusqu'à ce qu'il ne lui reste plus un brin de voix. Alors elle se mit à sangloter. Les larmes coulaient, brûlantes, sur ses joues. Elle était vraiment dans le pétrin. Personne ne savait où elle était.

Dans un sursaut de révolte, elle recommença à se débattre. Il fallait qu'elle se libère. D'une manière ou d'une autre, il fallait qu'elle s'en sorte.

La porte de la grange s'ouvrit en grinçant, et sa ravisseuse entra. Mary la dévisagea avec incrédulité.

— Que se passe-t-il ? Pourquoi faites-vous ça ?

La belle femme brune lui sourit.

— Je vais me débarrasser de vous, Mary. Vous n'avez pas obéi au message que je vous ai laissé, et vous avez réchappé miraculeusement à votre accident de voiture.

Mary en resta bouche bée.

— C'est vous qui m'avez laissé le message ? C'est vous qui avez embouti ma voiture ? Pourquoi ? Pourquoi me faites-vous ça ?

Nicole plissa les yeux et retroussa les lèvres.

— Parce que je vois comment il vous regarde. Vous lui faites oublier ma fille. Il est amoureux de vous, et c'est inadmissible. Tout à fait inadmissible. Il a promis d'aimer Diana pour toujours et il l'oublie à cause de vous. Vous devez disparaître. C'est la seule manière de tout arranger.

— Nicole, s'il vous plaît, détachez-moi et laissez-moi partir.

Malgré son envie de hurler, Mary s'efforçait de parler calmement, espérant que cela toucherait la femme devant elle.

— Vous vous trompez. Lucas n'est pas amoureux de moi. Pour lui, je ne suis que la nounou de sa fille.

— Peut-être, mais il vous regarde comme il regardait Diana autrefois, répondit Nicole. Il est amoureux de vous, et vous devez disparaître.

La colère frémissait sous le calme affiché par la vieille femme, et Mary la sentait flotter vers elle. Une colère malveillante, pathologique.

— Nicole, laissez-moi partir. Je... j'arrêterai de travailler pour Lucas. Je déménagerai loin d'ici et je ne dirai à personne ce qui s'est passé.

Les mots se bousculaient dans sa bouche. Elle voulait frénétiquement émouvoir la belle-mère de Lucas. Elle voulait désespérément en finir avec cette folie.

— Taisez-vous, lança Nicole. Je ne vous crois pas. C'est l'occasion parfaite pour me débarrasser définitivement de vous. Tout ce que j'ai à faire, c'est terminer les préparatifs.

— Qu... quels préparatifs ? questionna Mary.

Son cœur battait si vite qu'elle pouvait à peine respirer. Elle avait envie de pleurer et de hurler, mais elle essayait de se maîtriser. Elle espérait convaincre Nicole d'abandonner ses plans.

— Quels préparatifs, Nicole ? répéta-t-elle.

— Vous serez le prochain épouvantail humain, répondit Nicole avec une note de démence dans la voix.

Même si Mary l'avait compris, entendre ces mots prononcés à voix haute la glaça d'horreur.

— C'est... c'est vous qui avez fait ça à Cindy ?

— Ciel, non. J'ignore qui a tué Cindy. Mais je vais m'inspirer de ce meurtre pour faire de vous un épouvantail une fois que je vous aurai tuée. Dallas croira avoir affaire à un tueur en série.

— Vous n'y arriverez jamais, dit Mary avec ferveur.

Vous ne savez pas exactement ce qui a été fait à Cindy. Vous ne connaissez pas les détails. Dallas comprendra que ce n'est qu'une imitation.

— Balivernes. J'en sais bien assez. Maintenant, taisez-vous pour que je puisse achever mes préparatifs. Il faut que je coupe le bas de ce jean pour qu'il ressemble à un pantalon d'épouvantail.

— Comment croyez-vous pouvoir me l'enfiler ? demanda Mary.

Nicole lui sourit de toutes ses dents.

— De la même manière que je vous ai fait sortir de ma voiture et vous ai fait entrer dans la grange. Quand vous serez morte, je vous habillerai et je vous planterai sur un piquet.

Elle se tourna vers l'établi.

— Au moins, vous aurez un beau clair de lune. Il paraît que ça porte chance.

— Nicole... Je vous en prie, ne faites pas ça, cria Mary. Je vous en supplie, laissez-moi partir. Ce n'est pas ainsi que vous surmonterez votre chagrin d'avoir perdu Diana.

Nicole pivota sur elle-même, les yeux brillants de rage.

— Taisez-vous ! Ne prononcez pas son nom. Vous n'êtes pas digne de prononcer son nom. Si vous ne voulez pas vous taire, je vais vous piquer, et vous ne vous réveillerez jamais. C'est ce que vous voulez ?

— Non, répondit Mary.

Si elle était droguée, elle ne pourrait pas penser à Lucas et à son amour pour lui durant ses dernières minutes de vie.

Elle voulait prendre le temps de se rappeler le son de son rire, la magie de l'amour avec lui. Elle avait besoin de ces ultimes moments pour graver profondément dans son cœur ses souvenirs de lui et d'Annabelle.

Et, quelque part, elle espérait que Dallas ou quelqu'un d'autre la trouverait avant que Nicole n'exécute son plan macabre.

12

— Où est-ce qu'on va, maintenant ? demanda Dallas à Lucas lorsqu'ils quittèrent la maison d'Ethan.

Lucas avait tellement peur pour Mary qu'il arrivait à peine à réfléchir. Où pouvait-elle être ? Qui l'avait enlevée ?

— Gina Hightower.

Le nom avait surgi dans sa tête.

— Gina m'a bien fait comprendre qu'elle veut être ma prochaine femme, et elle voit sans doute Mary comme un obstacle sur sa route.

— Alors allons chez elle, dit Dallas.

Lucas le suivit docilement. Son cœur tambourinait douloureusement dans sa poitrine. Il s'était écoulé tant de temps depuis que Mary avait disparu. Les minutes étaient devenues des heures, et ils ne l'avaient pas retrouvée.

Était-il trop tard ? Lui était-il arrivé quelque chose de tragique ? Il ne voulait pas penser cela. S'il laissait cette idée prendre racine dans son cerveau, il serait trop anéanti pour continuer.

Si ce n'était pas Gina qui détenait Mary, alors il ne voyait pas où chercher ailleurs. Qu'est-ce qui avait pu lui arriver d'autre ? Quelqu'un avait dû l'enlever à la sortie du supermarché, mais qui ?

Il fallait espérer que ce soit Gina, et qu'elle ne lui ait pas encore fait de mal. Il fallait espérer qu'ils avaient encore le temps de la retrouver… de la sauver. Au fond de son cœur, il savait qu'elle était en danger, en grave danger.

Gina vivait dans une petite ferme aux abords de la ville. C'était une maison charmante et bien soignée, avec un appentis. Quand ils s'arrêtèrent dans l'allée, la lumière du porche s'alluma.

Tandis que Dallas et Lucas descendaient de leurs véhicules respectifs, Gina sortit sous le porche.

— Dallas ? Lucas ? Que se passe-t-il ? demanda-t-elle.

— Gina, quand avez-vous vu Mary Curtis pour la dernière fois ? questionna Dallas.

— Mary ?

Elle fronça les sourcils.

— Je ne sais pas. Je crois que, la dernière fois, c'était chez vous, Lucas. Quand je suis passée récupérer ma casserole. Pourquoi ?

— Elle a disparu, dit sèchement Dallas.

Il éprouvait manifestement la même urgence que Lucas.

— Disparu ? Que voulez-vous dire ?

— Elle est allée au supermarché acheter des biscuits. Sa voiture est encore garée là-bas, mais elle a disparu, expliqua Dallas.

— Et cela fait des heures, ajouta Lucas.

— Est-ce pour ça que vous êtes là ? Vous pensez que je l'ai ligotée dans ma cuisine ? Fourrée dans mon appentis ? lança-t-elle d'un ton incrédule.

Elle regarda Lucas.

— Mon Dieu, Lucas, je vous ai dit que je vous conviendrais mieux qu'elle, mais ça ne veut pas dire que je lui ferais du mal.

Elle ouvrit la porte et s'effaça.

— Je vous en prie, entrez et cherchez. Je ne peux pas

croire que vous pensiez que j'ai quelque chose à voir avec ça.

— Nous allons chez tous ceux qui ont eu des contacts avec Mary, précisa Dallas. Ça ne prendra que quelques minutes.

Une fois encore, ils inspectèrent toutes les pièces et ne trouvèrent aucun indice de la présence de Mary. Ils vérifièrent même l'appentis, qui ne recelait que quelques outils et une vieille tondeuse. Lucas était accablé par un sentiment d'impuissance.

— Quelqu'un d'autre à aller voir ? demanda Dallas quand ils quittèrent la maison de Gina.

— Je ne sais pas, avoua Lucas.

Son cœur semblait peser une tonne dans sa poitrine.

— On va aller à mon bureau pour réfléchir, et je vais demander à des hommes de nous rejoindre.

Lucas hocha la tête. Il avait la nausée. Il n'aurait jamais cru revivre ce chagrin brut une deuxième fois. Mais c'était ce qu'il ressentait, le chagrin d'avoir perdu Mary.

En roulant vers la ville, il remua encore et encore les mêmes questions. Où était-elle ? Qui l'avait enlevée ? Qui… ? *Qui ?*

Il se torturait les méninges. Ils avaient interrogé toutes les personnes dont il pensait qu'elles pouvaient représenter des ravisseurs potentiels. Il n'avait aucune idée de la direction à prendre à présent, et cela l'effrayait plus que tout.

Et si c'était quelqu'un auquel ils ne songeaient pas ? Si Mary était montée dans une voiture, elle devait connaître cette personne, non ? Mais si on l'y avait forcée ? Si on l'avait assommée ? Qui avait pu faire ça ? Où était-elle détenue ?

Bon sang, pourquoi n'y avait-il eu personne dans le

parking pour voir ce qui lui était arrivé ? Pourquoi le sort s'acharnait-il sur elle ?

Les questions continuaient à tourbillonner dans son esprit, et il se sentait ridicule de ne pouvoir y répondre. Des larmes brûlantes lui montèrent aux yeux et il les réprima avec force. Il ne pouvait pas se permettre de pleurer. Il fallait qu'il reste fort pour Mary.

Quand ils arrivèrent au commissariat, au lieu de l'emmener dans son bureau, Dallas l'escorta jusqu'à une petite salle de réunion. Il lui désigna un siège à la longue table et s'approcha du tableau blanc suspendu au mur.

— Sur le trajet, j'ai convoqué cinq de mes hommes. J'ai également appelé tous ceux qui étaient de service et je leur ai demandé de nous rejoindre. Il nous faut coordonner les recherches, dit-il. Tu sais que je n'ai pas une très grande équipe, alors il faut organiser les choses intelligemment. Toi, continue à réfléchir à ceux et celles qui peuvent avoir eu un problème avec Mary.

— Et ce Kenny qui lui envoyait des mails agressifs ?

— J'ai déjà vérifié. La première chose que j'ai faite, lorsque nous avons découvert qu'elle avait disparu, a été d'appeler la police de Saint-Louis. Il est impossible qu'il ait eu le temps de venir ici, de s'emparer de Mary et de retourner à Saint-Louis.

— Alors, ce doit être quelqu'un d'ici !

Lucas tapa du poing sur la table, submergé par la peur et la colère.

— Mais bon sang, qui ? Qui a pu faire ça ? C'était la femme la plus douce du monde. Elle n'avait aucun ennemi.

Il s'interrompit, atterré de se rendre compte qu'il parlait d'elle au passé, comme s'il était déjà trop tard…

— Il faut la retrouver, Dallas, martela-t-il finalement, au désespoir. Elle doit bien être quelque part.

— C'est ce que j'essaie de faire, Lucas. Il n'y avait aucun signe de lutte autour de sa voiture. Nous savons qu'il est possible qu'elle soit montée dans un autre véhicule. À qui ferait-elle assez confiance pour ça ?

— Je l'ignore. Vraiment je n'en ai aucune idée.

Il fronça les sourcils.

— Peut-être Nicole, mais je lui ai parlé tout à l'heure. Elle m'a dit qu'elle ne se sentait pas bien et qu'elle était au lit.

— Tu l'as crue ?

La question prit Lucas par surprise.

— Je n'avais pas de raison de ne pas la croire. Pourquoi me poses-tu la question ?

— Lucas, je te connais depuis des années. Je sais combien tu aimais Diana et combien tu as eu de chagrin à sa mort. Mais il y a un nouvel éclat dans ton regard quand tu prononces le nom de Mary. Si, moi, je le perçois, il est possible que Nicole l'ait perçu aussi. Peut-être s'est-elle sentie trahie par ça. Peut-être voit-elle Mary comme une menace vis-à-vis de la mémoire de sa fille.

— Mais c'est absurde, répliqua Lucas. Je n'oublierai jamais Diana. Elle fait partie de ma vie, de mon cœur. Bon sang, c'est la mère de ma fille.

— Je sais, dit Dallas en haussant les épaules. Ce n'était qu'une idée en l'air.

Deux agents entrèrent à cet instant, de retour de patrouille. Tandis que Dallas leur parlait, Lucas médita ce que son ami venait de dire à propos de Nicole.

Sa belle-mère s'était toujours montrée amicale avec Mary. Pourtant, on ne pouvait nier qu'elle faisait tout ce qu'elle pouvait pour que Lucas n'oublie pas Diana. Était-il possible que Nicole ait fait monter Mary dans sa voiture ? Mary n'aurait certainement rien eu à objecter à cela, songea Lucas. Dans le cas contraire, Nicole était assez grande et forte pour maîtriser la jeune femme. Lucas frémit.

— Dallas, il faut aller chez Nicole, dit Lucas d'un ton urgent.

Il se leva. Il ignorait si Nicole était à l'origine de la disparition de Mary, mais il ne pouvait écarter aucune hypothèse.

— Vous allez nous suivre, dit Dallas à Pete et Tim, les deux agents. Allons-y.

Quelques minutes plus tard, Lucas était à nouveau au volant de son pick-up, derrière le véhicule de Dallas et la voiture de patrouille. N'était-ce qu'une démarche inutile ? Perdaient-ils un temps précieux, qui aurait été mieux employé à chercher ailleurs ?

Il lui était difficile de croire que sa belle-mère puisse faire du mal à Mary ou à quiconque, mais, en cet instant, il ne savait que penser. Tout ce qu'il savait, c'était qu'il voulait que Mary rentre à la maison saine et sauve.

Nicole s'était-elle vraiment sentie mal dans la soirée ou était-elle allée enlever Mary ?

Sa maison était située aux abords de la ville. Elle était silencieuse et obscure lorsqu'ils s'arrêtèrent devant. Une vieille grange et un appentis se distinguaient très nettement dans la lumière de la pleine lune.

Nicole dormait profondément, selon toute apparence. Lucas songea, une fois de plus, qu'ils perdaient leur temps, mais il suivit néanmoins Dallas, Pete et Tim jusqu'à la porte.

Dallas frappa. Ils attendirent, mais personne ne vint ouvrir. Dallas frappa à nouveau, plus fort. Ils attendirent encore, mais il n'y eut aucun mouvement dans la maison.

Cette fois, Dallas cogna sur la porte avec assez de force pour réveiller un mort.

— Nicole ! hurla-t-il. Nicole, c'est Dallas. Ouvrez !

Même si Nicole dormait quand ils étaient arrivés, elle était forcément réveillée maintenant. Pourtant, elle ne se montra pas. Bizarre. Soit elle était morte, soit elle n'était pas chez elle. Sa voiture était néanmoins dans l'allée.

De frustration, Lucas tourna le dos à la porte et fixa la grange. À sa grande surprise, lorsque Dallas eut hurlé son nom une fois de plus, la porte de la grange s'ouvrit et Nicole en sortit, refermant derrière elle.

— Dallas… Lucas… Que se passe-t-il ? demanda-t-elle en s'approchant.

Échevelée, elle portait un vieux jean et un T-shirt noir.

— Je croyais que vous vous étiez couchée tôt parce que vous ne vous sentiez pas bien, dit Lucas.

— C'est ce que j'ai fait, mais je me suis sentie mieux, alors je me suis relevée, dit-elle. Pourquoi ? Pourquoi êtes-vous tous là ?

— Nous n'avons pas retrouvé Mary, dit Lucas, le regard braqué sur la femme qui faisait partie de sa vie depuis si longtemps.

— Oh ! j'en suis désolée. Mais ça ne m'explique pas pourquoi vous êtes là. Tu ne penses tout de même pas que j'ai quelque chose à voir avec ce qui lui est arrivé ? lâcha Nicole avec un petit rire.

Mais Lucas ne riait pas. Il y avait une lueur étrange dans les yeux de Nicole, une lueur qui lui donna soudain la chair de poule.

— Que faites-vous dans la grange ? demanda-t-il.

— Oh ! je range juste de vieux outils, répondit-elle en jetant un coup d'œil au bâtiment.

Elle reposa les yeux sur lui.

— C'est le meilleur moment pour s'activer. Il fait beaucoup plus frais à cette heure-là qu'en milieu de journée.

— Je pourrais vous donner un coup de main, dit Lucas.

— Oh ! je ne veux pas que tu voies ça ce soir. J'ai mis un bazar terrible. Reviens demain, et je te montrerai ça à la lumière du jour.

Nicole se dandina d'un pied sur l'autre, et son regard passa de Lucas à Dallas avant de revenir sur Lucas.

— Inutile en tout cas de vous attarder ici, parce que Mary ne s'y trouve certainement pas.

Elle jeta un coup d'œil à la grange derrière elle avant d'ajouter :

— Je suis désolée de ne pas pouvoir t'aider, Lucas. Je n'ai aucune idée de l'endroit où elle peut être.

— J'aimerais quand même voir l'intérieur de cette grange, répliqua Lucas.

Il sentit son cœur se mettre à battre à toute allure tandis qu'il se dirigeait vers le bâtiment.

— Non, je ne veux pas que tu entres là-dedans, s'écria Nicole avec une sorte de frénésie.

Lucas continua à marcher. Nicole se jeta sur lui, manquant le faire tomber.

— J'ai dit : pas ce soir ! hurla-t-elle.

— Holà… Nicole, arrêtez !

Se lançant en avant, Dallas s'empara d'elle et la maîtrisa. Lucas courut vers la grange. Il avait peur – tellement peur – que Nicole ait fait du mal à Mary. Il avait presque trop peur pour ouvrir la porte et, pourtant, il devait entrer aussi vite que possible.

Tendant la main, il tira le panneau en grand. Immédiatement, il vit Mary, attachée à une chaise, la tête baissée. Comme s'il était déjà trop tard.

— Mary… Oh Seigneur, Mary ! cria-t-il en se précipitant vers elle.

Elle leva la tête. Sa bouche était bâillonnée avec de l'adhésif, et des larmes sillonnaient ses joues.

— Donnez-moi quelque chose pour la libérer, dit-il aux policiers, qui l'avaient suivi.

— Laisse-la mourir ! hurla Nicole en se débattant pour échapper à Dallas. Elle va te faire oublier Diana. Tu ne comprends pas, Lucas ? Elle doit mourir pour que ma fille vive !

Lucas l'ignora. Un des policiers lui tendit un couteau pris sur l'établi. La première chose qu'il fit fut de décoller doucement l'adhésif. Le visage d'une pâleur surnaturelle, Mary laissa échapper un hoquet.

— Elle m'a poignardée, Lucas. Elle v… voulait me poignarder à m… mort.

Ce fut alors que Lucas remarqua le sang qui suintait d'une blessure sous sa poitrine.

— Appelez une ambulance ! s'exclama-t-il en se mettant frénétiquement à couper les liens qui la retenaient.

Mary continua de pleurer et de gémir tandis que Nicole hurlait sa folie.

— Lucas, tu comprends, n'est-ce pas ? Mary représente une menace ! C'est une menace pour Diana ! Tu es amoureux de Mary, et tu as promis de n'aimer que Diana !

— L'ambulance est en chemin, dit Tim.

— Elle… elle allait faire de moi un épouvantail humain, dit Mary à travers ses larmes. Elle v… voulait imiter le meurtre de Cindy, pour que Dallas pense avoir affaire à un tueur en série.

Lucas faisait aussi vite que possible. Il lui libéra enfin les bras. Elle plaqua les mains sur sa blessure tandis que Lucas passait aux jambes.

De son côté, Pete avait trouvé un autre couteau et s'affairait à couper les cordes enroulées autour de son corps.

— Mary, ne vous levez pas, dit Lucas en tombant à genoux devant elle quand elle fut enfin libérée de ses liens. Chérie, restez assise jusqu'à l'arrivée de l'ambulance.

Toutes les émotions qu'il avait réprimées se ruaient en lui. La rage et le soulagement, couplés à la peur et à l'amour. Il prit la main de Mary, atterré de la voir saigner. Pour l'amour du ciel, à quel point était-elle blessée ?

— Où est cette fichue ambulance ? cria-t-il.

— C'est trop tard. Cette garce va mourir ! lança joyeusement Nicole.

Lucas pivota pour faire face à la vieille femme désormais menottée.

— Taisez-vous, Nicole, dit-il avec colère. Fermez votre sale bouche.

Elle le considéra avec surprise.

— Mais, Lucas, j'ai fait ça pour Diana et toi !

— Pete, emmène-la et enferme-la à l'arrière de ma voiture, dit Dallas.

En même temps qu'on emmenait Nicole, le son d'une sirène s'éleva au loin.

— Tenez bon, Mary. Les secours arrivent, dit Lucas en pressant sa main sanglante.

Elle baissa la tête, continuant de gémir. Il ne pouvait supporter la vue de sa souffrance. Ses cris plaintifs lui transperçaient le cœur.

Enfin, les secouristes furent là. Ils aidèrent Mary à quitter la chaise pour une civière, puis la firent entrer dans l'ambulance. Le véhicule redémarra et remit en marche la sirène.

— Jamais je n'aurais soupçonné Nicole, dit Dallas. Heureusement que tu as décidé d'inspecter la grange.

Il contempla l'établi, où reposaient les vêtements nécessaires pour faire de Mary un épouvantail.

— Et heureusement que tu l'as retrouvée ce soir plutôt que demain dans un champ de maïs.

Lucas sentit un frisson glacé lui parcourir le dos quand il saisit le sens des paroles de son ami. Il jeta un coup d'œil à l'autre côté de la grange, où une bâche recouvrait ce qui ne pouvait être qu'un pick-up noir avec des dégâts à l'avant.

— J'avais oublié que Raymond avait un pick-up noir. C'est Nicole qui a embouti Mary.

Il dévisagea son ami, soudain frappé par une nouvelle pensée.

— Nicole gardait Annabelle le soir de l'accident. Elle a dû laisser ma fille seule un bon moment pour s'en prendre à Mary. Et s'il était arrivé quelque chose ? Et si Annabelle s'était réveillée ? Dieu merci, il n'y a pas eu d'orage ce soir-là.

Il serrait et desserrait les mains, sentant monter en lui une sainte colère.

— J'ai envie de la tuer moi-même pour avoir mis ma fille en danger.

Dallas lui pressa l'épaule.

— Remercie plutôt Dieu que rien ne soit arrivé à Annabelle.

La rage quitta lentement le cœur de Lucas.

— Si tu as besoin de moi, je serai à l'hôpital, dit-il finalement à son ami.

Il avait hâte d'en savoir plus sur l'état de Mary. Il espérait de toutes ses forces qu'elle était arrivée à l'hôpital à temps.

— Je vais boucler Nicole en cellule, et mes hommes et moi allons probablement passer toute la nuit à traiter la scène de crime, dit Dallas.

— Récite une prière pour Mary, répondit Lucas avant de courir jusqu'à son pick-up.

Comme elle doit me haïr maintenant, songea-t-il en roulant vers l'hôpital. Tout était sa faute. Il avait convoité Mary et, ce faisant, déchaîné contre elle une folie malveillante. Nicole avait manifestement senti son désir de Mary. Cette dernière voudrait-elle même le revoir ? Déciderait-elle de le quitter et de trouver un nouvel emploi ?

Il aurait dû s'en tenir au souvenir de Diana. C'était ce qu'il avait eu l'intention de faire. Mais il s'était égaré. Mary constituait une tentation délicieuse à laquelle il avait cédé. Si elle continuait à travailler pour lui, il ne faillirait plus jamais, se promit-il.

Tout ce qu'il voulait, c'était qu'elle aille bien. Dieu merci, ils l'avaient retrouvée avant que Nicole la poignarde à mort. Il resserra les doigts sur le volant, priant pour que Mary survive au coup de couteau qu'elle avait reçu.

S'il pensait à la peur qu'elle avait dû avoir, à la douleur qu'elle avait dû ressentir, il allait devenir fou.

Il ne parvenait pas à croire que Nicole recèle autant de mal en elle. Dire qu'il pensait bien connaître sa belle-mère ! Jamais il n'aurait pu imaginer qu'elle était capable d'une chose pareille, de comploter un meurtre.

C'était absolument pervers de sa part d'avoir pensé à s'inspirer du meurtre de Cindy. Mais cela n'aurait jamais marché. Dallas aurait tout de suite compris qu'il avait affaire à un *copycat*.

Il arriva enfin à l'hôpital et, quelques minutes plus tard, prit place dans la salle d'attente, espérant obtenir rapidement des nouvelles de Mary.

Tout cela avait un horrible goût de déjà-vu. Il s'était assis sur cette même chaise, le soir où Mary avait eu son accident de voiture. C'était déjà Nicole qui avait essayé de la tuer. Elle avait laissé Annabelle seule à la maison pour s'en prendre à Mary. La jeune femme avait eu une chance incroyable ce soir-là. Lucas pria pour que ce soit encore le cas.

La dernière chose qu'il voulait, c'était que sa chance la quitte cette nuit-là. Il ne voulait même pas y penser. Autrement, il se mettrait à pleurer et ne pourrait plus jamais s'arrêter.

Les minutes s'écoulaient, atroces. Son cœur battait si vite et si fort qu'il l'entendait dans sa tête. Pourquoi était-ce si long ? L'avait-on emmenée en chirurgie ? Sa blessure avait-elle engagé son pronostic vital ?

Ce fut seulement deux heures plus tard que le Dr Erickson vint lui parler.

— Comment va-t-elle ? s'exclama Lucas en bondissant de sa chaise.

— Cette jeune femme doit avoir un escadron d'anges qui veillent sur elle, répondit le médecin. Le couteau a manqué les organes vitaux. Il a heurté une côte et n'est pas allé plus loin.

Le soulagement envahit Lucas. Il en tremblait.

— Alors, elle va s'en sortir ?

— Nous lui avons fait des points de suture. Elle a une côte fêlée mais, avec le temps, elle se remettra très bien, l'assura le Dr Erickson.

— Je peux la voir ?

— Je suis désolé, Lucas. Je ne pense pas que ce soit une bonne idée. Elle a vécu un terrible traumatisme, et je lui ai donné quelque chose pour l'aider à se reposer. Tu pourras la voir demain matin. Sache qu'elle est entre de bonnes mains ce soir.

Lucas fut amèrement déçu. Il voulait la voir pour s'assurer par lui-même qu'elle était vraiment sauve.

— D'accord. Je reviendrai demain.

Reprenant le chemin de la maison, il se repassa les événements de la soirée. Cela ressemblait à un mauvais rêve… à un horrible cauchemar. Dieu merci, c'était terminé : Mary était en vie et s'en sortirait.

Il avait hâte qu'elle rentre à la maison. Il s'occuperait d'elle jusqu'à ce qu'elle soit sur pied. Il s'assurerait de son confort aussi longtemps qu'il le faudrait. Ensuite, quand elle aurait guéri, les choses reprendraient là où elles en étaient restées. Mais il ferait en sorte de ne plus dépasser les bornes.

Il se cramponnerait à ses souvenirs de Diana. C'était ce qu'il devait faire. Il avait aimé Diana, et rien de tout cela ne serait arrivé s'il avait continué d'honorer sa mémoire comme il l'aurait dû.

Il voulait que Mary revienne, qu'elle glousse avec Annabelle et remplisse la maison de sa gaieté et de son affection. Mais elle reviendrait comme nounou et gouvernante, rien de plus. Son cœur à lui resterait pour toujours à Diana.

Mary s'éveilla avec les rayons du soleil pénétrant dans sa chambre. Ce qu'on lui avait donné la veille pour l'anxiété et la douleur lui avait permis de passer une nuit reposante et sans rêves.

Ce fut seulement à cet instant, pleinement réveillée, qu'elle pensa aux cauchemars qu'elle aurait pu faire. Depuis l'instant où elle s'était rendu compte que Nicole l'avait droguée jusqu'à celui où Lucas avait fait irruption dans la grange, tout lui paraissait avoir été un mauvais rêve. Mais la douleur de son thorax et les brûlures de ses poignets témoignaient que cela avait été bien réel.

Lucas. Son cœur se gonfla de tout l'amour qu'elle éprouvait pour lui. Elle n'avait jamais été plus heureuse de le voir qu'au moment où il s'était précipité dans la grange pour la sauver.

Quelques secondes avant qu'il n'apparaisse, Nicole l'avait poignardée. Elle s'apprêtait à lui assener un deuxième coup de couteau quand elle avait entendu Dallas l'appeler. Mary avait supposé que Nicole sortirait parler à Dallas et que, sitôt celui-ci parti, elle reviendrait l'achever.

Durant ces instants, tandis que Nicole était à l'extérieur, Mary avait été persuadée qu'elle allait mourir sous peu. L'amour qu'elle ressentait pour Lucas et Annabelle avait alors occupé toutes ses pensées.

Elle referma les yeux et tenta de repousser le souvenir de Nicole et la terreur abjecte ressentie la veille.

Elle venait juste de finir son petit déjeuner quand Dallas entra dans la chambre.

— Bonjour, Mary, comment allez-vous ce matin ?

Il tira une chaise près de son lit et s'assit.

— J'ai un peu mal mais, en dehors de ça, ça va, dit-elle.

— Je suis désolé de vous ennuyer, mais je dois vous demander une déposition officielle sur ce qui s'est passé hier soir pendant que vos souvenirs sont encore frais. Ça ne vous dérange pas si j'enregistre notre conversation ?

Il sortit un petit magnétophone de sa poche et le posa sur la table entre eux.

— Bien sûr que non.

Mais elle éprouvait un peu d'anxiété à l'idée de revivre ce qui lui était arrivé.

— Lucas m'a dit que vous êtes allée au supermarché acheter des biscuits pour Annabelle. Comment êtes-vous tombée sur Nicole ?

Mary lui raconta comment, en sortant du magasin, elle

avait vu la voiture de Nicole garée à côté de la sienne. Nicole l'avait hélée et, à sa demande, elle avait pris place sur le siège passager pour lui parler. Nicole lui avait immédiatement planté une seringue dans le bras.

— Quand je me suis réveillée, j'étais ligotée sur une chaise dans sa grange.

Dallas poursuivit ses questions. En lui exposant tout ce qu'elle avait vécu, Mary sentit sa frayeur revenir. C'était une terreur glacée qui la figeait intérieurement et la faisait frissonner.

— Je sais que c'est très difficile pour vous, Mary, dit Dallas à un moment donné, avec un regard plein de compassion. Mais j'ai besoin de ces informations pour monter un dossier solide contre Nicole.

— Elle ne doit pas seulement aller en prison, elle a besoin d'aide sur le plan psychiatrique, dit Mary.

Ils achevèrent leur entretien. Dallas venait de partir quand le Dr Reeves pénétra dans la chambre.

— Eh bien, jeune fille, je vous vois un peu trop ces derniers temps.

— Je suis tout à fait d'accord, dit Mary en souriant.

— Et une fois encore, vous avez eu beaucoup de chance, ma chère.

— Je sais. Elle aurait facilement pu me tuer.

— Dieu merci, elle ne l'a pas fait.

Le Dr Reeves secoua la tête.

— Je connais Nicole depuis des années et je n'aurais jamais cru qu'elle pouvait être capable d'une chose pareille.

— Je pense que la mort de sa fille a brisé quelque chose en elle, dit Mary.

— Ce n'est certainement pas une excuse pour ce qu'elle vous a fait. Maintenant, cessons de parler d'elle et parlons de vous.

— Oui… Quand puis-je sortir ?

— Vous êtes donc si pressée d'être débarrassée de nous ? répliqua le médecin, une lueur taquine dans les yeux.

— Ce n'est pas tellement la compagnie, c'est le lieu…

— Heureusement, vous n'avez pas eu de lésion interne. La blessure est propre. On vous a fait sept petits points de suture, et vous aurez une ou deux côtes douloureuses pendant quelque temps. Il faut aussi appliquer de la pommade antibactérienne sur les blessures que vous avez aux poignets. Nous vous avons fait un rappel de tétanos hier soir par mesure de précaution, et je vous ai administré une bonne dose d'antibiotiques.

Il désigna la perfusion raccordée à sa main.

— Vous n'avez pas répondu à ma question. Quand puis-je quitter l'hôpital ? répéta-t-elle.

Le Dr Reeves fronça les sourcils.

— J'aimerais au moins vous garder jusqu'à cet après-midi. Si aucune complication ne se présente d'ici là, vous pourrez partir si vous y tenez.

— Merci, docteur Reeves.

— Et une fois que je vous aurai mise dehors, je préférerais ne pas vous revoir de sitôt.

Elle se mit à rire, puis grimaça en sentant sa douleur au thorax se raviver.

— Croyez-moi, je préférerais aussi ne pas revenir de sitôt.

— Bon, je vous vois après le déjeuner, dit-il avant de quitter la chambre.

Mary s'adossa à son oreiller et regarda par la fenêtre. Tant d'idées s'entrechoquaient dans sa tête. Mais celle qui dominait toutes les autres était son amour pour Lucas.

Elle n'aurait jamais cru tomber aussi profondément amoureuse de lui. Bien qu'elle l'ait toujours trouvé séduisant, elle n'avait certainement pas accepté cet emploi dans l'idée d'aimer tout de lui. Tout ce qu'elle voulait, c'était un salaire correct et une bonne relation avec lui et avec Annabelle.

Les événements de la veille avaient changé les choses, mais elle n'était pas sûre que ce soit pour le mieux. Nicole avait cru Lucas amoureux d'elle. Elle avait dit qu'il la regardait comme il regardait autrefois Diana.

Était-ce possible ? Nicole avait-elle raison ? Lucas était-il amoureux d'elle et en avait-il finalement pris conscience ? Un délicieux frisson la parcourut à cette idée. C'était ce qu'elle désirait plus que tout au monde : que Lucas l'aime comme elle l'aimait.

Quelques minutes plus tard, comme si ses pensées l'avaient fait apparaître, Lucas pénétra dans la chambre.

— Désolé d'avoir mis tant de temps à venir, dit-il en prenant une chaise et en la plaçant au pied de son lit. J'ai dû trouver une baby-sitter pour Annabelle. Je ne voulais pas l'amener ici avec moi. Comment vous sentez-vous ?

Son regard rempli de sollicitude l'émut profondément. Elle ravala des larmes soudaines.

— Je vais bien. En fait, le Dr Reeves me laisse sortir cet après-midi.

Le soulagement se lut sur les traits de Lucas.

— Dieu merci. Et Dieu merci, vous avez survécu.

— Merci à vous, répondit-elle en lui souriant.

— Oh Mary, j'ai eu si peur pour vous !

Sa voix se fêla et ses yeux s'humectèrent. Il détourna le regard.

— Je suis tellement navré de ce qui vous est arrivé, reprit-il après s'être ressaisi. Je n'aurais jamais cru que Nicole était aussi perturbée. Je n'aurais jamais imaginé que vous étiez en danger avec elle. Pourrez-vous me pardonner, Mary ?

Il la dévisagea avec intensité.

— Pourquoi auriez-vous besoin de mon pardon, au nom du ciel ? Ce n'est pas vous qui m'avez droguée et ligotée, et qui avez essayé de me tuer, répondit-elle.

— Oui, mais c'est à cause de moi si c'est arrivé, fit-il avec plein de remords dans la voix.

— Non, c'est la faute de Nicole. Heureusement, c'est fini. Avec un peu de chance, elle bénéficiera de l'aide psychiatrique dont elle a besoin, mais je veux qu'elle soit punie pour ce qu'elle a fait.

— Moi aussi.

Il se redressa sur sa chaise.

— Alors c'est une grande nouvelle que vous sortiez cet après-midi. Je viendrai vous chercher, et je ferai en sorte que vous puissiez encore vous reposer quelques jours.

— Lucas… Je suis amoureuse de vous.

Les mots lui avaient échappé, à peine murmurés. Mais dès qu'elle les eut prononcés, elle se rendit compte qu'elle avait bien fait. Elle ne pouvait plus les retenir. Elle ne pouvait plus réprimer son amour pour lui.

La stupéfaction s'inscrivit sur le visage de Lucas.

— Mary…

Il remua inconfortablement sur sa chaise.

— Je… Vous vous trompez, certainement. Ce que vous éprouvez pour moi, c'est de la reconnaissance parce que je vous ai sortie de la grange hier soir.

— Non, ce n'est pas ça. Je suis amoureuse de vous depuis bien plus longtemps, répliqua-t-elle. Je sais ce que j'éprouve, Lucas… et je suis totalement et complètement amoureuse de vous.

Elle retint son souffle, priant pour qu'il lui avoue la

même chose. Son amour pour elle brillait parfois dans son regard, se manifestait dans un simple contact, se persuada-t-elle. Nicole ne s'était pas trompée, et elle non plus. Lucas l'aimait ; elle le sentait au fond de son cœur.

Il secoua la tête. Lorsqu'il la regarda à nouveau, ses traits étaient vides d'émotion et ses yeux dépourvus de chaleur.

— Je vous ai dit que je n'ai pas l'intention de me remarier. J'ai mes souvenirs de Diana, et c'est tout ce dont j'ai besoin pour continuer. J'espère que nous pourrons tous reprendre une vie normale, comme quand je vous ai engagée. Je pense qu'une fois que nous y arriverons vous comprendrez que ce que vous ressentez pour moi n'est pas de l'amour.

Chacun de ces mots transperçait son cœur, son âme même. Mary comprit à cet instant qu'elle ne pourrait pas retourner chez lui. Elle ne pourrait pas cuisiner ses repas, nettoyer sa maison et s'occuper de sa fille tout en feignant de ne pas l'aimer. Elle ne pourrait pas retourner chez lui sachant qu'il avait l'intention de se cramponner au souvenir de son épouse décédée.

Tout était sens dessus dessous dans son monde. Elle avait l'impression d'être de nouveau dans sa voiture, en train de faire des tonneaux. Mais une chose était claire dans son esprit : elle aimait Lucas, et elle était intimement convaincue qu'il l'aimait aussi – sauf qu'il ne voulait pas le reconnaître.

Elle réprima les larmes qui lui brûlaient les yeux et prit un instant pour maîtriser son émotion.

— Lucas, je ne peux pas recommencer à travailler pour vous.

Une fois encore, il parut stupéfait.

— Mon Dieu, Mary, ne dites pas ça, s'il vous plaît. Il faut que vous reveniez !

Elle cuirassa son cœur contre l'expression suppliante de ses yeux.

— Lucas, je suis désolée. Je sais que je vous abandonne sans préavis. Mais, cet après-midi, quand je sortirai, je viendrai faire mes valises et je quitterai votre maison.

— Mary, s'il vous plaît, ne faites pas ça, dit-il avec une touche de désespoir dans la voix. Après tout ce que vous avez enduré, vous n'avez pas les idées claires.

— Lucas, je suis désolée, mais je dois penser à moi. J'y ai réfléchi toute la matinée. Je sais que j'aurais dû vous donner un préavis de deux semaines, mais ce qui s'est passé hier soir a tout changé.

Une fois encore, elle ravala les larmes qui lui montaient aux yeux.

— Je... Je ne sais même pas quoi vous dire, répondit-il. J'espère que, quand je viendrai vous chercher tout à l'heure, vous aurez changé d'avis.

— En fait, je vais appeler Sally pour qu'elle vienne me chercher. Elle m'emmènera chez vous pour que je prenne mes affaires.

Il scruta ses traits.

— Y a-t-il quelque chose que je peux dire ou faire pour que vous restiez ?

Oui, dites-moi que vous m'aimez. Choisissez-moi au lieu de choisir vos souvenirs. Choisissez-moi, je vous en prie.

C'étaient les seules paroles qui lui venaient à l'esprit. Des paroles qu'elle ne prononcerait pas, parce qu'elle avait trop de fierté. Parce qu'elle voulait qu'il lui déclare son amour sans qu'elle ait à le supplier.

— Non, dit-elle finalement. J'ai pris ma décision.

Merci d'être passé me voir. Je suis fatiguée maintenant, alors je vous verrai cet après-midi.

C'était un congé sans équivoque, et elle fut heureuse qu'il le comprenne. Après un long regard et un au revoir murmuré, il se leva et quitta la chambre.

Une fois seule, elle se laissa aller aux larmes qu'elle avait retenues. C'était la décision la plus dure qu'elle ait jamais eue à prendre. Elle s'éloignait non seulement de l'homme qu'elle aimait, mais aussi de sa délicieuse petite fille.

Mais elle ne pourrait plus vivre jour après jour auprès de Lucas, sachant qu'il ne l'aimerait jamais en retour. Elle ne pouvait tout simplement pas se torturer ainsi.

Elle prendrait une chambre au motel et retournerait travailler au supermarché. La vie lui pèserait, mais elle n'en avait jamais rien attendu, de toute façon.

Pendant un court moment, elle avait vécu dans le monde de ses rêves, riant avec Lucas et jouant avec Annabelle. Elle avait cru que Lucas était épris d'elle et elle avait eu un aperçu de ce que serait la vie avec lui s'il choisissait de l'aimer.

Mais cela n'avait été qu'un stupide fantasme, suscité par ses épreuves avec Nicole. Elle avait cru que Lucas l'aimait. Elle avait cru qu'il était prêt à refaire sa vie avec elle. Prendre conscience que tout cela n'était pas vrai lui brisait le cœur.

Elle pleura jusqu'à ne plus avoir de larmes, seulement des sanglots secs, et quand ceux-ci s'éteignirent, elle appela Sally pour qu'elle vienne la chercher. Elle devait s'éloigner de Lucas pour se sauver elle-même.

13

Lucas arriva chez lui encore abasourdi à l'idée que Mary les quitte. Peu lui importait de devoir chercher une autre nounou. Ce qui l'accablait, c'était que Mary n'habiterait plus avec eux, faisant de sa maison un vrai foyer.

Il espérait qu'elle changerait d'avis. Oh ! comme il l'espérait ! Pendant qu'Annabelle jouait dans sa chambre, il s'assit dans son fauteuil, essayant de comprendre à quel moment tout avait si mal tourné.

Mary avait été sauvée. Il avait cru que tout rentrerait dans l'ordre, comme avant son enlèvement.

Tout ce qui lui était arrivé, c'était à cause de lui. D'une manière ou d'une autre, Nicole avait deviné son désir pour Mary et s'était sentie trahie. S'il n'avait pas désiré Mary, rien de tout cela ne se serait produit.

Être la cause de la terreur et de la douleur de Mary lui faisait mal. Tout bien considéré, il pouvait comprendre qu'elle veuille le quitter et oublier jusqu'à son existence.

Il craignait qu'elle ne le haïsse. Même si elle avait dit qu'elle ne lui reprochait rien, il était clair qu'elle le tenait pour responsable.

Mais imaginer la vie sans elle était positivement atroce. Elle avait dit qu'elle était amoureuse de lui. Était-ce la vérité ? Malgré son chagrin, cette pensée lui réchauffa le cœur.

Et lui, était-il amoureux d'elle ? En toute honnêteté, il l'ignorait. Tout ce qu'il savait, c'était que ses sentiments envers elle n'entraient pas vraiment en ligne de compte. Il avait l'intention de redevenir un veuf ligoté à ses souvenirs. Continuer d'aimer Diana, cela le rassurait.

Vers 16 heures, on frappa à la porte. C'était Mary. Il n'avait rien dit de son départ à Annabelle, car il continuait d'espérer qu'elle changerait d'avis et resterait travailler pour lui. Mais, dès qu'il vit son regard brillant de résolution, il sut qu'elle était déjà partie.

— Comment vous sentez-vous ? demanda-t-il.

— Encore un peu endolorie mais, autrement, ça va, dit-elle.

— Mamzelle Mary…

Annabelle venait de sortir de sa chambre.

— Papa dit que tu as encore des bobos. Tu veux que je leur fasse des bisous ?

— Non, ma chérie, répondit Mary. Mes bobos vont déjà mieux.

Elle regarda Lucas.

— Ça ne me prendra pas longtemps.

Empruntant le couloir, elle se rendit dans ce qui avait été sa chambre.

Lucas aurait tout donné pour lui barrer l'entrée de la pièce afin de l'empêcher de faire ses valises. Bien sûr, il ne fit rien de tout cela. Il resta simplement au bout du couloir, saisi d'un chagrin intense.

Il n'arrivait pas à croire à ce qui se passait, ni au fait que cela fasse si mal. Il ne pourrait plus rire avec elle le soir. Il ne serait plus accueilli par son sourire joyeux quand il rentrerait des champs. Il ne sentirait plus jamais son parfum de lilas.

Sans elle, la maison retrouverait son obscurité. Annabelle aurait le cœur brisé – *lui-même* aurait le cœur brisé. Mais il ignorait comment faire pour empêcher cela. Il se laissa tomber sur le canapé et enfouit son visage dans ses mains.

Pour l'instant, sa fille jouait dans sa chambre, ignorant que son monde et le sien allaient changer. L'idée que sa petite fille allait perdre sa Mary bien-aimée le navra.

Environ quinze minutes plus tard, Annabelle sortit en courant de sa chambre, une poupée sous chaque bras.

— Tu joues avec moi, papa ?

— Bébé, je ne veux pas jouer maintenant. Mais il faut que je te parle, dit-il en attirant son petit corps à lui. Mlle Mary ne va plus vivre ici avec nous. Elle s'en va ce soir.

Annabelle fronça les sourcils.

— Pourquoi, papa ?

Pourquoi, en effet. Il ignorait comment répondre à cela. Il ne voulait pas mêler sa fille aux affaires des adultes. Finalement, la nécessité de trouver une réponse lui fut épargnée, car Mary apparut dans le couloir, tirant ses valises derrière elle.

Lucas bondit pour l'aider. Prenant la plus grosse, il la porta jusqu'à l'entrée.

— Je dois encore prendre un carton, dit-elle, et elle disparut dans le couloir.

Un instant plus tard, elle revint avec la boîte qu'elle posa sur ses bagages.

— Je crois que c'est tout, fit-elle.

— Mamzelle Mary, mamzelle Mary !

Annabelle se jeta contre elle et lui entoura la taille de ses bras.

— Ne t'en va pas, mamzelle Mary.

Tandis que la petite fille se mettait à pleurer, Mary se pencha pour se mettre à son niveau.

— Tu m'aimes plus, mamzelle Mary ? Moi, je t'aime. Tu m'aimes plus ?

— Oh ! chérie, je t'aimerai toujours, dit Mary.

Ses yeux se remplirent de larmes tandis qu'elle serrait la petite fille dans ses bras.

— Ne t'en va pas, mamzelle Mary. D'accord ? Ne t'en va pas.

Annabelle lui agrippa de nouveau la taille. Mary ferma les yeux et se mit à pleurer. Lucas se sentit remué jusqu'au fond de lui en les regardant. Les larmes d'Annabelle allaient sûrement faire changer d'avis Mary.

Mary rouvrit les yeux et s'écarta d'Annabelle.

— Je dois partir, Annabelle, dit-elle. Mais tu me verras au supermarché.

— Non, je veux te voir ici ! cria Annabelle en pleurant.

Mary empoigna ses deux valises.

— Il faut que je parte. Arrête de pleurer, s'il te plaît, ma chérie.

— Encore cinq minutes, d'accord ? Reste encore cinq minutes, supplia Annabelle.

Mary regarda Lucas d'un air larmoyant.

— Encore cinq minutes.

Annabelle suivit Mary à la porte.

— Viens ici, bébé.

Lucas prit sa fille dans ses bras. Elle nicha sa tête au creux de son épaule et éclata en sanglots.

Mary sortit ses valises, puis souleva son carton. Quand tout fut rassemblé dehors, elle referma la porte derrière elle.

Elle était partie. Elle était vraiment partie, laissant

derrière elle une petite fille au cœur brisé et un homme à qui elle manquait déjà.

Sally aida Mary à rentrer ses affaires dans la chambre de motel où elle logerait en attendant de trouver quelque chose de mieux.

— Seigneur, Mary, cet endroit est affreux, lui dit-elle.

— Ce sera parfait. Il faut juste donner un petit coup de jeune, répondit Mary.

— Aucun « coup de jeune » ne suffira à rendre ce trou minable moins sordide, répliqua Sally, les sourcils froncés.

— Ça ira, parce qu'il faut que ça aille, dit Mary, réprimant ses larmes, sa douleur et son épuisement.

— J'aimerais avoir une chambre d'amis, dit Sally. Tu t'installerais chez moi.

Mary sourit à son amie.

— Tout ira bien, Sally. Dieu merci, j'ai récupéré mon boulot au supermarché. Je chercherai un appartement à louer d'ici quelques jours.

— Mary, j'espère que tu as prévu de te reposer. Souviens-toi que tu es sortie de l'hôpital cet après-midi après avoir été poignardée.

— Je vais prendre la semaine pour me reposer. Merci de m'avoir aidée, Sally. Maintenant va-t'en, pour que je défasse mes bagages et que je m'installe.

Sally darda sur elle un regard incertain.

— Tu m'appelleras si tu as besoin de quelque chose ?

— Je te promets que oui.

À la minute où Sally s'en alla, Mary s'assit au bord du lit et laissa couler ses larmes.

Ces chambres étaient rarement louées par des touristes. L'une d'elles était occupée depuis des années par

Rocky Landow, un vétéran qui avait perdu une jambe dans l'armée. C'était un homme gentil, qui restait sur son quant-à-soi et ne causait de problèmes à personne.

Une autre était louée par Burt Ramsey, un alcoolique qui gagnait juste assez d'argent avec de petits boulots pour se payer une chambre et beaucoup d'alcool.

Et puis il y avait celle-ci, que Mary avait louée pour les deux semaines suivantes. Un vieux couvre-lit en chenille garnissait le lit double. Les dessus des tables de chevet étaient parsemés de brûlures de cigarette et de dizaines de ronds laissés par des dizaines de verres.

Il y avait un minuscule coin cuisine comportant un réfrigérateur, un réchaud et un évier, ainsi qu'un micro-ondes sur le comptoir.

Rien à voir avec la belle chambre spacieuse qu'elle occupait chez Lucas. Mary ferma les yeux très fort. Il ne fallait pas qu'elle pense à Lucas et à Annabelle pour le moment. Si elle le faisait, elle allait s'effondrer.

Se levant, elle ouvrit sa valise pour en sortir ses affaires de toilette et ses vêtements de nuit. Elle emporta son sac de toilette dans la petite salle de bains. Au moins, tout était raisonnablement propre.

Elle sortit des vêtements de sa valise et les suspendit dans le placard. Une fois cela fait, elle retourna à la salle de bains et se débarrassa de la tenue qu'elle portait depuis son épreuve avec Nicole. Elle n'avait pas encore eu l'occasion de se changer. Jetant les vêtements dans la poubelle, elle ouvrit le robinet de la douche.

Heureusement, le jet était vigoureux et l'eau agréablement chaude. Sous la douche, ses larmes recommencèrent à couler.

En pensant à Annabelle, Mary sanglota de plus belle. Dire au revoir à la petite fille avait été beaucoup plus difficile qu'elle ne s'y était attendue. Et dire au revoir à Lucas lui avait brisé le cœur.

Elle avait tellement espéré qu'il lui avouerait son amour et qu'ils vivraient heureux pour toujours après cela.

Elle aurait pu jurer qu'elle avait vu briller l'amour dans ses yeux. Elle avait cru que les recherches effrénées qu'il avait menées la veille pour la retrouver témoignaient de son amour pour elle.

Mais elle ne vivrait pas dans l'ombre d'une morte. Elle comprenait et respectait son amour pour Diana ; elle ne voulait rien changer à cela. Elle voulait juste qu'il choisisse l'avenir au lieu du passé.

Peu importait de toute façon. Ce n'était plus son problème. C'était fini et bien fini, et elle devait maintenant penser à son propre avenir. Mais pas ce soir.

Elle se sécha et enfila une chemise de nuit. Ce soir, elle avait l'intention de prendre un des analgésiques prescrits par le médecin et d'aller au lit. Avec un peu de chance, elle dormirait sans rêves, sans le chagrin qui la déchirait chaque fois qu'elle pensait à Lucas et à Annabelle.

Lucas s'en sortirait bien parce qu'il avait une fille à élever et une ferme à gérer. Annabelle s'en sortirait aussi. Elle était jeune – et dans quelques semaines, elle aurait une autre nounou et oublierait probablement tout de « mamzelle Mary ».

Mary se blottit sous les draps, qui sentaient la lessive. Combien de temps lui faudrait-il à elle pour oublier qu'elle aimait Annabelle ? Qu'elle aimait Lucas ?

Pendant toute une période, ils avaient été sa famille, et elle avait éprouvé cette chaleur – l'amour d'une famille. C'était quelque chose qu'elle n'avait jamais, jamais ressenti auparavant… Et elle craignait de ne jamais, jamais le ressentir à nouveau.

Elle s'endormit en pleurant et se réveilla lorsque les rayons du soleil s'infiltrèrent entre les volets. Elle avait les yeux gonflés et le corps endolori, et sa blessure sous la poitrine lui faisait mal. Quant à son cœur, il était aussi brisé que la veille au soir.

Elle n'avait rien envie de faire. Elle s'enjoignit toutefois d'aller au supermarché acheter quelques indispensables denrées alimentaires.

Dans ce but, elle enfila un jean et un T-shirt et sortit. Il était assez tôt et le magasin était presque désert. Les seules personnes qu'elle vit furent quelques-unes de ses collègues.

Elle acheta ce dont elle croyait avoir besoin pour une semaine, puis retourna au motel. Une fois ses provisions rangées, elle se prépara une cafetière et réchauffa un bagel au four, puis se remit au lit avec la télévision allumée.

Elle espérait se vider l'esprit autant que possible. Elle voulait juste se reposer et guérir – non seulement de sa blessure mais aussi de son chagrin d'amour.

Mais il était difficile de se vider l'esprit quand il était plein de souvenirs heureux de Lucas et d'Annabelle.

Elle aurait presque voulu que Lucas et elle aient eu une horrible dispute et qu'il l'ait jetée dehors. Alors elle aurait pu guérir en le détestant. Mais il n'y avait pas eu de dispute, pas même un mot de travers entre eux.

Il la haïssait sans doute à l'heure qu'il était. Elle l'avait abandonné de but en blanc, sans personne pour s'occuper d'Annabelle. Elle espéra qu'il trouverait rapidement quelqu'un, mais l'idée qu'une autre femme s'occupe de la maison et de Lucas et d'Annabelle lui déchira le cœur.

Durant les trois jours suivants, elle resta au lit, regardant la télévision et somnolant de temps à autre. Le matin du quatrième jour, elle s'habilla pour retourner faire quelques courses au supermarché.

Physiquement, elle se sentait beaucoup mieux. Mais, mentalement, elle était toujours aussi abattue. Il lui faudrait du temps pour surmonter son amour pour Lucas.

En arrivant au supermarché, elle se dirigea droit vers le rayon des légumes et des soupes en conserve. Elle avait envie d'un potage aux vermicelles et au poulet.

Elle se penchait pour prendre deux boîtes de conserve quand elle entendit son nom. En se redressant, elle vit Lucas venir vers elle d'un pas pressé. Que se passait-il ?

Que voulait-il ? Il avait l'air fatigué. Elle referma son cœur pour se protéger de lui.

— Mary, Dieu merci, je vous trouve. J'étais en chemin pour le motel pour vous parler, mais j'ai vu votre voiture garée au-dehors.

— J'ai laissé quelque chose chez vous ?

Elle ne pouvait imaginer une autre raison pour laquelle il la cherchait.

— Oui.

Il darda sur elle un regard intense.

— Oui, vous avez laissé l'écho de votre rire et les conversations géniales que nous avions. Mary, vous avez laissé le souvenir du bonheur dans ma maison, le souvenir de l'amour avec vous et tant d'autres choses. Oh Mary, j'ai été tellement idiot !

Elle le dévisagea, incertaine, tandis qu'une petite lueur d'espoir s'allumait dans son cœur.

— Vous avez été idiot ?

— Complètement. J'étais tellement impatient de rentrer à la maison après ma journée de travail, parce que je savais que vous étiez là. J'adorais m'asseoir en face de vous pour dîner. J'adorais le son de votre rire et votre manière d'aimer ma fille. Bon sang, j'adore même votre parfum. Revenez, Mary. Revenez là où est votre place.

Il s'approcha d'un pas.

— Mary, je suis misérable sans toi. Je suis amoureux de toi, et je ne veux plus vivre dans le passé.

Il resserra les doigts sur ses mains.

— Reviens à la maison. Je veux t'épouser et faire ma vie avec toi.

— Redites-moi ça, dit-elle avec un bonheur inconnu au cœur.

Il lâcha ses mains et la prit dans ses bras.

— Je suis amoureux de toi, Mary. Je t'en supplie, épouse-moi et fais de moi le plus heureux des hommes.

— Oui, oh, oui…

Elle ne put en dire davantage, car les lèvres de Lucas se posèrent sur les siennes en un baiser qui parlait d'amour, de bonheur et d'avenir radieux.

Lorsque le baiser s'acheva, elle le regarda avec un grand sourire.

— Encore cinq minutes, d'accord ? Embrasse-moi encore cinq minutes.

Il se mit à rire avec un ravissement évident.

— Tout le plaisir sera pour moi.

Et il se mit en devoir de faire exactement cela.

Épilogue

On était vendredi soir et ils étaient sortis dîner au café. Mary avait ramené ses affaires à la ferme – la seule différence, c'était qu'elle passait maintenant ses nuits dans le lit de Lucas.

Depuis son retour une semaine auparavant, la vie avait été plus que merveilleuse. Lucas et Annabelle étaient devenus sa famille, et elle n'aurait pas pu être plus heureuse.

— Je veux de la purée et du gâteau au chocolat et des frites et des spaghettis, dit Annabelle tandis qu'ils s'installaient dans un box.

Lucas et Mary se mirent à rire.

— Et si tu prenais des spaghettis avec des boulettes et un gâteau au chocolat pour le dessert ? suggéra Mary. Si tu veux des frites, je t'en donnerai des miennes.

La petite fille hocha la tête en souriant.

— D'accord, dit-elle.

— Bonne idée, commenta Lucas avec un sourire attendri.

— Partager les frites, c'est toujours une bonne idée, répondit Mary.

Comme d'habitude, le café était bondé et, lorsqu'ils étaient entrés, Mary avait été saluée par de nombreuses personnes. Toute la ville avait entendu parler de son épreuve aux mains de Nicole, et le soutien qu'elle avait reçu était aussi formidable que merveilleux.

La serveuse arriva à leur table, et ils passèrent commande.

— Annabelle, nous sommes heureux que Mary reste dans notre vie pour toujours, n'est-ce pas ? dit Lucas après le départ de la serveuse.

— Pour toujours-toujours, dit Annabelle.

Elle prit la main de Mary et la serra très fort.

— Tu vas pas repartir, hein, mamzelle Mary ?

— Je ne te quitterai plus jamais, ma chérie, répondit Mary.

— Et je vais m'assurer qu'elle ne nous quitte plus jamais, dit Lucas en sortant du box.

Il se plaça devant Mary.

— Que fais-tu, Lucas ?

Un petit rire nerveux lui échappa. Oh ! quand il la regardait comme ça, elle avait l'impression d'être la plus belle femme du monde. Il lui sourit.

— Mary, je t'aime de tout mon cœur, déclara-t-il.

Il la fit sortir du box.

— Et je crois qu'il est temps que nous rendions cela officiel.

Il posa un genou à terre et, durant un instant, tout le café parut faire silence.

Le cœur de Mary se mit à battre quand Lucas sortit un petit écrin de sa poche.

— Mary Curtis, veux-tu m'épouser ?

Il ouvrit l'écrin, révélant un magnifique diamant princesse.

Mais cela aurait été bien égal à Mary qu'il s'agisse d'une bague sortie d'une machine à chewing-gums.

— Oui, Lucas. Bien sûr que oui, répondit-elle, presque aveuglée par des larmes de joie.

Il lui prit la main et glissa la bague à son annulaire. Les clients dans le café lancèrent des vivats.

— Mamzelle Mary, mamzelle Mary, cria Annabelle pour se faire entendre par-dessus le chahut.

La foule se tut.

— Mamzelle Mary, papa dit que je peux t'appeler « maman ». Je peux, mamzelle Mary ? Je t'aime et je veux que tu sois ma maman.

À ces mots, de nouvelles larmes montèrent aux yeux de Mary.

— Oh ma chérie, j'adorerais que tu m'appelles maman.

Viendrait le temps de parler à Annabelle de la mère qu'elle avait perdue, mais ce serait pour plus tard. Pour l'instant, le fait qu'elle veuille l'appeler ainsi remplissait son cœur d'une joie pure.

Lucas la prit dans ses bras.

— Maintenant que nous sommes officiellement fiancés, il faut prévoir le mariage de tes rêves, dit-il.

— Tout ce dont j'ai besoin, c'est de toi, d'Annabelle et d'un pasteur, répondit-elle. Cela en fera le mariage de mes rêves.

Son sous-sol sentait le sang et la mort, et il adorait ça. On avait parlé de lui un bon moment quand Cindy avait été trouvée dans le champ de maïs. Mais l'enlèvement de Mary Curtis et la tentative de meurtre sur sa personne lui avaient volé la vedette.

Ce qu'il voulait, c'était qu'on parle à nouveau de lui. Il jeta un coup d'œil à l'établi, où un jean et une chemise en flanelle voisinaient avec un chapeau de paille. Prêts pour sa nouvelle victime.

Le seul vestige qu'il avait de son dernier épouvantail,

c'était un flacon d'alcool contenant les yeux de Cindy. Il avait espéré qu'ils garderaient leur belle couleur bleue mais, à sa grande déception, ils étaient devenus d'un blanc laiteux.

Son regard tomba à nouveau sur les vêtements destinés à son prochain épouvantail. Tout ce qu'il avait à faire, c'était décider qui serait sa prochaine victime.

Ensuite toute la ville parlerait à nouveau de lui… et aurait *peur* de lui. Avec un peu de chance, cela lui vaudrait un surnom officiel. Il en avait déjà choisi un : le Tueur à l'épouvantail. Avec ce nom et en poursuivant sur la même voie, il passerait à la postérité comme l'homme ayant tué des dizaines de femmes et les ayant transformées en épouvantails humains… Un tueur qui ne s'était jamais fait prendre.

Des frissons de plaisir secouèrent son corps. Oui, il était temps pour le Tueur à l'épouvantail d'agir à nouveau.

ELLE JAMES

Pour que justice soit rendue

Traduction française de
DOMINIQUE TRUFFANDIER

BLACK ROSE

HARLEQUIN

Titre original :
COWBOY JUSTICE AT WHISKEY GULCH

Prologue

Parker Shaw émergea lentement des ténèbres et ouvrit les yeux sur un ciel pur, constellé d'étoiles. Autour de lui, le monde était plongé dans le silence. Mais où diable était-il ?

Il voulut se redresser, mais la douleur fulgurante qui traversa son corps l'en empêcha. Il se laissa retomber en arrière, haletant, pris de vertige. Un voile grisâtre tomba devant ses yeux.

À la faveur d'une risée, les odeurs âcres de la fumée et du kérosène parvinrent jusqu'à lui, générant tout un kaléidoscope d'images dans son esprit confus.

Il était en Afghanistan, sa mission était de… de tuer. Mais tuer qui ?

Soudain, le nom de leur cible lui revint : Abdul Akhund, chef des talibans.

Alors, les souvenirs affluèrent.

Les six membres des forces spéciales étaient entrés dans la ville et avaient abattu leur cible. Ils regagnaient le point d'extraction quand le chaos s'était déchaîné autour d'eux. L'alarme avait été donnée, et une douzaine de talibans avaient surgi d'un peu partout.

Ce n'était que de justesse qu'ils avaient pu regagner le champ où les attendait l'hélicoptère. À peine avaient-ils embarqué que l'appareil avait décollé. Ensuite… ses souvenirs étaient un peu flous.

D'abord, il y avait eu une explosion, puis une violente secousse… et l'hélicoptère était tombé du ciel.

Il souleva légèrement la tête et vit l'épave de l'hélicoptère, à une douzaine de mètres de lui. Son cœur s'emballa, et il s'efforça à nouveau de bouger. La douleur fusa dans sa jambe, sa cage thoracique, son bras… Zut, tout son corps lui faisait mal. Mais il fallait qu'il atteigne cet hélicoptère.

En s'aidant d'une main, il se mit en position assise. Son autre bras pendait à son côté, inutile – il devina que l'épaule était luxée. La tête lui tournait, les coupures sur ses bras le brûlaient et une douleur lancinante, insupportable, palpitait dans sa jambe.

Il voulut se lever, mais une seule de ses jambes lui obéit. L'autre était trop gravement blessée pour supporter son poids. Pour atteindre l'hélicoptère, il allait devoir se traîner sur le sol.

Il planta les doigts de sa main valide dans la terre et rampa vers l'épave, la boule au ventre. Il savait déjà ce qu'il allait découvrir dans l'amas de métal tordu et déchiqueté : les hommes de son unité, ces hommes qui, bien plus que des amis, étaient pour lui de véritables frères.

Aucun son ne s'élevait de l'épave, pas même un râle d'agonie. Ses compagnons d'armes étaient tous morts sur le coup. Lui n'avait eu la vie sauve que parce qu'il avait été éjecté de l'appareil.

Il était encore à six mètres environ de l'hélicoptère quand, soudain, des cris et un bruit de moteur troublèrent le silence. Quelques instants plus tard, deux faisceaux lumineux transpercèrent les ténèbres et un camion s'arrêta à côté de l'épave. Des hommes armés d'AK-47 sautèrent aussitôt du plateau et coururent vers ce qui restait du

Black Hawk. Ils allaient forcément le trouver. Ce n'était qu'une question de temps.

Immobile, face contre terre, il fit le mort.

D'ailleurs, ses blessures le faisaient tellement souffrir qu'il aurait presque préféré l'être.

Il entendit des éclats de voix, puis des pas qui se dirigeaient droit vers lui.

Il ne pouvait pas se défendre. Il n'avait pas de pistolet. Son couteau était toujours dans l'étui qu'il portait à la taille, mais il ne lui suffirait pas pour repousser une demi-douzaine de talibans armés. Sa seule chance de survivre était de continuer à faire le mort.

Parker entrouvrit les paupières et vit que les hommes se rassemblaient autour de lui en parlant tous en même temps. Son pachto était rudimentaire, mais il crut comprendre que les talibans se demandaient s'il était encore en vie.

Quand l'un d'eux lui enfonça le canon de son fusil dans le flanc, touchant l'une de ses côtes blessées, il dut faire un effort surhumain pour ne pas gémir ni tressaillir.

Le type avait assurément encore des doutes, parce qu'il le poussa du bout de sa botte, jusqu'à le retourner sur le dos.

— Ce sont les hommes qui ont tué Akhund, dit-il.

L'un des terroristes s'accroupit et lui arracha son gilet pare-balles. La douleur qui le transperça était telle qu'il crut qu'il allait s'évanouir. Sans doute un gémissement lui avait-il échappé, parce que le combattant taliban se releva vivement en plaquant le gilet pare-balles contre son torse et lança, toujours en pachto :

— Il est en vie !

Un second terroriste ordonna :

— Emmenez-le.

Trop gravement blessé pour se défendre, Parker

continua à feindre l'inconscience, dans l'espoir qu'ils renonceraient à l'emmener. Il fallait qu'il reste auprès de l'hélico. Tôt ou tard, l'armée enverrait une équipe pour récupérer les corps.

S'il se retrouvait aux mains des talibans, par contre, son corps ne serait peut-être jamais retrouvé. Parce que cela ne faisait aucun doute : ils allaient le tuer.

Deux hommes passèrent leurs mains sous ses aisselles pour le relever. La douleur insoutenable qui traversa son bras et sa jambe blessés lui fit perdre connaissance. Quand il revint à lui, les deux hommes le tiraient vers le camion.

Il était dans un sacré guêpier. Akhund, l'homme que son unité avait éliminé, était l'un des chefs talibans les plus cruels d'Afghanistan. Son modus operandi était simple : après avoir torturé son prisonnier, il le traînait devant une caméra et le décapitait.

Parker n'était en mesure ni de courir ni de se battre : sa jambe était très probablement cassée, son épaule luxée, et ses côtes lui faisaient tellement mal qu'il avait l'impression qu'on lui enfonçait un tisonnier chauffé à blanc dans le thorax.

Si ces hommes devaient le décapiter, il espérait qu'ils ne tarderaient pas trop. Une décapitation ne pouvait pas être pire que la torture qu'il subissait en ce moment.

Il perdit de nouveau connaissance et ne revint à lui que quand les hommes le jetèrent par terre, à l'arrière de leur véhicule. Le plus costaud du groupe, qui semblait aussi le plus cruel, l'empoigna par les cheveux pour le forcer à relever la tête et dit, en pachto :

— Tu es l'un des infidèles qui ont tué Abdul Akhund.

Eh oui, espèce de crétin, pensa Parker.

Il ferma les yeux et fit mine de perdre à nouveau connaissance. L'homme le gifla du dos de la main avant de relâcher ses cheveux. Sa tête heurta rudement le sol. Il demeura immobile, en espérant que ces hommes le croiraient mort et le laisseraient tranquille.

Mais ses espoirs étaient vains.

L'un des talibans lui donna un violent coup de pied dans le flanc, puis un second, et encore un autre. Si ses côtes n'avaient pas été cassées dans le crash, elles devaient l'être, maintenant.

L'homme allait lui décocher un nouveau coup de pied quand Parker saisit sa cheville de sa main valide et tira. Déséquilibré, le terroriste tomba sur les fesses. Aussitôt, ses compagnons encerclèrent Parker et une volée de coups s'abattit sur tout son corps.

Il se recroquevilla en position fœtale, s'efforçant de protéger sa tête de son bras valide. La douleur qui le dévastait était tellement insoutenable que son esprit se déconnecta de son corps.

Sa vision se brouilla. Les ténèbres de l'inconscience allaient de nouveau l'engloutir quand il entendit un taliban crier quelque chose. Les coups de pied cessèrent aussitôt.

Parker inspira péniblement, et une douleur fulgurante traversa son torse.

Une nouvelle fois, deux des hommes le prirent sous les aisselles pour le relever. Quand il fut debout, le grand type lui décocha plusieurs coups de poing – au visage, puis dans le ventre.

Maintenant, Parker distinguait à peine ce qui se passait autour de lui. L'un de ses yeux avait reçu tellement de coups qu'il était à demi fermé, dans l'autre s'écoulait le sang provenant d'une entaille que les poings du terroriste avaient ouverte sur son front.

Il aurait certainement continué à le frapper si le bruit d'un hélicoptère ne s'était pas fait entendre. L'homme qui semblait être le chef cria des ordres, et les deux terroristes qui le maintenaient le jetèrent à l'arrière du camion. Quand toute la bande y fut remontée, le conducteur démarra, s'éloignant de l'épave de l'hélicoptère et du village où les forces spéciales avaient rempli leur mission.

Parker savait qu'il devait rester sur les lieux de l'accident et attendre l'arrivée de l'équipe de secours. Mais comment aurait-il pu s'évader, gravement blessé comme il l'était, fermement maintenu par deux terroristes ?

Au loin, la silhouette caractéristique d'un hélicoptère Black Hawk apparut. L'appareil venait droit vers eux. Mais le conducteur taliban accéléra encore, et Parker ne put que regarder son unique espoir disparaître dans le nuage de poussière soulevé par les roues du camion.

S'il survivait au sort que les talibans lui réservaient, il ne devrait compter que sur lui-même pour rejoindre les forces alliées.

Le camion s'engagea sur une route de terre qui sinuait dans une étroite vallée, entre des collines. Chaque nids-de-poule, chaque cahot, chaque virage engendrait un nouvel éclair de douleur dans le corps de Parker.

Quand le véhicule s'arrêta enfin, le chef apparut à l'arrière du camion, une machette à la main, et ordonna à ses hommes d'emmener leur prisonnier au sommet d'une colline.

Voilà. C'était la fin. Ils allaient le décapiter.

Les talibans le tirèrent hors du véhicule. Quand ses jambes heurtèrent le sol, la douleur lui fit perdre connaissance – mais pas pour longtemps, malheureusement. Quand il revint à lui, les hommes le traînaient sur le flanc de la colline. Une fois au sommet, ils le laissèrent tomber par terre.

Le grand type coupa quatre branches sur un arbuste

rabougri et les affûta pour fabriquer quatre piquets, qu'il tendit à ses compagnons. Une fois les pieux plantés dans le sol, les talibans arrachèrent l'uniforme de Parker et le déchirèrent en longues bandes qu'ils attachèrent aux piquets.

Parker se débattit de son mieux, à tel point qu'il fallut quatre hommes pour le maintenir pendant que deux autres liaient ses poignets et chevilles aux poteaux de bois.

Ensuite, leur chef vint se planter au-dessus de lui. Il le dévisagea pendant un long moment, les yeux étrécis, la bouche tordue en un sourire cruel, avant de se pencher. Il passa la lame de sa machette sur le flanc de Parker, puis sur sa jambe brisée, et le sang perla aussitôt des coupures.

— Les oiseaux viendront se repaître de sa chair, dit-il. Sa mort sera lente.

Il cracha sur Parker, se détourna et partit. Ses hommes lui emboîtèrent le pas. Quelques instants plus tard, un bruit de moteur s'éleva et se réverbéra sur les collines avant de s'estomper lentement.

Parker se retrouva seul, au milieu du silence. L'air frais de la nuit mordait sa peau, les entailles de son flanc et de sa cuisse saignaient, mais il avait échappé à la décapitation. Dieu merci.

Et, aussi longtemps qu'il lui resterait une étincelle de vie, il se battrait pour survivre.

Pendant trente minutes, peut-être même une heure, il ne s'occupa que de reprendre des forces, tout en essayant de libérer son bras valide. À force de tirer sur le lien, il parvint à faire suffisamment jouer le piquet auquel il était noué pour le déloger du sol.

Encouragé par ce petit succès, il posa sa main sur son flanc, où la coupure avait déjà cessé de saigner. Maintenant, il fallait qu'il libère son autre poignet, puis ses chevilles.

Et ensuite... il n'osait pas y penser. Les chances de survie d'un homme abandonné dans ces collines, avec une jambe cassée, étaient bien minces.

Il roula sur le côté, et ses côtes brisées lui firent vivre un nouvel enfer. Quand il eut repris son souffle, il entreprit de tirer sur le lien qui maintenait son bras blessé. Cette fois, le piquet céda beaucoup plus rapidement.

Il se laissa retomber sur le dos, haletant. Pendant un long moment, il se dit que tout aurait été bien plus simple si les talibans lui avaient coupé la tête. Mais s'ils l'avaient tué, ils auraient gagné. Il se devait donc de survivre à cette épreuve et, une fois retourné auprès des forces alliées, il pourrait faire un pied de nez aux hommes qui l'avaient abandonné à une mort certaine dans ces collines.

Par deux fois, il s'efforça de s'asseoir, mais dut se laisser retomber sur le sol, haletant. Enfin, à la troisième tentative, il parvint à se redresser. Il se pencha en avant pour pouvoir atteindre les piquets qui maintenaient ses chevilles, et tendit la main droite vers le lien qui maintenait sa jambe cassée. Bien que ce mouvement ravive la douleur qui lui vrillait les côtes, il referma les doigts sur la bande de tissu et bascula vers l'arrière en tirant de toutes ses forces.

Malgré la douleur, il persévéra jusqu'à déloger le piquet du sol compact. Sans s'accorder la moindre pause, il arracha le quatrième et dernier piquet.

Comme il n'avait qu'une main valide, il ne chercha même pas à dénouer les liens qui lui enserraient les poignets et les chevilles. Il se contenta de les ôter des piquets.

Une fois libre, il prit quelques minutes pour évaluer la situation. Avec une jambe cassée et une épaule luxée, il n'irait pas bien loin. Son seul espoir était que l'équipe de secours ait localisé l'épave de l'hélicoptère, en ait sorti les corps de ses frères d'armes et se soit aperçue qu'il manquait un homme.

Des images des corps de ses compagnons, prisonniers de l'épave du Black Hawk, affluèrent à son esprit. Sa gorge se noua. Pourquoi n'était-il pas mort avec eux ? Les yeux brûlant de larmes, il se jura de vivre parce que c'était ce qu'ils auraient attendu de lui. Ils auraient voulu qu'il honore leur mémoire en vivant la vie que le destin avait épargnée.

Mais comment faire ? Il n'était sans doute pas raisonnable d'envisager de quitter ces collines pour regagner à pied la base opérationnelle avancée. Par contre, s'il trouvait un moyen de communiquer sa position aux forces alliées sans alerter les talibans… il avait peut-être une chance de s'en sortir.

Pendant les vingt-quatre heures qui suivirent, il traîna péniblement son corps brisé jusqu'au sommet de la colline pour amasser des cailloux et les disposer de façon à créer un message que les talibans ne pourraient pas voir, mais qui n'échapperait pas aux forces alliées… à condition que ces dernières surveillent cette zone.

Quand il eut fini, il s'allongea au milieu de son message, recouvrit son corps de terre pour se protéger au mieux du froid de la nuit, et s'endormit.

Ce fut la lueur éclatante du soleil levant qui le réveilla le lendemain matin. Une douleur lancinante traversait sa jambe, le moindre mouvement réveillait la douleur qui lui transperçait les côtes, et il était taraudé par la soif. Que n'aurait-il donné pour une seule gorgée d'eau !

De plus, maintenant que le jour était levé, il commençait à douter du choix qu'il avait fait. En constatant que son corps n'était pas dans l'épave, les secours allaient en déduire qu'il s'était échappé… ou qu'il avait été emmené dans quelque village tombé aux mains des talibans. Mais… combien de temps leur faudrait-il pour le retrouver ?

Il décida d'attendre encore un jour. Ensuite, il essaierait de quitter cet endroit par ses propres moyens – mais d'abord, il fallait qu'il fabrique une attelle pour immobiliser sa jambe cassée.

Il balaya la colline du regard : la végétation était rare. Quelques buissons bas et un arbuste noueux, d'environ un mètre vingt de haut, aux branches tordues.

Lentement, péniblement, il entreprit de ramper vers l'arbuste. Chemin faisant, il plongea le regard dans la vallée et vit quelques arbres plus grands, qui se tendaient vers le soleil. Mais, en admettant qu'il parvienne à les atteindre, il lui faudrait remonter en haut de la colline pour faire signe à l'avion, ou à l'hélicoptère, qui pouvait la survoler à tout moment, songea-t-il, découragé d'avance.

Si aucun appareil ami ne se manifestait au cours de la journée qui venait, il se traînerait jusque dans la vallée pour y trouver des branches bien droites, qu'il transformerait en attelle et béquilles de fortune. Pour le moment, les branches tordues de l'arbuste devraient faire l'affaire.

Il lui fallut un temps considérable pour atteindre l'arbuste et briser quelques branches. Ensuite, de sa seule main valide, il dénoua les bandes de tissu qui enserraient toujours ses chevilles et les utilisa pour maintenir les branches autour de sa jambe.

Quand il jugea que sa jambe était suffisamment immobilisée, il se leva péniblement et coinça le nœud de l'entrave qui enserrait toujours le poignet de son bras blessé dans une fourche basse.

Il serra les dents, retint son souffle et se pencha vers l'arrière. Une vive douleur fusa dans son bras, du poignet jusqu'à l'épaule, mais la traction qu'il exerçait n'était pas suffisante. Il se redressa de toute sa taille, tira sur son bras d'un coup sec, et la tête de l'humérus se remit en place dans la cavité de son épaule.

La douleur fulgurante fut aussitôt remplacée par une sensation plus sourde, plus diffuse. Il dégagea le nœud de la fourche, leva son bras et le plia. Enfin, il pouvait de nouveau s'en servir.

Ce succès lui remonta le moral et renforça sa volonté de survivre.

Se laissant tomber au sol, il resta allongé pendant un long moment, les yeux rivés au ciel piqueté d'étoiles. Il était affamé, épuisé, assoiffé… mais il était toujours en vie.

Il venait tout juste de fermer les yeux – du moins est-ce l'impression qu'il eut – quand la pulsation lointaine des pales d'un rotor se réverbéra sur les flancs des collines.

Il ouvrit vivement les yeux, s'assit, et vit la silhouette sombre d'un hélicoptère apparaître par-dessus une colline et venir droit vers lui.

Le cœur battant, il repoussa la terre dont il s'était recouvert et se leva en titubant. La douleur qui traversa sa jambe fut telle qu'il manqua perdre connaissance. Si seulement il avait eu une lampe torche, ou une fusée éclairante ! Cet hélicoptère se dirigeait-il vers une autre mission, ou était-ce lui qu'il cherchait ?

L'hélicoptère le survola et disparut derrière la colline voisine.

Parker sentit le désespoir le gagner. Il était temps de passer au plan B.

Il avait prévu de se mettre en route le lendemain matin, mais peut-être qu'il valait mieux qu'il parte tout de suite. Plus tôt il rejoindrait sa base, mieux ce serait. Il ne tiendrait pas très longtemps sans nourriture – et encore moins sans eau.

Il se redressa, plaqua sa main sur ses côtes cassées et fit un pas vers la crête de la colline, en ménageant sa jambe blessée de son mieux. Ensuite, il fit une pause avant de réitérer son effort malgré la douleur atroce qui transperçait sa jambe.

Le Black Hawk réapparut. Il se dirigeait droit vers lui.

Parker se figea et leva les yeux vers l'appareil en retenant son souffle.

L'hélico était encore à cent cinquante mètres de lui quand il ralentit, passa en vol stationnaire et descendit lentement vers le sol. Parker vit que le mitrailleur braquait son arme sur lui par la porte latérale et leva aussitôt les mains.

L'appareil se posa. Plusieurs soldats en descendirent pour établir un périmètre de sécurité avant que deux autres courent vers lui.

— Sergent Shaw ? demanda l'un d'eux, avec un accent du Sud assez marqué.

— Oui, monsieur, croassa Parker.

L'homme sourit.

— Dieu merci. Je suis Grove, le médecin du vol, et voici Skeeter. Nous allons vous ramener à la base.

Quand Skeeter se glissa sous son bras blessé pour le soutenir, Parker tressaillit et se mordit la langue pour retenir un gémissement.

— Quand nous avons constaté que votre corps n'était pas dans l'épave de l'hélico, reprit Grove, nous avons craint de ne jamais vous retrouver. Ensuite, on nous a transmis les coordonnées de cette colline en nous disant que nous y trouverions peut-être le membre des forces spéciales qui nous manquait.

Skeeter partit d'un petit rire.

— Bien joué, mon vieux.

— Je suis abasourdi que vous ayez réussi à dessiner un SOS de cette taille. Surtout compte tenu de vos blessures.

Les deux hommes l'aidèrent à monter dans l'hélicoptère et l'allongèrent doucement sur le plancher.

— Je vais vous poser une perfusion, expliqua Grove.

Les soldats remontèrent à leur tour et l'hélicoptère redécolla.

— Attendez, dit Parker.

Il saisit le bras de Grove et se pencha vers la porte ouverte pour poser un ultime regard sur la colline où les talibans l'avaient abandonné à une mort certaine.

Quand le Black Hawk prit de l'altitude, Parker put voir le message qu'il avait composé en disposant les grosses pierres qu'il avait trouvées en abondance sur cette colline.

— Je ne sais pas comment vous avez fait, commenta Grove en souriant.

Il ne le savait pas trop, lui non plus. Mais ça avait marché.

— C'est le plus grand SOS que j'aie jamais vu, dit Skeeter.

— Et c'est la première fois que je vois un SOS sauver effectivement une vie, ajouta Grove en forçant Parker à s'allonger de nouveau. Ne vous inquiétez pas. Nous nous occupons de vous, maintenant. Vous allez vous remettre.

Alors, la douleur et l'épuisement eurent raison de lui. Il avait gagné le droit de vivre au prix d'une lutte farouche ; maintenant qu'il était entouré de soldats américains, il pouvait baisser sa garde.

La dernière pensée qui traversa son esprit avant qu'il sombre dans l'inconscience fut : « J'ai survécu pour eux. »

1

Six mois plus tard

Parker gara son pick-up et le van qu'il tractait sur le côté de la maison et coupa le contact. Il lui avait fallu trois jours pour rallier, depuis la Virginie, Whiskey Gulch, Texas, et ces longues heures passées au volant l'avaient tellement fatigué qu'il redoutait de descendre de son véhicule. Quand il s'était arrêté, la veille, sa jambe lui avait fait souffrir le martyre, et il ne voulait – ne pouvait – montrer aucune faiblesse devant son vieil ami, qui se trouvait également être son nouveau patron.

Brutus poussa un gémissement d'impatience, qui lui rappela que cela faisait plusieurs heures que le pitbull argenté ne s'était pas dégourdi les pattes, lui non plus. Le chien était debout sur le siège passager et, faute de queue à agiter, frétillait de tout son corps.

Ne faisant pas confiance à sa mauvaise jambe, Parker ouvrit sa portière en grand et s'y agrippa pour se laisser glisser jusqu'au sol.

— Brutus, au pied, ordonna-t-il.

Le chien bondit par-dessus la console et s'assit sur le siège conducteur, la gueule ouverte, la langue pendante, heureux d'être ici. D'ailleurs, où qu'il soit, il était heureux… à condition que Parker y soit aussi.

Depuis que Parker l'avait sauvé de son précédent propriétaire, Brutus ne le lâchait pas d'une semelle. Le chien était devenu son compagnon de tous les instants, et il ne poursuivait qu'un but : lui faire plaisir.

À vrai dire, Parker ne savait pas trop lequel de lui ou du chien avait sauvé l'autre. La première fois qu'il l'avait vu, trois mois plus tôt, Brutus était attaché à un arbre, devant un mobil-home décrépit, sans eau à sa portée malgré la chaleur torride. Parker avait aussitôt su qu'il ne pouvait pas le laisser à son triste sort. Il était descendu de son pick-up et s'était approché du chien en boitant… et en espérant ne pas se faire mettre en pièces.

Le chien s'était tapi au sol en levant vers lui un regard méfiant. Tout son corps était couvert de cicatrices. Deux d'entre elles étaient rondes, probablement dues à des brûlures de cigarette.

Parker avait été horrifié de découvrir à quel point ce chien avait été maltraité. Il l'avait détaché et, en le tenant par le collier, était retourné en claudiquant vers son pick-up. C'était le moment qu'avait choisi son propriétaire pour apparaître à la porte du mobil-home et hurler :

— Hé ! C'est mon chien !

Le pauvre animal n'avait que la peau sur les os. Il était tellement faible que Parker avait dû l'aider à monter dans le pick-up.

Du coin de l'œil, il avait vu le propriétaire du chien descendre les marches de son mobil-home pour venir vers lui. Avant de se retourner, il avait refermé la portière.

L'homme – pieds nus, vêtu d'un jean et d'un marcel aussi crasseux l'un que l'autre – s'était arrêté à quelques pas de lui et avait tendu le doigt vers le pick-up.

— J'ai dit que c'était mon chien.

Il puait l'alcool.

— Plus maintenant, avait rétorqué Parker en le toisant durement. Il vient avec moi.

— Que tu dis.

L'ivrogne avait tendu la main vers la portière, mais Parker lui avait pris le bras pour le lui tordre dans le dos.

— Qu'est-ce que…, avait geint le type, qui s'était mis sur la pointe des pieds pour atténuer la douleur. Tu n'as pas le droit de prendre mon chien. C'est du vol.

— Et toi, tu n'avais pas le droit de le maltraiter. Soit je l'emmène, soit j'appelle le shérif et je te fais arrêter pour cruauté envers un animal. Qu'est-ce que tu préfères ?

— Très bien, très bien ! avait lâché l'homme. Emmène-le, ce foutu chien. De toute façon, je n'ai pas les moyens de le nourrir.

Quand Parker avait repoussé l'homme loin de lui, il avait craché par terre, à ses pieds.

— Ce clébard n'a pas de tripes. Il n'a jamais été bon à rien, sinon à servir d'adversaire pour entraîner les chiens de combat. Et dire qu'il s'appelle Brutus ! Il porte mal son nom.

Aveuglé par la rage, Parker avait décoché un violent coup de poing dans le ventre du type, qui s'était plié en deux avant de tomber à genoux. S'il avait résisté à l'envie de le rouer de coups, ce n'était qu'en se disant qu'il ne méritait pas d'aller en prison à cause de cette ordure. D'ailleurs, s'il allait en prison, qui prendrait soin de Brutus ?

— Si tu lèves une nouvelle fois la main sur un chien, je reviens finir le boulot, l'avait-il prévenu.

Il était remonté dans son pick-up. Quand il avait jeté un regard dans le rétroviseur, l'ivrogne, toujours agenouillé sur le sol, vomissait tripes et boyaux.

Couché sur le siège passager, Brutus ne l'avait pas quitté des yeux jusqu'à ce qu'ils arrivent chez le vétérinaire. Il devait se demander si cet humain aussi allait le maltraiter.

Après un moment d'hésitation, les thérapeutes du Heart and Heroes Rehabilitation Ranch, la structure de rééducation dans laquelle Parker venait tout juste d'être admis, l'avaient autorisé à prendre Brutus dans son chalet – après une quarantaine de trois semaines dans la clinique vétérinaire, où il avait été vacciné, vermifugé et dépucé.

Au cours des trois mois qui avaient suivi son sauvetage, le pitbull avait pris dix kilos et appris à s'asseoir, à ne pas bouger, à rouler sur lui-même et à donner la patte. Mais, surtout, il avait aidé son maître dans sa rééducation. Les promenades qu'ils faisaient ensemble étaient de plus en plus longues, à mesure que tant le chien que le vétéran recouvraient leurs forces.

Parker recula d'un pas et se tapa la cuisse. Aussitôt, le chien descendit du pick-up d'un bond et s'assit à ses pieds en le regardant.

— Parker Shaw ! lança une voix depuis le porche de la maison.

Parker releva la tête et vit Trace Travis, ancien membre des forces spéciales, descendre les marches et s'approcher de lui, la main tendue.

— Je suis tellement soulagé que tu sois enfin arrivé. Je commençais à croire que tu avais eu un problème sur la route.

— Pas du tout, répondit Parker en lui serrant la main. Nous avons seulement fait deux ou trois pauses supplémentaires en chemin pour nous dégourdir les jambes.

Trace l'attira dans ses bras pour une rapide accolade.

— Ça fait longtemps.

— Oui, c'est vrai, répondit Parker en se rappelant leur dernière rencontre. On formait une bonne équipe, en Syrie.

Trace acquiesça.

— Oui. J'ai vraiment regretté d'être transféré. Vous m'avez tous manqué.

— Tu nous as manqué, toi aussi, répondit Parker, le cœur serré.

— J'ai été navré d'apprendre ce qui était arrivé à Patch, Griz et Mort, reprit Trace. Mais je suis heureux que tu sois toujours parmi nous.

Patch, Griz et Mort étaient trois des hommes qui avaient péri dans le crash au cours duquel Parker avait été gravement blessé à la jambe.

— Par contre, ajouta-t-il en inclinant la tête vers le van, je ne savais pas que tu montais à cheval.

Parker partit d'un petit rire.

— Je ne monte que depuis trois mois. Le centre de rééducation où m'a envoyé le ministère des Anciens Combattants rééduque aussi des chevaux. C'est là-bas que j'ai appris à monter.

— Les chevaux ont une façon bien à eux de te toucher au plus profond de ton âme, remarqua Trace en souriant. Quand tu commences à les aimer, c'est pour la vie. Tu dois avoir adoré monter, pour avoir ton propre cheval.

— Pourtant, au début, je détestais ça.

Parker tapota sa mauvaise jambe et expliqua :

— C'était trop pénible. Mais, un jour, Jasper est arrivé au ranch, à moitié mort de faim. Il ne laissait personne l'approcher. Ma thérapeute m'a mis au défi de l'amadouer. J'ai assez vite compris que tout ce qu'il demandait – comme Brutus, d'ailleurs – était que quelqu'un se préoccupe de son sort. Mais je suis toujours la seule personne à pouvoir le toucher.

— Il faut énormément de temps et de patience pour gagner la confiance d'un cheval, dit Trace.

Parker s'esclaffa à nouveau.

— J'avais du temps à revendre. Quant à la patience, je l'ai apprise.

Un choc sourd l'amena à se tourner vers le van.

— En parlant du loup..., reprit-il. Il faut que je le fasse sortir et que je lui donne à manger et à boire. Cela fait trois jours qu'il est enfermé dans ce van.

Trace inclina la tête de côté.

— Conduis-le à l'écurie et mets-le dans une stalle. Quand il aura mangé, tu pourras le lâcher dans le pré.

Parker fit sortir Jasper du van et se dirigea vers l'écurie, Brutus sur les talons. Trace gloussa de rire.

— Tu es le seul à avoir répondu à mon offre de travail à la condition expresse que j'accueille aussi ton chien et ton cheval.

— Et nous t'en remercions, dit Parker. Ces deux animaux n'ont pas eu la vie facile. Jamais je ne les aurais abandonnés.

Trace ouvrit la porte de l'écurie et s'effaça pour laisser entrer Parker et le hongre isabelle.

— C'est l'amour que tu portes aux animaux qui a achevé de me convaincre de t'engager. Quand tu ne travailleras pas sur une affaire, tu t'occuperas du ranch, comme nous tous.

Il ouvrit la porte d'une stalle. Parker y fit entrer Jasper, détacha sa longe et prit le seau accroché à un clou avant de ressortir du box.

— Tant mieux, dit-il. Je n'aime pas rester sans rien faire. Quand je m'occupe, ça m'empêche de repenser à... certaines choses.

— Je comprends, dit Trace.

Il inclina la tête vers le mur de la grange et ajouta :

— L'eau est là-bas. Qu'est-ce que tu donnes à Jasper ? Du muesli et du foin ?

— Oui. Un demi-seau de muesli, deux portions de foin.

Il remplit le seau d'eau et rentra dans la stalle. Jasper approcha aussitôt. Il lui frotta le cou et dit :

— Tu vas te plaire, dans ta nouvelle maison.

— D'abord, le muesli, fit Trace.

Il lui tendit un récipient par-dessus la porte de la stalle, et Parker le vida dans la mangeoire. Le hongre le poussa impatiemment du nez.

— Petit glouton, dit-il en riant.

— Et voilà le foin.

Parker prit le foin que lui tendait Trace, le mit dans le râtelier et s'attarda dans la stalle, le temps que Jasper finisse le muesli. Il aimait l'odeur des chevaux et du foin.

— Est-ce que tu as déjà une mission pour moi ?

— Pas encore, non, répondit Trace. Je ne savais pas trop quand tu serais prêt à commencer. J'ai pensé te laisser deux ou trois jours pour t'installer et rencontrer tout le monde.

— Je n'ai pas besoin d'autant de temps. Si tu as du travail pour moi, je suis prêt.

Quand il restait trop longtemps inactif, il repensait à tout ce qu'il avait perdu. Si les morts ne revenaient pas, les cauchemars continuaient à le hanter. Mais moins il repensait au passé, moins il en faisait.

— Si tu veux t'occuper, tu trouveras de quoi faire sur le ranch. Pour tout dire, je comptais demander à Irish d'aller inspecter les clôtures au sud de la propriété. Il arrive que les cochons sauvages fassent tomber le grillage et entrent sur nos terres. Ils défoncent le terrain et tuent des chèvres et des veaux. Si tu veux t'en charger…

— Je pourrais commencer tout de suite, dit Parker.

Trace secoua la tête.

— Non. Il se fait tard, Jasper a besoin de courir librement, et j'ai demandé aux autres membres des Outriders de venir dîner avec nous. La plupart d'entre eux sont d'anciens membres de mon unité des forces spéciales.

— Si tu les recrutes tous, il n'en restera plus un seul dans l'armée, commenta Parker avec un sourire narquois.

Trace leva une main.

— Je jure que je leur en ai laissé. Pourtant, je pourrais en occuper quelques-uns de plus.

— Il y a tellement de boulot que ça ?

— Oui. Maintenant, suis-moi. Nous reviendrons après dîner pour lâcher Jasper dans le pré.

Parker lui emboîta le pas, mais s'arrêta au pied des marches du porche.

— Je ne suis pas très sociable, ces derniers temps. Je parle plus avec Jasper et Brutus qu'avec des êtres humains.

Ce que son thérapeute lui avait d'ailleurs reproché au cours de sa dernière séance.

— Tu n'es pas obligé de rester à table, rétorqua Trace. Si tu préfères manger seul, je demanderai à Lily de te préparer une assiette. Quand j'aurai fait les présentations, tu pourras t'excuser.

— Ce ne sera pas nécessaire.

Il ne voulait pas de traitement de faveur, même s'il avait encore des problèmes relationnels. Il continuait à pleurer ses frères d'armes, il se sentait toujours coupable de ne pas être mort avec eux, dans le crash, et il lui restait un long chemin à parcourir avant que son cœur et son âme guérissent comme l'avait fait son corps. L'époque où il était en permanence plongé dans un gouffre de chagrin et de colère était derrière lui, mais il ne pouvait pas dire qu'il était heureux.

Seule la présence de Brutus et de Jasper l'empêchait de repenser en permanence à sa dernière mission pour les forces spéciales. Les deux animaux ne parvenaient pas toujours à chasser sa tristesse, mais ils semblaient sentir l'approche des accès de dépression qui l'entraînaient encore parfois dans des abîmes de noirceur.

Parker releva la tête. Trace attendait à la porte, sans mot dire, pour lui laisser le temps de se décider. Il redressa les épaules, gravit les marches et entra dans la cuisine.

Il entendit des voix résonner dans une autre pièce. Quand des rires fusèrent, il fut gagné par une bouffée de nostalgie. Il n'avait pas ri une seule fois depuis le crash, et ce n'était que maintenant qu'il comprenait à quel point cela lui manquait. Curieux de voir d'où provenaient ces rires, il traversa la cuisine sur les talons de Trace et entra dans une salle à manger.

Une femme aux cheveux poivre et sel et aux yeux bleus occupait le bout d'une longue table. En les voyant, elle se leva et vint vers eux.

— Vous devez être Parker, dit-elle. Je suis tellement heureuse de vous rencontrer.

— Parker Shaw, dit Trace, je te présente ma mère, Rosalyn Travis.

— Est-ce que Trace vous a fait visiter la maison ?

— Pas encore, non. Je viens tout juste d'arriver.

— Ce n'est pas grave, dit-elle. Quand nous aurons dîné, je vous ferai faire le tour du propriétaire et je vous montrerai votre chambre. Vous pourrez défaire vos bagages et vous mettre à l'aise.

— Merci, madame, dit-il.

Elle leva les yeux vers lui en souriant.

— Ne m'appelez pas « madame ». Je préfère « Rosalyn ».

Elle se tourna vers une petite blonde aux grands yeux bleus, lui sourit et reprit :

— Cette charmante jeune femme est Lily, ma future bru. La seule femme qui sache se faire écouter de mon fils.

Parker lui serra la main.

— Ravi de faire votre connaissance.

Lily lui sourit.

— J'ai appris que tu avais amené ton cheval.

Elle baissa les yeux et ajouta :

— Et ton chien.

— Désolé, dit-il en suivant le regard de la jeune femme. Je n'avais pas vu qu'il m'avait suivi. Il ne me lâche pas d'une semelle. Je vais le remettre dehors.

— Ne vous inquiétez pas pour ça, intervint Mme Travis. Aussi longtemps qu'il est propre, il peut rester.

Trace entreprit de lui présenter les autres convives.

— Tu connais peut-être Joseph Monahan, dit-il. C'est un ancien des forces spéciales, comme nous.

— Tout le monde m'appelle « Irish », précisa l'homme en souriant.

— Je ne pense pas t'avoir rencontré, mais je suis ravi de le faire maintenant.

Irish s'avança pour lui serrer la main avant de se tourner vers la jeune femme qui se tenait derrière lui.

— Et je te présente ma fiancée, Tessa.

— Ravi de faire votre connaissance, madame, dit Parker en inclinant la tête.

Trace tendit ensuite la main vers un homme brun aux yeux noirs.

— Levi Warren, un autre ancien de mon unité des forces spéciales. Levi, je te présente Parker Shaw.

Les deux hommes échangèrent une poignée de main.

— Ma femme ne dîne pas ici ce soir, dit Levi. Elle est rentrée chez nous pour dormir avant de prendre son service. Elle est adjointe du shérif. Mais tu la rencontreras bientôt : elle s'appelle Dallas Jones.

Trace tendit le bras vers un homme aux cheveux couleur sable, assis de l'autre côté de la table.

— Becker Jackson, un autre ancien des forces spéciales, et sa chère et tendre, Olivia Swann.

— C'est effectivement ce qu'elle est pour moi, dit Becker en souriant à sa fiancée. Bienvenue à bord, Shaw.

Trace se tourna vers le dernier convive, un homme aux cheveux bruns et aux yeux verts, qui lui ressemblait de façon frappante.

— Et voici mon demi-frère, Matt Hennessey.

— Heureux de te compter parmi nous, dit Matt en lui tendant la main.

Matt passa son bras libre autour des épaules de la jeune femme rousse assise à côté de lui et ajouta :

— Et voici Aubrey, ma copine.

Aubrey sourit et serra la main de Parker.

— Maintenant que les présentations sont faites, dit Rosalyn, asseyez-vous, je vous prie.

Il s'exécuta, et Lily lui passa un plat de steaks grillés.

— Comme nous ne savions pas trop quand tu arriverais, nous avons commencé sans toi.

— Vous avez bien fait, répondit Parker. Je ne le savais pas trop, moi non plus. J'ai dû rouler lentement. Le vent faisait tanguer le van.

Il posa un steak dans son assiette, et son estomac gronda.

— Sage décision, dit Lily. Nous préférons tous que vous soyez tous les trois arrivés en un seul morceau.

— Il faut que je te dise que ce sont Lily et ma mère qui font tourner le ranch, précisa Trace.

Rosalyn esquissa un sourire en coin.

— Plus ou moins. Heureusement que tu es rentré pour nous donner un coup de main.

Elle fronça les sourcils et ajouta :

— Assure-toi que Parker a suffisamment de légumes.

Trace mit une pomme de terre vapeur dans l'assiette de Parker et lui passa le saladier de haricots verts.

— Ce que je voulais dire, c'est qu'elles sauront mieux répondre que moi à toutes les questions que tu pourras te poser sur le fonctionnement du ranch.

— Ce n'est pas tout à fait vrai, dit Lily. Trace travaille sur le ranch avec nous depuis qu'il a quitté l'armée.

— Peut-être, mais je passe l'essentiel de mon temps à m'occuper des Outriders.

Lily échangea un regard avec sa belle-mère.

— C'est vrai, mais tu nous aides quand même beaucoup.

— Irish, dit Trace en tendant sa fourchette vers l'intéressé, au sujet de la clôture que tu devais inspecter demain…

— Oui, parlons-en, dit Irish. Avant de commencer, il faudra racheter du grillage.

Trace inclina la tête vers Parker.

— J'ai pensé confier ce travail à Parker. Il pourra localiser les endroits que nous devons réparer, estimer les matériaux dont nous aurons besoin, et son cheval se dégourdira les jambes par la même occasion.

— Je lui aurais volontiers fait visiter la propriété, dit Lily, mais Rosalyn et moi accompagnons Irish en ville demain. Nous avons des courses à faire.

— Et moi, j'ai un moteur de camion à remonter pour un client, ajouta Matt.

— Un moteur de camion ? répéta Parker, perplexe.

Matt le gratifia d'un sourire en coin.

— Avant d'entrer dans la famille de Trace, j'étais propriétaire d'un garage automobile. Il m'arrive encore de bricoler quand Trace ne m'envoie pas en mission.

Rosalyn sourit.

— Matt n'est pas seulement un mécanicien.

— C'est un ancien militaire, compléta Trace.

Parker haussa un sourcil.

— Dans quel corps ?

— Les marines, dit Matt.

— Le bataillon de reconnaissance des marines, précisa Irish. Matt appartient tout autant que nous aux forces spéciales.

Levi leva une main.

— Je peux accompagner Parker, mais seulement sur une partie du chemin. Je rencontre un client dans l'après-midi.

— Bien, dit Trace. De mon côté, j'ai un rendez-vous avec le shérif demain matin, et je préférerais ne pas le repousser.

Agacé de les entendre discuter de son cas comme s'il avait besoin d'une nounou, Parker demanda :

— Est-ce que tout le ranch est clôturé ? Parce que si c'est le cas, ce ne sera pas la peine de me montrer le chemin. Je le trouverai bien tout seul.

— Vous devrez passer plusieurs barrières, dit Rosalyn. Je vous ferai un croquis.

— Ça me suffira. Et si je me perds, je retrouverai mon chemin avec le GPS de mon portable.

— Par contre, dit Trace, n'espère pas pouvoir téléphoner. Plus on s'éloigne de la maison, et moins il y a de réseau.

— C'est noté, dit Parker.

Il termina son repas en écoutant les autres convives discuter. Tessa et Aubrey, qui étaient toutes deux infirmières – la première à l'hôpital de la ville, la seconde dans une maison de retraite –, évoquèrent la façon dont elles avaient géré quelques patients difficiles. Matt et Trace discutèrent des dégâts provoqués par les cochons sauvages aux clôtures de la propriété d'un de leurs voisins.

— J'ai vu l'un de ces animaux hier soir, en rentrant de la ville, dit Matt. Il était aussi gros qu'une vache.

— En plus, ils sont dangereux, dit Trace. Mieux vaut ne pas en croiser un quand on est à pied. Ils sont rapides… et carnivores.

— Et ils ne sont pas difficiles, ajouta Lily. Toutes les viandes leur conviennent. Souviens-toi de Fred Sarley.

Parker n'avait pas voulu s'immiscer dans la conversation, mais il ne put s'empêcher de demander :

— Qui est Fred Sarley ?

S'il devait rencontrer l'un de ces animaux, il voulait savoir à quoi il aurait affaire.

— Un fermier, établi au sud de la ville, répondit Trace. Il avait beaucoup de porcs.

— Avait ? répéta Parker.

Lily hocha la tête.

— Est-ce que je veux vraiment entendre cette histoire ? commenta Parker.

— Fred avait disparu, dit Lily en échangeant un regard avec Rosalyn. Le shérif et la moitié de la ville l'ont cherché, mais ils n'ont rien trouvé sinon l'une de ses bottes en cuir, tout près de la porcherie.

Elle secoua la tête avant de reprendre :

— Comme Fred était toujours introuvable, la police s'est intéressée à ses porcs. L'analyse du contenu de l'estomac des verrats a révélé la présence de fragments de tissu et de chair humaine. Ils ont analysé l'ADN… et retrouvé Fred.

Elle regarda les convives et grimaça.

— Désolée. Ce n'est pas vraiment un sujet à aborder pendant un repas.

— Le vieux Hersh dit que les cochons ont fait des ravages dans son troupeau de chèvres boers, reprit Trace. Il a perdu au moins dix chevreaux et quatre femelles. Il a commencé à poser des pièges en espérant limiter les dégâts.

Parker avait fini de manger. Il posa ses couverts dans son assiette et regarda ses compagnons de table.

— Si vous voulez bien m'excuser, j'aimerais aller voir comment va mon cheval et le lâcher dans le pré.

— Je viens avec toi, dit Irish. Je veux jeter un œil sur l'un des chevaux.

— Posez seulement vos assiettes dans l'évier, dit Trace. C'est moi qui suis de corvée de vaisselle, ce soir.

Parker et Irish passèrent dans la cuisine, rincèrent leurs assiettes et sortirent sur le porche, Brutus sur les talons.

— Je suis étonné que nous ne nous soyons pas rencontrés plus tôt, dit Irish. Cela ne fait pas longtemps que j'ai quitté l'armée.

Parker lui jeta un regard.

— Je me souviens avoir entendu mentionner ton surnom mais, si nous nous étions rencontrés, je me le rappellerais. Je n'oublie jamais un visage.

— Trace dit que tu as été démobilisé pour raisons médicales.

Parker pinça les lèvres et tapota sa jambe gauche.

— Ma jambe a été amochée dans le crash de mon hélicoptère. Je serais recalé au test d'aptitude physique.

— Pourtant, tu marches plutôt bien. Tu ne boites pas.

— Grâce à la rééducation et aux promenades avec Brutus et Jasper.

— Est-ce que tu as de la famille ? demanda Irish.

— Non. Ma mère est morte d'un cancer du sein quand j'étais au lycée, et mon père a eu une crise cardiaque il y a deux ans. Mais j'ai deux sœurs, plus jeunes que moi.

— Pas de femme… ni d'enfant ?

Irish gloussa de rire et ajouta :

— Si je suis trop indiscret, dis-moi de la fermer.

— Ferme-la, répliqua Parker avec un grand sourire. Sérieusement, je n'ai jamais trouvé le temps de me marier et, pour autant que je sache, je n'ai pas d'enfant.

Il coula un regard vers Irish.

— Et toi ? Est-ce que tu as été mis à la retraite d'office, toi aussi ?

— Certainement pas. Je suis parti de mon plein gré, avant d'être trop amoché… ou qu'un terroriste ait ma peau.

Son regard se perdit au loin.

— Je voulais commencer à vivre le reste de ma vie, ajouta-t-il.

— Et est-ce que ce travail avec les Outriders t'y aide ?

Le visage d'Irish se fendit d'un grand sourire.

— Et comment ! Si je n'étais pas venu à Whiskey Gulch, je n'aurais pas rencontré Tessa. Jamais je n'aurais pensé pouvoir autant aimer quelqu'un. Pour tout dire, elle a été ma première mission avec les Outriders.

Parker fronça les sourcils.

— Sans blague ?

— Sans blague, confirma Irish. Elle était dans le collimateur d'un tueur en série. Elle a pu lui échapper, mais sans voir son visage. Ma mission était de la protéger et d'identifier le tueur.

— J'en déduis que tu l'as trouvé ?

Irish hocha la tête. Son visage était grave, son regard, d'une dureté d'acier.

— Il a failli tuer Tessa. Mais il ne fera plus de mal à aucune femme, plus jamais.

— Ta première mission a donc été couronnée de succès. Est-ce qu'elles sont toutes aussi intenses ?

Les épaules d'Irish se détendirent.

— Pas toutes, non, mais certaines ont été assez périlleuses. Whiskey Gulch est une petite ville, mais elle a connu sa part de tragédies. Par exemple, Becker a récemment été chargé d'une mission qui a débuté ici. Olivia et lui sont partis pour Dallas sous une fausse identité, pour faire tomber un trafiquant d'art doublé d'un ravisseur.

— Tout compte fait, notre formation peut nous être utile dans le monde des civils.

— Exactement.

Irish ouvrit la porte de l'écurie et s'effaça pour laisser entrer Parker. En le voyant, Jasper se mit à piaffer d'impatience. Parker entra dans sa stalle et fixa la longe à son licol. Le hongre se dirigea aussitôt vers la porte.

— Dans quel pré dois-je le lâcher ? demanda Parker en le retenant.

— Si tu peux m'attendre une minute, je vais te montrer.

Irish entra dans une autre stalle, où se trouvait une jument baie. Il examina longuement son sabot avant droit avant de se redresser.

— Ma chérie, dit-il, tu peux aller courir.

Il fixa une longe au licol de la jument et la fit sortir de la stalle.

— La pauvre fille est consignée dans l'écurie depuis une semaine. Elle a marché sur un clou, et la plaie s'est infectée, expliqua-t-il en flattant l'encolure de l'animal. Dieu merci, elle semble avoir cicatrisé correctement.

Il entraîna la jument à l'extérieur.

— Je vais la lâcher avec les autres chevaux du ranch.

Tu peux mettre ton cheval dans le pré voisin. Il est vide, mais ses congénères seront juste de l'autre côté de la barrière. Il pourra se familiariser avec eux.

Parker fit entrer Jasper dans le pré, referma la barrière et lui ôta sa longe avant de poser son front contre le sien.

— Tu vas te plaire, ici, dit-il. Tu pourras manger à ta faim et galoper tant qu'il te plaira, et je serai là pour m'occuper de toi. Oui, nous serons très bien, ici.

Sans lance-roquette pointé sur eux ni terroriste taliban pour les capturer et les abandonner à une mort certaine. Ils étaient sur le sol américain, la terre de la liberté, la terre des braves, où les gens pouvaient vivre en paix.

Sauf les femmes qu'attaquait un tueur en série, songea-t-il.

Parker ne savait pas trop pour quoi il avait signé. Trace avait dit qu'il l'engageait à cause de la formation qu'il avait reçue dans l'armée. Les Outriders étaient des hommes dotés d'aptitudes au combat uniques, qu'ils utilisaient pour défendre, secourir ou exfiltrer les personnes victimes de menaces ou de violence.

Mais de là à traquer un tueur en série…

Il flatta l'encolure de Jasper et recula d'un pas. Le cheval le poussa doucement du bout du nez avant de se détourner et de trotter jusqu'au milieu du pré en agitant la tête, ravi d'être enfin sorti du van, ravi d'avoir un nouveau foyer.

Parker ressortit du pré et ferma la barrière. Irish le rejoignit et commenta :

— Il va se plaire ici… et toi aussi. C'est l'endroit rêvé pour tirer parti de nos compétences. Nous ne savons jamais à quoi nous allons être confrontés : nous sommes dans le sud du Texas, et nous pouvons autant avoir affaire à des cartels de drogue ou à la mafia qu'à des trafiquants d'êtres humains ou à des tueurs en série… et à Dieu sait quoi encore.

Côte à côte, ils reprirent le chemin de la maison.

— D'après toi, quand Trace va-t-il me confier ma première mission ? demanda Parker.

— Ça ne devrait pas tarder, répondit Irish en riant. Parfois, le travail nous tombe littéralement dans les bras. Prends le cas de Matt : il a failli écraser sa « mission » quand elle a traversé la route en courant devant lui. Ne t'en fais pas : il te mettra au travail bien assez tôt.

Parker espéra qu'il disait vrai. L'inaction commençait à lui peser.

Irish s'arrêta au pied des marches du porche et leva les yeux vers les nuages qui s'amoncelaient à l'ouest.

— On dirait que nous allons avoir de la pluie, et c'est tant mieux. Mais la météo est taquine, par ici. Parfois, de gros nuages passent sans qu'il tombe une seule goutte – et ils déversent tout leur contenu dans le comté voisin.

Parker regarda vers l'ouest à son tour, juste à temps pour voir un éclair fuser sous un gigantesque cumulonimbus. Quand le tonnerre gronda, Brutus gémit et appuya son corps massif contre ses jambes.

— Viens, mon vieux, dit-il en lui tapotant la tête. Allons nous reposer un peu. Demain, notre nouvelle vie commence.

2

— Abby ? appela une voix tremblante dans l'obscurité. Tu es réveillée ?

Roulée en boule dans la cage en métal, sur une vieille couverture crasseuse, Abby grelottait dans les courants d'air qui traversaient le grenier.

— Oui, chuchota-t-elle. Tu tiens le coup, Rachel ?

La jeune mère renifla.

— Pas vraiment.

— Est-ce que tu penses à Tommy et Allisa ?

— Oui. Je ne peux pas arrêter de penser à eux.

La voix de la jeune femme se brisa.

— Je n'aurais jamais dû m'arrêter pour changer cette roue, reprit-elle. J'aurais dû rouler jusqu'à la prochaine ville. Et mes bébés… mes pauvres, pauvres petits bébés…

Rachel se mit à sangloter faiblement. Cela faisait plusieurs jours maintenant qu'elle était prisonnière de cette cage, dans cette vieille maison pleine de courants d'air où flottaient des odeurs de poussière et de moisi.

— Tu ne dois pas t'en vouloir, dit Abby. Ce n'est pas ta faute. Les seuls coupables sont ceux qui ont fait ça.

— Mon Dieu, j'espère que quelqu'un a trouvé mes bébés et les a ramenés à la maison, auprès de mon mari. Ils devaient être terrifiés. Et Tommy… Pourvu qu'il soit resté dans la voiture. Il n'a que quatre ans, mais il est tellement mûr pour son âge. S'il s'est aventuré sur la route…

— Rachel… il faut que tu te dises qu'il va bien et que tu ne penses plus qu'à une chose : rester en vie et tenir bon jusqu'à ce qu'on nous délivre.

— Qu'on nous délivre ? lança Cara Jo avec un rire amer. Et qui pourrait nous délivrer ? Personne ne sait où nous sommes. D'ailleurs, personne ne me recherche. Tout le monde se fiche de moi.

La jeune fille de dix-sept ans avait été enlevée alors qu'elle vivait dans la rue, à San Antonio, après une fugue.

— Cara Jo, dit Rachel, ta famille t'aime. Ils sont forcément fous d'inquiétude.

— Non. Ils me prennent tous pour une gamine sans cervelle. Et en m'enfuyant avec Marty, mon petit copain, je leur ai donné raison. J'étais trop bête pour comprendre que j'avais la belle vie, à la maison.

— Qu'est devenu Marty ? demanda Abby.

Cara Jo partit d'un rire sans joie.

— Il a réfléchi, et il est rentré chez lui.

— Pourquoi n'en as-tu pas fait autant ? demanda Rachel.

— Je te l'ai dit : je ne suis qu'une gamine sans cervelle. Trop têtue pour reconnaître que j'avais tort et qu'ils avaient raison.

— Et maintenant ? demanda Abby.

— Je donnerais tout pour revoir mes parents, chuchota Cara Jo. D'ailleurs, quand ce type m'a enlevée, j'avais décidé de rentrer. Je venais tout juste de commencer à faire du stop.

— On va nous délivrer, n'est-ce pas ? demanda Laura, l'étudiante. Quelqu'un a forcément retrouvé ma voiture et la police va me rechercher.

— Si personne ne l'a volée, dit Cara Jo. Elle a peut-être

déjà été revendue au Mexique, à l'heure qu'il est. Est-ce que tu avais laissé tes clés sur le contact pendant que tu prenais de l'essence ?

— Oui, répondit Laura. Toutes mes affaires étaient dans ma voiture : mon sac à main, mon ordinateur portable, mes livres de classe… Jamais je n'aurais dû rentrer à la maison. Si j'étais restée à San Angelo pour réviser avant mes partiels, je ne serais pas… ici.

— *Mi madre* doit avoir le cœur brisé, chuchota Valentina. Nous nous aimons tellement, toutes les deux. Je suis sûre qu'elle m'a cherchée partout, entre l'arrêt de bus et *mi casa*.

Elle marqua une pause.

— Je sais que je ne dois pas parler aux étrangers, mais cet homme était tellement beau, il avait l'air tellement gentil… Il m'a dit qu'il cherchait son chemin, et je l'ai cru.

— Mon ravisseur a utilisé la même tactique, dit Cara Jo. Est-ce que le tien était blond, avec des yeux gris-bleu ?

— Oui, répondit Valentina. C'est bien ça.

— Le type qui s'est arrêté pour m'aider à changer ma roue portait une casquette de base-ball, dit Rachel. Je n'ai pas fait attention à ses yeux ou à ses cheveux. Je voulais seulement que les enfants et moi soyons à la maison avant la nuit, et il nous restait encore deux heures de route jusqu'à New Braunsfeld. Je cherchais les outils dans mon coffre quand il m'a mis un sac sur la tête avant de me jeter dans le coffre de sa voiture.

— Une camionnette blanche s'est garée près de ma voiture pendant que je prenais de l'essence dans un relais routier, dit Laura. Je reposais le pistolet à essence quand quelqu'un m'a attrapée par-derrière et jetée dans la camionnette. Ensuite, on m'a mis un sac sur la tête, à moi aussi. Je n'ai vu aucun visage.

— Et toi, Abby ? demanda Rachel. Est-ce que tu as vu qui t'avait enlevée ?

— Non, répondit-elle. Nous revenions du musée du cow-boy, à Kerrville, avec deux classes de CM2, et nous avions fait une halte sur une aire de repos. Tout le monde était remonté dans le bus sauf deux de mes élèves, qui étaient aux toilettes. Je les attendais devant la porte quand quelqu'un est arrivé derrière moi et m'a plaqué un morceau de tissu sur la bouche. J'ai essayé de me défendre, mais le produit qu'il y avait sur le tissu m'a mise HS. Quand je me suis réveillée, j'étais dans cette cage. À aucun moment je n'ai vu la personne qui m'a enlevée. Et je m'inquiète pour mes deux élèves, moi aussi.

La voix de Valentina s'éleva dans l'obscurité :

— Pourquoi est-ce qu'ils nous ont enlevées ?

— Tu n'as jamais entendu parler de la traite d'êtres humains ? demanda Cara Jo. Ils vont nous vendre, ou nous prostituer. La question n'est pas de savoir ce qu'ils vont faire de nous, mais quand.

Une vive lueur traversa soudain le drap qui masquait la seule source de lumière du grenier. Quelques secondes plus tard, le tonnerre gronda au loin.

Abby avait passé ses journées à contempler cette lucarne. Si seulement elle avait pu s'extraire de sa cage, elle n'aurait eu aucun mal à ouvrir ce châssis et à se laisser glisser sur le toit, jusqu'au sol. Mais les prisonnières ne sortaient de leur cage qu'une fois par jour, quand leur geôlier les conduisait une par une jusqu'aux toilettes, au rez-de-chaussée – des toilettes dépourvues de fenêtre. D'ailleurs, il n'allait pas tarder à venir les chercher.

Pendant les deux premiers jours, Abby avait pensé que la police allait les retrouver. Mais, ce soir, elle devait se rendre à l'évidence : personne n'allait venir les délivrer.

Et elle n'était ici que depuis trois jours. Les autres jeunes femmes avaient toutes été enlevées avant elle.

Puisque personne ne viendrait à leur secours… elle allait devoir trouver un moyen de se sauver elle-même.

D'abord, il fallait qu'elle parvienne à se libérer les mains, qui étaient entravées par un lien en plastique qui lui arrachait la peau. Si elle frottait assez longtemps le plastique contre les barreaux de sa cage, peut-être qu'il finirait par céder, et qu'elle réussirait à ouvrir le cadenas qui maintenait la porte fermée.

Mais ensuite ? Leurs ravisseurs leur avaient arraché leurs chaussures et leurs vêtements chauds, elle était pieds nus et ne portait que ses sous-vêtements et un T-shirt bleu vif aux armes de l'école, qui lui couvrait tout juste les hanches. En admettant qu'elle parvienne à sortir d'ici, il fallait espérer qu'elle n'aurait pas à courir trop longtemps avant de trouver une maison, d'où elle appellerait le 911.

Un frisson la traversa. L'automne s'était installé dans le Texas et, si les journées étaient encore assez chaudes, les nuits étaient fraîches. Elle replia les jambes contre son torse et les glissa sous son T-shirt.

L'orage se rapprochait. À la faveur d'un nouvel éclair, elle vit ses compagnes de captivité, prostrées chacune dans une cage semblable à la sienne, le genre de cage dans lequel on enfermait les chiens. Et, entre deux coups de tonnerre, elle entendit des pas résonner dans l'escalier en bois qui menait au grenier.

Jusqu'ici, ceux qui les avaient capturées ne leur avaient fait aucun mal. Mais combien de temps cela durerait-il ? Si Cara Jo voyait juste, ils rassemblaient des femmes pour un trafic d'êtres humains, ou un trafic sexuel.

Une clé tourna dans la serrure et la porte s'ouvrit en grinçant. L'homme au visage masqué par une cagoule de ski apparut dans l'embrasure et braqua sa lampe torche vers les cages. Ensuite, il s'approcha de celle qui était la plus proche de lui : celle d'Abby.

Quand il s'accroupit devant la porte de sa cage, elle banda ses muscles, prête à agir.

Dès que l'homme eut enlevé le cadenas et ouvert le loquet de la porte, elle projeta les pieds vers l'avant. La porte frappa l'homme en pleine tête. Sous la violence du choc, il bascula en arrière.

Abby sortit de la cage, se releva péniblement et s'élança vers la porte du grenier.

— Cours, Abby ! hurla Cara Jo.

Elle dévala l'escalier, passa devant la porte des toilettes et se rua vers la porte d'entrée… mais s'arrêta net en découvrant que celle-ci était condamnée par des planches clouées à l'intérieur.

Elle fit volte-face et s'élança vers l'arrière de la maison. Quand elle traversa ce qui devait avoir été la salle de séjour, elle vit une chaise longue et une lampe à piles posée sur une table branlante. Le sol était jonché de boîtes de pizza et de canettes de bière vides.

Des pas résonnèrent dans l'escalier.

Le cœur battant à tout rompre, Abby se rua dans l'antique cuisine pour gagner la porte de derrière. Saisissant la poignée de ses mains liées, elle ouvrit la porte… et se heurta à une muraille de muscles.

Des bras épais se refermèrent sur elle et l'arrachèrent du sol.

Elle eut beau hurler et se débattre, l'homme la ramena dans la pièce principale. Quand il la reposa, elle vit qu'il portait lui aussi une cagoule de ski noire.

Leur geôlier s'élança vers elle, passa un bras autour

de sa taille pour l'immobiliser et lui plaqua sa main libre sur la bouche.

— Nous n'avons sélectionné que des marchandises de qualité, dit l'homme qui l'avait interceptée d'une voix rocailleuse. Toutes sont en excellente santé. Voyez par vous-même.

Il fit un pas de côté et un autre homme approcha. Celui-ci ne portait pas de cagoule mais un masque d'Halloween, comme le tueur en série d'un film d'horreur bien connu. Sans être aussi grand que les deux autres, il était costaud, avec un torse puissant. Quelques mèches de cheveux poivre et sel dépassaient de son masque.

Abby se tortilla pour se libérer, mais le type qui la maintenait la souleva du sol comme si elle n'était pas plus lourde qu'un fétu de paille. Quand l'homme au masque blanc approcha, elle projeta l'un de ses pieds vers lui – et l'atteignit en plein visage.

L'homme tituba avant de tomber sur les fesses. Sa main heurta violemment le chambranle de la porte. Aussitôt, celui qui l'avait interceptée se pencha et l'aida à se relever.

— Désolé, dit-il. Celle-ci est assez sauvage. Mais ne vous inquiétez pas : nous aurons un sédatif pour le transport.

L'homme au masque blanc s'essuya les paumes sur son costume sur mesure et se frotta le dos de la main, qu'il avait écorchée dans sa chute.

— Elle fera l'affaire, dit-il. Nous en avons promis cinq. Comment sont les autres ?

Le type qui avait intercepté Abby se tourna vers le geôlier.

— Ramène celle-ci et fais-en descendre une autre, ordonna-t-il.

Le geôlier la jeta sur son épaule et gravit les marches

qui menaient au grenier. La laissant tomber par terre, il attrapa l'aiguillon à bétail qui était accroché au mur et hurla :

— Dans la cage.

Comme elle tardait à obtempérer, il toucha son bras nu du bout de l'aiguillon. Traversée par une décharge électrique, elle bondit en arrière.

— Dans la cage, répéta-t-il en avançant vers elle.

Le souvenir de la douleur était encore suffisamment vif, tant dans son corps que dans son esprit, pour qu'elle obéisse. En versant des larmes de rage, Abby regarda l'homme remettre le cadenas en place, la piégeant à l'intérieur de la cage.

Il s'approcha ensuite de celle de Laura, l'ouvrit et, d'un geste, lui intima d'en sortir et de descendre l'escalier.

— Est-ce que ça va ? chuchota Rachel.

— Oui, répondit-elle en se frottant le bras.

— Qu'est-ce qui s'est passé ? demanda Cara Jo.

— J'ai voulu m'échapper par la porte de derrière, mais j'ai été arrêtée par un autre type. Et il y en avait un troisième.

Elle pinça les lèvres.

— Tu avais raison, Cara Jo. Ils vont nous vendre, et ils ont déjà un acheteur.

L'adolescente jura, Rachel laissa échapper un cri étouffé et Valentina se mit à sangloter.

— Mais je vais continuer à me battre, promit Abby.

Le geôlier fit descendre les captives l'une après l'autre. Il finit par Valentina, qui n'avait pas cessé de pleurer. Quand la jeune fille eut réintégré sa cage, l'orage se déchaînait, juste au-dessus de la maison, avec une telle violence qu'Abby s'attendait presque à ce qu'un éclair traverse le toit à tout moment. Mais elle vit tout de suite comment elle pouvait tirer parti du fracas assourdissant du tonnerre se produisant peu après l'éclair.

Dès que la vive lueur illumina le grenier, Abby, repliant les jambes contre son torse, s'apprêta à frapper la porte de sa cage des deux pieds, aussi fort qu'elle le put.

— Qu'est-ce que tu fais ? demanda Rachel.

— Je sors d'ici.

Elle tira la couverture miteuse sur laquelle elle était allongée, en enveloppa ses pieds pour les protéger, replia les jambes et attendit le coup de tonnerre suivant.

Quand il éclata, elle frappa de nouveau la porte de la cage. Elle répéta la manœuvre à chaque nouveau grondement, jusqu'à sentir que ses pieds avaient atteint leur limite. Mais avant de renoncer, elle voulut tenter sa chance une dernière fois.

Un éclair fusa tout près, immédiatement suivi d'un long roulement de tonnerre qui fit vibrer la charpente de la vieille maison. Avec l'énergie du désespoir, Abby bourra la porte de coups … et elle céda enfin.

Un instant éberluée, Abby sortit de la cage à quatre pattes, se releva péniblement et, usant d'une technique qu'elle avait vue sur Internet, projeta vivement les mains vers le bas tout en les écartant. Le lien en plastique se brisa net.

Alors, elle courut jusqu'à la cage de Laura.

— Tu ne pourras jamais ouvrir les cadenas, dit Cara Jo. Il faut que tu sortes d'ici et que tu ailles chercher de l'aide.

— Je ne peux pas vous laisser.

Un poids accablant se logea dans sa poitrine. Cara Jo avait raison : elle aurait beau tirer sur le cadenas posé sur la cage de Laura, il ne céderait pas.

L'étudiante toucha ses doigts à travers le grillage.

— Pars. Va chercher de l'aide.

Abby se releva, courut jusqu'à la lucarne du grenier et arracha le drap qui la masquait. Comme elle ne parvenait pas à l'ouvrir, elle courut jusqu'à sa cage, attrapa la couverture et en enveloppa son bras.

Dès que le tonnerre gronda, elle brisa la vitre du coude et écarta les éclats de verre avant de passer la tête par l'ouverture. Son estomac se souleva quand elle vit un toit pentu, dont le bord était encore à trois mètres du sol. Elle allait devoir sauter.

— Dépêche-toi, dit Rachel d'un ton pressant. J'entends notre geôlier monter.

Abby essaya de nouveau de faire pivoter le châssis vers le haut et, cette fois, parvint à l'écarter suffisamment. Elle glissa rapidement la couverture sous le cadre métallique avant de le refermer. Il ne lui restait plus qu'à espérer que la couverture resterait coincée le temps qu'elle s'échappe.

— Vas-y, Abby, chuchota Cara Jo.

— Oui, vas-y, supplia Laura.

Elle passa en se contorsionnant par l'ouverture, s'agrippa à la couverture et se laissa glisser vers le bas. Une pluie diluvienne s'abattit sur elle. En quelques instants, elle fut trempée jusqu'aux os.

Quand elle arriva au bout de la couverture, ses pieds pendaient dans le vide. Elle releva la tête, cligna des yeux pour en chasser l'eau qui ruisselait sur son visage… et sentit son cœur s'arrêter.

Leur geôlier avait passé le torse par la lucarne et saisi la couverture.

Aussitôt, elle lâcha prise. Quand ses pieds s'enfoncèrent dans la boue, trois mètres plus bas, ses jambes se dérobèrent sous elle et elle tomba en arrière, si rudement qu'elle en eut le souffle coupé.

Elle resta immobile pendant une seconde, allongée sous la pluie battante. Déjà, le froid s'insinuait en elle.

Quand elle parvint enfin à inspirer, elle roula sur elle-même, se releva péniblement et s'élança. Un rapide regard par-dessus son épaule lui confirma ce dont elle se doutait déjà : le geôlier n'était plus à la fenêtre. Il devait avoir dévalé l'escalier, et ne tarderait pas à surgir par la porte de la cuisine.

Alors, elle se mit à courir en faisant abstraction de la douleur qui transperçait ses pieds nus chaque fois qu'ils se posaient sur un caillou ou une branche morte. Avec un peu de chance, ils finiraient par devenir insensibles. Quoi qu'il en soit, elle devait s'éloigner le plus rapidement possible de cette maison et des ravisseurs.

Les poumons brûlants, elle continua à courir, gravissant et dévalant des collines, mais sans voir la moindre lumière. La vieille demeure dont elle s'était échappée devait être vraiment isolée.

Gagnée par l'épuisement, elle ralentit l'allure. Et si elle tournait en rond ? Si sa fuite éperdue la ramenait à son point de départ ?

La pluie avait cessé quand elle arriva enfin devant une clôture en grillage à demi effondrée. Elle la traversa en titubant et tomba à genoux, trop harassée pour faire un pas de plus. Il fallait qu'elle se repose, à condition de pouvoir se cacher. Sinon, ces hommes la retrouveraient. Oui, si elle pouvait se tapir quelque part, le lendemain, dès le lever du soleil, elle reprendrait sa route et trouverait enfin une maison. Elle passerait ce coup de fil et enverrait les secours libérer ses compagnes d'infortune.

Elle se releva péniblement et gémit quand le poids de son corps porta sur ses pieds ravagés. Bien que chaque pas soit une véritable torture, elle marcha jusqu'à un arbre déraciné, s'allongea dans la crevasse qu'il avait laissée en tombant et ramena des feuilles et de la terre sur son corps pour le dissimuler.

3

Après les deux nuits inconfortables qu'il avait passées dans l'espace exigu de son pick-up, c'était avec une véritable délectation que Parker s'était allongé sur le lit au matelas moelleux. Un vrai paradis !

Il avait réconforté Brutus tout au long d'un violent orage avant de plonger dans un sommeil tellement profond que même les ronflements sonores du chien ne l'avaient pas troublé. Quand il se réveilla, sa chambre était baignée par la lueur grisâtre de l'aube.

Décidé à faire quelque chose de sa journée, il se leva, heureux de constater que sa jambe le faisait moins souffrir après ces sept heures de sommeil dans un vrai lit.

Il tendit les bras au-dessus de sa tête et s'acquitta des exercices auxquels il se contraignait tous les matins pour assouplir ses muscles. Grâce à cela et aux longues promenades qu'il avait faites avec Brutus, il pouvait maintenant effectuer des marches de huit kilomètres et rester en selle pendant des heures. Pour ce qui était de courir, c'était autre chose : au bout de trois kilomètres, la douleur devenait intolérable.

Son médecin lui avait dit que c'en était fini pour lui de galoper, mais Parker refusait ce diagnostic. Inconsciemment, il nourrissait toujours l'espoir de pouvoir passer le test d'aptitude physique de l'armée pour réintégrer ses rangs.

Mais cet espoir était vain, et il le savait. Il n'avait pas seulement été blessé à la jambe dans le crash de l'hélicoptère ; il avait aussi subi un traumatisme crânien, dont il n'était pas encore entièrement remis. Non : jamais l'armée ne le reprendrait, et encore moins les forces spéciales.

Pendant son séjour en rééducation, il avait donc postulé à plusieurs emplois, sans recevoir une seule proposition d'entretien en retour. Qui aurait pu vouloir d'un homme qui ne savait rien faire, sinon combattre ? Les forces de l'ordre ? Ses blessures lui interdisaient de rejoindre leurs rangs.

Il enfila son jean, ouvrit la porte-fenêtre et sortit sur la terrasse qui courait sur tout l'arrière de la maison. De là, il pouvait voir le pré, derrière l'écurie, où Jasper paissait paisiblement. Après les pluies abondantes de la nuit, l'air était encore chargé d'humidité. Une épaisse brume s'élevait du sol gorgé d'eau, masquant les collines qui s'étendaient au-delà du pré.

Frais et dispos, prêt à entamer sa nouvelle vie, il se rasa, se brossa les dents et se coiffa rapidement. Après avoir enfilé une chemise en denim délavée et ses bottes de l'armée, il passa le holster contenant son 9 mm à son épaule. Peut-être qu'il emprunterait aussi un fusil, qu'il attacherait à sa selle, au cas où il croiserait les cochons sauvages qui avaient été évoqués pendant le dîner de la veille.

Quand il fut prêt, il attrapa un blouson léger et descendit l'escalier, Brutus à ses côtés. Sa première mission du jour : se trouver du café. S'il pouvait se passer de manger le matin, il lui fallait sa dose de caféine.

Les effluves de ce breuvage le guidèrent jusqu'à la

cuisine où Rosalyn, appuyée au comptoir, les yeux fermés, sirotait le contenu d'une tasse. Elle semblait tellement sereine qu'il s'arrêta sur le seuil pour ne pas troubler ce moment de tranquillité, mais elle l'avait entendu arriver.

Elle ouvrit les yeux et lui sourit.

— Bonjour, Parker.

Il inclina la tête.

— Bonjour, madame.

— Je viens tout juste de faire le café. Vous n'avez plus qu'à vous servir. Les tasses sont dans le placard, au-dessus de la cafetière.

— Merci.

Sa première gorgée de café le réchauffa tout entier, corps et âme. Y avait-il meilleure façon de commencer une nouvelle journée, un nouveau travail… une nouvelle vie ? Avec une tasse de café pour débuter la journée, il se sentait de taille à tout affronter.

— Je vais préparer le petit déjeuner, dit Rosalyn. Vous allez vous joindre à nous, n'est-ce pas ?

— Non, madame. Le café me suffit.

— La journée sera peut-être longue, argua-t-elle. Avec un bon petit déjeuner, vous pouvez tenir jusqu'au dîner.

— Je sais bien.

Elle eut un sourire narquois.

— Regardez-moi, me voilà en train d'essayer de materner le petit nouveau… Ne faites pas attention à moi. Les vieilles habitudes ont la vie dure.

Mme Travis lui plaisait. Elle semblait gentille et sincèrement soucieuse du bien-être de son prochain.

— J'accepterai votre invitation un autre jour, dit-il. Ce matin, je veux aller voir mon cheval et me mettre en route de bonne heure. J'aurai peut-être du mal à trouver mon chemin.

Rosalyn se redressa.

— Ce qui me rappelle que j'ai fait un plan des terres du ranch. Pour trouver les barrières, il vous suffira de suivre les ornières. Mais certaines d'entre elles nous séparent des terres de nos voisins. Ce plan vous évitera de vous perdre sur une autre propriété que la nôtre.

Elle alla chercher le document et le posa sur le comptoir, devant lui.

— Il faudra que vous passiez ces barrières pour atteindre la clôture sud, expliqua-t-elle. Irish pense que les cochons la traversent dans un vallon, par ici.

Elle lui montra la zone correspondante sur la feuille de papier et conclut :

— Je suis sûre que vous n'aurez aucun mal à trouver la brèche, ni à revenir jusqu'à la maison.

Elle se baissa pour attraper une poêle dans un buffet et reprit :

— Si vous changez d'avis, les œufs brouillés seront prêts dans un quart d'heure. Vous pouvez aller seller votre cheval et revenir manger.

— Merci, mais je partirai dès que Jasper sera prêt.

— Nous ne serons peut-être pas encore rentrés quand vous reviendrez. Si vous voulez vous faire un sandwich, vous trouverez du jambon et les condiments dans le réfrigérateur et du pain dans le garde-manger.

— Merci, dit-il.

Il but son café jusqu'à la dernière goutte, porta sa tasse dans l'évier, la rinça et la mit dans le lave-vaisselle.

— À plus tard, madame.

Elle sourit.

— Appelez-moi Rosalyn, j'insiste. « Madame » est trop cérémonieux, et nous ne faisons pas de cérémonies, ici.

— Oui, mad… Rosalyn.

Il coiffa son chapeau de cow-boy et se dirigea vers la porte. À peine l'eut-il ouverte que Brutus sortit en trombe et fonça jusqu'au pré où Jasper avait passé la nuit. Le cheval trottina aussitôt vers lui et baissa la tête pour le renifler à travers la barrière. Frétillant de tout son corps, Brutus lui fit la fête. Les deux animaux étaient devenus inséparables pendant leur séjour au centre de rééducation.

Pendant qu'ils se saluaient, Parker gagna l'écurie. En entendant un bruit provenir de l'une des stalles, il s'avança pour voir si la personne qui s'y trouvait avait besoin d'aide.

En bottes de cuir, jean et T-shirt, Lily ramassait une fourchée de paille souillée pour la jeter dans la brouette à côté de laquelle il se tenait. Quand elle le vit, elle ouvrit de grands yeux.

— Oh ! s'exclama-t-elle. Pardon. Je ne savais pas que tu étais là.

— Tu as besoin d'aide ?

— Non. C'était le dernier box. Par contre, si tu peux aller vider la brouette sur le tas de compost, derrière la grange, j'apprécierai. J'ai déjà nourri les animaux et rempli les abreuvoirs.

Elle sortit de la stalle, rangea la fourche et fit tomber les brins de paille qui étaient restés accrochés à son jean.

— Je vais rentrer à la maison pour me doucher avant de prendre mon petit déjeuner. Est-ce que tu te joindras à nous ?

Il secoua la tête.

— J'ai déjà pris mon café, avec Mme… avec Rosalyn. Je préfère me mettre en route tout de suite.

— Comme tu veux, dit Lily. Ne te perds pas.

Elle sortit de l'écurie, et Parker poussa la brouette jusqu'à l'arrière du bâtiment, où il la vida sur une pile de paille souillée. Ensuite, il la rinça au tuyau d'arrosage et l'appuya contre le mur pour qu'elle sèche.

Jasper poussa un hennissement. Parker se tourna vers lui – et vers le chien qui, assis à ses pieds, attendait patiemment. Il rentra dans l'écurie, remplit la mangeoire de Jasper de muesli, prit la longe accrochée au mur et ressortit.

— Que dirais-tu de manger un morceau avant que nous nous mettions en route ?

Il fixa la longe sur le licol du cheval et le mena jusqu'à sa stalle, Brutus sur les talons. Pendant que le cheval mangeait, il alla chercher sa bride, sa selle et sa couverture dans le van. Ensuite, faisant ressortir Jasper de son box, il l'attacha à un poteau et entreprit de le brosser. Le hongre se laissa faire patiemment en agitant la queue de temps à autre.

Quand il eut fini de le brosser, Parker jeta la couverture sur le dos de l'animal, puis la selle, avant de lui passer la bride.

Maintenant, le cheval piaffait d'impatience. Quant à Brutus, il tournait en rond dans sa hâte d'aller courir. Parker savait qu'il devrait faire des pauses pour que le chien puisse se reposer. Peut-être même qu'il le prendrait avec lui sur la selle, comme il l'avait déjà fait.

En tenant Jasper par sa longe, il passa la première barrière et la referma derrière lui. Ensuite, il enfourcha Jasper et le fit partir au trot.

L'épais brouillard qui flottait sur-le-champ masquait la barrière suivante. Heureusement, le chemin dessiné par les pneus des véhicules qui le traversaient, sans doute depuis des années, était parfaitement visible.

Il s'engagea donc sur ce chemin, Brutus courant à ses

côtés. De temps à autre, le chien se lançait aux trousses d'un insecte ou d'un oiseau.

Quand ils atteignirent la seconde barrière, Parker descendit de cheval, ce qui lui permit de dégourdir sa mauvaise jambe. Une fois la barrière passée, il continua à suivre le sentier. Il commençait à regretter de ne pas avoir attendu que le brouillard se lève pour se mettre en route. Ce n'était pas ce matin-là qu'il pourrait se familiariser avec la propriété.

D'après les indications de Rosalyn, il lui restait une barrière à franchir avant de traverser une vaste étendue de prés et de collines et d'atteindre la limite sud du ranch. Quand il parvint à cette barrière, il choisit de se pencher pour l'ouvrir et la refermer sans avoir à descendre de cheval. Surpris, Jasper regimba plusieurs fois avant de se calmer.

Parker chevauchait depuis presque une heure quand Brutus s'élança soudain à toute vitesse.

— Brutus ! hurla Parker. Au pied !

Soit le chien ne l'entendit pas, soit il décida d'ignorer l'ordre. Il disparut dans le brouillard. Craignant que son chien ne se perde, Parker poussa Jasper à presser le pas.

Enfin, la silhouette de Brutus se matérialisa. Debout à côté d'un arbre déraciné, les poils de la nuque hérissés, il semblait prêt à bondir. Parker plissa les yeux, mais la brume était trop dense pour qu'il distingue ce qui avait bien pu exciter à ce point le chien.

Il s'approcha de lui, mais Brutus ne bougea pas. Il semblait fixer quelque chose, et un grondement sourd et menaçant montait de sa gorge. C'était la première fois que Parker l'entendait gronder ainsi.

Alors, il perçut les silhouettes massives qui se mouvaient

dans le brouillard. Il glissa aussitôt une main sous son blouson, dégaina son Glock et le pointa devant lui.

Une harde de cochons sauvages. Qui venait droit vers eux.

Un grondement furieux arracha Abby au cauchemar dans lequel elle se débattait : elle rêvait qu'elle se trouvait dans une tanière, transie, affamée et terrifiée… Mais était-elle bien réveillée ? Ce grondement faisait-il partie de son rêve, ou était-il émis par la bête qui voulait récupérer son gîte ?

Elle entrouvrit un œil, mais sa vision était masquée par un voile de feuilles. Où était-elle ? Et pourquoi était-elle couverte de feuilles ?

Le grondement résonnait toujours, trop sonore pour provenir de son estomac. Un frisson secoua son corps, faisant tomber certaines des feuilles qui recouvraient son visage, et elle se retrouva nez à nez avec un chien aux dents affreusement pointues.

Son cœur s'emballa et une giclée d'adrénaline se déversa dans ses veines. Son instinct lui hurla de prendre la fuite, mais son bon sens prit le dessus. Avant d'agir, elle devait réfléchir. Si elle restait parfaitement immobile, peut-être que cette bête enragée passerait son chemin.

Un nouveau frisson la secoua quand le froid de la terre mouillée sur laquelle elle était allongée et celui de l'air du matin s'insinuèrent dans ses os.

Elle remarqua alors que le chien, bien que se tenant au-dessus d'elle, avait le regard dirigé vers autre chose. Il avança d'un pas, sans cesser de gronder… et Abby vit apparaître la tête d'un autre animal. Celui-ci ne grognait pas, mais il était énorme. Si l'envie lui en prenait, il pourrait l'écraser sans peine, songea-t-elle, paniquée.

Quand la bête baissa la tête pour la renifler, Abby vit qu'il s'agissait d'un cheval. Aussitôt, elle leva les yeux vers son cavalier : c'était un homme, qui tenait un pistolet à la main.

Ils l'avaient retrouvée. Les monstres sans cœur qui hantaient son cauchemar l'avaient retrouvée.

Soudain, le chien partit comme une flèche en aboyant furieusement. Abby en profita pour s'extirper, le plus vite possible, de la cuvette dans laquelle elle était couchée. Il fallait qu'elle s'enfuie, loin de ce chien, de ce cheval et de cet homme armé.

Elle s'élança et trébucha, mais elle parvint à recouvrer son équilibre et courut vers un banc de brouillard. Si elle mettait une distance suffisante entre elle et le cavalier, elle pourrait peut-être disparaître dans la brume.

Elle trébucha de nouveau et, cette fois, mit un genou à terre. Elle allait se relever quand une masse la frappa en plein dos, la projetant au sol, face contre terre.

Quand elle entendit le grondement menaçant du chien, tout près de son oreille, elle s'immobilisa, le cœur battant à tout rompre.

Soudain, le chien se lança dans une combinaison effrayante d'aboiements et de grognements. Il était toujours debout sur son dos et la clouait au sol.

Elle entendit alors le son des sabots d'un cheval, puis trois détonations.

Pan ! Pan ! Pan !

Les trois coups de feu avaient été si proches que le fracas se réverbéra dans sa tête. Elle retint son souffle en attendant la douleur qui allait la transpercer.

Elle ne vint pas.

Le chien bondit et disparut dans le brouillard en aboyant toujours furieusement.

Transie, terrifiée et épuisée, Abby se releva et se tourna vivement vers le cheval et son cavalier.

L'homme se pencha, la saisit par le bras et la hissa en travers de ses cuisses. Ensuite, il fit faire volte-face au cheval et cria :

— Brutus, au pied !

Il éperonna le cheval qui s'élança, filant à travers un champ, gravissant une colline et redescendant dans un vallon.

Abby s'accrocha de son mieux. Sous son ventre, elle sentait les cuisses musclées de l'homme. Sa tête rebondissait contre un mollet d'une dureté de pierre.

Quand le cheval ralentit enfin l'allure, elle prit appui sur la cuisse de l'homme et s'efforça de se dégager. Aussitôt, l'homme plaqua une main sur son dos pour la maîtriser.

— Ne bougez pas, fit-il.

Elle continua néanmoins à battre des jambes et à se tortiller jusqu'à ce que le cavalier l'empoigne et la soulève pour l'asseoir sur ses genoux. Il lui immobilisa les bras en la serrant contre lui et demanda, d'un ton sévère :

— Est-ce que vous essayez de vous faire tuer ?

— Lâchez-moi ! Je ne retournerai pas là-bas.

— Qui vous parle d'y retourner ? Ces cochons sauvages ont bien failli vous dévorer.

Elle cessa de se débattre et le regarda dans les yeux.

— Vous n'allez pas me ramener ?

— Certainement pas. Mais qu'est-ce que vous fichez ici, seule et à moitié nue ? Abstraction faite de ces animaux, vous n'êtes pas équipée pour vous promener dans la campagne. Où sont vos chaussures et vos vêtements ?

— Vous ne le savez pas ? Vous n'êtes pas l'un d'entre eux ?

Elle sentit qu'un vertige la gagnait. Incapable de refréner ses émotions plus longtemps, elle chuchota, les larmes aux yeux :

— Est-ce que je suis vraiment en sécurité ?

— Bien sûr, répondit-il, l'air soucieux. Mais si Brutus n'avait pas été le premier à vous trouver…

Le pli qui creusait son front s'accentua.

— … ces cochons sauvages ne vous auraient laissé aucune chance.

Un frisson la traversa, qui s'amplifia jusqu'à devenir un tremblement incontrôlable qui secoua tout son corps et la fit claquer des dents.

— Oh ! merde, marmonna l'homme en l'écartant de lui. Tenez-vous à la corne de la selle.

Elle obéit. L'homme ôta son blouson et l'en enveloppa avant de ceindre sa taille d'un bras pour la plaquer à nouveau contre lui. Il saisit les rênes de son autre main, et le cheval se remit en marche.

Malgré le blouson, qui avait gardé la chaleur du corps de son propriétaire, Abby ne cessait de trembler. Sa captivité, son évasion, sa longue course sous la pluie et cette nuit passée dans le froid, allongée sur la terre détrempée, eurent enfin raison d'elle.

Une brume grisâtre se referma sur elle, dans laquelle l'homme et son cheval se fondirent. Incapable de lutter plus longtemps, elle céda devant la puissance des ténèbres.

4

Quand il sentit la jeune femme s'affaisser contre lui, Parker resserra son étreinte pour ne pas qu'elle glisse de ses genoux et tombe sur le sol.

La boue dont elle était couverte de la tête aux pieds l'empêchait d'évaluer si elle était blessée, et sa peau était tellement froide qu'il craignait qu'elle ne souffre d'hypothermie.

Il la serra encore plus étroitement contre lui dans l'espoir de lui transmettre un peu de sa chaleur. Il fallait qu'il la ramène au ranch et l'emmitoufle dans des couvertures bien chaudes – ou la plonge dans un bain brûlant – pour ramener sa température corporelle à la normale.

Il n'osait pas mettre Jasper au trot, et encore moins au galop, de peur d'aggraver son état si elle souffrait d'un traumatisme ou de lésions internes. Aussi le chemin du retour lui sembla-t-il affreusement long. Il envisagea à plusieurs reprises de s'arrêter et de faire un feu pour la réchauffer, mais changea d'avis aussitôt. Ce n'aurait été qu'une solution à court terme, et les cochons sauvages qui rôdaient dans le coin risquaient de les retrouver. Non, mieux valait rentrer au ranch au plus tôt. Elle pourrait se réchauffer et se nettoyer et, de son côté, il appellerait une ambulance. Entre les plaques de boue, il distinguait à présent plusieurs plaies et ecchymoses, elle aurait sans doute besoin de soins médicaux.

Il eut le plus grand mal à se pencher pour ouvrir et refermer les barrières d'une main sans faire tomber la femme évanouie de ses genoux, mais il y parvint. Par contre, quand il atteignit enfin le ranch, le bras avec lequel il la tenait l'élançait autant que sa mauvaise jambe.

Il essaya de réveiller sa passagère avant de la faire descendre de cheval, mais en vain. Le ventre noué par l'inquiétude, il se recula de manière à atteindre la croupe de Jasper, et posa la jeune femme en travers de la selle. Alors, il se laissa glisser au sol.

Il réprima un cri de douleur quand sa mauvaise jambe se déroba, et dut s'agripper à la queue du cheval pour ne pas tomber. Quand la douleur se fut calmée et qu'il se sentit capable de marcher à peu près normalement, il relâcha la queue de Jasper et s'approcha de la femme. Juste à cet instant, elle bougea légèrement, ce qui suffit à la déséquilibrer. Il la retint de justesse, la prit dans ses bras et traversa la cour de la grange en la portant.

Brutus gravit les marches du porche derrière lui. Il était toujours sur le qui-vive, comme s'il s'attendait à ce que les cochons sauvages repassent à l'attaque.

Parker ouvrit la porte et la poussa du pied.

— Il y a quelqu'un ? lança-t-il.

Comme personne ne répondait, il gagna le vaste salon où il déposa la jeune femme sur l'un des canapés en cuir. Ses paupières s'ouvrirent et elle le regarda droit dans les yeux.

— Où… où suis-je ?

— Vous êtes au Whiskey Gulch Ranch. Je vais appeler une ambulance.

Elle secoua la tête avec véhémence.

— Non.

— Si, la contra-t-il. Vous souffrez sans doute d'hypothermie, et peut-être de blessures que je ne suis absolument pas qualifié pour soigner. Appeler les secours est la première chose à faire.

Mais quand il voulut se redresser, la main de la femme se referma sur son bras, avec une force surprenante.

— Vous ne pouvez pas faire ça, dit-elle.

Sans le lâcher, elle ferma les yeux et chuchota :

— Il faut que je sois morte.

— Quoi ? demanda-t-il en s'asseyant par terre, à côté du canapé. Je ne comprends pas. Pourquoi voulez-vous mourir ?

— Ils ne doivent pas savoir que je les cherche.

Un frisson la secoua, puis un autre, jusqu'à ce qu'elle tremble de nouveau de tout son corps.

— J'ai froid, chuchota-t-elle.

— Nous allons vous nettoyer et vous réchauffer, décida-t-il. Ensuite, vous pourrez m'expliquer ce qui vous est arrivé.

— Me réchauffer. C'est une idée merveilleuse. Je n'ai jamais eu aussi f… froid.

Il se releva, la prit de nouveau dans ses bras et s'engagea dans l'escalier. Malgré les protestations de sa mauvaise jambe, il parvint à la porter jusqu'à la salle de bains attenante à sa chambre.

— Est-ce que vous pouvez tenir assise sans tomber ? demanda-t-il.

Elle fronça les sourcils.

— Je crois.

Il la déposa sur le couvercle des toilettes et resta près d'elle pendant quelques instants, au cas où elle perdrait de nouveau connaissance. Comme elle restait consciente, il se tourna vers la baignoire, mit la bonde et ouvrit le robinet. Après avoir réglé la température de l'eau, il s'assit sur le bord de la baignoire et demanda :

— Ça va ? Vous tenez le coup ?

Elle avait serré les bras autour de son corps et tremblait toujours.

— Je suis en vie. C'est l'essentiel.

Il esquissa un sourire.

— Tout à l'heure, vous vouliez être morte. Maintenant, vous dites que l'essentiel est que vous soyez en vie.

— Il faut qu'ils me croient morte. S'ils pensent que je suis en vie, ils pourraient tuer les autres.

Parker se tendit.

— Les autres ?

La femme hocha la tête.

— Il y avait aussi deux adolescentes et deux jeunes femmes.

Maintenant, elle tremblait si violemment qu'elle faillit tomber du siège des toilettes. Parker la redressa de justesse et testa la température de l'eau.

— Pour le moment, il faut que vous vous réchauffiez. Vous me raconterez le reste quand vous vous sentirez mieux.

Il avait pourtant hâte de connaître son histoire dans ses moindres détails pour juger de la nécessité de faire intervenir les forces de l'ordre.

— Est-ce que vous pouvez vous déshabiller et entrer dans la baignoire sans aide ?

Elle voulut ôter le blouson, mais ses mains tremblaient si violemment qu'elle n'y arriva pas.

— Attendez, dit-il. Laissez-moi faire.

Il lui retira le blouson. Quand il tendit de nouveau la main vers elle, elle ouvrit de grands yeux.

— Ne vous inquiétez pas. Vous pouvez garder le reste. Je veux seulement vous aider à entrer dans la baignoire.

Il la prit dans ses bras et la déposa doucement dans l'eau.

— Est-ce que c'est trop chaud ?

— Non, répondit-elle en souriant. C'est parfait.

Ses tremblements s'atténuèrent avant de cesser complètement. Mais Parker ne pouvait pas la laisser seule : si elle perdait de nouveau connaissance, elle risquait de se noyer.

Il attrapa un gant de toilette, qu'il plongea dans l'eau avant d'y mettre du gel douche.

— Est-ce que vous me permettez de vous nettoyer les pieds ? Puisque vous refusez d'aller à l'hôpital, il faut que je soigne vos plaies afin qu'elles ne s'infectent pas.

— Je devrais pouvoir le faire moi-même.

Elle replia les genoux et voulut se mettre en position assise, mais l'effort sembla trop grand pour elle. Vaincue, elle se laissa retomber en arrière.

— Je demanderais bien à l'une des dames de la maison de s'occuper de vous, dit-il, mais elles sont parties faire des courses en ville, et je ne sais pas à quelle heure elles reviendront. Si vous préférez, nous pouvons attendre leur retour. Après tout, un peu de terre n'a jamais fait de mal à personne.

Elle fit rouler sa tête d'un côté à l'autre.

— Est-ce que c'est un « Oui, je veux bien de votre aide » ? Ou un « Non, je ne sais même pas qui vous êtes, pourquoi devrais-je vous faire confiance ? » ? s'enquit-il.

Brutus entra dans la salle de bains et posa le menton sur le bord de la baignoire. La jeune femme partit d'un petit rire, qui se brisa en un sanglot.

— J'ai cru qu'il allait me manger toute crue. Est-ce qu'il mord ?

Parker pinça les lèvres.

— Son ancien propriétaire voulait en faire un chien de combat, mais il a toujours cru que ce n'était qu'un bon à rien, incapable de se battre.

Il posa une main sur le dos du chien avant de reprendre :

— Il avait tort. Brutus sait se battre. Tout ce qu'il lui faut, c'est une bonne raison de le faire. Quand il vous a découverte, il a tenu tête à toute une harde de cochons sauvages pour vous protéger.

Elle fronça les sourcils.

— Et les trois coups de feu ?

— J'ai seulement cherché à les effrayer. Mais, à vrai dire, ils ont eu moins peur des coups de feu que de Brutus.

Elle tendit timidement la main et laissa le chien lui renifler les doigts.

— Brutus, hein ? Au moins, je connais ton nom.

Parker secoua la tête.

— Vous avez raison. J'étais tellement pressé de vous plonger dans cette baignoire pour que vous vous réchauffiez que j'ai oublié de me présenter.

Il lui tendit sa main libre.

— Parker Shaw.

— Abby Gibson, répondit-elle en y posant la sienne.

Elle s'empressa de replonger son bras dans l'eau chaude. Son visage se rembrunit.

— Ils allaient nous vendre, murmura-t-elle en détournant le regard.

Elle pressa les poings contre sa bouche et se recroquevilla. Ses yeux étaient brillants de larmes contenues.

— Ils nous avaient enfermées dans des cages pas plus grandes que des cages pour chiens.

Quand elle se mit à pleurer, Parker sentit sa mâchoire se crisper. Une bouffée de rage emplit sa poitrine et comprima ses poumons. Les salopards. Comment un homme pouvait-il tomber aussi bas ?

Maintenant, le corps d'Abby était secoué de sanglots. Si Parker pouvait supporter sans broncher de se faire passer à tabac ou de prendre une balle dans le corps, ces larmes lui déchiraient le cœur. Il se pencha pour prendre Abby dans ses bras, la sortit de la baignoire et la déposa sur ses genoux. Le sol de la salle de bains était complètement inondé, mais c'était le cadet de ses soucis.

Cette femme avait vécu un traumatisme qu'aucun être humain ne devrait avoir à affronter. S'il l'avait pu, il l'aurait effacé, mais c'était impossible. Le mal était fait. Il ne pouvait rien faire, sinon la serrer contre lui et l'aider à traverser l'orage de ses souvenirs.

Après un long moment, elle cessa de pleurer. Mais son corps s'était refroidi, et elle frissonnait de nouveau.

Parker essuya du pouce ses joues baignées de larmes.

— Vous êtes en sécurité, maintenant. Ils ne vous feront plus aucun mal. Je les en empêcherai.

Qui qu'« ils » soient.

— Mais pour le moment, il faut que vous vous réchauffiez.

Il refit couler de l'eau chaude avant de replonger la jeune femme dans la baignoire. Elle lui tendit le gant de toilette et leva vers lui des yeux rougis par les larmes.

— Je suis désolée d'être un tel fardeau, dit-elle en se remettant à pleurer. Mais si vous pouviez… J'aimerais que vous m'aidiez.

Il prit le gant tandis qu'elle se rallongeait dans l'eau chaude et fermait les yeux. Elle pleurait toujours.

Parker sortit l'un de ses pieds de l'eau et en nettoya la plante, avec des gestes doux. Une fois la boue partie, il vit nettement les ecchymoses et les coupures causées par les cailloux, les branches mortes et les cactus qui hérissaient les collines de cette partie du Texas.

Il nettoya sa jambe jusqu'au genou, découvrant des abrasions supplémentaires, avant de la reposer dans l'eau pour passer à l'autre.

Quand il eut terminé, il rinça le gant, y remit du gel douche et prit son bras, qu'il lava avec autant de douceur qu'il avait lavé ses jambes. Sous la boue, il découvrit une multitude d'égratignures et de coupures superficielles. Quand il remit son bras dans l'eau, elle lui tendit l'autre, d'elle-même. Il le prit avec un sourire et le nettoya.

Il rinça de nouveau le gant et le posa dans sa paume.

— Est-ce que vous arriverez à vous charger du reste ?

Elle hocha la tête et s'assit péniblement. Il se leva.

— Alors je vais vous laisser.

Son front se plissa et une lueur de panique traversa son regard.

— Non. Je préférerais que vous restiez, si cela ne vous dérange pas.

Elle baissa les yeux vers le pitbull, qui lapait l'eau tombée sur le sol, et ajouta :

— Et Brutus aussi.

Le chien releva la tête en entendant son nom.

— Très bien. Nous allons rester.

La jeune femme commença par laver la terre mêlée de larmes qui maculait son visage. Ensuite, elle se laissa aller en arrière et plongea dans l'eau tout entière, ne laissant émerger que son visage. Elle se passa les doigts dans les cheveux, mais l'effort devait être trop grand pour elle parce qu'elle dut s'arrêter le temps que ses bras se reposent.

Parker fit couler du shampooing dans ses mains, se pencha vers elle et entreprit de lui frictionner le cuir chevelu.

— Croyez-moi : en temps normal, je sais me débrouiller seule, dit-elle.

— Vu ce que vous venez de vivre, je vous pardonne, répliqua-t-il en clignant de l'œil. Maintenant, inclinez votre tête vers l'arrière pour que je vous rince les cheveux.

Elle obtempéra. Quand il eut fini, il se redressa et lui tendit la main pour l'aider à faire de même.

— Voilà, dit-il. Et maintenant, je vous laisse finir.

Elle baissa les yeux vers le T-shirt qui moulait son corps.

— Je n'ai rien à me mettre. Ils nous ont pris tous nos vêtements.

Ces quelques mots ravivèrent la colère de Parker. Quand elle serait suffisamment remise, il faudrait qu'elle lui raconte toute l'histoire. Et ensuite, il partirait à la recherche des hommes qui lui avaient fait vivre cette épreuve.

— Je peux vous prêter quelques affaires, dit-il.

Il sortit un drap de bain blanc du placard, le posa sur le couvercle des toilettes et se dirigea vers la porte à reculons.

— Je vais les chercher, ajouta-t-il.

Il s'arrêta à la porte et la dévisagea.

— Vous êtes sûre que je peux vous laisser seule ?

Elle se mordilla la lèvre pendant un instant avant de lui adresser un pâle sourire.

— Je me débrouillerai.

— Si vous avez besoin d'aide, appelez-moi. Je serai juste à côté.

Il baissa les yeux vers Brutus et ajouta :

— Pas bouger.

Le chien s'assit aussitôt et le regarda, attendant l'ordre suivant.

— Bon garçon, dit Parker.

Comme il se détournait, Abby l'appela doucement. Il l'interrogea du regard, par-dessus son épaule.

— Est-ce que vous pouvez laisser la porte entrouverte ? demanda-t-elle.

— Bien sûr.

Il sortit de la salle de bains et resta pendant un long moment derrière la porte entrebâillée, de peur qu'elle ne s'évanouisse dans l'eau.

Enfin, il l'entendit bouger : tout allait bien. Et, de toute façon, Brutus le préviendrait si elle était en danger. Rassuré, il s'éloigna de la porte et ouvrit son sac de voyage, dans lequel se trouvait la moitié de ses possessions terrestres – l'autre moitié étant dans un sac à dos. Tout le contenu de l'appartement qu'il occupait, à côté de Fort Bragg, avait été donné à un foyer de sans-abri. Il avait vu son départ pour Whiskey Gulch comme une chance de repartir à zéro, de laisser derrière lui la seule vie qu'il avait connue depuis sa sortie du lycée – de se réinventer, en somme.

Il choisit un T-shirt noir et un short. Ils seraient tous deux bien trop grands pour Abby, mais c'était le mieux qu'il pouvait faire.

Soudain, il entendit un appel étouffé et s'empressa de retourner dans la salle de bains.

— Aidez-moi, s'il vous plaît, entendit-il.

Apparemment, elle avait voulu enlever son T-shirt, mais le tissu mouillé était resté collé à ses bras, lui emprisonnant la tête. Quand Parker entrevit sa culotte taille basse violette et son soutien-gorge assorti, sa gorge se noua et son bas-ventre se tendit.

— J'ai essayé, dit-elle à travers le tissu trempé, mais je n'y arrive pas.

Il posa les habits qu'il tenait sur un placard et tira sur le bas de son T-shirt pour la libérer. Aussitôt, elle se couvrit la poitrine des deux bras. Elle était écarlate.

— Merci, dit-elle.

Il secoua la tête.

— Je pense que nous avons dépassé le stade de la gêne, fit-il. Agrippez-vous à moi pour sortir de la baignoire.

Quand elle fut debout sur le tapis de bain, il l'enveloppa dans la serviette et la frictionna. Ensuite, il la prit dans ses bras et la porta jusqu'au lit, où il la déposa doucement.

— Pas bouger, dit-il à Brutus, qui les avait suivis.

Le chien s'assit à côté du lit pendant qu'il retournait dans la salle de bains. Il en revint avec les habits et une serviette supplémentaire. Après lui avoir frotté les cheveux, il passa l'encolure du T-shirt autour de sa tête, mais la jeune femme l'arrêta d'un geste.

— Attendez, dit-elle. Tournez-vous.

Comme il fronçait les sourcils, elle expliqua :

— Mon soutien-gorge est mouillé. Il faut que je l'enlève.

— C'est vrai.

Il se retourna et attendit.

— Voilà, annonça-t-elle quelques instants plus tard. Je suis décente.

Quand il se tourna vers elle, elle lui tendait son soutien-gorge.

— Si vous pouviez le mettre à sécher dans la salle de bains, j'apprécierais.

Son bas-ventre se tendit de nouveau. Il prit le soutien-gorge et alla l'accrocher à une patère, dans la salle de bains. Quand il revint dans la chambre, il vit qu'elle avait ôté sa culotte pour enfiler son short et qu'elle était en train de se glisser sous les draps.

— Est-ce que c'est moi, ou est-ce qu'il fait froid ici ? demanda-t-elle en claquant des dents.

— C'est vous.

Il remonta la couette jusqu'à son menton et souleva sa tête de l'oreiller, le temps d'envelopper ses cheveux encore humides d'une serviette sèche. Il posa la brosse sur la table de nuit et dit :

— Nous démêlerons vos cheveux plus tard.

Elle leva les yeux vers lui.

— Merci, Parker Shaw. Et merci, Brutus.

En entendant son nom, Brutus crut qu'elle l'invitait à la rejoindre. Il monta sur le lit d'un bond et se coucha à côté d'elle. Abby éclata de rire et posa la main sur le dos du chien.

— Je n'aime pas trop le voir monter sur le lit sans y avoir été invité, mais il vous tiendra chaud, dit Parker.

— Oui. C'est une vraie bouillotte.

La jeune femme leva les yeux vers lui. Elle semblait avoir le plus grand mal à empêcher ses paupières de se fermer.

— Il faut que je retrouve les autres, dit-elle.

Il s'assit sur le bord du lit.

— Non, il faut que vous vous reposiez. Et ensuite, vous me raconterez toute l'histoire et je vous aiderai à les retrouver.

Elle saisit sa main.

— Vous me le promettez ?

Il hocha la tête et pressa doucement ses doigts.

— Je vous le promets.

— Pourquoi est-ce que je devrais vous faire confiance ? chuchota-t-elle en fermant les yeux.

Il gloussa de rire.

— Je ne sais pas. Pourquoi, d'après vous ?

Ses lèvres s'incurvèrent.

— Vous m'avez sauvé la vie, Brutus et vous.

— C'est Brutus qui a tout fait, dit-il.

Il aimait la façon dont ses doigts se refermaient autour des siens.

Elle rouvrit les yeux et planta son regard dans le sien.

— Ce n'est pas Brutus qui m'a ramenée jusqu'ici.

Il sourit.

— Non, en effet.

— Rien ne vous oblige à m'aider, reprit-elle, mais… je vous remercie.

— Si j'en crois ce que dit un dicton, quand on sauve la vie d'une personne, on devient responsable d'elle pour le restant de ses jours.

— Je suis une veinarde, dit-elle avec un sourire en coin.

Mais son sourire s'estompa bien vite.

— J'espère pour vous que ce dicton est faux.

Elle ne tarda pas à s'endormir, à moins qu'elle n'ait de nouveau perdu connaissance. Quoi qu'il en soit, elle avait besoin de chaleur, et de repos. Parker resta auprès d'elle et la contempla pendant un long moment.

Il ne savait toujours pas ce qui lui était arrivé, mais elle était en sécurité, loin des personnes qui l'avaient retenue prisonnière. Et il allait veiller sur elle pour écarter tout danger.

5

Abby était recroquevillée en position fœtale à l'intérieur d'une cage. Autour d'elle, l'orage se déchaînait. Des pas résonnèrent dans l'escalier qui menait au grenier où elle était retenue prisonnière avec d'autres femmes.

Il fallait qu'elle sorte de cette cage et qu'elle s'enfuie avant que les ravisseurs entrent dans le grenier. Elle frappa la porte de la cage, des deux pieds. Entre deux roulements de tonnerre, elle entendit que les pas se rapprochaient. Elle n'avait plus que quelques secondes. Un nouveau coup de pied, et la porte se détacha et tomba sur le sol.

Elle sortit de la cage à quatre pattes et se releva, juste au moment où la porte du grenier s'ouvrait. L'un des ravisseurs, le visage dissimulé par sa cagoule de ski noire, avança vers elle.

— Non, dit-elle.

Elle se recula précipitamment, mais son dos heurta le mur. Du coin de l'œil, elle vit qu'elle était juste à côté de la fenêtre.

Elle replia le bras et cassa la vitre du coude.

L'homme se jeta sur elle et la frappa au ventre. Elle tituba en arrière et tomba dans le vide. Elle atterrit sur le dos, et la violence du choc lui coupa le souffle.

Elle ouvrit vivement les yeux. Elle était dans une

chambre baignée de soleil, et une voix familière s'éleva, tout près de son oreille :

— Hé… est-ce que ça va ?

Parker glissa un bras sous ses épaules et l'autre au creux de ses genoux, la souleva et la déposa sur la couette. Elle tremblait de tout son corps. Pas parce qu'elle avait froid, mais parce que son rêve l'avait remise face à l'un des hommes qui l'avaient retenue prisonnière et lui avait fait revivre les heures cauchemardesques qu'elle avait passées dans cette cage – ainsi que le désespoir qui l'avait gagnée quand elle avait compris que personne ne viendrait à leur secours.

Elle plongea son regard dans celui de l'homme qui lui avait sauvé la vie. Quand il voulut se redresser, elle agrippa son bras pour le retenir.

— Je suppose que vous avez fait un cauchemar ?

Elle acquiesça.

— Oui. J'étais de retour dans ce grenier. Il allait m'attraper. Il… il fallait que je lui échappe. Je suis sortie par la fenêtre de toit et j'ai atterri…

— Par terre, conclut Parker.

Il soupira.

— Faites-moi une place.

Comme elle fronçait les sourcils, perplexe, il lui fit signe de se pousser. Elle glissa les jambes sous les draps et obéit. Il ôta ses chaussures et s'assit sur la couette, à côté d'elle.

— Et comme ça, vous vous sentez mieux ?

Elle le dévisagea longuement. Quelles étaient au juste les intentions de cet homme ? Pouvait-elle se fier à lui ?

— Un peu, oui, répondit-elle enfin.

Il ouvrit les bras.

— Venez là.

Elle se redressa et vint se blottir dans ses bras. Quand il les referma sur elle, elle posa sa joue contre son torse.

— Est-ce que vous vous sentez capable de tout me raconter, maintenant ? demanda-t-il.

Elle acquiesça et se mit à parler. Elle commença par lui raconter la sortie scolaire et son enlèvement. En la voyant crisper les doigts sur son T-shirt, il la serra plus fort contre lui. Ce geste la rassura, lui donna le courage de poursuivre son histoire.

Quand elle arriva au moment où elle s'était échappée, son cœur battait la chamade et son ventre s'était noué.

— Et après, j'ai couru aussi longtemps que j'ai pu, conclut-elle.

— Vous avez de la chance de ne rien vous être cassé en tombant du toit, dit Parker en lui caressant les cheveux. Et laissez-moi vous dire que vous avez tort.

— Tort ?

Elle rejeta la tête en arrière pour le dévisager, perplexe.

— Pourquoi ?

— Ce n'est pas Brutus et moi qui vous avons sauvée, dit-il en glissant un doigt sous son menton. Vous vous êtes sauvée vous-même.

— Mais si vous n'étiez pas arrivés tous les deux, je serais morte à l'heure qu'il est.

Elle reposa sa joue contre son torse.

— Maintenant, il faut que vous m'aidiez à retrouver les autres.

— Je vais en parler à…

Son cœur s'emballa.

— Non, le coupa-t-elle. Ces hommes ne doivent surtout pas apprendre que je suis encore en vie. Sinon, ils vont déplacer mes compagnes de captivité, précipiter leur vente… peut-être même les tuer.

Elle leva les yeux vers lui.

— Je n'avais pas le temps de les libérer. J'ai dû les abandonner en leur promettant de revenir les sauver. Je ne peux pas trahir ma promesse. Aucune de ces femmes ne mérite de vivre un tel enfer.

Parker fit un signe d'assentiment.

— Je comprends. Mais nous allons quand même avoir besoin d'aide. À nous deux, nous ne les retrouverons pas assez vite.

Comme elle commençait à protester de nouveau, il leva une main.

— Écoutez ce que j'ai à vous dire, vous voulez bien ?

Elle se mordit la lèvre inférieure et hocha la tête.

— J'appartiens aux Outriders, une équipe formée d'anciens militaires. Nous venons en aide aux gens et, contrairement aux forces de l'ordre, nous ne sommes pas tenus de respecter toutes les règles et tous les protocoles.

Il sourit.

— Vos compagnes de captivité et vous-même êtes exactement le genre de victimes que nous voulons aider.

Elle plissa le front.

— Que voulez-vous dire ? Est-ce que vous êtes une espèce de milice ?

Il secoua la tête.

— Non. Des spécialistes de la sécurité, avec une formation militaire.

Elle posa une main sur son cœur.

— Est-ce que vous faites confiance à vos collègues ? Pouvez-vous me promettre qu'ils ne souffleront pas mot de ma présence ?

Il hocha la tête.

— Absolument. Nous sommes tous d'anciens membres des forces spéciales. Nous avons été envoyés sur des missions dont nous ne pouvons parler à personne. Dont nous ne pourrons jamais parler à personne.

Il sourit et conclut :

— Je pense que nous sommes capables de garder un secret.

Abby prit une inspiration tremblante.

— D'accord.

Elle entendit une porte s'ouvrir et se refermer au rez-de-chaussée. Ils n'étaient plus seuls dans la maison.

— Qu'allez-vous leur dire ?

— Ce que vous m'avez dit, mot pour mot. Et il faudra que vous leur donniez autant de détails que possible.

Elle reposa la joue contre son torse. Un frisson la traversa.

— Nous devons faire vite. Ces jeunes femmes sont prisonnières depuis déjà une semaine. J'ai été la dernière à arriver, il y a quatre jours. Maintenant que je me suis enfuie, ils vont sans doute agir rapidement pour ne pas se faire prendre.

— Écoutez, si vous pouvez rester seule pendant quelques minutes, j'aimerais mettre mon patron au courant.

Il la força à relever le menton.

— Est-ce que ça va aller ?

Elle hocha la tête.

— Vous serez encore ici quand je reviendrai ?

Elle fronça les sourcils.

— Bien sûr. Où voulez-vous que j'aille ?

— Je ne veux surtout pas que vous disparaissiez pour essayer de les retrouver seule.

Elle agrippa son bras.

— Vous ne préviendrez pas la police ?

Il secoua la tête.

— Non. Pas plus la police que le département du shérif ou le FBI. Toute cette opération restera secrète.

— Merci, dit-elle.

— Maintenant, reposez-vous et reprenez des forces. Je reviens.

Il sortit de la chambre et referma la porte derrière lui. Aussitôt, Abby eut la sensation que les murs se refermaient sur elle. Sa respiration devint laborieuse et son pouls s'emballa. Avant que l'angoisse ne la terrasse, elle sortit ses mains de dessous la couette. Elle savait que ses poignets étaient libres de toute entrave, mais il fallait qu'elle le voie de ses yeux.

Puis elle se leva et grimaça : ses jambes douloureuses la soutenaient à peine. Elle resta immobile pendant un long moment, le temps que ses muscles se dénouent et que ses jambes se raffermissent, avant de marcher jusqu'à la porte-fenêtre. Elle posa une main sur la poignée, le cœur battant, s'attendant à demi à ce que la porte soit fermée de l'extérieur. Quand la poignée joua, elle relâcha la goulée d'air qu'elle retenait dans ses poumons et ouvrit les deux battants. Le soleil inonda la pièce. Pendant de longues minutes, elle se laissa réchauffer par ses rayons, jusqu'à ce qu'une brise fraîche caresse ses jambes nues. Frissonnante, elle retourna se mettre sous la couette, tournée vers la porte-fenêtre… et la liberté.

Plus jamais elle ne serait prisonnière d'une cage, dans l'obscurité. Plutôt mourir qu'affronter de nouveau cet enfer.

Sans cesser de contempler le soleil, elle laissa pendre l'un de ses bras hors du lit et posa la main sur le dos de Brutus. Sa dernière pensée consciente avant qu'un sommeil sans rêve ne l'emporte fut pour le cow-boy qui l'avait enlevée dans ses bras et éloignée du danger. Cet homme avait l'étoffe d'un héros.

Parker descendit l'escalier et se mit à la recherche de la personne qui venait de rentrer. Il espérait qu'il s'agissait de Trace, parce qu'il fallait absolument qu'il lui parle. Plus le temps passait, et plus le sort des quatre compagnes de captivité d'Abby devenait précaire.

Mais quand il entra dans la cuisine, ce fut Rosalyn qu'il y trouva, en train de ranger les courses.

Elle leva la tête et lui sourit.

— Oh ! Parker ! Vous êtes déjà de retour ?

Il acquiesça.

— Est-ce que vous savez si Trace va bientôt rentrer ?

— Nous l'avons croisé en ville. Il a dit qu'il ne tarderait pas. Il voulait passer au garage de Matt pour lui rapporter une conversation qu'il a eue avec le shérif. Il devrait arriver d'une minute à l'autre, maintenant.

— Merci, madame.

Elle secoua la tête, les lèvres pincées.

— Rosalyn.

— Rosalyn, rectifia-t-il.

— J'allais faire des sandwichs au jambon et au fromage pour le déjeuner, reprit-elle. Est-ce que vous en voulez un ?

— Oui, merci, répondit-il. Est-ce que je peux en avoir deux ?

Elle rit.

— Bien sûr. Inspecter les clôtures, ça ouvre l'appétit.

Il ne voulait pas lui dire que le second sandwich était destiné à une invitée inattendue. Pas avant d'avoir touché deux mots à Trace de la femme qui était cachée dans sa chambre.

Un bruit de moteur se fit entendre.

— C'est sans doute Trace, dit Rosalyn. Irish et Lily sont dans l'écurie. Ils déchargent du muesli pour les chevaux et le matériel nécessaire pour réparer les clôtures.

Juste au moment où Parker sortait sur le porche, Trace passa devant lui, au volant d'un camion plateau aux armes du Whiskey Gulch Ranch. Il se gara dans la cour, à côté d'un camion similaire dont le plateau était chargé d'une palette de sacs de muesli.

Parker descendit les marches du porche et se dirigea vers son patron. Lily était déjà sortie de l'écurie en entendant le bruit de moteur.

— Tu arrives juste à temps pour nous donner un coup de main, lança-t-elle à Trace.

Trace ouvrit les bras et l'attira contre lui. Ensuite il l'embrassa, longuement, passionnément.

— Ouah ! dit-elle. Pourquoi tout ça ?

— Pour rien… Pour tout.

Il la regarda en souriant.

— Je t'aime, Lily. Je ne te le dis pas assez souvent.

Elle se mit sur la pointe des pieds et l'embrassa sur les lèvres.

— Si. Mais je ne me lasse pas de l'entendre. Je t'aime, moi aussi.

Parker s'arrêta à quelques mètres du couple. Il ne voulait pas interrompre ce moment de tendresse, mais il avait hâte de parler à Trace.

Irish sortit de l'écurie au même moment et leva une main.

— Parker, est-ce que tout va bien ? J'ai trouvé ton cheval dans sa stalle, encore sellé. J'allais justement partir à ta recherche.

Trace et Lily se tournèrent vers Parker, qui se rendit compte qu'il avait complètement oublié Jasper. Il n'avait pensé qu'à réchauffer Abby.

— J'ai eu un petit problème qui m'a détourné de mon travail. Je m'occuperai de mon cheval dans un moment.

— Pas la peine, dit Irish. Je me suis occupé de lui. Son

harnachement est rangé dans la sellerie, ton cheval a été brossé et il est en train de manger. Je le remettrai dans le pré quand nous aurons fini de décharger le camion.

— Merci, dit Parker.

Il se tourna vers Trace et reprit :

— Si tu as une minute, il faut que je te parle.

Lily s'écarta aussitôt de son fiancé.

— Bien sûr. Ici, ou dans mon bureau ?

— Dans ton bureau, dit Parker.

Côte à côte, ils reprirent le chemin de la maison.

— Est-ce que tu as trouvé la brèche dans la clôture ? demanda Trace tandis qu'ils gravissaient les marches du porche.

— Non, répondit Parker. Je ne suis pas arrivé jusque-là.

Trace fronça les sourcils et le précéda dans le couloir jusqu'à son bureau, dont il ouvrit la porte.

— Qu'est-ce qu'il s'est passé ? demanda-t-il en s'effaçant pour le laisser entrer le premier.

Parker attendit qu'il ait refermé la porte pour répondre :

— Brutus a trouvé une femme.

Trace haussa vivement les sourcils.

— Une femme ? Où ça ?

— Sur les terres du ranch, près de la clôture sud que tu voulais que j'inspecte, dit Parker.

— Par « femme », dit Trace avec un sourire en coin, tu parles bien d'un être humain, pas d'une chienne, pas vrai ?

Il s'installa dans le fauteuil, derrière son bureau.

— Oui, je parle d'un être humain.

Le sourire de Trace disparut.

— Morte, ou vivante ?

— Vivante.

Parker prit une grande inspiration et se lança dans un

compte rendu de ce qui s'était passé tout en arpentant la pièce. Quand il eut fini, il se tourna vers Trace.

— Eh bien, commenta ce dernier, drôle de premier jour de boulot !

— Tu peux le dire, répondit Parker. Je ne m'attendais pas à ce genre de rencontre.

— Pourquoi est-ce que tu ne l'as pas emmenée à l'hôpital ? Elle pourrait souffrir d'hypothermie, ou d'hallucinations.

Parker, bien que toujours inquiet à son sujet, lui avait promis de ne pas le faire.

— Elle veut que personne ne sache qu'elle est en vie. Si ses ravisseurs l'apprennent, elle craint qu'ils ne se dépêchent de faire disparaître toute preuve, que ce soit en vendant les autres femmes le plus vite possible, en les déplaçant, ou même en les tuant et en dissimulant leurs corps.

Trace se passa une main dans les cheveux.

— Ils les ont peut-être déjà déplacées.

— C'est ce que je pense, moi aussi, répliqua Parker.

Sa mâchoire se crispa. Les ordures qui avaient enlevé ces femmes méritaient la mort.

— Je vais appeler les autres pour leur demander de venir dîner ici ce soir, déclara Trace. En attendant, il faut que je te dise que j'ai eu une entrevue avec le shérif aujourd'hui. Une adolescente est portée disparue, dans une autre ville du comté, et il a demandé que nous lui apportions toute l'aide possible.

— D'après Abby, deux des prisonnières sont des adolescentes.

Trace étrécit les yeux.

— Il faut prévenir le shérif.

— Abby ne veut pas non plus que les forces de l'ordre

soient mises au courant, déclara Parker en se passant une main dans les cheveux. Selon moi, Abby ne peut pas avoir traversé tout le comté en courant, surtout par un temps comme celui que nous avons eu cette nuit, alors la maison d'où elle s'est enfuie est sans doute tout près d'ici. Les ravisseurs pourraient être originaires du comté. Voire même de Whiskey Gulch.

— D'après ce que tu m'as dit, les victimes ne sont pas d'ici.

— Non. L'adolescente fugueuse a été enlevée à San Antonio. L'étudiante, dans un relais routier sur l'autoroute entre Whiskey Gulch et San Antonio. La jeune mère a été enlevée sur l'autoroute quand elle s'est arrêtée pour changer une roue. Ses enfants étaient avec elle. L'homme l'a enlevée en laissant les enfants seuls dans la voiture. L'autre adolescente a été enlevée à sa descente du bus scolaire, à cinq cents mètres de chez elle.

— Bon sang, dit Trace. Leurs familles doivent être malades d'inquiétude.

— Et nous ne pouvons même pas leur dire qu'elles sont encore en vie, commenta Parker.

La bouche de Trace adopta un pli résolu.

— Rien ne nous garantit que ce soit toujours le cas. Nous ne savons même pas où elles sont. Raison de plus pour partir tout de suite à leur recherche.

Parker acquiesça.

— C'est exactement ce que je pense.

Trace attrapa son téléphone portable.

— Mieux vaut que je rassemble l'équipe sans attendre. Nous nous réunirons ici même, dans mon bureau, d'ici trois quarts d'heure.

— D'accord. En attendant, je vais aller m'assurer qu'Abby va bien. Elle a besoin de manger, et de boire.

— Je suis sûr que ma mère va la remettre sur pied.

Trace sélectionna un numéro et appuya sur l'icône d'appel.

— Je préférerais que le moins de monde possible ne soit au courant de sa présence ici, dit Parker.

— Comme tu veux. Mais ma mère et Lily connaissent cette maison comme leur poche. Il ne leur faudra pas longtemps pour découvrir qu'elles ont une invitée supplémentaire.

Il reporta son attention sur son téléphone.

— Matt ? J'organise une réunion d'urgence dans mon bureau… Aussi vite que possible. Si tu peux appeler Levi, je me charge de Becker. Bien reçu. Terminé.

Parker ressortit du bureau et retourna dans la cuisine.

Rosalyn avait fini de ranger les courses, et une pile de sandwichs au jambon et au fromage était posée dans une assiette, sur le comptoir.

— Vous voilà, dit-elle en souriant. Servez-vous. J'ai du thé et de la limonade au frais, mais je peux faire du café.

— De l'eau suffira.

Il ne savait pas ce qu'Abby avait eu à manger et à boire pendant sa captivité mais, pour le moment, n'importe quoi était mieux que rien.

Il enveloppa deux sandwichs dans des serviettes en papier, remplit une tasse au robinet et sortit de la cuisine.

Il monta les marches de l'escalier quatre à quatre, craignant presque de revenir dans sa chambre, d'y trouver le lit vide… et comprendre qu'Abby Gibson n'avait été qu'un produit de son imagination.

Il posa les sandwichs en équilibre sur la tasse, saisit la poignée de la porte de sa main libre, inspira profondément et entra.

Son regard se posa aussitôt sur le lit, et il poussa un

soupir de soulagement. Abby était bien là, allongée sur le flanc. L'un de ses bras pendait hors du lit et sa main reposait sur le dos de Brutus.

Le chien se leva, s'étira et trottina vers lui en humant l'air. Ses yeux étaient rivés sur les sandwichs.

— Ne t'inquiète pas, je partagerai le mien avec toi.

Il referma la porte et alla poser la tasse et les sandwichs sur la table de nuit. Ce ne fut qu'en sentant le courant d'air qui traversait la pièce qu'il se rendit compte que la porte-fenêtre était ouverte. Il devina qu'Abby, après avoir passé des jours enfermée dans une cage, dans la pénombre d'un grenier, avait eu besoin de constater par elle-même qu'elle était libre de ses mouvements. Mais il préféra refermer la porte-fenêtre : il faisait bien trop froid dans la chambre.

Quand il se tourna de nouveau vers le lit, elle se réveillait.

— Hé, dit-il. Est-ce que vous voulez manger quelque chose ?

Elle acquiesça et s'étira avant de s'asseoir dans le lit. Un frisson secoua son corps, et elle s'empressa de ramener la couette sur sa poitrine.

Parker lui tendit un sandwich.

— Merci, dit-elle.

Il prit le second sandwich et en détacha un morceau. Assis à un mètre de lui, Brutus suivait ses moindres gestes des yeux en salivant abondamment.

— À te voir, on pourrait croire que je t'affame, dit-il.

Il lança le morceau de pain en l'air. Brutus l'attrapa au vol et l'avala tout rond.

— Tu pourrais essayer de mâcher, la prochaine fois.

Il détacha un autre morceau de pain, que Brutus happa aussi aisément que le premier. Cette fois, il l'avala moins goulûment.

— C'est mieux, dit Parker en tendant le bras pour le gratter derrière l'oreille.

— Il y a un lien spécial entre vous deux, n'est-ce pas ? demanda Abby.

Parker acquiesça.

— Oui. Nous nous sommes entraidés pour surmonter des périodes sombres. Et ensemble, nous aidons aussi Jasper.

— Jasper ?

— Mon cheval.

— Ils sont très importants pour vous, remarqua-t-elle.

— Effectivement.

— Avez-vous parlé à votre patron ?

— Oui, répondit-il avant de mordre dans son sandwich.

Abby trouva son regard et le retint.

— Et ?

Parker mâcha et avala sa bouchée avant de répondre :

— Il appelle le reste de l'équipe.

Elle soupira.

— Je n'aime pas ça. Plus il y aura de personnes au courant de ma présence ici, plus il y aura de risques que l'information se propage.

— Vous pouvez faire confiance aux gens de ce ranch.

— C'est vous qui le dites.

Elle baissa les yeux sur son sandwich avant d'ajouter, d'une voix plus posée :

— Tout le monde peut laisser échapper un renseignement sans même s'en apercevoir.

— Dans un monde parfait, nous aurions demandé l'aide du comté tout entier pour rechercher ces femmes. Mais ce monde n'est pas parfait. Et il nous faut plus d'yeux.

Elle posa son sandwich sur la table de nuit le temps de boire une gorgée d'eau.

— Quand seront-ils ici ?

Parker jeta un regard à sa montre.

— Dans une demi-heure, tout au plus.

— Je veux leur parler.

Elle s'assit sur le bord du lit, attrapa la brosse posée sur la table de chevet et entreprit de se démêler les cheveux. Comme elle s'arrêtait pour laisser ses bras se reposer, Parker tendit la main et ordonna :

— Donnez-moi cette brosse et tournez-vous.

Elle obéit et s'assit en tailleur sur le lit. Il commença à démêler ses longs cheveux blonds avec des gestes doux.

— Si vous descendez au rez-de-chaussée, le reste de la maisonnée vous remarquera, lui rappela-t-il.

— Nous devrons donc nous assurer qu'ils garderont le silence, eux aussi.

Elle pinça les lèvres.

— C'est vraiment risqué.

— Nous ferons de notre mieux.

Quand il eut fini de démêler ses cheveux, il les brossa en arrière.

— Où avez-vous appris à brosser des cheveux longs ?

— Serez-vous choquée si je vous dis que j'ai eu les cheveux longs, moi aussi ? demanda-t-il en souriant.

Abby ouvrit de grands yeux.

— Bien sûr que non !

— Quand je suis entré au lycée, j'étais un petit rebelle.

— Et maintenant ? demanda-t-elle.

Il gloussa de rire.

— L'armée m'a guéri de mes envies de rébellion en même temps qu'elle s'en est servie. Pour accomplir certaines des missions qui nous sont confiées, il faut avoir l'âme d'un rebelle.

— Rebelle un jour, rebelle toujours ?

— Oui. Mais je ne peux me baser que sur ma propre expérience.

— Et où avez-vous appris à brosser les cheveux d'une femme ?

— J'ai deux sœurs cadettes. J'aidais mes parents à les préparer pour l'école, le matin. J'ai même appris à faire des tresses. Comme ma mère n'a jamais su les faire, c'est l'une de mes amies qui m'a montré comment m'y prendre. Ensuite, je me suis entraîné sur mes sœurs jusqu'à y arriver.

— Vous êtes un homme surprenant, dit Abby. Et vous pouvez brosser mes cheveux aussi longtemps que vous le voudrez.

Il continua donc pendant quelques minutes supplémentaires.

Maintenant que ses cheveux étaient secs, ils retombaient souplement sur ses épaules. Le noir du T-shirt qu'elle portait magnifiait encore leur blondeur.

— Je ne savais pas ce que j'avais trouvé quand Brutus vous a découverte dans la boue, dit-il.

— Vraiment ?

Elle se tourna vers lui. Ses lèvres étaient d'un rose poudré et ses yeux, aussi bleus qu'un ciel de printemps.

— Je devais être affreuse à voir.

Il fronça les sourcils, bien trop conscient que ce short dévoilait une grande partie de ses jambes. Il fallait qu'il reste concentré sur son problème, pas qu'il se laisse distraire par sa beauté.

— Sans Brutus, jamais je ne vous aurais vue.

Abby tendit le bras pour gratter les oreilles du pitbull.

— J'ai de la chance que vous m'ayez trouvée, tous les deux. Si seulement Brutus pouvait sentir les traces de mes compagnes de captivité, nous les retrouverions beaucoup plus vite.

— Si quelqu'un peut les retrouver, ce sont les Outriders.

Elle soupira.

— J'espère que vous avez raison. Elles n'attendent qu'une chose : rentrer chez elles et retrouver ceux qui leur sont chers.

— Et vous ? demanda-t-il. Est-ce ce que vous attendez, vous aussi ?

Pour la première fois, il envisagea qu'Abby puisse avoir un mari ou un fiancé fou d'inquiétude.

— Si vous comptez mes vingt-quatre élèves de CM2, oui : j'ai hâte de retrouver vingt-quatre êtres chers.

— Pas de petit ami ?

Elle partit d'un petit rire.

— J'ai à peine le temps de corriger les cahiers de mes élèves.

Il se sentit soulagé d'apprendre qu'elle était célibataire… mais il refusa de se l'avouer.

— L'enseignement demande des qualités très spéciales, dit-il. Ma mère était professeure.

— Vous savez donc la somme de travail que cela représente.

— Je le sais, oui.

Quelqu'un frappa à la porte. Comme Abby sursautait en ouvrant de grands yeux, il posa une main sur sa jambe pour la rassurer.

— Tout va bien.

— Parker ? appela Irish.

— Oui ?

— Tout le monde est dans le bureau de Trace. Nous n'attendons plus que toi.

— Compris, répondit-il. J'arrive tout de suite.

Il se leva, baissa les yeux vers Abby, et lui tendit la main.

— Vous venez ?

Elle soupira et posa sa main dans la sienne. Il l'aida à se redresser et l'attira vers lui. Elle posa une main sur son torse et le regarda.

— Comment est-ce possible ? fit-il. Je viens à peine de vous rencontrer, et pourtant j'ai déjà envie de vous embrasser.

Un sourire illumina le visage d'Abby.

— Alors, qu'est-ce que vous attendez ?

— Je ne veux pas profiter de vous. Après tout ce que vous venez de vivre…

Elle éclata de rire.

— Vraiment ?

Elle lui encadra le visage de ses mains et reprit :

— Mes pieds me font mal, je suis épuisée, et j'ai peur pour les jeunes femmes que j'ai laissées derrière moi. Un baiser ne pourrait que me mettre un peu de baume au cœur.

Elle effleura ses lèvres des siennes avant d'ajouter :

— Surtout si c'est de vous que vient ce baiser. S'il vous plaît…

Elle l'embrassa de nouveau. Quand elle caressa ses lèvres du bout de la langue, il s'ouvrit à elle et lui rendit son baiser.

Il s'écarta, la tenant à bout de bras, et planta son regard dans le sien.

— Je ne sais pas ce qui vient de se passer mais, ce que je sais, c'est que j'ai sacrément envie de recommencer.

6

L'équipe de Trace au grand complet était réunie dans son bureau. Trace lui-même était assis derrière sa table de travail massive en acajou, Levi et Becker occupaient chacun un fauteuil en cuir, Irish s'était perché sur le bord du bureau de Trace et Matt, debout près de la porte-fenêtre, regardait dehors.

Parker s'arrêta sur le seuil, la main d'Abby toujours dans la sienne. Il lui avait prêté des chaussettes et un pantalon de jogging qui flottait sur son corps mince. Elle rejeta les épaules en arrière et, la tête haute, marchant de façon à ménager ses pieds blessés, s'avança dans la pièce. Parker sentit ses doigts se crisper sur les siens – non parce qu'elle avait peur, mais parce qu'elle était déterminée à se mettre au travail pour retrouver ses compagnes de captivité.

— Messieurs, dit-il, je vous présente Abby Gibson. C'est mon chien, Brutus, qui l'a trouvée ce matin à l'extrême sud des terres du ranch.

Les hommes se levèrent et Trace contourna son bureau pour venir serrer la main de la jeune femme.

— Mademoiselle Gibson, asseyez-vous, je vous prie.

Il la conduisit jusqu'à son fauteuil pivotant, le retint pendant qu'elle s'asseyait et se tourna vers les autres.

— Mlle Gibson a besoin de notre aide, dit-il. Les vies de quatre femmes sont en jeu, et le temps presse.

Il baissa les yeux vers Abby.

— Est-ce que vous voulez leur raconter ce qui s'est passé ?

— Pour moi, tout a commencé il y a quatre jours, commença-t-elle.

Le regard plongé dans celui de Parker, elle leur raconta son enlèvement dans ses moindres détails. Quand elle évoqua les longues journées de captivité qui avaient suivi, puis son évasion et sa course effrénée vers la liberté, Parker devina qu'elle prenait sur elle pour ne pas se laisser submerger par l'émotion.

— J'ai réussi à m'enfuir, mais ces hommes retiennent encore quatre femmes. Je leur ai promis d'aller chercher de l'aide.

Elle marqua une pause avant de les regarder, un par un.

— Parker m'a dit que votre groupe pourrait m'aider, reprit-elle, et je prie pour que ce soit le cas. Vous êtes le dernier espoir de ces femmes. Elles étaient toutes prisonnières depuis plus longtemps que moi, et deux d'entre elles ne sont encore que des adolescentes.

— La réponse est oui, dit Trace. Nous allons vous aider.

Ensuite, il se tourna vers son équipe.

Ses collègues, Parker les connaissait à peine. Mais puisque la plupart d'entre eux étaient d'anciens membres des forces spéciales et qu'ils avaient toute la confiance de Trace, il était prêt à croire qu'ils feraient tout leur possible pour retrouver et délivrer les malheureuses et amener leurs ravisseurs devant la justice.

— Chaque minute compte, ajouta Trace. S'ils ne les ont pas encore déplacées, il est fort probable qu'ils le feront bientôt.

Il marqua une pause, agita une main en direction d'Abby et reprit :

— À moins qu'ils ne pensent que Mlle Gibson s'est grièvement blessée dans sa fuite et qu'elle n'a pas eu le temps de parler à quiconque avant de mourir. Quoi qu'il en soit, la vie de ces femmes dépend de notre capacité à ne pas ébruiter cette affaire – mais vous connaissez la musique. Et maintenant, mettons-nous au travail.

— Oui, monsieur ! répondirent les hommes d'une seule voix.

— Mademoiselle Gibson..., commença Trace.

— Appelez-moi Abby, s'il vous plaît, le coupa-t-elle avec un petit sourire. Seuls mes élèves de CM2 m'appellent « Mlle Gibson », et vous ne ressemblez pas à un élève de CM2.

Trace hocha la tête.

— Bien. Abby, donc, s'est échappée la nuit dernière, à peu près au moment où l'orage était à son plus fort. Elle a couru droit devant elle, sous une pluie battante, jusqu'à n'en plus pouvoir. Puisque Parker l'a trouvée à l'extrême sud des terres du ranch, elle est sans doute passée par la brèche dans la clôture. Compte tenu des circonstances et de son état physique, il est impossible qu'elle ait couvert une distance importante, même portée par l'adrénaline. Je propose que nous commencions donc nos recherches dans un rayon de huit kilomètres.

— Il nous faudrait un drone, dit Irish.

Trace hocha la tête.

— Tu as raison. Le temps presse, et fouiller la zone à pied serait trop long.

— Je m'en occupe, dit Matt.

— Parker, Abby... vous allez devoir travailler en étroite collaboration avec Matt et Irish.

Parker fit un signe d'assentiment.

— J'aimerais que Dallas soit sur l'affaire, elle aussi, reprit Trace. Elle pourrait faire des recherches à partir du nom des femmes qui ont été enlevées et voir s'il y a un schéma qui se dégage concernant l'identité de leurs ravisseurs.

— Qui est Dallas ? demanda Abby.

— La fiancée de Levi, répondit Trace. Elle est adjointe au shérif.

Abby secoua la tête.

— Non, dit-elle avec véhémence. Pas de forces de l'ordre. Si la nouvelle se répand…

Levi leva une main pour l'interrompre.

— Dallas ne dira rien à personne. Comme nous tous.

Abby regarda les hommes un à un en se mordillant la lèvre.

— Déjà que je ne suis pas à l'aise en voyant autant de monde dans cette pièce… vous voulez mettre une personne de plus au courant ?

Son regard s'arrêta sur Parker, qui la rassura d'un signe de la tête et dit :

— On peut leur faire confiance.

— Et Dallas est une ancienne militaire, elle aussi, précisa Levi. Elle sait garder un secret.

— Je me sens responsable de ces femmes, insista Abby.

— Mais à vous seule, jamais vous ne pourrez les retrouver, les sauver et faire arrêter les monstres qui les ont enlevées, dit Trace d'un ton ferme. Faites-nous confiance, et laissez-nous vous aider.

Pendant un long moment, Abby les dévisagea l'un après l'autre, le front creusé d'un pli profond. Enfin, elle soupira.

— Vous avez raison. Seule, je ne peux rien faire.

— Et s'ils les ont déplacées, il sera encore plus difficile de les retrouver, ajouta Parker.

Il pressa sa main, qu'il tenait toujours dans la sienne. Il détestait la voir aussi effrayée, aussi désespérée, mais son instinct lui disait que cette équipe était leur meilleure chance.

— D'accord, dit-elle enfin. Mais nous devons faire vite.

Trace se tourna vers Matt.

— Va chercher le drone.

Matt était déjà à mi-chemin de la porte.

— Je serai de retour dans moins d'une demi-heure, lança-t-il par-dessus son épaule.

— Levi…, commença Trace.

Ce dernier n'eut pas besoin d'en dire plus pour que Levi comprenne où son patron voulait en venir.

— Dallas est de service de nuit. Pour le moment, elle dort, mais je lui demanderai de passer nous voir dans la soirée. Elle pourra parler avec Abby avant de partir travailler.

Trace consulta sa montre.

— Pour le moment, en attendant le retour de Matt, nous pourrions imprimer une image satellite de la zone et voir si nous pouvons réduire le champ des possibilités.

Il se tourna vers Abby et ajouta :

— Vous savez que ma fiancée et ma mère vivent dans cette maison. Nous allons devoir les informer de votre présence.

Comme la jeune femme acquiesçait, il demanda :

— Est-ce que je peux leur demander de venir et vous les présenter ?

— D'accord, répondit-elle.

Elle s'agrippa à la main de Parker, qui la rassura d'un sourire.

Trace quitta la pièce et revint quelques minutes plus tard, accompagné de sa mère, de Lily, et de Tessa. Irish se leva d'un bond et alla prendre sa fiancée dans ses bras.

— Salut, mon cœur.

Mais les yeux de Tessa – ainsi que ceux de Lily et de Rosalyn – s'étaient déjà posés sur Abby.

— Est-ce que nous avons une invitée ? demanda Rosalyn.

— Oui, maman, répondit Trace. Cette jeune femme s'appelle Abby Gibson. Elle a besoin de notre aide et va passer quelques jours parmi nous. Il est impératif que personne d'autre que nous ne sache qu'elle est ici.

Il posa un regard sévère sur les trois femmes avant de leur faire un bref résumé de l'histoire qu'Abby venait de leur narrer.

— Donc, conclut-il, nous devons garder le secret jusqu'à ce que nous ayons retrouvé celles qui sont encore aux mains des ravisseurs.

— Pourquoi est-ce que tu ne demandes pas l'aide du shérif et de la police d'État ? demanda Rosalyn. Si vous étiez plus nombreux à les chercher, vous les retrouveriez plus vite, non ?

— Non. Dans l'intérêt de ces femmes, nous devons agir seuls, et au plus vite.

Rosalyn hocha la tête.

— D'accord. Je serai muette comme une tombe.

— Moi aussi, dit Lily.

— Et pareil pour moi, ajouta Tessa.

Elle dévisagea Abby, les yeux étrécis.

— Est-ce que vous êtes sûre que vous allez bien ? Après ce que vous avez traversé, vous feriez mieux de voir un médecin.

Abby secoua la tête.

— Non, ça va. Et ça ira encore mieux quand nous aurons retrouvé mes compagnes d'infortune.

— Laissez au moins Tessa regarder les plaies de vos pieds et de vos jambes, dit Parker. Elle est infirmière diplômée.

— D'accord, répondit Abby. Du moins, si cela ne la dérange pas.

— Cela ne me dérange pas du tout, dit Tessa.

— Venez, dit Rosalyn. J'ai une trousse de premiers soins dans ma salle de bains.

— Pendant ce temps, je vais vous trouver des habits, ajouta Lily.

Les trois femmes se rassemblèrent autour d'Abby et l'entraînèrent dans le couloir. Debout à la porte, Parker les suivit des yeux jusqu'à ce qu'elles aient disparu derrière un coin de mur. Il aurait voulu pouvoir les suivre : il n'avait pas quitté Abby un seul instant depuis qu'il l'avait trouvée, et ne pouvait se défaire de l'impression qu'il était de son devoir d'assurer sa protection.

Trace lui donna une tape sur l'épaule.

— Elles vont bien s'occuper d'elle.

— Je sais, répondit Parker en rentrant dans le bureau. Regardons ces images satellite. Nous devons trouver cette maison.

— Tu as raison, renchérit Trace. Ces hommes pourraient avoir déjà repéré d'autres femmes et n'attendre que l'occasion de passer à l'acte.

Quand Rosalyn et Tessa l'entraînèrent loin de Parker, Abby fut submergée par une angoisse telle qu'elle faillit s'arrêter net et retourner vers lui en courant. Elle jeta un regard par-dessus son épaule et vit qu'il se tenait toujours à la porte du bureau, et ne la quittait pas des yeux. Sa présence la rassura suffisamment pour qu'elle laisse les deux femmes la conduire dans la chambre de Rosalyn.

— Ces hommes doivent payer pour ce qu'ils vous ont fait, dit la mère de Trace. Quand je pense que vous étiez enfermée dans une cage, comme un animal, et que vous avez dû courir sans chaussures et à moitié nue… ce devait être atroce.

Elle la prit par le bras et l'entraîna jusqu'à la salle de bains attenante à sa chambre.

— Vos pieds doivent être dans un sale état, dit Tessa. Le sol de ces collines n'est pas tendre.

Rosalyn approcha un tabouret d'Abby et dit :

— Asseyez-vous. J'attrape la trousse de premiers soins.

Comme Abby ne bougeait pas, elle appuya doucement sur son épaule pour la forcer à s'asseoir. Aussitôt, Tessa s'agenouilla par terre, devant elle. Abby sentit ses joues s'empourprer.

— Vraiment, protesta-t-elle, vous n'êtes pas obligée de faire ça.

— Si, répliqua Tessa. Sinon, je ferais une bien mauvaise infirmière.

La jeune femme lui ôta ses chaussettes avant de poser son pied gauche sur ses genoux pour l'examiner. Ensuite, elle fit de même avec son pied droit.

— Les plaies sont propres, commenta-t-elle. Vous les avez bien nettoyées. Nous allons seulement y appliquer une pommade antibiotique et poser des pansements sur les coupures les plus profondes. Elles vont mettre plusieurs jours à cicatriser.

La jeune femme prit un tampon imbibé d'alcool dans la trousse de premiers soins, que Rosalyn avait posée par terre, à côté d'elle.

— Ça va piquer un peu, prévint-elle.

Elle passa le tampon sur la plante d'Abby, qui réprima un petit cri de douleur.

— Comment diable avez-vous pu marcher aussi longtemps pieds nus dans ces collines ? demanda Rosalyn en secouant la tête.

— Je ne sais pas. Je pense que mes pieds ont fini par devenir complètement insensibles. Je n'avais qu'une idée en tête : trouver une maison, ou un commerce… n'importe quel endroit où je pourrais obtenir de l'aide, ou utiliser un téléphone.

— Au sud du ranch, il n'y a aucune construction sur des kilomètres. Je suis un peu étonnée que vous n'ayez buté sur aucune clôture mais, après tout, il n'y a pas assez d'herbe dans ces collines pour y faire paître du bétail. On n'y trouve guère que des broussailles, des cactus, des chênes verts et quelques cèdres.

Entre-temps, Tessa avait fini de panser les pieds d'Abby.

— Pouvez-vous enlever votre pantalon de jogging ? demanda-t-elle. Vous avez sans doute d'autres blessures aux jambes.

Abby ôta son pantalon. Aussitôt, un frisson la traversa. Comme elle se frottait les bras pour essayer de se réchauffer, Rosalyn s'écria :

— Oh ! ma chérie ! Attendez un instant.

Elle attrapa un peignoir blanc accroché derrière la porte et le lui tendit. Abby s'empressa de l'enfiler.

— Je n'ai jamais eu aussi froid que la nuit dernière, dit-elle. J'étais couchée sur le sol trempé, et recouverte de feuilles mouillées.

Ses dents se mirent à claquer, tant de nervosité que de froid.

Quand Tessa eut examiné toutes les plaies et ecchymoses

de ses jambes et pansé les plus profondes, elle s'intéressa à ses poignets, où la chair était à vif. Comme elle l'interrogeait du regard, Abby expliqua :

— Des liens en plastique.

Tessa secoua la tête.

— Nous devons vraiment retrouver ces monstres et les empêcher de recommencer.

Elle se releva et posa la trousse de premiers soins sur le comptoir au moment où Lily passait la porte, avec une brassée de vêtements.

— Puisque je ne savais pas combien de temps vous alliez rester, je vous apporte de quoi vous habiller pendant une semaine.

— J'ai tout ce qu'il faut chez moi, à Boerne, protesta Abby.

— J'en suis sûre, répondit Lily. Mais il est hors de question que vous y retourniez avant que nous ayons retrouvé les autres femmes et que vous soyez toutes en sécurité. En attendant, vous allez devoir porter mes vêtements… mais je vous préviens : j'ai un goût déplorable.

Abby sentit son cœur se gonfler de gratitude devant les attentions dont ces trois femmes l'entouraient.

— Merci, dit-elle, les larmes aux yeux. Je ne sais pas ce que j'aurais fait si Parker et Brutus ne m'avaient pas trouvée.

— Oh ! je ne m'en fais pas pour ça, dit Tessa. Vous êtes sortie d'une cage cadenassée ; vous vous seriez débrouillée.

Comment ces femmes pouvaient-elles la croire capable d'autant de résilience ? Jusqu'ici, elle n'avait été portée que par le désespoir et une volonté farouche de continuer à vivre.

— Tenez, dit Lily en lui tendant un legging noir et un pull-over crème. Mettez ça. Vous devriez avoir bien chaud.

Ces dames se retournèrent pendant qu'elle ôtait à contrecœur l'épais peignoir, puis le T-shirt qui portait encore l'odeur de Parker. Elle passa le pull-over – en regrettant que son soutien-gorge ne soit pas encore sec – avant de troquer le pantalon de jogging pour le legging de Lily. Il était moins chaud, mais il était à sa taille. Ainsi vêtue, elle aurait moins l'air d'une vagabonde.

Ensuite, elle remit le peignoir et se laissa envelopper par sa chaleur.

— C'est bien mieux comme ça, dit Lily.

Elle se pencha, la prit dans ses bras et ajouta :

— Ne vous inquiétez pas. Tout ira bien.

Et de lui tendre la main pour l'aider à se relever. Quand tout son poids se porta sur ses pieds, Abby ne put retenir une grimace. Tessa s'approcha d'elle et la prit par le bras.

— Vous feriez mieux de vous reposer jusqu'à ce que vos blessures cicatrisent, dit-elle.

Elle la dévisagea pendant quelques instants avant de reprendre :

— Mais vous n'allez pas suivre mon conseil, je suppose.

Avec un petit rire, Abby secoua la tête.

— Non. Je ne peux pas me reposer tant que ces quatre femmes sont enfermées dans des cages, comme des animaux. Je veux me mettre au travail.

Et rejoindre Parker. Il n'y avait que dans ses bras qu'elle se sentait en sécurité.

7

Rassemblés autour de l'ordinateur portable, Parker, Trace, Irish et Becker scrutaient les images satellite de la région de collines qui s'étendait au sud du ranch. Parfois, la ligne droite d'un toit interrompait le moutonnement vert sombre de la canopée, mais la plupart des maisons qu'ils trouvaient étaient trop loin du ranch pour qu'Abby ait pu en arriver à pied.

Ils repérèrent également les nationales et les routes de campagne qui sillonnaient les collines.

Enfin, un bruit de moteur leur parvint.

— C'est Matt, dit Irish en se levant.

Il sortit du bureau, son ordinateur dans les mains. Trace et Becker lui emboîtèrent le pas, mais Parker s'arrêta net : Abby remontait le couloir, accompagnée de Rosalyn, Tessa et Lily. Elle portait maintenant un legging noir et un pull-over couleur crème, sur lesquels elle avait passé un épais peignoir blanc.

Elle s'approcha de lui. Un petit sourire jouait au coin de ses lèvres.

— J'adore ce peignoir, dit-il. Il complète votre tenue à merveille. Est-ce que vous préférez rester ici, ou venir avec nous ?

— Venir avec vous, répondit-elle aussitôt.

— Je vais vous chercher un manteau, dit Lily. Il vous tiendra plus chaud que ce peignoir.

Elle alla chercher un blouson doublé de polaire dans la penderie et le lui tendit. Abby lui rendit le peignoir et enfila le blouson.

— Merci pour tout.

Quand ils sortirent sur le porche, Matt était en train de prendre un drone noir et son boîtier de commande sur la banquette arrière de son pick-up. Irish le rejoignit et posa son ordinateur portable sur le capot.

— Est-ce que la batterie est chargée ? demanda-t-il.

— Oui.

Matt posa le drone par terre et l'alluma, ainsi que le boîtier de commande, et essaya de le faire décoller. Après plusieurs tentatives infructueuses, il y parvint enfin. Quand le drone fut à environ trois mètres au-dessus du sol, il s'exerça à le faire voler vers la gauche, vers la droite, vers l'avant et vers l'arrière. Ensuite, il s'entraîna à lui faire gagner et perdre de l'altitude. Après l'avoir fait atterrir cinq fois, il parvint à le faire monter à une dizaine de mètres du sol.

Il lui fit alors décrire un cercle au-dessus de la maison, dans le sens des aiguilles d'une montre, puis en sens inverse. Quand il eut survolé la maison trois fois, il guida le drone vers la grange. Mais l'appareil volait un peu vite, et un peu bas, et manqua s'écraser sur le mur du bâtiment. Heureusement, il lui fit reprendre de l'altitude au tout dernier moment.

Parker secoua la tête, prit la main d'Abby et la pressa doucement.

— Les commandes sont vraiment très sensibles, commenta Matt.

Trace se pencha par-dessus son épaule pour regarder l'écran et les manettes du boîtier de commande.

Quand le drone eut décrit plusieurs cercles au-dessus de la grange, Matt le ramena et le posa. Ensuite, il s'épongea le front et remarqua :

— J'ai encore besoin d'entraînement.

Irish ouvrit une application vidéo sur son ordinateur portable et tendit la main vers Matt.

— Passe-moi le boîtier.

Il entra l'URL qui y était inscrite dans son application, pressa la touche « Entrée »… et lâcha un juron retentissant. Il pianota sur son clavier pendant encore quelques instants, configura le boîtier de commande et pressa de nouveau la touche « Entrée ». Une image de la cour apparut sur l'écran.

— Bingo ! Nous sommes en direct.

Matt reprit le boîtier de commande.

— Il faut que je m'entraîne encore avant d'envoyer ce joujou au-dessus des collines, commenta-t-il.

Trace leva les yeux vers le ciel.

— Entraîne-toi autant que tu le pourras aujourd'hui. On dirait que nous allons encore avoir de la pluie. De toute façon, même en partant tout de suite, nous n'arriverions pas à la clôture sud avant le coucher du soleil. Nous commencerons les recherches demain.

Les doigts d'Abby se crispèrent sur ceux de Parker.

— Mais ces jeunes femmes vont passer une nuit de plus en captivité ! protesta-t-elle. Et nous laissons à nos ravisseurs encore plus de temps pour les déplacer.

— Tant que personne ne saura que vous êtes ici, peut-être qu'ils ne ressentiront pas le besoin de le faire, dit Parker.

— Quoi qu'il en soit, il est trop tard pour commencer les

recherches aujourd'hui, répéta Trace. Nous nous mettrons en route demain à la première heure, suffisamment tôt pour atteindre au lever du soleil l'endroit où Parker vous a trouvée.

Les épaules d'Abby s'affaissèrent.

— Ça ne me plaît pas, mais je comprends.

Une bourrasque fit voler ses cheveux. Traversée par un frisson, elle s'appuya contre Parker. Il passa aussitôt un bras autour de ses épaules pour lui transmettre un peu de sa chaleur corporelle.

— J'ai un rôti en train de mijoter, annonça Rosalyn. Si j'ai un peu d'aide, le dîner sera prêt dans une demi-heure.

— Vous pouvez compter sur moi, dit Parker.

Il baissa les yeux vers Abby.

— Est-ce que vous voulez vous joindre à moi ?

— Volontiers. Cela m'empêchera de penser à ce que ces jeunes femmes sont en train d'endurer.

— Bien, dit Parker. Par contre, mes talents culinaires se limitent à éplucher des pommes de terre et à préparer un chili.

— Est-ce que vous savez manier un couteau ? demanda Lily.

— Dans un combat, ou pour lever les filets d'un poisson et éplucher les pommes de terre, oui, répondit Parker.

— En ce cas, vous pourrez préparer la salade composée avec Abby, dit Lily.

— Et moi, je mettrai le couvert, proposa Becker.

— Vous êtes engagés, dit Rosalyn en souriant.

Tous quatre laissèrent Matt, Irish, Trace et Levi dehors, avec le drone, et suivirent Rosalyn dans la cuisine.

La mère de Trace posa un assortiment de légumes sur le comptoir, ainsi qu'un grand saladier, deux planches à découper et deux couteaux bien aiguisés.

— Ils sont tout à vous.

Pendant qu'Abby ôtait son blouson et l'accrochait à la patère, Parker entreprit de trier la salade. Elle le rejoignit et se chargea de trancher les tomates. Dix minutes plus tard, la salade était prête.

Ensuite, Abby mit des glaçons dans des verres, que Parker disposa sur la table avant d'aider Becker à finir de mettre le couvert, pendant que Lily préparait deux pichets de limonade et de thé glacé.

Matt, Irish, Trace et Levi les rejoignirent au moment où Rosalyn apportait le rôti de bœuf sur la table.

— Vous arrivez à point, dit-elle. Allez vous laver les mains, nous passons à table.

Parker recula la chaise d'Abby et attendit qu'elle soit assise pour faire de même. Il prit le plat que Lily lui tendait, se servit des pommes de terre, des carottes et une tranche de rôti et attendit qu'Abby se serve à son tour.

— Ça va ? demanda-t-il. Vous tenez le coup ?

Elle haussa les épaules sans répondre. Il remarqua qu'elle ne prenait qu'un petit morceau de viande, une moitié de pomme de terre et deux carottes. Comme il lui lançait un regard de reproche, elle expliqua :

— J'avais faim, mais songer à mes compagnes de captivité m'a coupé l'appétit… Ils ne nous donnaient presque rien à manger. Un sandwich par jour, et c'est tout. Quand je pense que je suis ici, en train de manger quelque chose de chaud, alors qu'elles continuent à souffrir…

— Vous ne devez pas voir les choses comme ça, dit-il. Dites-vous que cette nourriture est le combustible dont votre corps a besoin. Si vous voulez nous aider à les retrouver, il vous faut reprendre des forces.

— Je sais, répondit-elle. J'ai seulement l'impression

d'avoir perdu une journée. J'aurais dû partir à leur recherche au lieu de dormir.

Il prit sa main dans la sienne.

— Vous aviez besoin de repos. Je vous rappelle que vous avez couru sous un orage et passé la nuit allongée par terre, dans le froid et l'humidité. Vous pouvez même vous estimer heureuse d'être encore en vie.

Mais elle ne semblait pas convaincue. Au contraire, elle avait l'air tellement triste qu'il n'avait qu'une envie : la serrer contre lui et la réconforter.

— Hou hou ! lança une voix féminine à l'avant de la maison. Où êtes-vous tous passés ?

— C'est Dallas, dit Levi.

Il se leva en souriant.

— Dans la salle à manger ! répondit-il.

La femme qui entra dans la pièce portait l'uniforme du département du shérif – chemise beige et pantalon noir.

— Ça sent vraiment bon, ici, dit-elle.

— Dallas, dit Rosalyn avec un sourire de bienvenue. Je suis tellement heureuse que tu puisses te joindre à nous.

— Je me préparais pour aller prendre mon service quand Levi m'a envoyé un message pour me dire que vous aviez fait un rôti à la cocotte. Je ne pouvais pas rater ça.

Elle balaya la tablée du regard, un sourcil haussé, et ajouta :

— S'il reste une part pour moi.

— Tu sais bien que j'en prépare toujours plus que nécessaire. Assieds-toi.

La jeune femme s'assit à côté de Levi, qui posa une main sur son épaule, se pencha vers elle et l'embrassa sur la tempe.

— Salut, toi.

Elle posa sa main sur la sienne et leva les yeux vers lui.

— Salut.

Levi lui passa le plat de viande. Elle se servit généreusement avant de regarder les convives, un à un.

— Levi m'a aussi dit qu'il fallait que je rencontre le petit nouveau et sa copine.

Elle posa les yeux sur Parker, puis sur Abby.

— C'est vrai, dit Trace. Je te présente mon nouvel Outrider, Parker Shaw.

Dallas le salua d'un petit signe de la tête.

— Ancien militaire ?

— Oui, dit Parker. Dans les forces spéciales.

— Merci d'avoir servi votre pays, dit Dallas.

— Dallas était dans l'armée, elle aussi, précisa Levi.

— Quel corps ? demanda Parker.

— Police militaire, répondit la jeune femme en baissant les yeux vers son uniforme. Ça vous surprend ?

— Merci d'avoir servi votre pays, dit Parker. J'aimerais vous présenter Abby Gibson.

Dallas salua Abby d'un petit signe de la tête et demanda :

— Étiez-vous dans l'armée, vous aussi ?

— Non, répondit Abby. Je suis institutrice, à Boerne.

Dallas plissa le front.

— Et vous êtes en vacances à Whiskey Gulch ?

— Pas exactement, non.

— « Abby Gibson »..., répéta Dallas en plissant le front de plus belle. Votre nom me dit quelque chose.

Levi se pencha vers elle.

— C'est pour rencontrer Abby que je t'ai demandé de passer ce soir, avant de prendre ton service.

Le regard de Dallas s'unit à celui d'Abby.

— Si vous me racontiez votre histoire ?

Tout en mangeant, elle écouta Abby décrire son

enlèvement, évoquer ses compagnes de captivité et terminer par son évasion.

Le visage de Dallas s'éclaira.

— Voilà pourquoi votre nom m'est familier. La police de Boerne a signalé la disparition de la propriétaire d'une Toyota Prius gris argenté, dernier modèle. On pense qu'elle a été enlevée sur une aire de repos, entre Boerne et Kerrville.

— C'est bien moi, dit Abby dans un soupir.

Dallas sortit un bloc-notes et un stylo de sa poche de poitrine et reprit :

— Il va me falloir les noms des autres victimes.

— Cara Jo Noble, Valentina Ramirez, Laura Owens et Rachel Pratt, répondit Abby. D'après ce que j'ai compris, ils avaient l'intention de nous vendre.

Dallas fronça les sourcils.

— J'ai lu certains de ces noms sur des avis de recherche. Pouvez-vous décrire vos ravisseurs ?

Abby secoua la tête.

— Non. Ils portaient tous des cagoules de ski. Seules Cara Jo et Valentina ont vu l'homme qui les a enlevées ; elles l'ont décrit comme étant jeune, blond, beau garçon et avenant. Il les a appâtées en leur demandant son chemin.

— Je vais sans doute passer la nuit à patrouiller, dit Dallas. J'essaierai d'en apprendre plus sur les enlèvements sur mon ordinateur de voiture et m'arrêterai au bureau pendant mes pauses pour faire quelques recherches supplémentaires dans nos bases de données.

Elle se tourna vers Levi.

— Les rangers ont sans doute visionné les bandes de vidéosurveillance du relais routier où Laura Owens a été capturée. J'ai un ami dans ce corps de police. Je lui demanderai s'il peut m'en dire plus.

Abby se pencha vers elle.

— Personne ne doit savoir que je suis ici. Si les ravisseurs me croient morte, ils jugeront peut-être inutile de déplacer les autres femmes.

— À leur place, si l'une de mes prisonnières s'était enfuie, dit Dallas, je les aurais déplacées sans attendre.

Parker était d'accord avec l'adjointe, mais il se garda bien de le dire.

— Essayons quand même de localiser la maison où elles étaient retenues prisonnières, dit-il. Nous y trouverons peut-être des indices qui nous mèneront jusqu'aux responsables de ces enlèvements.

Dallas acquiesça.

— Vous avez raison. Ils seront peut-être partis trop vite pour faire disparaître toutes les preuves. De mon côté, je vais creuser le plus discrètement possible, sans alerter ma hiérarchie. Je vous promets de faire de mon mieux.

Abby la remercia d'un pâle sourire.

Parker inspira profondément avant de dire :

— Puisque Abby est arrivée sur ce ranch, nous devons partir de l'hypothèse que les ravisseurs sont de la région. Tant que nous ne savons pas de qui il s'agit, nous devons être extrêmement prudents.

— Mon instinct me dit que je ne dois pas me montrer, mais peut-être que je devrais sortir, au contraire, intervint Abby.

Elle serra les bras autour de son corps et ajouta :

— Si je croise l'un de ces hommes, je pourrai le reconnaître à sa voix.

Dallas planta son regard dans le sien.

— En ce cas, dit-elle, il vous faudra un déguisement. S'ils croisent leur fuyarde, ils voudront l'éliminer.

— J'ai de quoi vous déguiser, intervint Lily. Ma mère

m'a légué tous ses costumes, et je dois avoir une ou deux perruques et des lunettes de soleil. Ce sera suffisant pour que vous n'ayez plus rien de l'institutrice qu'ils ont enlevée.

Comme Parker posait sur elle un regard médusé, Lily haussa les épaules et expliqua :

— Je vous raconterai toute l'histoire un autre jour mais, pour faire court, ma mère était strip-teaseuse. Elle avait toute une collection de perruques et de costumes. Si nous transformons Abby en Sissy Bling ou en Lala Swoon, elle n'aura pas à rester terrée sur le ranch.

Elle grimaça et précisa :

— Et ce ne sont que quelques-uns des noms de scène de ma mère.

— « Lala Swoon » ? reprit Abby en souriant. Ça me plaît. Et j'ai toujours voulu avoir les cheveux noirs.

— J'ai justement une magnifique perruque noire, répondit Lily. Elle vous ira à merveille.

— Je pensais que tu t'étais débarrassée de la plupart de ces vieux costumes, dit Trace.

Lily lui coula un regard séducteur.

— J'ai gardé ceux que je préférais. On ne sait jamais, si je devais reprendre le flambeau…

Trace fronça les sourcils.

— Pas question.

— Je pourrais donner un spectacle privé, dit Lily en battant des paupières.

Comme Trace fronçait les sourcils de plus belle, elle éclata de rire et lança :

— Oh ! ne sois pas aussi collet monté !

Ensuite, elle se tourna vers Abby.

— Si vous voulez aller en ville, dites-le-moi.

— Pour le moment, je veux seulement retourner là où Parker m'a trouvée et revenir sur mes pas.

— Vous couriez dans le noir, sous un orage, remarqua Parker. Vos empreintes auront été effacées.

— D'ailleurs, vous n'avez certainement pas couru en ligne droite, ajouta Trace. Non, le drone est notre meilleure option. Et si cela ne suffit pas, l'un de mes amis a accepté de nous emmener en hélicoptère.

— Le bruit les alertera, commenta Abby en fronçant les sourcils.

— Peut-être, mais si nous ne trouvons pas la maison avec le drone, il nous faut un plan de secours.

Dallas secoua la tête.

— Si nous pouvions mettre les forces de l'ordre sur le coup, nous irions peut-être plus vite. Elles vous recherchent déjà, ainsi que les autres disparues.

— Ils les déplaceraient, dit Abby en secouant la tête. Ou ils les tueraient et feraient disparaître les corps.

— J'ai l'impression de dissimuler des informations capitales, soupira Dallas. Mais après tout, puisque nous ignorons qui sont les ravisseurs, ce n'est pas vraiment le cas.

Elle finit son repas, se leva et porta son assiette et son verre dans la cuisine. Les autres la suivirent, un à un.

Quand la table fut vide, Dallas embrassa Rosalyn.

— Merci pour ce délicieux repas. Je vais partir tout de suite pour avoir le temps de chercher des informations supplémentaires avant de prendre mon service. Je veux aussi voir s'il y a des criminels signalés dans la région, des hommes que nous devrions surveiller.

— Merci, Dallas, dit Abby. J'apprécie que vous nous apportiez votre aide sans mentionner ma présence ici.

Dallas la gratifia d'un sourire en coin.

— Je travaillerai par l'intermédiaire de certains de mes contacts pour ne pas que votre présence s'ébruite.

Je ferai de mon mieux. En attendant… faites attention à vous. Ne prenez aucune initiative dangereuse.

— J'y veillerai, promit Parker.

— Bien, dit Dallas. J'ai été ravie de rencontrer le nouvel Outrider. Bienvenue parmi nous.

— Je vais vous laisser, moi aussi, dit Levi. Je passerai la nuit chez nous. Est-ce qu'on aura besoin de moi ici demain matin ?

— Non, dit Trace. Mais tiens-toi prêt : si nous trouvons la maison, ta présence sera peut-être nécessaire.

— Compris.

Il suivit Dallas à l'extérieur. Quelques minutes plus tard, Parker entendit leurs deux véhicules démarrer et s'éloigner.

— Est-ce que vous avez besoin d'aide pour la vaisselle ? demanda Tessa.

— Non, répondit Rosalyn. Nous nous en sortirons.

— En ce cas…, dit Tessa, nous allons vous laisser, nous aussi. Je prends mon service de bonne heure, demain matin.

Irish passa un bras autour de la taille de la jeune femme.

— Je serai là avant l'aube, dit-il en se tournant vers Abby. On les retrouvera.

— Merci de votre aide, répondit-elle.

Quand ils furent partis, Abby regarda les assiettes posées sur le comptoir et dit :

— Je vais faire la vaisselle.

— Ne dites pas de bêtises, dit Rosalyn en agitant la main. Vous êtes une invitée.

Abby secoua la tête.

— Une invitée qui a débarqué à l'improviste. C'est le moins que je puisse faire pour vous remercier de votre hospitalité.

Parker empila les assiettes à côté de l'évier.

— Vous lavez, et j'essuie.

— Marché conclu, répondit-elle.

Elle remplissait l'évier d'eau chaude quand Rosalyn déclara :

— Vous savez, nous sommes modernes ici. Nous avons un lave-vaisselle.

— J'ai bien l'intention de m'en servir, répondit Abby en souriant, mais je préfère laver les assiettes à la main.

— Alors, je vais prendre une bière et sortir pour profiter de la soirée, dit Rosalyn. Rien n'est plus agréable que l'odeur de la terre après une bonne averse.

Trace prit trois bières dans le réfrigérateur, les décapsula et en tendit une à sa mère et une à Lily.

— Merci pour ce dîner, dit-il. C'était délicieux.

— De rien.

Rosalyn prit son fils par la taille et l'entraîna vers la porte. Parker les suivit des yeux. Trace avait beaucoup de qualités, mais celle qu'il admirait le plus était sa loyauté. Il était heureux de voir qu'il était aussi loyal avec les membres de sa famille qu'avec les hommes de son unité.

Après avoir aidé Abby à rincer les plats et à les mettre dans le lave-vaisselle, il essuya les assiettes à mesure qu'elle les lavait. Brutus alla se coucher dans un coin de la cuisine, sur un tapis, et attendit en somnolant qu'ils aient fini leur tâche.

Abby ne parlait pas beaucoup, mais il ne se sentait pas obligé de lui faire la conversation. Il découvrit qu'il prenait plaisir à travailler ainsi à ses côtés, dans un silence agréable.

Parfois, leurs bras se frôlaient et, à chaque fois, une véritable décharge électrique traversait son corps, éveillant son désir avec une rapidité étonnante. Dire qu'elle avait surgi devant lui le matin même, presque nue, couverte de terre, terrorisée… et qu'à présent elle faisait la vaisselle pour remercier son hôtesse de son accueil tout en n'ayant qu'une idée en tête : retrouver la maison dans laquelle elle avait été séquestrée pour libérer ses compagnes moins chanceuses. En plus d'être courageuse, elle avait bon cœur.

Bref, elle lui plaisait – et il voulait apprendre à mieux la connaître.

— Allez-vous vous coucher tout de suite ? demanda-t-il quand ils eurent fini la vaisselle.

Elle secoua la tête.

— Si cela ne vous dérange pas, je préférerais passer un moment dehors. Généralement, le soir, je suis en ville et la pollution lumineuse m'empêche de voir les étoiles. Et après avoir passé plusieurs jours enfermée dans un grenier…

Il hocha la tête et acheva pour elle :

— … vous voulez être à l'air libre, sans murs autour de vous.

— Exactement.

— Aimeriez-vous une bière ? demanda-t-il.

— Volontiers.

Il prit deux canettes dans le réfrigérateur, les décapsula et lui en tendit une. Ensuite, il leva sa bouteille pour trinquer avec elle.

— En espérant que nous les retrouverons rapidement.

Abby hocha la tête, porta la canette à ses lèvres et but une grande rasade avant de lever sa bouteille à son tour.

— Aux héros qui secourent les demoiselles en détresse.

Ce fut le moment que choisit Brutus pour venir s'appuyer contre ses jambes. Elle éclata de rire et reprit :

— Oui, Brutus, ça vaut aussi pour toi.

— C'est lui, le vrai héros, dit Parker. C'est lui qui

vous a trouvée et qui vous a protégée contre les cochons sauvages.

Elle haussa les sourcils.

— Et si vous ne m'aviez pas hissée sur votre cheval, cette harde de cochons aurait eu le dessus et nous aurions tous deux figuré à leur menu.

Elle trinqua de nouveau avec lui.

— Aux équipes de héros qui sauvent les demoiselles en détresse.

— Je bois à ça, dit-il, joignant le geste à la parole.

— Allons regarder les étoiles, maintenant, dit Abby. J'ai l'impression que les murs se referment sur moi.

Il l'aida à enfiler son blouson avant de tendre la main vers elle. Elle y glissa la sienne et, l'un contre l'autre, ils sortirent sur le porche.

Il aimait sentir son corps contre le sien – comme si c'était là qu'était sa place légitime. Après lui avoir sauvé la vie, il se sentait investi d'un devoir : celui de continuer à la protéger.

En somme, que cela plaise ou non à Abby, elle était coincée avec lui.

8

Quand Abby passa la porte de la cuisine, la main dans celle de Parker, elle tendit son visage à la caresse de la brise nocturne. En sentant la fraîcheur de l'air sur ses joues, elle fut heureuse d'être bien au chaud dans son blouson.

La seule fenêtre illuminée était celle de la cuisine, mais les étoiles brillaient d'un tel éclat qu'elle distinguait nettement l'écurie et le pré, où le cheval de Parker paissait tranquillement.

— Vous voilà enfin ! Nous allions envoyer une équipe de recherche pour voir ce qui vous retenait, dit Lily.

Elle était perchée sur la rambarde du porche, auprès de Trace.

— Désolés. Nous discutions et nous n'avons pas vu le temps passer, répondit Abby.

— Merci d'avoir fait la vaisselle, dit Rosalyn depuis la balancelle. Nous sommes heureux que vous vous joigniez à nous. Nous n'aurions pas pu espérer meilleur temps après l'orage de la nuit dernière.

— Pour ma part, je suis heureuse qu'il y ait eu cet orage, dit Lily.

— Moi aussi, murmura doucement Abby.

— Nous avions besoin de pluie, commenta Trace. Encore une semaine sans pluie et, avec le temps qui se rafraîchit, toute l'herbe serait morte et nous aurions dû commencer à donner du foin au bétail.

— Cette averse nous permettra de le laisser au pré une ou deux semaines de plus, compléta Lily.

Tenant toujours Abby par la main, Parker descendit les marches du porche. Une fois dans la cour, il s'arrêta et leva les yeux vers le ciel.

Abby rejeta la tête en arrière et laissa son regard se perdre dans les étoiles, heureuse d'être libre de ses mouvements et de pouvoir respirer l'air vif de la nuit.

— Je suis désolé que nous n'ayons pas plus avancé aujourd'hui, dit Trace.

— Moi aussi, répondit-elle. Tout ce que j'espère, c'est qu'elles vont bien et qu'elles tiendront le coup jusqu'à ce que nous les retrouvions.

— Nous l'espérons tous, dit Lily. Quand je pense à ce que leurs familles doivent vivre en ce moment… À votre place, je serais tentée de leur dire qu'elles sont encore en vie.

— J'avoue que j'y ai pensé, mais mieux vaut ne pas leur donner de faux espoirs. Si nous ne retrouvons pas ces jeunes femmes à temps, avant que nos ravisseurs les vendent ou les éliminent, leur douleur n'en sera que plus insupportable.

— Vous avez raison, dit Rosalyn. Quand je pense que vous étiez enfermée dans une cage… ce devait être horrible. Et dire que vous avez réussi à vous échapper ! C'est à peine croyable.

— Il vous a fallu beaucoup de courage, dit Trace.

Abby secoua la tête.

— Ce n'était pas du courage, rectifia-t-elle, mais du désespoir. Au troisième jour de ma captivité, j'ai commencé à craindre que personne ne vienne jamais à notre secours.

C'est là que je me suis dit que notre sort ne dépendait que de nous. Heureusement que cet orage a éclaté. C'est grâce au tonnerre que ces monstres n'ont rien entendu, et la pluie qui est tombée cette nuit-là a effacé mes traces.

Rosalyn se leva.

— Je vais prendre une douche et me coucher, dit-elle. Demain, nous avons un emploi du temps chargé : pendant que vous ferez voler votre drone, je serai avec le maréchal-ferrant, pour les chevaux. Mais je viendrai vous aider dès que je le pourrai.

— Nous n'aurons sans doute pas besoin de toi, dit Trace. Nous allons simplement regarder un flux vidéo sur un ordinateur. Si nous trouvons un bâtiment qui semble correspondre à la description d'Abby, nous le localiserons sur la carte et nous rendrons sur place en voiture. Comme nous ne savons pas à quoi nous attendre, je préfère que ce soit mon équipe qui s'en occupe.

— Comme tu veux, dit Rosalyn. En tout cas, je me lèverai de bonne heure pour vous préparer des sandwichs à emporter. Et le dîner sera prêt quand vous rentrerez.

— Tu n'as pas à cuisiner pour nous, dit Trace en embrassant sa mère sur le sommet du crâne. Nous pouvons dîner en ville.

— Très bien, mais préviens-moi dès que vous saurez ce que vous comptez faire. Si personne ne vient, ce n'est pas la peine que je prévoie un dîner complet.

— Nous mangerons en ville, décida Trace. Et si nous changeons d'avis, nous sommes assez grands pour nous faire des sandwichs.

Il serra sa mère dans ses bras.

— Maintenant, va dormir. Je t'aime, tu sais.

Elle tapota la joue de son fils.

— Je sais. Et je t'aime, moi aussi.

Elle se mit sur la pointe des pieds et l'embrassa sur la joue.

— Sois prudent, demain.

— Promis, dit Trace. Bonne nuit.

— Bonne nuit, tout le monde.

Quand Rosalyn fut rentrée dans la maison, Lily dit :

— Je suis fatiguée, moi aussi. Je vais aller me coucher.

Elle leva les yeux vers son fiancé.

— Tu viens ?

— Et comment, répondit-il en lui souriant.

Il se tourna vers Parker et Abby pour ajouter :

— Si vous avez besoin de quoi que ce soit, n'hésitez pas à demander, ou à vous servir. Et n'oubliez pas de fermer la porte à clé quand vous rentrerez.

— Entendu, répondit Parker.

Lily prit Trace par la main et l'entraîna à l'intérieur. Enfin, Abby fut seule avec Parker.

Elle serra les bras autour de son corps et leva les yeux vers le ciel piqueté d'étoiles. Leur présence immuable avait quelque chose de rassurant, mais l'infinité même de leur nombre et de leur étendue était un peu effrayante. En les contemplant, elle se sentit toute petite, insignifiante, sans plus d'importance qu'un grain de poussière dans l'Univers.

Elle se rapprocha de Parker. Cet homme était son roc dans le flot tumultueux de son existence. Avec lui, elle se sentait sereine, en sécurité. Dès qu'il s'éloignait, elle était rapidement balayée par un tsunami d'émotions et d'angoisses.

Il passa un bras autour de ses épaules et l'attira contre lui.

— Je suis là pour vous, dit-il doucement.

— Comment saviez-vous que j'avais besoin d'entendre ces mots ? chuchota-t-elle.

Il haussa les épaules.

— Je n'en sais rien. Je l'ai senti, c'est tout.

Elle se laissa aller contre lui.

— Merci d'être ici, avec moi. Sans vous, je crois que je m'effondrerais.

Il secoua la tête.

— Et moi, je crois que vous tiendriez bon. Comme vous l'avez fait jusqu'à ce que Brutus vous trouve.

— Quand il m'a trouvée, je pense que j'étais sur le point de m'endormir pour ne plus jamais me réveiller. Je n'avais jamais eu aussi froid de toute ma vie.

Un frisson la traversa, et il resserra son étreinte autour de ses épaules.

— Si nous rentrions ? Il commence à faire frais.

— Vous avez raison. D'ailleurs, nous devons nous reposer. La journée de demain va être stressante.

— Oui, elle va l'être.

Il l'entraîna vers la porte de la cuisine, et s'effaça pour la laisser passer la première. Brutus en profita pour se faufiler derrière elle. Parker rentra le dernier et verrouilla la porte.

— J'ai demandé à Lily de vous installer dans la chambre voisine de la mienne, dit-il tandis qu'ils montaient l'escalier vers le premier étage.

— Merci.

— Si vous faites un cauchemar, je serai juste à côté, et j'ai le sommeil léger.

— J'essaierai de ne pas vous réveiller.

— Ce n'est pas ce que j'ai voulu dire, dit-il en lui prenant la main. Si vous avez besoin de moi, appelez-moi.

Ses joues s'enflammèrent. Elle avait toujours été indépendante, et ne se laissait pas effrayer facilement. Mais son enlèvement puis sa séquestration avaient porté un rude coup à la confiance qu'elle avait en elle.

— Merci. Je n'hésiterai pas à le faire.

Parker passa devant la porte de sa chambre, ouvrit la porte voisine et s'effaça pour la laisser entrer. Brutus fila aussitôt entre ses jambes et alla se coucher au pied du lit. La première chose qu'elle vit fut la grande porte-fenêtre qui donnait sur la terrasse qui desservait tout l'étage. En découvrant qu'elle pourrait rejoindre Parker par deux voies différentes, l'angoisse qui l'avait gagnée à l'idée d'être seule baissa d'un cran.

Parker la prit par les épaules, la fit pivoter vers lui et la regarda droit dans les yeux.

— Est-ce que ça va aller ?

Incapable de maintenir plus longtemps son apparence de courage, elle lui adressa un pâle sourire. Sa gorge nouée l'empêchait de prononcer un seul mot. Elle ne put que hocher la tête, en fuyant son regard.

Il lui encadra le visage de ses mains et la força à le regarder.

— Il est normal que vous ayez peur, et il n'y a aucune honte à l'admettre.

Il se pencha pour lui effleurer le front de ses lèvres.

Quand il se redressa, mue par une impulsion soudaine, Abby noua les bras autour de sa taille et pressa le front contre son torse.

— J'ai peur.

— Est-ce que vous voulez que Brutus et moi restions avec vous jusqu'à ce que vous vous endormiez ? demanda-t-il doucement.

Elle détestait se voir aussi faible, mais elle détestait encore plus l'idée d'être seule. Elle hocha la tête.

— Oui. S'il vous plaît.

Sans cesser de la tenir, Parker referma la porte du pied et dit :

— Allez vous préparer pour la nuit. Je ne bouge pas d'ici.

Elle leva les yeux vers lui et il soutint son regard, sans ciller. Après un long moment, elle s'écarta et recula d'un pas.

Dès qu'elle se détourna, elle fut en proie à une telle angoisse qu'elle faillit faire volte-face et se jeter de nouveau contre lui. Elle resta immobile pendant quelques instants, inspirant et expirant lentement, jusqu'à rassembler suffisamment de courage pour s'éloigner de lui.

Lily avait posé une pile de vêtements et des affaires de toilette sur le lit. Elle prit une chemise de nuit, une brosse à cheveux, une brosse à dents neuve et un petit tube de dentifrice et se dirigea vers la salle de bains attenante à la chambre. Elle jeta un regard à Parker, toujours sur le seuil de la pièce, avant de refermer la porte derrière elle.

Elle se déshabilla et passa la chemise de nuit avant de se brosser longuement les dents. Ensuite, elle se lissa les cheveux comme si, après ces trois jours sans brosse à dents ni brosse à cheveux, elle essayait de rattraper le temps perdu.

Quand elle se tourna vers le miroir, elle eut l'impression d'y voir une étrangère. La veille, on l'avait forcée à se tenir devant un maquignon, telle une tête de bétail à une vente aux enchères. Avec le T-shirt de l'école pour tout vêtement, elle s'était sentie nue et sale.

Maintenant, elle était propre… mais elle se sentait à peine plus couverte. La chemise de nuit blanche, semi-transparente, que lui avait prêtée Lily lui arrivait à mi-cuisse, et son décolleté agrémenté d'incrustations de dentelle laissait voir la naissance de ses seins.

Elle ouvrit la porte de la salle de bains et s'apprêta à courir vers le lit pour se glisser sous la couette et la remonter jusqu'au menton. Mais elle n'avait fait que deux pas quand elle s'arrêta net.

Parker lui tournait le dos afin de lui permettre d'atteindre le lit sans se sentir mal à l'aise ni faire de crise d'angoisse.

Des larmes de gratitude lui montèrent aux yeux. Elle gagna le lit sur la pointe des pieds, repoussa la couette et se glissa entre les draps.

Comment avait-elle pu avoir la chance d'être secourue par un homme qui n'était pas seulement fort et beau, mais plein de tact ?

— Vous pouvez vous retourner, dit-elle doucement.

Quand il le fit, il plissa le front en scrutant son visage.

— Vous vous sentez mieux ?

Elle hocha la tête.

— Je me suis brossé les dents tellement longtemps que j'ai sans doute enlevé une couche d'émail.

— Je sais ce que c'est, dit-il en souriant. Rien ne me semblait aussi agréable que de pouvoir enfin me brosser les dents après des jours entiers passés au combat.

Elle sourit.

— C'est exactement ce que j'ai ressenti.

Il marcha jusqu'à la porte-fenêtre et s'arrêta à côté d'un fauteuil tapissé de tissu à motif de fleurs.

— Est-ce que vous permettez que je m'assoie ?

Elle se tourna sur le côté et dut tendre le cou pour le voir.

— Rapprochez le fauteuil, s'il vous plaît. Je ne vous vois pas bien.

Il souleva le fauteuil et le porta jusqu'au lit.

— C'est mieux ?

Elle sourit.

— Oui, merci.

Ensuite, il alla allumer la lumière de la salle de bains,

dont il laissa la porte entrebâillée, avant d'éteindre la lampe de chevet.

— Est-ce que vous avez assez de lumière ? demanda-t-il.

— Oui. Merci pour cette attention. J'ai passé beaucoup de temps dans le noir, ces trois derniers jours. Seules les voix de mes compagnes de captivité me rappelaient que je n'étais pas seule.

Parker s'assit dans le fauteuil et dit :

— Vous devriez essayer de dormir, maintenant. La journée de demain va être longue.

Elle hocha la tête et ferma les yeux… pour les rouvrir aussitôt, balayée par un accès de panique. Quand son regard se posa sur l'homme assis dans le fauteuil, à côté de son lit, le rythme de son pouls revint lentement à la normale.

Il avait fermé les yeux et appuyé sa tête sur le dossier du fauteuil. C'était vraiment un bel homme, avec ces cheveux noirs et ces yeux plus noirs encore. L'une de ses paupières se souleva à demi et il constata, sur un ton de reproche :

— Vous ne dormez pas.

— Je vais m'endormir. Les yeux ouverts, si c'est possible.

Il fronça les sourcils.

— Ça va être difficile.

Elle haussa les épaules.

— Peut-être mais, dès que je ferme les yeux, je suis prise de panique. J'ai l'impression d'être de retour dans le grenier. Je vais finir par m'endormir, j'en suis sûre. Ne vous occupez pas de moi.

Il esquissa un sourire.

— Très bien.

Il changea de position, comme pour s'installer plus confortablement, mais elle doutait qu'il y parvienne. Le dossier du fauteuil ne s'inclinait pas, et il n'y avait pas de repose-pieds. Gagnée par la culpabilité, elle remarqua :

— Vous n'arriverez jamais à dormir dans ce fauteuil.

— J'ai connu pire, répondit-il.

Il croisa les bras sur son torse, étendit les jambes et ferma les yeux. Abby le regarda pendant un long moment avant de dire :

— Vous n'êtes pas obligé de rester. Ça va aller.

— Je vous ai promis de rester jusqu'à ce que vous soyez endormie, et je le ferai, répondit-il sans ouvrir les yeux.

— Et si je ne m'endors pas ? Vous n'allez pas passer toute la nuit assis dans ce fauteuil.

— S'il le faut, je le ferai, dit-il. Maintenant, taisez-vous et dormez.

Elle se tut pendant deux bonnes minutes avant de ne plus pouvoir y tenir.

— Vous ne parviendrez pas à dormir comme ça, protesta-t-elle. Vous avez encore plus besoin de vous reposer que moi. Allez dans votre chambre et dormez.

Il lâcha un petit rire, entrouvrit les yeux et demanda :

— Est-ce que c'est comme ça que vous parlez à vos CM2 ?

— Non. Eux, ils m'écoutent et ils m'obéissent.

Elle fronça les sourcils.

— S'il vous plaît, insista-t-elle. Si vous passez la nuit dans ce fauteuil, je vais m'en vouloir.

— J'y serai très bien. D'ailleurs, on fait bien trop grand cas du sommeil.

Et d'ajouter, avec un sourire narquois :

— C'est du moins ce dont mon vieux commandant a toujours essayé de me convaincre.

— Si vous ne voulez pas retourner dans votre chambre, allongez-vous au moins sur le lit, à côté de moi. Je vous interdis de continuer à faire semblant de dormir dans ce fauteuil. Je me sens déjà assez coupable d'avoir abandonné mes compagnes de captivité. S'il vous arrive malheur demain parce que vous serez trop fatigué, je ne me le pardonnerai jamais.

Il se redressa.

— Je ne retournerai pas dans ma chambre, asséna-t-il.

Abby glissa vers le bord du lit et tapota la couette de la main.

— En ce cas, venez vous allonger ici.

Un petit sourire narquois joua à nouveau au coin de ses lèvres.

— Ce ne serait pas convenable, dit-il. Nous nous connaissons à peine.

— Je me contrefiche que ce soit convenable ou non. Vous ne dormirez pas dans cet affreux fauteuil. Point final.

Elle lui décocha son meilleur regard d'institutrice sévère.

Il la dévisagea longuement, les yeux plissés, avant de répondre :

— Je ne peux pas m'allonger auprès de vous.

— Pourquoi ? demanda-t-elle, perplexe. Parce que vous êtes marié ?

— Non, je ne suis pas marié.

— Mais vous vivez avec quelqu'un ?

— Non, répondit-il. Ce qui me retient, c'est que je suis terriblement attiré par vous. En m'allongeant sur ce lit, auprès de vous, sans vous toucher, je souffrirai bien plus que si je passe toute la nuit assis dans ce fauteuil.

Il reposa sa tête sur le dossier et referma les yeux.

— Et maintenant, restez éveillée si ça vous chante, mais ne faites pas de bruit. J'essaie de dormir un peu.

Abby demeura immobile, le pouls battant à un rythme effréné – mais pour une tout autre raison, cette fois.

— Vous êtes attiré par moi ? reprit-elle à voix basse.

Son cœur battait si fort qu'elle était sûre que Parker pouvait l'entendre.

— Bien sûr que je le suis.

Il sembla réfléchir avant d'ajouter :

— Mais ne vous inquiétez pas. Je ne chercherai pas à vous séduire. Je vous promets que vous êtes en sécurité, avec moi.

Le sang se ruait dans ses veines, aussi brûlant qu'un torrent de lave, tourbillonnait dans son bas-ventre, se lovait autour de son intimité.

— Et si j'ai envie que vous me touchiez ? demanda-t-elle.

Il ouvrit vivement les paupières et la dévisagea.

— La peur vous ôte toute lucidité, dit-il enfin. Après le traumatisme que vous avez subi, c'est compréhensible. Mais je refuse de profiter de votre vulnérabilité. Vous méritez mieux.

— Et qu'est-ce qui vous fait croire que vous ne m'aiderez pas à aller mieux en me touchant ?

Elle prit une grande inspiration, relâcha son souffle et se lança :

— Je suis parfaitement lucide. Je veux que vous me touchiez, et ce n'est pas uniquement pour trouver du réconfort. Je n'essaie pas de me servir de vous.

Elle vit ses mains se crisper sur les accoudoirs de l'horrible fauteuil.

— Quel genre de type serais-je si je profitais de vous après ce que vous avez enduré ces quatre derniers jours ?

— Le meilleur, répondit-elle avec un sourire malicieux.

Plus elle s'imaginait nue, allongée auprès de Parker, plus l'idée lui plaisait.

— Pas question, dit-il, comme s'il avait lu dans ses pensées. Vos émotions sont exacerbées. Si je me laisse convaincre, s'il se passe quoi que ce soit entre nous, vous risquez de le regretter et de vous sentir encore plus mal que maintenant. Et je ne veux pas que cela arrive.

— Mais moi, je suis prête à prendre ce risque, répliqua-t-elle.

— Nous nous connaissons à peine. Pourquoi insister ?

— Pourquoi pas ? rétorqua-t-elle. Pour commencer, je ne veux pas rester seule.

— Vous préférez coucher avec un étranger ? Et si j'étais un tueur en série ?

— Je pense qu'il y a peu de risques, dit-elle. Sinon, vous n'auriez pas été engagé dans cette équipe. J'ajouterai que je prends la pilule et que je n'ai aucune maladie. Y a-t-il autre chose qui vous inquiète ?

Elle haussa un sourcil et le défia du regard.

— Je n'aime pas qu'on me force à faire quelque chose, maugréa-t-il.

— Il me semble vous avoir entendu dire que je vous attirais.

— C'est possible, oui.

Son cou, puis ses joues devenaient rouge brique.

— C'est pourquoi je préfère ne rien entreprendre. Une fois lancé, il est beaucoup plus difficile de s'arrêter.

Elle s'assit dans le lit et croisa les bras sur sa poitrine, comme lui.

— Est-ce que vous allez venir, oui ou non ?

— Non.

Elle le dévisagea longuement, les lèvres pincées.

— Très bien.

Elle lui tourna le dos, remonta l'édredon jusque sur ses épaules et se força à compter les moutons. Elle s'arrêta au quatre-vingtième. Elle était épuisée, mais son cœur battait tellement vite qu'elle savait que rien ne pourrait l'aider à trouver le sommeil.

Elle rouvrit donc les yeux et fixa le mur, face à elle.

En cet instant, elle avait besoin de se défouler physiquement, et de se sentir proche de quelqu'un. En faisant l'amour, par exemple. Ensuite, peut-être qu'elle pourrait s'endormir.

Mais l'homme qui était assis dans ce fauteuil et qui, de son propre aveu, la trouvait attirante, refusait catégoriquement de l'approcher.

Oh ! et puis… qu'il aille au diable.

Elle ferma les yeux et repoussa le désir que cet homme obstiné avait fait naître en elle. Elle allait se calmer, et trouver le sommeil.

9

Parker resta assis dans le fauteuil jusqu'à ce que la respiration d'Abby devienne plus lente, plus profonde. Enfin, elle s'était endormie.

Quand il se leva, il se sentit soudain trop à l'étroit dans son jean.

Oui, cette femme l'excitait, mais il n'avait pas le droit de laisser libre cours à son désir. Il avait envie de lui faire l'amour, plus encore que de respirer, mais elle n'était pas prête. Le traumatisme qu'elle venait de subir était tel qu'une trop grande intimité aurait pu déclencher une crise d'angoisse.

Il traversa la chambre sur la pointe des pieds. Elle avait raison sur un point : jamais il ne pourrait dormir assis dans ce fauteuil. Arrivé à l'autre bout de la pièce, il se retourna et posa les yeux sur le lit et son occupante.

Il avait plus d'une fois lu de l'angoisse dans son regard, surtout devant la perspective de rester seule. Quoique… non, ce n'était pas tout à fait vrai. Quand les trois femmes du ranch l'avaient entraînée pour lui soigner les pieds, elle avait semblé au bord de la panique. Elle n'avait pas peur d'être seule : ce dont elle avait peur, c'était s'éloigner de lui.

Mais n'était-il pour elle qu'un moyen de ne plus penser à sa situation, ou était-elle sincèrement attirée par lui ?

Si elle redoutait à ce point d'être séparée de lui, était-ce parce qu'elle ne se sentait en sécurité que quand il était auprès d'elle ?

Il retourna s'asseoir dans le fauteuil. Pourquoi avait-il refusé aussi catégoriquement de s'allonger auprès d'elle ?

Il connaissait la réponse à cette question : parce qu'elle n'aurait peut-être voulu qu'il lui fasse l'amour que pour se prouver à elle-même qu'elle avait repris le contrôle de sa vie, après trois longues journées séquestrée dans une cage.

Et ensuite... sans doute qu'elle n'aurait plus besoin de lui.

Était-ce ce qui l'avait retenu ? Avait-il craint de tomber encore plus profondément amoureux d'elle au risque de se retrouver seul, le cœur en miettes, quand elle aurait surmonté son traumatisme et s'éloignerait de lui ?

Il avait fait le bon choix. Mieux valait qu'il ne s'engage pas.

Il se renfonça dans le fauteuil sans cesser de regarder Abby, qui était profondément endormie. Soudain, elle roula sur le dos, le front creusé d'un pli profond. À la base de son cou, une veine palpitait follement.

Elle serra les poings et secoua la tête.

— Non, chuchota-t-elle. Laissez-moi partir.

Quand Parker comprit qu'elle était en proie à un nouveau cauchemar, son cœur se serra. Il attendit en espérant que ça allait passer. Mais elle continua à secouer la tête avant de se mettre en position fœtale en gémissant. Quand ses premières larmes coulèrent, il se leva d'un bond. Il pouvait tout supporter, sauf de la voir pleurer.

Il ôta ses chaussures et se glissa entre les draps. Maintenant, elle battait des jambes et son corps était secoué de sanglots. Il l'attira contre lui.

— Abby ? Réveille-toi, ma douce.

Elle se débattit, cherchant à le repousser.

— Abby… c'est moi, Parker. Tu fais un mauvais rêve. S'il te plaît, ma chérie, réveille-toi.

Il caressa sa joue, ramena une mèche de cheveux derrière son oreille et embrassa son visage sans cesser de lui parler, d'une voix douce, rassurante.

— Abby ? Ouvre les yeux et regarde-moi. C'est Parker. Je suis ici, avec toi. Tout va bien. Réveille-toi.

Brutus se leva, appuya son menton sur le bord du lit et posa sur eux ses grands yeux expressifs. Quand Abby gémit de nouveau, le chien geignit en retour.

— Abby ? Réveille-toi, dit Parker. Brutus s'inquiète pour toi.

Brutus geignit de nouveau et posa une patte sur le lit. Parker serra Abby contre lui et la berça dans ses bras.

— Tout va bien, Abby. Nous sommes là tous les deux, et nous veillons sur toi. Il ne t'arrivera rien, nous te le promettons.

Enfin, elle ouvrit les yeux et plongea son regard dans le sien.

— Parker ?

— Oui, ma puce. Je suis là.

Elle regarda tout autour d'elle. Il sentit tout son corps se crisper contre le sien.

— Tu es en sécurité, ma chérie. Tu es au Whiskey Gulch Ranch, avec Brutus et moi.

Elle s'effondra dans ses bras.

— Je croyais que j'étais de retour là-bas.

— Ce n'est pas le cas. Tu es ici, avec moi.

Elle se tourna vers lui et posa sa joue, puis sa main, sur son torse.

— Je croyais que tu ne voulais pas partager ce lit avec moi, dit-elle d'une voix basse et sexy en diable.

— Je t'ai dit que tu m'attirais, répondit-il en l'embrassant sur le front. Tu es belle, intelligente et courageuse… Comment est-ce que je pourrais résister ?

Elle referma ses doigts sur le premier bouton de sa chemise.

— Je ne comprends pas, dit-elle.

— Qu'est-ce que tu ne comprends pas ?

— Si je t'attire à ce point, pourquoi es-tu tout habillé ?

Elle défit ce premier bouton, puis le second, puis le troisième. Il faillit poser sa main sur la sienne pour l'empêcher d'aller plus loin, mais il n'en fit rien. Pourquoi lutter ? Elle avait envie de lui, il avait envie d'elle… où était le problème ?

Il était en train de tomber amoureux de cette femme merveilleuse, voilà où était le problème. Et s'il avait l'habitude de risquer sa vie, jamais il ne s'était autorisé à exposer son cœur au danger, comme il le faisait maintenant.

Mais il n'était plus dans l'armée. Il ne risquait plus d'être envoyé à tout moment dans une zone hostile, cernée par l'ennemi. Il était de retour dans la vie civile. Il pouvait baisser sa garde, abattre la muraille qu'il avait érigée autour de son cœur et s'autoriser à tomber amoureux.

Abby était-elle la femme de sa vie ? Comment aurait-il pu le savoir ? Il venait tout juste de la rencontrer. Le coup de foudre existait-il réellement ?

Quand il l'avait vue pour la première fois, elle était couverte de boue, de brindilles et de feuilles de la tête aux pieds. Et pourtant, il avait senti son courage, sa force et son envie de vivre. Cette femme était une battante – d'ailleurs, pour tenir toute une classe de CM2, il fallait une force hors du commun. Oh ! si seulement l'un de ses élèves avait pu la voir comme il l'avait vue ce matin-là… L'image le fit glousser de rire.

— Qu'est-ce qu'il y a de tellement amusant ? demanda-t-elle en levant les yeux vers lui.

— Je repensais à notre première rencontre, dit-il. Ton apparence était assez… surprenante.

Elle lui jeta un regard réprobateur.

— Je suis en train de te déshabiller et c'est à ça que tu penses ? Manifestement, je vais devoir être plus convaincante.

Elle défit le dernier bouton de sa chemise, puis celui de son jean, avant de se redresser.

— Si tu veux que nous en restions là, dis-le tout de suite. Parce qu'une fois que j'aurai commencé, je ne suis pas certaine de pouvoir m'arrêter.

Il sourit.

— Normalement, c'est à l'homme de dire ce genre de choses

Elle haussa un sourcil.

— Tu ne t'es pas montré très entreprenant, jusqu'ici. Il faut bien que je prenne les choses en main.

— Je ne veux pas que tu t'arrêtes, dit-il.

Sa voix était descendue d'une octave sous l'effet du désir qui lui enflammait le sang.

Un lent sourire naquit sur les lèvres d'Abby. Elle se pencha vers lui et s'empara de ses lèvres. Quand il sentit sa langue se glisser dans sa bouche pour caresser la sienne, lentement, sensuellement, il la saisit par les hanches et la positionna de façon qu'elle soit à cheval sur lui.

Sa chemise de nuit remonta sur ses cuisses, dévoilant l'intégralité de ses jambes jusqu'au bas de sa culotte. Il laissa échapper un gémissement et crispa les doigts sur ses hanches.

— Oh oui, j'en ai tellement envie…

Il sentit les lèvres d'Abby effleurer sa joue, puis son

cou. Elle s'arrêta à la base de sa gorge, là où son pouls battait follement, le temps de lui donner quelques petits coups de langue, avant de reprendre sa lente descente – par-dessus sa clavicule, puis sur son torse, jusqu'à l'un de ses tétons. Quand elle entreprit de le lécher, les caresses de sa langue allumèrent dans sa poitrine un véritable brasier, qui se propagea dans tout son corps.

Il rejeta la tête en arrière, haletant. Il n'allait pas pouvoir se maîtriser longtemps.

Il resserra les mains sur ses hanches et les fit tous deux rouler sur le lit pour qu'elle se retrouve allongée sur le dos, sous lui.

— Est-ce que j'ai fait quelque chose de mal ? demanda-t-elle.

— Non, au contraire. C'était trop bon. Si tu avais continué, je n'aurais pas tenu deux secondes de plus. J'ai envie de toi. Mais je veux que tu aies envie de moi, toi aussi.

Son sourire était tout de sensualité.

— J'ai déjà envie de toi.

— Mais tu peux avoir encore plus envie.

Il se pencha et passa sa langue sur ses lèvres jusqu'à ce qu'elle s'ouvre à lui. Il darda alors sa langue dans sa bouche pour taquiner la sienne, l'effleurant à peine avant de se retirer, encore et encore – puis plongeant en elle pour une longue caresse passionnée.

Ensuite, sa bouche quitta la sienne pour voyager le long de son cou et suivre le décolleté de la chemise de nuit jusqu'à la naissance de sa poitrine. Il moula une main sur l'un de ses seins et, à travers le fin tissu du vêtement, en pinça le téton entre le pouce et l'index et le malaxa jusqu'à ce qu'il soit aussi dur qu'une petite perle.

Alors seulement, il se pencha, écarta le tissu et prit le téton entre ses lèvres pour le taquiner du bout de la langue.

Le corps d'Abby s'arqua sous le sien et un gémissement monta de sa gorge.

Encouragé par sa réaction, il se redressa et remonta sa chemise de nuit, centimètre par centimètre. Elle tendit les bras au-dessus de la tête pour lui permettre de la lui ôter et, enfin, elle fut presque nue.

Parker contempla ses seins. Ils n'étaient pas très gros, tout juste de la taille de sa paume. Il les recouvrit des deux mains et les pressa doucement avant de se pencher pour en prendre un dans sa bouche et l'aspirer.

Une fois encore, Abby se cambra sur le lit. Il sentit ses mains glisser de ses épaules à sa tête et ses doigts s'enfouir dans ses cheveux pour le presser de descendre le long de son corps.

Elle n'avait pas peur de lui faire comprendre ce qu'elle voulait, et cela lui plaisait.

Il obtempéra donc, semant un chemin de baisers sur son ventre jusqu'à la taille de sa culotte. Il glissa une main entre le tissu et sa toison soyeuse pour se rapprocher, lentement, de son intimité. Quand il glissa un doigt en elle, il découvrit qu'elle était déjà moite de désir. Son envie de la prendre sur-le-champ s'en trouva redoublée. Mais même si elle était prête à l'accueillir, elle n'était pas encore suffisamment proche de la délivrance.

Non, pas encore. Mais cela ne tarderait pas.

Abby avait déjà du mal à reprendre son souffle. Chaque fois qu'elle parvenait à inspirer, Parker la caressait d'une telle façon que l'air restait bloqué dans ses poumons.

Il empoigna sa culotte, la fit glisser le long de ses jambes et la lança par terre. Ensuite, il se tourna vers elle et caressa son corps du regard, centimètre par centimètre.

Abby sentit son excitation se doubler d'appréhension. Et si elle ne lui plaisait pas ? Et si elle n'était pas suffisamment expérimentée pour le satisfaire ?

— Tu es tellement belle, dit-il.

Sa voix était lourde de désir, aussi enveloppante que du chocolat fondu.

— Et toi, tu portes encore trop de vêtements, parvint-elle à répondre.

Elle n'arrivait toujours pas à reprendre son souffle.

Il sourit et se leva. Quand il ôta son jean et le laissa tomber au sol, Abby sentit son cœur palpiter avant d'adopter un rythme effréné.

Il se pencha vers elle, glissa les mains entre ses jambes et la força à écarter les cuisses. Ensuite, il s'agenouilla à ses pieds, embrassa le creux de son genou, là où la peau était tellement sensible, avant d'effleurer l'intérieur de sa cuisse de ses lèvres, de plus en plus haut, jusqu'à son intimité.

Maintenant, Abby avait le plus grand mal à respirer. Elle avait la sensation d'être debout, en équilibre au bord d'une falaise, prête à s'envoler vers les cieux.

Quand il écarta les replis de chair des deux pouces pour la toucher du bout de la langue, elle laissa échapper un petit cri étouffé, replia les jambes et enfonça les talons dans le matelas.

Il entreprit alors de lécher son petit bouton de chair bardé de terminaisons nerveuses. Chaque coup de langue ajoutait à la tension qui habitait son corps, jusqu'au moment où la myriade de sensations qui crépitaient en elle finit par la propulser dans la stratosphère.

Elle referma les doigts sur les cheveux de Parker et s'y agrippa. L'une après l'autre, les vagues de plaisir la balayèrent. Un long moment s'écoula avant qu'elle redescende sur terre.

Aucun qualificatif ne semblait pouvoir décrire ce qu'elle ressentait. « Bon », ou même « super », était bien trop faible. Par contre, ce qu'elle savait, c'est qu'elle n'était pas encore entièrement satisfaite.

Elle tira les cheveux de Parker.

Aussitôt, il remonta le long de son corps, se pencha pour attraper son portefeuille dans la poche de son jean et en sortit un petit sachet.

Elle le lui arracha des doigts, le déchira et déroula le préservatif sur son sexe gonflé.

Il se positionna entre ses jambes et se pencha vers elle pour l'embrasser, longuement, fougueusement. Elle devina qu'il devait prendre sur lui pour retarder sa propre délivrance.

Elle le guida jusqu'à son intimité. Il s'y enfonça, mais bien trop lentement à son goût. À bout de patience, elle plaqua les mains sur ses fesses et l'attira en elle, tout entier.

Parker rejeta la tête en arrière, les lèvres pincées. Il ne bougea pas pendant plusieurs instants, pour laisser à son corps le temps de s'habituer à sa présence.

Cette fois encore, ce fut Abby qui prit le contrôle. Elle ondula des hanches, de plus en plus rapidement, jusqu'à ce qu'il prenne le relais et commence à aller et venir en elle.

Elle se sentit de nouveau gagnée par cette tension délicieuse. La raideur des muscles de Parker, la tension qui habitait son visage lui firent deviner qu'il ne se contrôlait plus qu'à grand-peine.

Elle atteignit rapidement l'orgasme et tendit tout son

corps vers lui pour l'engloutir aussi profondément que possible. Enfin, après un dernier coup de reins, Parker s'immobilisa en elle. Elle sentit son sexe palpiter tandis qu'il était emporté par la jouissance. Sa respiration était aussi hachée que s'il venait de courir un marathon et son corps était couvert d'une fine pellicule de transpiration.

Alors, elle se détendit et savoura la douceur de ce moment. C'était elle qui avait amené Parker à ce niveau de plaisir, et il avait fait en sorte qu'elle l'atteigne elle aussi. Pendant un bref instant, elle s'interdit de penser au sort atroce de ses ex-compagnes de captivité pour profiter pleinement de son bien-être.

— Tu devrais sourire plus souvent, dit-il.

Il s'appuya sur les coudes et les fit tous deux rouler sur le flanc. Elle passa la jambe sur les siennes, posa la main sur son torse et répondit :

— C'est ce que je ferai quand nous aurons libéré les autres femmes.

Elle fronça les sourcils.

— En temps normal, je ne suis pas aussi négative, ajouta-t-elle. Pour arriver à intéresser vingt-quatre élèves tous les jours, il faut être optimiste.

Il ramena une mèche de cheveux derrière son oreille et effleura ses lèvres des siennes.

— Nous les retrouverons. Mais, à présent, tu as besoin de te reposer.

Elle posa la joue contre son torse. Elle était autant rassurée par la force de ses muscles que par l'aide que son équipe avait promis d'apporter. Elle n'aurait pas à agir seule. Les Outriders étaient là.

Et Parker avait raison : elle avait besoin de repos. La journée qui les attendait allait être longue, et stressante.

Elle priait pour qu'ils trouvent la maison et que ses

compagnes de captivité soient toujours dans le grenier, saines et sauves.

Mais elle craignait que l'affaire ne se résolve pas aussi facilement.

10

Parker resta éveillé longtemps après qu'Abby se fut assoupie. Il était abasourdi de voir combien il tenait à elle, alors qu'il venait à peine de la rencontrer. Et franchement, ça lui collait la frousse… mais pas au point de le pousser à sortir de ce lit pour retourner dans sa chambre. Il aimait trop la tenir dans ses bras, sentir le contact de sa peau, si chaude et si douce, contre la sienne. Pour tout dire, il aurait pu s'habituer à la tenir ainsi contre lui chaque nuit. Mais si elle cessait de s'intéresser à lui une fois que son univers serait revenu à la normale ?

Il finit par s'endormir pour se réveiller à 5 heures du matin. Il faisait encore nuit, mais les premières lueurs de l'aube apparaissaient à l'horizon.

Abby était allongée sur le ventre, la joue reposant sur son oreiller. Ses cheveux blonds lui masquaient le visage. Dans son sommeil, elle avait passé un bras sur lui, en travers de son torse.

Parker resta immobile pendant quelques minutes pour graver dans son esprit, dans leurs moindres détails, la courbe de son épaule, le rose délicat de ses lèvres et le parfum du shampooing dont elle s'était servie.

Oui. Il aurait pu prendre l'habitude de se réveiller ainsi, auprès d'elle, chaque matin, songea-t-il.

Mais parce que la journée qui débutait allait être cruciale et qu'il voulait se mettre au travail sans attendre, il repoussa doucement son bras, se leva et s'habilla.

Abby roula sur le flanc et ses cheveux glissèrent de son visage, dévoilant ses yeux clos et l'arc de ses cils. Elle dormait d'un sommeil si paisible que Parker n'eut pas le cœur de la réveiller.

Il sortit sans bruit de la chambre et descendit l'escalier. L'odeur du bacon l'accueillit avant même qu'il ait atteint la porte de la cuisine.

Rosalyn était aux fourneaux, une spatule à la main, devant une poêle pleine d'œufs brouillés.

— Le café est prêt, annonça-t-elle. Vous n'avez plus qu'à attraper une tasse. Comme je me suis dit que vous ne prendriez pas le temps de petit déjeuner pour arriver à la clôture sud avant le lever du soleil, j'ai décidé de vous préparer des burritos. Vous pourrez les emporter pour les manger sur place.

Elle sortit les œufs de la poêle et retourna le bacon qui grésillait sur le gril.

— Ils seront prêts dans quelques minutes, ajouta-t-elle.

— C'est très gentil de votre part, mais vous n'êtes pas obligée de cuisiner pour nous. Vos journées sont déjà suffisamment chargées.

Elle sourit.

— J'aime cuisiner pour les autres. Je suis l'une de ces personnes qui ont besoin qu'on ait besoin d'elles. C'est ce qui me rend heureuse.

Parker attrapa une tasse et la remplit de café.

— En tout cas, j'apprécie vraiment tout ce que vous faites pour nous.

— Je veux seulement vous faciliter la tâche pour que

vous n'ayez à vous occuper de rien d'autre que retrouver ces jeunes femmes.

Il acquiesça et prit une gorgée de café. Pour affronter la journée qui s'annonçait, il avait besoin de sa dose de caféine.

— Irish et Matt sont descendus il y a quelques minutes, reprit Rosalyn. Ils sont sortis pour s'entraîner à piloter le drone et retransmettre le flux vidéo. Je pense qu'ils commencent à avoir le coup de main.

— Avez-vous besoin d'aide pour les burritos ? demanda Parker.

Rosalyn secoua la tête.

— Non, merci. Par contre, vous pourriez aller voir si Lily et Trace ont besoin d'aide. Ils s'occupent des animaux.

Parker prit une autre gorgée de café, posa sa tasse sur le plan de travail et sortit sur le porche. En entendant un ronronnement, au-dessus de sa tête, il chercha le drone du regard avant de descendre les marches.

Tout comme la veille, Irish avait posé son ordinateur portable sur le capot du pick-up de Matt qui, le front plissé par la concentration, maniait les manettes du boîtier de commande.

— Comment tu t'en sors ? lui demanda Parker.

— Mieux. Mais je suis en train de découvrir que le moindre déplacement demande énormément de travail.

— La caméra du drone a une excellente définition, ajouta Irish, même quand il n'y a pas beaucoup de lumière. Bien meilleure que je ne l'aurais cru. Il ne nous reste plus qu'à espérer que la transmission du flux vidéo sera aussi bonne quand nous serons loin de la maison, et de la box.

— C'est une bonne question, dit Parker. D'ailleurs, est-ce que le drone pourra transmettre la vidéo sans accès Internet ?

— Il y a un amplificateur de signal dans mon pick-up, répondit Matt. Si je configure mon téléphone pour qu'il serve de point d'accès, il devrait nous permettre d'accéder à Internet.

— Nous avons testé cette configuration, ajouta Irish. Ça semble marcher.

— Parfait, dit Parker. Si ça roule pour vous, je vais aller voir si Trace et Lily ont besoin d'un coup de main.

— Vas-y, répondit Irish sans quitter l'écran de son ordinateur des yeux. On s'occupe de tout.

Parker traversa la cour en surveillant le drone du coin de l'œil. Quand il entra dans l'écurie, Trace et Lily étaient en train de remplir des seaux de muesli.

— Les chevaux sont tous dans leurs stalles, dit Lily en le voyant. Sauf Jasper.

— Il peut passer la journée au pré, répondit Parker. Il y sera très bien.

Il regarda autour de lui.

— Est-ce que vous avez déjà distribué le foin ?

— Pas encore, dit Trace, qui était en train de remplir un seau d'eau. En général, nous donnons deux portions à chaque cheval.

Parker alla défaire une botte de foin et mit deux portions dans le râtelier métallique accroché au mur de chaque stalle. Quand il eut terminé, il se tourna vers Lily.

— Qu'est-ce que je peux faire d'autre ?

Elle inclina la tête vers une grande poubelle, sur laquelle était posé un bocal vide.

— Donner à manger aux poules. Le grain est dans cette poubelle. Quand tu auras rempli la mangeoire de la basse-cour, tu pourras ramasser les œufs et les mettre dans le bocal. Tant que tu y seras, assure-toi que les poules ont de l'eau propre.

Parker remplit le bocal. Il se dirigeait vers la porte quand Trace l'appela.

— Hé, Parker ! Fais attention au coq. C'est le roi des attaques en traître. Il m'a laissé quelques belles cicatrices.

— J'ouvrirai l'œil.

— Il y a une épuisette sur le côté du poulailler, ajouta Lily. S'il te cherche des noises, piège-le dedans et accroche-le à l'extérieur. C'est ce que je fais, et je n'ai jamais eu de problème. Quand tu auras fini, apporte les œufs à Rosalyn. Nous arrivons tout de suite.

Quand Parker arriva devant la basse-cour, le coq montait effectivement la garde derrière la porte. Aussi suivit-il les conseils de Lily à la lettre.

Il versa le grain dans la mangeoire, ramassa les œufs – ce qui lui valut un coup de bec – et remplit l'abreuvoir d'eau fraîche. Enfin, il relâcha le coq dans son domaine. Le volatile s'ébroua d'un air offensé et reprit son poste, derrière la porte.

Quand il rentra dans la cuisine, Rosalyn et Abby étaient en train de mettre une douzaine de burritos emballés dans du film alimentaire, deux thermos de café, des bouteilles d'eau et des gobelets en carton dans deux sacs à dos.

Abby releva la tête en l'entendant arriver. Leurs regards se croisèrent, et les joues de la jeune femme s'empourprèrent.

Rosalyn lui prit les œufs fraîchement pondus des mains et dit :

— Vous êtes parés. Vous avez de quoi manger jusqu'à au moins midi.

— Nous aurons fini le café bien plus tôt, remarqua Trace, qui entrait sur les talons de Parker. Mais ça nous suffira.

Il sourit à sa mère.

— Merci. Tu es un don du ciel.

— Je sais, répondit Rosalyn avec un sourire entendu.

Ensuite, elle regarda par la fenêtre et ajouta :

— Vous feriez mieux de vous mettre en route dès maintenant. Pour profiter de la moindre minute de jour.

— Oui, m'dame, répondit Trace en saluant. Est-ce que tu sais que tu aurais pu être sergent instructeur, dans une autre vie ?

Sa mère releva le menton.

— Et pourquoi pas dans celle-ci ?

— C'est vrai, répondit-il. Et tu ferais un merveilleux sergent instructeur.

Il se tourna vers Lily.

— Tu es prête ?

— Oui, répondit-elle en essuyant ses mains humides sur son jean.

— Laissez-moi juste le temps de me laver les mains, dit Parker.

Quand il ressortit de la salle de bains, Trace venait vers lui dans le couloir, un AR-15 et un sac de voyage dans les mains, ainsi qu'un fusil de sniper passé à l'épaule.

— Il y a des munitions et des armes de poing dans le sac, expliqua-t-il. Matt et Irish ont apporté leurs propres armes.

— Est-ce que tu as tout ce qu'il nous faut ? demanda Parker.

Comme Trace acquiesçait, il ajouta :

— Laisse-moi t'aider.

Trace lui tendit l'AR-15 et ils sortirent de la maison. Les autres étaient déjà rassemblés autour du pick-up. Abby se tenait un peu en retrait, Brutus sagement assis à ses pieds.

Tout en chargeant les armes et le sac à l'arrière de son pick-up, Trace expliqua la façon dont ils allaient procéder.

— Nous allons prendre deux véhicules. Abby et Parker monteront avec moi, Irish avec Matt.

Parker baissa le hayon du pick-up de Trace.

— Brutus, monte.

Le pitbull sauta sur le plateau.

— Pas bouger.

— Il ne risque pas de sauter ? demanda Abby.

— Non, répondit Parker en grattant les oreilles du chien. Pendant mon séjour au ranch de rééducation, il a appris à devenir un vrai chien de rancher.

— Un ranch de rééducation ? répéta Abby, intriguée. Je ne savais pas que tu avais fait de la rééducation.

— Comment aurais-tu pu le savoir ? Nous ne nous sommes rencontrés qu'hier. Nous n'avons pas eu beaucoup de temps pour apprendre à nous connaître.

Un fait auquel il comptait remédier très bientôt.

— Mais ne t'inquiète pas, reprit-il. C'était pour une rééducation physique, pas pour un problème de drogue ou d'alcool.

Trace était déjà au volant de son pick-up. Parker aida Abby à monter à l'arrière et s'installa à côté d'elle, derrière Trace. Matt posa le drone et son boîtier de commande à l'arrière de son pick-up et se mit au volant. Irish monta à côté de lui, son ordinateur portable sur les genoux.

Lily ouvrit la barrière, attendit que les deux véhicules soient passés et la referma. En courant, elle rattrapa le véhicule de tête et s'assit à côté de Trace.

Ils suivirent un chemin creusé d'ornières avant de couper à travers champs, gravissant des collines et traversant les ruisseaux nichés au creux des vallons. Ils franchirent encore deux barrières, que Parker insista pour ouvrir et refermer derrière les pick-up.

Parce que Trace connaissait ses terres comme sa poche, il leur fallut beaucoup moins de temps pour arriver en vue de la clôture sud qu'il n'en avait fallu la veille à Parker.

Quand le soleil apparut au-dessus de l'horizon, Trace annonça :

— La météo prévoit du beau temps, avec des vents de huit à quinze kilomètres/heure. Un temps parfait pour faire voler le drone.

Abby et Parker s'étaient penchés pour voir le chemin qu'ils suivaient. Parker tendit le doigt.

— Vous voyez cet arbre déraciné ? C'est là que nous avons trouvé Abby, Brutus et moi.

Trace arrêta le pick-up tout près de l'arbre. En revoyant le trou dans lequel Abby avait passé la nuit, recouverte de terre et de feuilles, Parker frissonna.

Il avait éprouvé un véritable choc quand elle s'était levée en titubant, telle une créature née de la terre, pour fuir loin de Brutus. Il avait rapidement compris que cette apparition était une femme mais, quand Brutus s'était jeté sur elle et l'avait plaquée au sol, son saisissement s'était doublé d'horreur.

Jusqu'ici, son chien n'avait jamais attaqué personne. Sur le coup, il n'avait pas compris ce qu'il lui prenait. Mais ensuite… les silhouettes des cochons sauvages s'étaient matérialisées dans le brouillard.

— Au fait, dit-il à Trace, tu avais raison. Certains de ces cochons étaient énormes.

— N'est-ce pas ?

Le regard de Trace croisa le sien dans le rétroviseur.

— La première fois que j'en ai vu un, au beau milieu de la route, j'ai cru que c'était une vache.

Il coupa le contact et ouvrit sa portière.

— Je n'aimerais pas me retrouver nez à nez avec l'un de ces monstres.

— C'est ce qui nous est arrivé hier, et ils étaient toute une harde, dit Parker. Est-ce que tu les as vus, Abby ?

Elle réfléchit un instant.

— Je crois, mais je n'en suis pas sûre. Brutus me maintenait clouée au sol.

— Cette grosse peluche de Brutus ? demanda Lily sans masquer sa surprise. Il t'a clouée au sol, lui ?

— Il n'avait rien d'une peluche. Je n'ai vu qu'un gros pitbull terrifiant aux dents affreusement pointues, qui grognait comme s'il allait m'arracher la tête.

Abby descendit du pick-up et alla gratter les oreilles du monstre en question, qui attendait patiemment qu'on le laisse descendre.

— Il ne voulait pas que je m'enfuie dans la mauvaise direction et que je me retrouve au beau milieu de la harde.

Parker sourit en voyant la rapidité avec laquelle Abby avait surmonté sa peur du pitbull et s'était prise d'affection pour lui. Il baissa le hayon et Brutus descendit d'un bond pour courir droit vers l'endroit où il l'avait trouvée.

Lily gloussa de rire.

— Est-ce que tu penses qu'il s'attend à ce que quelqu'un d'autre surgisse des entrailles de la terre ?

Comme le chien reniflait le sol, Parker s'approcha pour voir ce qui l'intéressait autant. Tout autour de la cuvette où Abby avait passé la nuit, la terre était piétinée et retournée, comme si les cochons avaient foui le sol.

— Est-ce que ce sont les traces des cochons ? demanda Abby en le rejoignant.

— Oui, m'dame.

Elle frissonna.

— Tu avais peut-être choisi l'un des endroits où ils viennent chercher des larves et des insectes, dit Lily.

Abby frissonna de nouveau.

— La seule pensée de ces bestioles me courant dessus me donne envie de prendre une douche…

— Mieux vaut servir de promenoir à quelques larves que de petit déjeuner à des cochons sauvages, dit Lily.

Elle se tourna vers Matt, qui sortait le drone de son pick-up et le posait par terre. Pendant qu'il attrapait le boîtier de commande, Irish posa son ordinateur portable sur le capot. Abby et Lily le rejoignirent pour regarder l'écran, où il avait affiché le flux vidéo et l'image satellite de la région où ils se trouvaient.

Parker s'approcha de Matt, qui avait déjà fait décoller le drone. Il observa tour à tour l'appareil qui planait à quelques mètres du sol et l'écran du boîtier de contrôle pour appréhender ce que la caméra allait filmer.

— Prêt ? demanda Matt.

— Prêt, confirma Irish.

— En ce cas, que la fête commence !

Le drone s'éleva dans les airs et se dirigea vers le sud, par-delà la clôture effondrée, vers une zone vallonnée, parsemée de chênes verts et de genièvres.

— Quel est le rayon de ce drone ? demanda Parker.

— Environ huit kilomètres, répondit Matt. Je pense que ce sera suffisant.

— Sans doute, dit Parker. Sur ce genre de terrain, je ne pense pas qu'Abby ait couru sur une distance supérieure. Surtout pieds nus, dans le noir, et sous des trombes d'eau.

— En somme, notre plus gros problème sera l'autonomie, conclut Trace. La batterie du drone ne tient qu'une demi-heure.

Parker jeta un regard vers Abby. Debout derrière Irish,

elle scrutait au côté de Lily les images transmises par la caméra du drone sur l'écran de l'ordinateur. Il les rejoignit.

— Si cet écran est trop petit pour nous permettre de distinguer tous les détails, nous pourrons étudier la vidéo plus longuement sur le grand écran installé dans le bureau de Trace, dit Irish.

— Quoi qu'il en soit, nous avons une demi-heure pour trouver la maison, dit Trace.

— Disons plutôt une heure, rectifia Matt. J'ai une batterie de rechange. Pendant que nous l'utiliserons, je pourrai mettre la batterie principale à charger dans le pick-up. Nous devrons peut-être faire une pause le temps que le chargement soit complet, mais ça ne devrait pas nous faire perdre trop de temps.

Pendant la première demi-heure, Matt quadrilla la région de collines qui s'étendait au sud des terres du Whiskey Gulch Ranch pendant que les autres scrutaient l'écran de l'ordinateur. De temps à autre, des lignes droites apparaissaient entre les arbres, mais les structures étaient bien trop petites pour qu'il s'agisse de la maison à un étage qu'ils recherchaient. Ce n'étaient que des affûts destinés à la chasse au cerf.

Plus le temps passait, et plus le visage d'Abby reflétait sa déception et son inquiétude. Elle semblait tellement lasse que Parker regretta de ne pas pouvoir porter son fardeau à sa place.

Irish profita de ce que le drone était au sol en attendant que la batterie principale soit rechargée pour visionner les vidéos une seconde fois. De temps à autre, il les mettait en pause pour zoomer sur un détail qui lui semblait prometteur. Comme Lily, Abby et Trace regardaient l'écran de l'ordinateur par-dessus son épaule, Parker resta en retrait.

Soudain, son estomac gronda, ce qui lui rappela

qu'aucun d'entre eux n'avait pris de petit déjeuner. Il alla donc chercher dans le pick-up de Trace les deux sacs à dos qu'Abby et Rosalyn avaient remplis de provisions et se dirigea vers Matt, qui était assis sur le hayon de son véhicule. Quand il lui tendit un burrito et un gobelet en carton, Matt le remercia vivement.

— Je pourrais me passer de manger, mais il me faut un café, commenta-t-il.

Parker remplit son gobelet. Le café était encore fumant, et exhalait un arôme délicieux.

— Est-ce que c'est du café que je sens ? lança Irish, qui était toujours penché sur l'ordinateur.

— Oui, répondit Parker.

Il passa la thermos à Lily pour se charger de la distribution de gobelets. Quand il en tendit un à Abby, elle déclina d'un geste de la main.

— Pas pour moi, merci. Je n'ai jamais aimé le café.

— C'est bon à savoir.

Il sortit une bouteille d'eau du sac à dos et la lui tendit. Elle le remercia d'un sourire.

Quand Lily eut servi le café, Parker fit passer les burritos.

— Mangez-les, même si vous n'avez pas particulièrement faim, dit Lily. Rosalyn s'est donné beaucoup de mal pour les préparer.

— Tu n'as pas à me le dire deux fois, dit Irish. Les burritos de Rosalyn sont les meilleurs qui soient. Il y en a deux par personne, c'est bien ça ?

— Oui, répondit Parker.

Quand ils eurent fini leur casse-croûte, la batterie était entièrement chargée. Matt la remit dans le drone et inséra la batterie de rechange dans le chargeur. Ensuite, il fit décoller l'engin et le dirigea vers le secteur suivant de la grille qu'ils avaient définie. Trace, Irish, Lily et

Abby se regroupèrent de nouveau autour d'Irish et de son ordinateur. Pour sa part, Parker resta auprès de Matt, les yeux rivés à l'écran du boîtier de contrôle.

Le drone revenait vers eux quand une ligne blanche apparut au milieu du vert sombre de la canopée.

— Stop, dit-il. Est-ce que tu peux descendre un peu ?

Matt mit le drone en vol stationnaire, au-dessus d'un bosquet de chênes verts.

— Est-ce que tu as vu quelque chose d'intéressant ? demanda Irish.

— Peut-être, répondit Parker en se penchant vers l'écran. Matt, est-ce que tu peux revenir un peu en arrière ?

Les yeux rivés à l'écran, Matt obéit.

— Là ? demanda-t-il.

— Oui. Ne bouge plus.

Il se détourna et courut jusqu'à l'ordinateur portable.

— Le flux vidéo nous parvient avec un peu de retard, dit Irish.

— En ce cas, vous devriez voir la même chose que nous, maintenant.

Il se glissa entre Lily et Abby, se pencha par-dessus l'épaule d'Irish et scruta l'écran pendant quelques instants avant de trouver ce qu'il cherchait.

— Là, dit-il. Vous voyez cette ligne blanche ?

Irish se pencha en avant.

— Oui.

— Matt ? lança Trace. Rapproche-toi en décrivant un demi-cercle pour que nous ayons un angle différent.

Matt fit descendre le drone et le dirigea vers la ligne blanche. Il contourna un bosquet, et la ligne blanche devint un mur. Le mur d'un vieux corps de ferme à un étage.

Abby tendit une main vers l'écran et, de l'autre, prit celle de Parker.

— Tu vois cette fenêtre de toit ? Est-ce que tu peux zoomer dessus ?

Quand ses doigts se crispèrent sur ceux de Parker, il sentit qu'elle tremblait.

Irish zooma sur la lucarne, et Abby lâcha un petit cri étouffé.

— C'est forcément la maison que nous cherchons.

— Tu as dit que tu avais cassé la vitre, objecta Trace. Celle-ci me semble intacte.

— Parce qu'ils ont raccroché le drap qui masquait la fenêtre, dit-elle. Si tu regardes bien, tu verras que le ciel et les arbres ne s'y reflètent pas. Ils ont aussi enlevé la couverture à laquelle je me suis accrochée pour descendre du toit.

— Matt, dit Trace, positionne le drone au-dessus de la maison et enregistre ses coordonnées. Nous allons prendre mon pick-up pour nous rapprocher par la route. Toi, reste ici pour surveiller la zone.

— Comme tu veux, répondit Matt. Mais la batterie est presque vide. Je dois ramener le drone tout de suite.

— OK, mais renvoie-le sur les lieux dès que possible, répondit Trace en montant dans son pick-up.

Parker se tourna vers Matt.

— Je laisse Brutus avec toi. Brutus, au pied.

Le chien obéit aussitôt. Parker lui tapota la tête et ordonna :

— Pas bouger.

Ensuite, Lily et lui prirent place sur la banquette, de part et d'autre d'Abby, pendant qu'Irish montait à l'avant. Il avait entré les coordonnées de la maison sur le GPS et sélectionné le chemin le plus rapide mais, malheureusement, il n'y avait aucune route à proximité. Ils durent donc revenir en arrière, à travers champs, en s'arrêtant plusieurs fois le temps que Parker ouvre et referme les barrières.

Ils débouchèrent près de la grange du Whiskey Gulch Ranch au moment où Rosalyn en sortait. Trace baissa sa vitre et lui cria :

— On a trouvé la maison ! On va l'inspecter.

— Soyez prudents ! cria-t-elle en retour.

Une fois le pick-up engagé sur la nationale, Trace dit à Lily :

— Appelle Dallas, donne-lui les coordonnées de la maison et dis-lui de nous rejoindre là-bas avec Levi. Si la maison est occupée, nous aurons peut-être besoin d'aide. Si elle est vide, il faudra que Dallas fasse venir la police scientifique.

Lily prit aussitôt son téléphone portable et envoya un texto à Dallas avant de l'appeler.

— Dallas ? dit-elle. Nous pensons avoir trouvé la maison où Abby était prisonnière. Je t'ai envoyé les coordonnées. Nous sommes en chemin. Passe prendre Levi et retrouve-nous là-bas.

— Nous serons sur place dans dix minutes, déclara Trace. Nous laisserons le pick-up à un kilomètre de la maison et nous ferons le reste du chemin à pied. Lily, je préférerais qu'Abby et toi restiez dans le pick-up jusqu'à ce que nous soyons certains qu'il n'y a aucun danger.

Lily pinça fermement les lèvres.

— Je sais me servir d'un pistolet.

Trace la gratifia d'un rapide sourire.

— Je le sais, et comment. Mais Irish et Parker sont des membres expérimentés des forces spéciales. Ils savent comment infiltrer et nettoyer un bâtiment, et quand tirer. D'ailleurs, il faut que tu restes avec Abby pour la protéger au cas où ces ordures arriveraient par la route.

Lily contempla l'arrière de la tête de Trace pendant un long moment avant de soupirer.

— D'accord. Je préférerais vous accompagner, mais je resterai, pour Abby.

Trace lui sourit dans le rétroviseur.

— Merci.

Ils tournèrent dans un chemin de terre, qu'ils suivirent sur trois ou quatre kilomètres. À un kilomètre de leur destination, Trace gara le pick-up derrière un gros genévrier, sur le bas-côté du chemin.

Il descendit d'un bond, prit le fusil de sniper et un pistolet dans le sac, et fourra des magasins chargés dans ses poches. Pour sa part, Parker prit l'AR-15 et un Glock 9 mm, ainsi que plusieurs magasins de munitions. Quand il se rendit compte qu'il était en train de s'équiper comme il le faisait quelques mois plus tôt avant de pénétrer en territoire hostile, il fut gagné par une sensation étrange. Pourtant, il n'était plus en Afghanistan ou en Irak, mais aux États-Unis. Un pays en paix. La terre de la liberté.

— Tout va bien ? demanda Trace.

Il hocha la tête, chargea le fusil et le pistolet et mit les magasins restants dans ses poches.

— Je suis prêt.

Lily choisit un pistolet dans le sac, le chargea et s'approcha de Trace.

— Ne te fais pas tuer.

Il l'attira contre lui et l'embrassa fougueusement.

— Pas question. J'ai trop de raisons de vivre.

Abby toucha le bras de Parker.

— Et ne te fais pas tuer, toi non plus, dit-elle doucement. Je t'aime bien.

— Moi aussi, je t'aime bien.

Il posa une main sur sa joue et effleura ses lèvres des siennes.

— Fais-moi confiance, je reviendrai. Je n'en ai pas fini avec toi.

Ensuite, Trace et lui rejoignirent Irish, qui les attendait à l'orée du bois, son AR-15 dans les mains.

— Dites-vous qu'il s'agit d'une mission de reconnaissance, dit Trace. D'abord, nous allons étudier les lieux.

Irish et Parker opinèrent du chef, et s'enfoncèrent dans la forêt, à la suite de Trace.

Parker ne savait pas ce qu'ils allaient découvrir dans cette maison, mais il espérait qu'ils y trouveraient les jeunes femmes et l'homme qu'Abby appelait leur geôlier. Ils n'auraient aucun mal à neutraliser un seul homme. Et s'ils étaient trois ou quatre… la tâche serait à peine plus compliquée.

11

Abby mit la perruque et les lunettes de soleil que lui avait prêtées Lily et alla se planter au milieu du chemin. Elle eut beau tendre l'oreille et scruter la forêt, Parker, Trace et Irish avaient déjà disparu entre les arbres.

— Tout va bien se passer, dit Lily en la rejoignant.

— J'aimerais tellement être avec eux, dit Abby. Voir ce qu'ils voient.

— Je comprends. J'aurais aimé en être, moi aussi. Je sais manier une arme, mais Trace a raison : je n'ai pas leur expérience.

Abby serra les bras autour de son corps et se balança sur les talons.

— Est-ce que tu penses qu'ils ont déjà atteint la maison ?

— Je n'en ai aucune idée, répondit Lily en riant. Mais nous ferions peut-être mieux de ne pas rester sur ce chemin. Si l'un de tes ravisseurs arrive, il pourrait sauter sur l'occasion de t'enlever une seconde fois.

— Tu es armée, lui rappela Abby.

— C'est vrai, mais je préfère ne pas avoir à tirer sur quelqu'un, à moins de ne pas pouvoir faire autrement. Est-ce que tu veux un autre burrito ?

— Non merci, répondit Abby en secouant la tête. Je

n'ai pas faim. Laura, Rachel, Valentina et Cara Jo doivent être affamées, en revanche.

Tout en suivant Lily jusqu'au pick-up, elle ajouta :

— Je n'aurais jamais dû les abandonner.

— Tu n'avais pas le temps de forcer les cadenas de leurs cages, argua Lily.

— Peut-être, mais j'aurais quand même dû rester et me battre.

Lily posa une main sur sa hanche et fit la moue.

— Est-ce que le geôlier était grand ?

— Plutôt. Au moins un mètre quatre-vingt-dix, je dirais.

— Et costaud ?

— Oui, dit Abby. Pourquoi ?

— Ma fille, à moins d'être experte en autodéfense, tu n'aurais rien pu faire contre un homme de ce gabarit. Il t'aurait remise dans ta cage, et tu te serais retrouvée à ton point de départ.

Elle posa une main sur son bras et ajouta :

— Tu as fait le meilleur choix : celui de t'enfuir pour aller chercher de l'aide.

Abby regarda au loin.

— J'espère que nos hommes les trouveront, et qu'elles seront en vie.

— Moi aussi.

Lily s'adossa au pick-up et la dévisagea en souriant d'un air entendu.

— Et maintenant, dis-moi : qu'est-ce qui se passe au juste entre toi et notre nouvel Outrider ?

Abby sentit son cou et ses joues s'empourprer.

— Rien du tout, répondit-elle en se gardant bien de croiser le regard de Lily.

— Ce baiser n'était pas « rien du tout », objecta la

jeune femme. Je sais que cela ne me regarde pas, mais Parker n'a pas dormi dans son lit, cette nuit.

Elle leva les mains et s'empressa d'ajouter :

— Je ne fouinais pas, je te le promets. Mais quand je suis passée devant sa chambre tôt ce matin, la porte était ouverte et j'ai remarqué que le lit n'avait pas été défait.

Elle marqua un temps d'arrêt avant de secouer la tête.

— Écoute… ce que font les autres ne me regarde pas. Vu ce que mes parents faisaient pour vivre, je serais bien mal placée pour juger. Mais j'avoue que je suis curieuse. Tu viens tout juste de rencontrer Parker, mais tu le regardes déjà comme je regarde Trace.

Abby se plaqua les paumes sur les joues – maintenant, elles étaient brûlantes – et coula un regard vers Lily.

— Et comment est-ce que je le regarde ?

Un sourire naquit sur le visage de la jeune femme.

— Tu le regardes comme si tu ne supportais pas de le perdre de vue. Comme si c'était lui qui accrochait la lune et les étoiles dans le ciel, et comme si personne d'autre que lui n'existait pour toi. C'est ce que je ressens pour Trace. Les débuts de notre relation ont été difficiles, mais maintenant… il est tout pour moi. Je sais que je peux vivre sans lui. Après tout, je l'ai déjà fait. Mais je préfère de loin qu'il soit auprès de moi, et je fais tout mon possible pour le rendre heureux.

— Et c'est comme ça que je regarde Parker ? demanda Abby.

Elle était abasourdie… et un peu consternée.

— Je le connais à peine, reprit-elle. Il m'a sauvé la vie, bien sûr, mais ce n'est pas une raison suffisante pour tomber amoureuse de lui en moins de vingt-quatre heures.

Elle fronça les sourcils.

— Tu crois que si ?

— Pour ce que j'en sais, tu as peut-être eu un coup de foudre… mais je ne suis pas la personne la plus qualifiée pour en parler. Je n'ai pas eu de coup de foudre pour Trace. J'ai l'impression que je l'ai toujours aimé. Comme si j'étais venue au monde en l'aimant déjà.

Elle haussa les épaules et ajouta :

— Mais comme le disent certaines femmes, « quand on sait, on sait ». Certaines personnes ont besoin d'un an pour tomber amoureuses, d'autres d'un mois. Pour d'autres encore, il suffit d'un jour. Nous sommes tous différents.

Elle s'écarta du pick-up.

— J'espère seulement que vous ne souffrirez pas, tous les deux. Je sais combien on peut souffrir quand on aime sans être aimé en retour, et…

Elle s'interrompit et inclina la tête de côté, les yeux étrécis.

— Est-ce que tu entends ça ?

Abby releva la tête, tendit l'oreille et entendit un bruit de moteur. Elle se pencha et vit un panache de poussière s'élever au bout du chemin.

— Qu'est-ce qu'on peut faire ? demanda-t-elle.

Lily fronça les sourcils.

— Personne ne doit arriver à la maison avant que Trace, Irish et Parker n'aient fini de la fouiller.

— Si ce sont des hommes qui appartiennent à la même bande que les ravisseurs, il ne faut pas qu'ils passent, renchérit Abby. Mais si nous les arrêtons et qu'ils me reconnaissent, nos hommes seront en danger… Est-ce qu'il y a un autre pistolet dans ce sac ?

Lily hocha la tête, sortit un pistolet du sac et inséra un magasin dans la crosse.

— Est-ce que tu sais t'en servir ?

— Non, répondit Abby, mais ça ne doit pas être bien compliqué.

Lily ouvrit de grands yeux.

— Oh ! ma chérie… Quand toute cette histoire sera finie, je t'apprendrai à te servir correctement d'un pistolet.

Elle ressortit le magasin de la crosse de l'arme et le remit dans le sac, dont elle sortit une casquette de base-ball.

— Tiens, dit-elle. Mets ça et ne te montre pas. Il faut que je trouve un moyen de stopper ce véhicule.

Avant qu'Abby ait pu l'en empêcher, Lily glissa le pistolet sous sa ceinture, se planta au milieu du chemin et agita les bras. Abby se coiffa de la casquette, plongea la main dans le sac et en ressortit le pistolet que Lily venait d'y ranger. Elle inséra le magasin chargé dans la crosse et se rapprocha du chemin, mais sans se montrer.

— S'ils ne ralentissent pas, cria-t-elle à Lily, écarte-toi.

— Je le ferai, répondit la jeune femme. Au fait, je sais que tu as pris le pistolet. Fais-moi plaisir : ne me tire pas dessus.

Dans la main d'Abby, le pistolet tremblait. Elle ne ferait feu qu'en dernier recours, si la situation devenait vraiment désespérée.

Quand ils ne furent plus qu'à quelques mètres de la maison, Trace leva le poing pour donner l'ordre à Parker et à Irish de s'arrêter. Ensuite, il fit signe à Irish de le rejoindre.

— Je vais fouiller la maison avec Parker, lui dit-il. De ton côté, inspecte le périmètre pour voir s'il y a des dépendances, un abri anti-tempête… bref, toute structure assez grande pour que plusieurs personnes puissent s'y cacher.

Irish hocha la tête, gagna le bois à reculons et disparut. Trace fit ensuite signe à Parker d'approcher.

— L'endroit semble désert, chuchota-t-il. Il n'y a aucun véhicule, et la porte d'entrée est ouverte. Mais comme les fenêtres du rez-de-chaussée sont bouchées avec du carton, nous ne pouvons pas en être certains.

Parker tendit l'oreille, mais aucun son ne parvenait de l'intérieur de la maison.

— J'ouvre la marche, dit-il.

Trace hocha la tête.

— Je te couvre.

Il s'appuya contre un arbre, épaula son fusil et le pointa sur la maison.

— Si tu es prêt, allons-y. Dès que tu auras atteint la maison, je te rejoindrai.

Parker hocha la tête, regarda d'un côté puis de l'autre et quitta l'abri de la forêt pour courir vers la maison. Il s'agenouilla contre le mur.

Trace s'élança à son tour jusqu'au bâtiment. Il gravit en courant les marches du porche vermoulu et approcha silencieusement de la porte d'entrée. Quand il eut pris position à côté de la porte, Parker s'élança, son AR-15 plaqué contre son torse, et se jeta à l'intérieur. Après un roulé-boulé, il se releva souplement et pointa son fusil vers le centre de la pièce.

Malgré l'obscurité qui y régnait, il vit que la pièce était vide.

Trace entra à son tour pour le couvrir tandis qu'il fouillait les lieux. Il s'engagea dans un couloir, passa devant un escalier, et ouvrit du pied la première porte qui se présenta à lui. Il pointa son fusil à l'intérieur, mais cette pièce aussi – une salle de bains – était vide.

Le couloir débouchait dans une cuisine vieillotte,

tout aussi vide que le séjour et la salle de bains. Deux portes de buffet pendaient sur leurs gonds, dévoilant des étagères dégarnies.

Parker rebroussa chemin pour revenir dans le séjour et s'engagea dans l'escalier qui menait au premier étage sur les talons de Trace. En haut des marches, un crochet et un anneau métallique flambant neuf avaient été posés sur une porte.

Trace prit un gant dans sa poche et en enveloppa la poignée de la porte. Parker épaula son fusil pour le couvrir tandis qu'il entrait dans la pièce.

— Rien à signaler, dit Trace en ressortant, quelques instants plus tard.

Il prit son téléphone portable et fronça les sourcils.

— Il n'y a pas beaucoup de réseau. Espérons que ce sera suffisant.

Il pianota sur l'écran pendant quelques instants avant de dire :

— J'ai prévenu Lily que la maison était vide et qu'elles pouvaient nous rejoindre.

Moins d'une minute s'était écoulée quand ils entendirent un bruit de moteur, puis un crissement de pneus sur le gravier. Parker fronça les sourcils.

— Elles ont fait vite.

— Trop vite, répliqua Trace d'un ton soucieux.

Il alla se poster à côté de la fenêtre et coula un regard à l'extérieur, entre le cadre et le carton qui la masquait. Parker le rejoignit sans bruit et regarda par-dessus son épaule.

— Ce n'est pas mon pick-up, dit Trace.

Les portières du véhicule s'ouvrirent. Le bas d'un pantalon apparut sous la portière avant gauche, puis un pistolet, sur le côté. Quand le nouveau venu s'élança vers la maison, Parker reconnut Dallas.

Levi descendit à son tour et rejoignit l'adjointe du shérif.

Les épaules de Trace se détendirent, et il se dirigea vers la porte d'entrée, avec un petit rire. Le pick-up était tellement sale qu'il ne l'avait pas reconnu.

— Dallas ? Ne tire pas. C'est moi, Trace Travis. Je sors.

Il ouvrit la porte en grand et se retrouva nez à nez avec le canon du pistolet de Dallas.

— Quand je t'ai dit de ne pas tirer, quel est le mot que tu n'as pas saisi ?

Il posa un doigt sur le canon de l'arme pour la détourner de son visage.

— Je voulais te voir debout et être certaine que personne ne t'enfonçait une arme dans le dos, dit-elle.

Parker sortit à son tour.

— Nous avons fouillé la maison, ajouta Trace. Elle est vide.

— Je sais. Lily nous a dit que tu venais de lui envoyer un message. Mais vous auriez quand même dû nous attendre. Il y aurait très bien pu y avoir quelqu'un.

— Pas là, hein ? demanda Levi en les rejoignant.

Trace secoua la tête et sortit sur le porche.

— Non, mais nous avons fait attention de ne toucher à rien. La police scientifique trouvera peut-être des empreintes.

Le pick-up de Trace apparut dans l'allée et s'arrêta à côté de celui de Dallas. Lily descendit, puis Abby, qui fit quelques pas vers la maison. Ses yeux étaient immenses, son regard hanté.

Parker dévala les marches du porche pour aller à sa rencontre.

— Je suis désolé, dit-il.

Elle secoua la tête. Ses joues étaient ruisselantes de larmes.

— Elles ne sont plus ici. Je ne suis pas arrivée assez vite.

— Tu ne peux pas t'en vouloir, dit Trace. Les ravisseurs les ont sans doute déplacées dès qu'ils se sont aperçus que tu t'étais enfuie.

— Je veux voir l'intérieur, dit-elle.

Quand elle monta sur le porche, Dallas la prit par le bras.

— Ne touchez à rien, et surtout pas aux poignées de porte. Les enquêteurs de la police scientifique vont passer cette maison au peigne fin.

Abby fit un signe d'assentiment.

Parker la prit par la main et entra avec elle. Elle fit quelques pas à l'intérieur avant de s'arrêter, le front creusé d'un pli vertical.

— Ici, dit-elle en tendant le doigt vers la droite, il y avait une chaise de camping, une lampe à piles et des cartons de pizza vides par terre.

Quand elle posa les yeux sur l'escalier, toute couleur quitta son visage.

— Rien ne t'oblige à aller plus loin, dit Parker.

— Si.

Elle s'engagea dans l'escalier d'un pas lent, et il lui emboîta le pas. Quand elle atteignit le haut des marches, elle s'arrêta et se plaqua une main sur la bouche. Ses épaules étaient secouées de sanglots silencieux.

— C'est là que nous étions, dit-elle.

Parker passa un bras autour de sa taille et l'attira contre lui.

— Nous les retrouverons.

— Mais comment ? Nous ne savons pas qui les retient prisonnières, ni où elles ont été emmenées. À l'heure qu'il est, elles sont peut-être à l'autre bout du pays, ou même au Mexique. Et moi… je les ai abandonnées.

Il la força à se tourner vers lui.

— Non, tu ne les as pas abandonnées. Et nous allons les localiser et les ramener chez elles.

Quand elle s'effondra contre lui et se mit à pleurer, Parker sentit son cœur se briser. Il fallait à tout prix qu'ils retrouvent ces jeunes femmes saines et sauves et qu'ils les rendent à leurs familles.

Il serra Abby contre lui jusqu'à ce qu'elle cesse de pleurer. Quand elle ne fit plus que renifler, il demanda :

— Tu te sens mieux ?

Abby hocha la tête.

— Un peu.

— Parker, Abby ? appela Lily depuis le pied de l'escalier. Nous retournons au ranch. Nous devons définir une stratégie.

— On arrive, répondit Parker.

Mais au lieu de relâcher Abby, il la força à relever la tête et regarda ses yeux bordés de rouge.

— Prête ?

Elle se redressa.

— Prête.

Elle épongea ses larmes de la main et ajouta :

— J'ai assez pleuré. Maintenant, je dois tenir ma promesse de sauver ces jeunes femmes.

Parker posa une main sur sa joue.

— Alors, dit-il, au travail.

Main dans la main, ils sortirent de la maison. Seuls Trace et Lily étaient encore là.

— Les autres nous attendent au ranch, annonça Trace.

— Est-ce que tu penses que Dallas va trouver des empreintes ? demanda Abby.

Ce fut Lily qui lui répondit :

— Elle en a trouvé quelques-unes, qui étaient assez nettes pour être photographiées. La police scientifique se chargera du reste.

Elle monta dans le pick-up, à côté de Trace qui était déjà installé au volant.

— J'espère que cela permettra de démasquer toute la bande, dit Abby.

C'était ce que Parker espérait lui aussi. Mais, pour le moment, ils avaient bien peu d'indices.

Il venait d'aider Abby à monter dans le pick-up et de refermer sa portière quand une tache blanche, par terre, attira son attention : c'était un morceau de papier. Il le ramassa et s'installa sur la banquette, à côté d'Abby.

— Qu'est-ce que tu as trouvé ? demanda Trace.

Parker lui tendit le papier froissé et couvert de boue.

— Un certificat d'immatriculation provisoire.

— Garde-le, dit Trace. Dallas pourra sans doute retrouver le propriétaire du véhicule.

Parker acquiesça et prit le document en photo avec son téléphone.

— Envoie-moi la photo. Lily la transférera à Dallas.

Parker obéit et, quelques instants plus tard, Lily commenta :

— Voilà. Dallas devrait la recevoir tout de suite.

Trace jeta un coup d'œil à Parker dans le rétroviseur.

— Fais-moi penser à te donner les contacts de tous les Outriders, de leurs moitiés et des forces de l'ordre locales.

Il grimaça et ajouta :

— Il me faudrait une liste de tout ce que je dois fournir aux nouveaux membres.

— C'est vrai, renchérit Lily. Si tu veux, je peux être ton assistante administrative.

Trace partit d'un rire moqueur.

— En plus de diriger le ranch et de tous nous nourrir ? Non. J'engagerai quelqu'un pour les tâches administratives. Vous avez déjà bien assez de pain sur la planche, maman et toi. D'ailleurs, il faut aussi que nous engagions quelques employés supplémentaires pour le ranch.

— Est-ce que les Outriders ont tant de travail que ça ? demanda Abby.

— Oui, répondit Trace, et uniquement grâce au bouche-à-oreille. Plus nous travaillons, et plus les gens font appel à nous.

Pendant ce temps, Lily était penchée sur son téléphone portable. Enfin, elle se redressa et se tourna vers Parker.

— Voilà, dit-elle. Je viens de t'envoyer les numéros de tous les membres des Outriders. Et aussi le mien, ainsi que celui de Dallas et de Rosalyn.

Le téléphone de Parker tinta plusieurs fois, et il sauvegarda chaque numéro dans sa liste de contacts.

— Merci.

Ensuite, Abby glissa sa main dans la sienne et, pendant le restant du trajet, ils écoutèrent Trace et Lily discuter des animaux du ranch et des problèmes qu'ils rencontraient.

Quand ils arrivèrent au ranch, Trace gara son pick-up à côté de ceux de Matt et de Dallas. Dès que Parker en descendit, Brutus vint lui faire la fête, se trémoussant de tout son corps massif. Il lui gratta les oreilles et contourna le pick-up, mais Abby était déjà descendue, sans son aide.

Brutus courut aussitôt vers elle et s'appuya contre ses jambes. Abby s'accroupit pour lui frotter le ventre.

— Traître, marmonna Parker en tendant le doigt vers lui. Oui, c'est de toi que je parle.

Brutus lui lécha le doigt mais resta contre les jambes d'Abby.

Trace et Lily rentraient déjà dans la maison. Parker et Abby les rejoignirent et les suivirent jusqu'au bureau, où les autres membres des Outriders les attendaient.

— Bien, dit Trace.

Il traversa la pièce à grands pas et fit glisser un panneau de bois, sur le mur, dévoilant un immense tableau magnétique.

— J'aimerais que nous établissions une chronologie des événements qui ont précédé l'évasion d'Abby, dit-il.

Dallas sortit une liasse de papiers de son sac et se tourna vers Abby.

— J'ai ici des photos des victimes, les dates de leurs disparitions et les endroits où elles ont été enlevées.

Parker prit les photos et passa celle de la première victime à Trace, qui la fixa sur le tableau.

— Cara Jo Noble, dit Dallas. Elle a disparu à Comfort, Texas, il y a trois semaines. Ses parents ont signalé sa disparition, en ajoutant qu'elle s'était peut-être enfuie avec son petit ami, qui était lui aussi porté disparu. Il est rentré chez lui il y a huit jours, mais sans Cara Jo. La police locale est allée l'interroger. Il leur a dit qu'elle avait refusé de revenir avec lui.

Abby hocha la tête.

— Cara Jo m'a dit qu'elle était en route pour rentrer chez ses parents, sans doute peu après que son petit ami l'avait quittée. Elle faisait du stop quand un jeune homme s'est arrêté et lui a proposé de l'emmener. Elle l'a décrit comme un homme blond aux yeux gris-bleu, à l'apparence sympathique et au physique agréable. Une description qui ressemble beaucoup à celle que Valentina a faite de son ravisseur.

Parker tendit à Trace la photo suivante.

— Laura Owens, dit-il. Disparue il y a une semaine.

— D'après ma source, elle venait de partir de chez ses parents, à Hondo, pour retourner à l'université de San Angelo, précisa Dallas. Sa voiture a été retrouvée devant les pompes à essence d'un relais routier, sur l'autoroute 10. Malheureusement, il y avait un gros poids lourd garé entre la pompe où elle se servait et les caméras de surveillance. Elle s'est volatilisée sans que personne ne voie rien.

— J'aimerais quand même voir la vidéo, dit Trace. Est-ce que tu peux te la procurer ?

— Je vais essayer, mais je ne te promets rien.

Parker tendit la photo suivante à Trace.

— Rachel Pratt, dit-il.

— Disparue il y a cinq jours, enchaîna Dallas. Sa voiture a été retrouvée sur l'autoroute 10, à cinquante kilomètres de la sortie de Whiskey Gulch, avec un pneu crevé. Il y avait deux petits enfants dans le véhicule, mais leur mère avait disparu sans laisser de trace. Et il n'y a aucun témoin.

— Rachel m'a dit qu'un jeune homme coiffé d'une casquette de base-ball s'était arrêté pour l'aider, dit Abby. Et qu'elle avait été trop soulagée qu'on l'aide pour se préoccuper de la couleur des cheveux et des yeux de cet homme. Jusqu'à ce qu'il la jette dans le coffre de sa voiture.

Elle se plaqua une main sur la poitrine et ajouta :

— Elle s'inquiète plus pour ses enfants que pour elle-même.

— Valentina Ramirez, dit Parker.

Trace fixa la photo d'une jeune fille sur le tableau magnétique, secoua la tête et commenta :

— Elle n'a que seize ans.

— Et elle a tellement peur, ajouta Abby.

Elle prit une profonde inspiration avant de poursuivre.

— Elle venait de descendre du bus scolaire et rentrait

chez elle à pied. Un jeune homme blond aux yeux gris-bleu l'a abordée pour lui demander son chemin. Sa mère doit être folle d'inquiétude. D'après Valentina, elles sont très proches.

Ce fut Parker lui-même qui alla fixer la dernière photo sur le tableau.

— Et le dernier enlèvement est celui d'Abby Gibson, de Boerne, Texas.

Abby regardait fixement le tableau. Son visage était pâle, ses yeux brillants de larmes contenues.

— Ils nous ont volé nos vies.

— Et nous allons les leur reprendre, dit Parker en la prenant par la taille.

Debout face au tableau, Dallas se tapotait pensivement le menton.

— Tous les enlèvements ont eu lieu sur l'autoroute, entre San Antonio et ici ; sauf celui de Valentina, qui a été enlevée dans le comté voisin.

Elle prit le marqueur effaçable et traça une ligne en diagonale sur le tableau, censée représenter la portion d'autoroute entre San Antonio et Whiskey Gulch. Ensuite, elle marqua d'une croix le lieu approximatif de chaque enlèvement et finit par inscrire la dernière position connue des victimes : la maison perdue dans les bois.

— J'ai remarqué un panneau « À vendre » par terre, au bout de l'allée de la maison, dit Levi en la rejoignant devant le tableau. C'était un panneau de la WG Realty. L'agent chargée de la vente est une certaine Celia Mann.

— Cecilia Mann, rectifia Matt. Elle travaille effectivement pour la WG Realty. C'est une femme d'une cinquantaine d'années, plutôt sympathique.

Le téléphone de Dallas sonna. Elle consulta l'écran et sortit dans le couloir pour prendre la communication.

— Les personnes qui ont enlevé ces femmes sont forcément de la région, reprit Matt. Sinon, comment auraient-ils su où trouver une maison vide ?

— Ou connaître l'heure à laquelle une adolescente descend du bus et rentre seule chez elle ? ajouta Lily, les lèvres pincées, le visage sombre. La pauvre petite.

Trace contemplait toujours le tableau blanc.

— Nous pourrions demander à l'agent chargé de la vente de cette maison qui en sont les propriétaires, suggéra-t-il.

Dallas les rejoignit.

— C'était l'un de mes contacts dans la police d'État, dit-elle. Je lui ai envoyé des photos des empreintes digitales et du certificat d'immatriculation temporaire.

Abby fronça les sourcils, mais Dallas leva la main pour couper court à ses protestations.

— Ce contact travaille à Austin, reprit-elle. Il n'y a aucun risque que l'affaire s'ébruite à Whiskey Gulch.

— Bien vu, dit Trace.

Abby marqua son approbation d'un signe de la tête.

— Pour en revenir à nos moutons, reprit Dallas en regardant son téléphone, l'une des empreintes est celle d'un certain Roy Felton, qui est en liberté conditionnelle depuis deux mois après avoir passé deux ans et demi en prison pour violences aggravées. Il travaille chez Greenway Lawn Care, à Whiskey Gulch.

— Nous vérifierons, dit Trace. Et le certificat ?

— C'est celui d'une voiture enregistrée au nom d'un certain Scott Wilcox, lui aussi de Whiskey Gulch. Il est clean. Aucun casier.

Trace frappa dans ses mains.

— Bien. Il est encore tôt. Nous avons le temps d'aller poser quelques questions. Je vais aller chez Roy, avec

Matt. Dallas et Levi, voyez si vous pouvez rencontrer son contrôleur judiciaire.

— Je suis encore de service de nuit, dit Dallas. Quand nous l'aurons interrogé, il faudra que j'aille dormir quelques heures.

— C'est noté. Irish et Becker, occupez-vous de ce Scott.

Quand Trace se tourna vers lui, Parker dit :

— Nous allons nous rendre à l'agence immobilière pour découvrir à qui appartient cette maison.

— Nous ? répéta Trace en posant les yeux sur Abby. Je croyais que tu ne voulais pas être vue à Whiskey Gulch.

Lily intervint.

— Je vais chercher la perruque et des lunettes noires.

Elle sortit du bureau alors que Rosalyn s'apprêtait à ouvrir la porte.

— Désolée de vous interrompre, lança la mère de Trace. Il faut que je sache combien d'entre vous comptent dîner ici.

— Ne t'occupe pas de nous, nous prendrons quelque chose à manger en ville. Tu as passé toute la journée à travailler avec le maréchal-ferrant, tu mérites d'aller te reposer.

Rosalyn écarta une mèche folle qui lui retombait sur le front et sourit avec lassitude.

— Bien. J'en profiterai pour me prélasser dans un bain bien chaud et pour me coucher de bonne heure. Mais si vous n'avez pas envie de manger en ville, vous trouverez de quoi faire des sandwichs dans le réfrigérateur.

Trace attendit que sa mère soit sortie de la pièce pour dire :

— N'oubliez pas de prendre de quoi dîner quand vous serez en ville. Tout le monde connaît sa mission ? En ce cas, allons-y.

Quand Lily fut de retour, Abby prit la perruque, les lunettes et le bâton de rouge à lèvres qu'elle lui tendait et suivit Parker jusqu'à son pick-up.

— Est-ce que tu es sûre de vouloir m'accompagner ? demanda-t-il en l'aidant à s'installer dans son siège.

Elle planta son regard dans le sien et releva le menton d'un air décidé.

— Tout à fait. J'ai promis d'apporter mon aide. Et, bon sang, je vais le faire.

Parker s'empressa de s'installer au volant. Il espérait que les renseignements qu'ils possédaient suffiraient à les mener jusqu'aux jeunes femmes. En voyant leurs photos sur le tableau magnétique, à côté de celle d'Abby, il avait vraiment pris conscience que ces femmes n'étaient pas que des noms. C'étaient des mères, des filles, des épouses, des petites-filles… S'il avait une fille, que ressentirait-il si elle avait été enlevée et vendue comme esclave sexuelle ? Il jeta un regard vers la femme assise à côté de lui. Et… que ressentirait-il si son épouse connaissait le même sort ?

Dès qu'il fut sur la route, il appuya sur l'accélérateur. Ils devaient retrouver ces jeunes femmes au plus vite.

Et surtout, ils devaient arrêter leurs ravisseurs avant qu'ils ne fassent de nouvelles victimes.

12

Pendant que Parker filait vers Whiskey Gulch, Abby se fit un chignon et enfila la perruque noire. Elle rentra les cheveux blonds qui en dépassaient et se regarda dans le miroir de courtoisie.

— Ça ne me ressemble pas, mais c'est le but.

Ensuite, elle chaussa les lunettes noires et se mit un peu de rouge à lèvres. Parker lui jeta un regard et sourit.

— Tu es méconnaissable.

Elle ne lui rendit pas son sourire. Son esprit était à des milliers de kilomètres de là. Quelle histoire allaient-ils servir à l'agent immobilier ?

— Je pense que nous devrions nous présenter comme un couple qui recherche une maison, dit-elle. Une maison aussi isolée que possible.

— Tu as raison. Cette Cecilia Mann n'est peut-être au courant de rien. Il ne faudrait pas qu'elle éveille les soupçons de l'un des ravisseurs par mégarde.

Abby hocha la tête.

— Nous pourrions dire que nous sommes passés devant la propriété en voiture et que nous avons remarqué leur panneau. Ensuite, nous demanderons depuis combien de temps cette maison est en vente, quelle est son histoire et qui sont ses propriétaires.

— Nous pouvons aussi demander qu'on nous indique d'autres maisons vides et aussi isolées que celle-ci.

— Des maisons où ils pourraient avoir déplacé les jeunes femmes, conclut Abby en hochant la tête.

Parker se gara dans un petit parking, sur Main Street, devant le bâtiment qui abritait WG Realty. Aussitôt, Abby sentit son pouls s'emballer. Parker lui prit la main par-dessus la console et demanda :

— Est-ce que ça va ?

— C'est la première fois que je fais ce genre de choses.

Elle rit avant d'ajouter :

— En général, on ne demande pas aux instituteurs de CM2 de jouer les espions.

— Tout ira bien, dit-il. Tu es magnifique. On dirait une top model qui voyage incognito. L'agent pensera que tu es une célébrité.

— Et que j'ai épousé mon garde du corps ? plaisanta-t-elle. Ha ! Je n'ai rien d'une top model. Et je dois te dire… devant un public d'adultes, je suis très mauvaise actrice.

Elle le gratifia d'un sourire crispé.

— Finissons-en.

Parker descendit du pick-up en gloussant de rire, l'aida à quitter son siège et lui offrit son bras. Elle le prit et lui sourit, comme s'ils formaient vraiment un couple. Et d'ailleurs, n'était-ce pas le cas, après leur petite séance de la nuit précédente ? Elle avait trouvé en Parker un amant doux et prévenant, qui s'inquiétait de ses besoins et de son plaisir. Que demander de plus chez un homme ?

Ils entrèrent dans le bâtiment et se présentèrent devant la réceptionniste.

— Est-ce que je peux vous aider ? demanda-t-elle.

— Nous aimerions parler à Cecilia Mann, dit Parker.

— Je vais voir si Mlle Mann est disponible. Quel nom dois-je lui donner ?

— Shaw, répondit Parker. M. et Mme Shaw.

Un frisson de joie traversa Abby. Elle aimait la musique de ces mots… peut-être un peu trop, étant donné qu'elle venait à peine de rencontrer cet homme.

La réceptionniste décrocha son téléphone.

— Mademoiselle Mann ? M. et Mme Shaw voudraient vous rencontrer. Est-ce que vous êtes disponible ?

La femme écouta quelques instants avant de hocher la tête.

— Très bien. Merci.

Elle reposa le combiné sur son support et se leva, en souriant à Parker et Abby.

— Elle sera à vous dans un moment. En attendant, si vous voulez bien me suivre… Je vous propose d'aller l'attendre dans la salle de conférences.

Elle ouvrit une porte et les invita à entrer avant de demander :

— Est-ce que je peux vous apporter quelque chose à boire ? Du café, de l'eau, un soda ?

— De l'eau, s'il vous plaît, dit Abby.

Elle avait soif – et boire lui occuperait les mains.

— Rien pour moi, merci, dit Parker.

Quand la réceptionniste lui eut porté une bouteille d'eau, Abby en engloutit la moitié d'un trait. Elle ne s'était pas rendu compte à quel point elle avait soif. Mais, après tout, elle venait de passer trois jours en captivité, pendant lesquels elle n'avait pas eu grand-chose à manger ou à boire.

La porte s'ouvrit de nouveau, et une femme à l'abondante chevelure blanche entra en souriant.

— Désolée de vous avoir fait attendre, dit-elle. J'étais au téléphone avec un client.

Elle s'assit en bout de table, devant un ordinateur portable fermé, et les dévisagea.

— Alors, en quoi puis-je vous aider ? Est-ce que vous cherchez une maison, un terrain, ou un constructeur ?

Abby coula un regard vers Parker.

— Je suis Parker Shaw, dit-il. Et voici ma femme, Amy.

— Cecilia Mann, répondit la femme en leur serrant la main. Je suis ravie de faire votre connaissance.

— Nous venons d'arriver dans la région, et nous cherchons une propriété isolée avec un grand terrain.

Il sourit à Abby et précisa :

— Ma femme est écrivaine. Elle a besoin de calme pour pouvoir se concentrer sur son travail.

— Vraiment ? demanda Cecilia en posant les yeux sur Abby. Amy Shaw… j'adore lire. Je me demande si j'ai lu l'un de vos livres.

Écrivaine ? Abby faillit fusiller Parker du regard. Pourquoi diable avait-il inventé cette histoire ?

— J'en doute, répondit-elle avec un sourire forcé. Il y a tellement de livres qui paraissent… Pour en revenir à notre affaire, nous roulions dans la région pour nous familiariser avec les lieux et choisir l'endroit où nous aimerions vivre quand nous avons vu une maison au milieu de nulle part qui portait le panneau de votre agence. Après quelques rénovations, elle serait parfaite.

— Je vais regarder ça, dit la femme en ouvrant l'ordinateur portable. Quelle est l'adresse ?

Parker haussa les épaules.

— Nous ne savons pas trop. C'est une maison assez isolée, et nous n'avons pas vu de numéro. Je ne connais que le nom de la route.

— Je devrais pouvoir la trouver, dit Cecilia avec assurance.

Quand Parker lui eut donné le nom de la route, elle prit la télécommande posée sur la table. Un grand écran s'alluma aussitôt sur le mur opposé, affichant un plan de la zone.

— Je ne vois aucune maison à vendre par ici, dit-elle en fronçant les sourcils. Pourtant, il me semble me souvenir d'en avoir mis une en vente sur cette route, il y a quelque temps… Je ne pense pas qu'elle ait trouvé preneur. Si je me souviens bien, il fallait trop de travaux. J'ai peut-être oublié d'enlever la pancarte.

— Les travaux ne nous font pas peur, dit Abby. Et nous aimons les vieilles maisons, celles qui ont une histoire.

Cecilia cliqua et une photo de la maison apparut sur l'écran.

— Est-ce que c'est la maison que vous avez vue ?

— Oui, dit Abby, le cœur battant follement.

— Je m'en souviens, maintenant. Elle appartient à un couple âgé qui est allé s'installer à Houston pour se rapprocher de sa fille. La fille et son mari sont d'avis que la maison devrait être démolie et le terrain mis en vente, mais ils savent combien leurs parents seraient bouleversés. Ils m'ont donc chargée de laisser la maison sur le marché, aussi longtemps que nécessaire. Est-ce que vous aimeriez la visiter ?

— Certainement. Mais, avant cela, nous souhaiterions que vous nous fournissiez une liste d'autres propriétés disponibles, dit Parker. Nous cherchons un grand terrain pour que nos chiens puissent courir sans déranger le voisinage. Plus la maison sera *isolée*, mieux ce sera. Et nous préférerions des propriétés vides. Nous sommes à l'hôtel, pour le moment, et nous voudrions emménager le plus rapidement possible.

Cecilia regarda son ordinateur en fronçant les sourcils.

— C'est bizarre. La maison qui vous intéresse ne figure plus sur la liste des biens à vendre… Pourtant, je ne me souviens pas que les propriétaires m'aient demandé de la retirer.

— Est-ce que quelqu'un d'autre peut retirer un bien de la vente ? demanda Abby.

— Seulement l'agent chargé de la vente, ou l'un de ses collègues. Je vais me renseigner. Je chercherai aussi d'autres biens qui correspondent à vos critères. Laissez-moi votre numéro de téléphone ou votre adresse mail, et je vous enverrai les liens.

Elle fit glisser un bloc-notes et un stylo vers Parker, qui inscrivit son numéro de téléphone.

— Quand pouvons-nous espérer avoir de vos nouvelles ?

— Je me mets tout de suite au travail, dit-elle. D'ici une heure, j'aurai déjà quelques maisons à vous proposer. Vous n'aurez plus qu'à m'appeler pour me dire lesquelles vous souhaitez visiter.

— Merci de nous avoir accordé votre temps, mademoiselle Mann, dit Parker en se levant. Nous avons hâte d'avoir de vos nouvelles.

Cecilia était rayonnante.

— C'est moi qui vous remercie de faire confiance à WG Realty.

Ils allaient quitter la salle de conférences quand un homme au torse large et aux cheveux gris argent apparut à la porte.

— Bonjour, dit-il d'une voix sonore. Je suis Brandon Marshall.

Cecilia sourit.

— Brandon, voici Parker et Amy Shaw. Ils viennent d'arriver en ville et cherchent une maison. Parker, Amy, je vous présente le propriétaire de WG Realty.

Parker serra la main de l'homme, qui grimaça et écourta la poignée de main. Ensuite, Brandon se tourna vers Abby et la dévisagea rapidement, les yeux étrécis – mais sans se départir de son sourire.

— Je suis ravi de vous rencontrer, dit-il. Est-ce que Cecilia a pu vous aider ?

— Oui, dit Parker.

— Ils s'intéressent à la vieille maison Golenski, expliqua l'employée. Je leur ai dit qu'elle nécessitait beaucoup de travaux, mais ils ont hâte de s'installer et cette maison est libre.

Brandon étrécit de nouveau les yeux.

— Est-ce qu'elle est encore sur le marché ?

— C'est bien ce qui est étrange, répondit Cecilia, perplexe. C'est moi qui ai mis cette maison en vente. Quand notre contrat avec les propriétaires a expiré, je les ai appelés et ils m'ont dit de le renouveler. Et pourtant, quand j'ai regardé la liste des biens en vente, elle n'y figure plus. Si ce gentil couple n'avait pas vu notre panneau sur place, je ne me serais peut-être jamais rendu compte de rien.

Elle se tourna vers Parker et Abby, leur sourit et ajouta :

— Heureusement que vous êtes venus aujourd'hui.

— Quand êtes-vous passés devant cette maison ? demanda Brandon.

— Il n'y a pas très longtemps, répondit évasivement Parker.

— Cet endroit nous plaît beaucoup, ajouta Abby. Les arbres sont tellement beaux, et tout est si calme…

— Oui, cette maison est vraiment très isolée, dit Brandon de sa grosse voix.

— Je vais chercher d'autres propriétés avec les mêmes caractéristiques, dit Cecilia. Je devrais très vite pouvoir vous envoyer une liste complète.

— Merci beaucoup. Et maintenant, si vous voulez bien nous excuser…

Parker posa une main au creux des reins d'Abby et la poussa vers l'avant.

— Nous n'avons pas déjeuné et nous aimerions trouver un endroit où manger un morceau.

— Essayez le restaurant de Whiskey Gulch, dit Cecilia. Quelle que soit l'heure de la journée, on y mange toujours très bien.

— Ravie d'avoir fait votre connaissance, monsieur Marshall, dit Abby.

Ils quittèrent l'agence et remontèrent dans le pick-up sans échanger un seul mot. Ce ne fut que quand ils sortirent du parking que Parker commenta :

— Plutôt pratique que cette maison ait été retirée de la vente, tu ne trouves pas ?

— Comme l'a dit Cecilia… c'est étrange. D'ailleurs, tout m'a semblé étrange.

Elle ne parvenait pas vraiment à décrire le malaise qu'elle avait ressenti pendant tout le temps qu'ils avaient passé dans l'agence immobilière.

— Qu'est-ce que tu veux dire par « étrange » ?

— Je ne peux pas mettre le doigt dessus. C'est peut-être le seul fait de penser à cette maison qui me met mal à l'aise. Ou le fait qu'elle ait été retirée de la vente au moment où il y avait cinq prisonnières dans le grenier.

Elle haussa les épaules dans l'espoir de chasser le pressentiment qui l'oppressait.

— Tu penses que Cecilia est dans le coup ? demanda Parker.

— Non, dit Abby. Mais nous pourrions demander à Dallas de se renseigner sur les personnes qui travaillent pour WG Realty, y compris Brandon Marshall.

Parker lui tendit son portable.

— Si tu veux bien lui envoyer toi-même un message…

Quand ce fut fait, Abby demanda :

— Est-ce qu'elle n'a pas dit qu'elle était de nuit, aujourd'hui encore ?

— Si, répondit Parker.

— Elle aura peut-être le temps de faire quelques recherches si elle ne passe pas la nuit à patrouiller.

— Nous devrions demander à Trace s'il a des contacts qui peuvent se renseigner de leur côté.

Ils étaient arrivés devant le restaurant. Parker se gara dans une place de parking et conclut :

— Espérons que les autres auront eu plus de chance avec leurs missions.

Abby hocha la tête. Plus le temps passait, plus elle craignait qu'ils ne retrouvent pas ses compagnes de captivité saines et sauves.

Dès qu'ils passèrent la porte du restaurant, une petite serveuse aux cheveux bruns soyeux et aux yeux vert clair vint les accueillir.

— Installez-vous, dit-elle. Je vous apporte le menu.

Parker conduisit Abby jusqu'à une table, dans un coin de la salle, et s'assit le dos au mur.

Abby sourit.

— Est-ce que tu t'assois toujours face à la porte ?

— Toujours, oui. Je préfère voir qui entre et qui sort. Surveiller ce qui se passe autour de moi.

— Pousse-toi, dit-elle.

Mais au lieu de se pousser, il se leva.

— Ne me dis pas que tu préfères aussi être du côté de l'allée, dit-elle en secouant la tête.

Elle s'assit sur la banquette et glissa jusqu'au mur. Parker prit place à côté d'elle.

La serveuse revint et leur tendit deux menus plastifiés.

— C'est moi qui m'occuperai de votre table, dit-elle. Je m'appelle Misty. Que voulez-vous boire ?

— De l'eau pour moi, dit Abby.

— De l'eau et un café, dit Parker.

Misty disparut et revint quelques instants plus tard avec un plateau, sur lequel il y avait deux verres d'eau et une tasse de café.

— Vous faut-il plus de temps pour commander ? Je vous conseille le steak pané. C'est le plat du jour, et personne ne les réussit mieux que Joe.

Abby lui sourit. La jeune femme aux manières vives lui plaisait.

— Bonne idée, dit-elle. C'est ce que je vais prendre.

— Moi aussi, dit Parker.

Misty alla passer leur commande en cuisine avant de revenir en salle pour s'occuper des autres clients.

Un homme en uniforme d'adjoint du shérif se présenta sur le seuil de la porte et balaya la salle du regard. Quand ses yeux se posèrent sur Parker et Abby, ils s'étrécirent brièvement.

— Sonny ! s'écria Misty.

Elle courut vers le nouveau venu, noua les bras autour de sa taille et l'embrassa.

— Quelle bonne surprise. Est-ce que tu restes ?

— Impossible, dit-il. Je suis en service. J'ai seulement profité de ce que je passais par ici pour venir voir ma petite amie préférée.

— C'est tellement gentil de ta part, répondit-elle en souriant. Je suis heureuse d'apprendre que l'élite du comté assure la protection des habitants de Whiskey Gulch.

Elle s'éloigna d'un pas dansant mais se retourna pour ajouter :

— N'oublie pas que nous avons rendez-vous, ce week-end.

— À ce sujet…, commença-t-il.

— Oh non, pas une fois de plus ! lança Misty en faisant la moue.

Parker se pencha vers Abby.

— Tu les espionnes, n'est-ce pas ?

— Exactement, dit Abby. Ils font un si joli couple qu'on ne peut que les regarder. Et quand cet homme sourit, je comprends pourquoi Misty est folle de lui. Il est à tomber.

— Hé, dit Parker avec un sourire en coin. Je te rappelle que tu es ma femme. Ne t'amuse pas à me rendre jaloux.

— Chut, répliqua-t-elle en portant un doigt à ses lèvres. Je ne peux pas les espionner si tu parles en même temps.

— Oui, m'dame.

L'officier de police avait repris Misty dans ses bras.

— Désolé, ma puce. Je pars pour le Mexique.

Il passa une main dans ses cheveux blonds avant de poursuivre :

— Tu sais, l'ami dont je t'ai parlé ? Il a eu un accident de moto et il est à l'hôpital. Je pars dès la fin de mon service, et je ne rentrerai pas avant dimanche.

Misty posa une main sur son bras, le front creusé d'un pli soucieux.

— Je suis désolée pour ton ami. Mais je regrette vraiment que tu ne sois pas là ce week-end. J'avais justement acheté la plus adorable des jupes noires, à franges…

Elle soupira et posa une main sur son torse.

— Je comptais l'étrenner ce week-end, avec toi.

— Eh bien, je la verrai un autre jour.

— Tu sais…, reprit Misty en effleurant le torse de l'homme du bout du doigt. Si tu m'emmenais au Mexique avec toi… tu n'aurais pas à attendre.

Elle leva les yeux vers lui et battit des cils.

— J'ai mon passeport, et il ne m'a jamais servi.

— Je ne sais pas…, dit-il. Je pars en avion, avec un ami. Il faudrait que je lui demande s'il peut emmener un passager supplémentaire.

Le visage de Misty s'éclaira.

— Oui, Sonny, demande-lui. Je finis dans un quart d'heure. Tu pourras passer me prendre et m'emmener chez moi pour que je fasse mes bagages. Il ne me faudra qu'une minute. Dis oui… S'il te plaît…

Il la dévisagea pendant encore un moment avant d'acquiescer.

— Est-ce que tu es sûre que tu auras fini dans un quart d'heure ?

Elle hocha la tête. Elle dénouait déjà le tablier qui lui ceignait la taille.

— En ce cas, d'accord. Je vais prévenir mon ami et le pilote, et je reviens.

Le jeune officier l'embrassa de nouveau et la gratifia de son sourire charmeur.

Abby s'émerveilla devant le charisme de l'homme et la façon dont son physique de blond mettait en valeur les cheveux bruns et les yeux verts de Misty. Et comme ce devait être amusant de partir à l'improviste au Mexique, en avion, avec son petit ami…

Une fois ce Sonny reparti, Misty revint vers leur table, la cafetière à la main. Ses joues étaient d'un joli rose.

— Désolée de vous avoir fait attendre. Parfois, mon

petit ami oublie que je dois travailler. Est-ce que je peux vous apporter autre chose ?

— Votre petit ami travaille pour le département du shérif ? demanda Abby.

La jeune femme opina du chef.

— Qu'est-ce que vous voulez, j'aime les hommes en uniforme. Et quand il va au Mexique, il me rapporte toujours des cadeaux.

Elle porta la main à l'une de ses oreilles.

— Il m'a donné ces boucles d'oreilles il y a deux jours, dit-elle. Elles sont magnifiques, vous ne trouvez pas ? Moi, je les adore.

— Oui, elles sont très jolies, répondit Abby en souriant.

La jeune femme remplit la tasse de Parker de café et reprit :

— Je vais vous apporter vos assiettes avant de quitter mon service. C'est Margie qui prendra ma suite.

La porte du restaurant s'ouvrit de nouveau. En voyant Trace et Matt sur le seuil, Parker leur fit un signe de la main. Les deux hommes les rejoignirent et s'assirent face à eux.

— Du nouveau ? demanda Trace.

— Pas grand-chose, répondit Parker. C'est bien Cecilia Mann qui s'occupe de la vente de cette maison, pour le compte d'un couple âgé qui a quitté la région pour se rapprocher de sa fille. La maison ne figure plus sur le listing des biens à vendre, mais elle ne se souvient pas de l'en avoir retirée.

— C'est bizarre, dit Trace.

— Oui, mais je doute que les propriétaires soient dans le coup.

Abby fronça les sourcils.

— En tout cas, nos ravisseurs savaient que cette maison était vide.

— Qu'avez-vous trouvé chez Roy ? demanda Parker.

Trace pinça les lèvres.

— Il n'était pas chez lui. D'après sa voisine, il est absent depuis plusieurs jours.

Comme son téléphone se mettait à sonner, il se leva, s'excusa d'un regard et sortit du restaurant pour prendre la communication.

Misty revint avec les assiettes de Parker et d'Abby et les posa devant eux. Elle prit la commande de Matt, s'arrêta pour échanger quelques mots avec une autre serveuse et se dirigea vers les cuisines.

— C'était Levi, dit Trace en revenant s'asseoir. Il a rendu visite avec Dallas au contrôleur judiciaire de Roy et appris que ce dernier ne pointait plus depuis une quinzaine de jours. Et ça fait une semaine qu'il ne s'est pas présenté chez Greenway Law Care où il travaille comme journalier.

— Est-ce qu'on sait à quoi ressemble ce Roy ? demanda Abby.

— Oui. C'est un costaud, il mesure plus d'un mètre quatre-vingt-dix.

— Ce qui pourrait correspondre à notre geôlier.

Elle serra les bras autour de son corps en se rappelant le moment où l'homme l'avait maintenue sans peine, malgré ses efforts pour se libérer.

— Irish et Becker se sont intéressés à la voiture correspondant au certificat d'immatriculation temporaire, reprit Trace.

— Est-ce qu'ils l'ont trouvée ?

— Oui, et elle était propre. Très propre même, sans une seule empreinte digitale. Par contre, ceux qui ont effacé les empreintes n'ont pas pensé à nettoyer sous le châssis. Quand Irish a regardé, il y a trouvé des plaques de boue.

— Et alors ? demanda Parker. Il y a beaucoup de chemins de terre dans le comté.

— Est-ce que le propriétaire de cette voiture, Scott Wilcox, est dans le coup ? demanda Abby.

— Non, répondit Trace. Irish l'a appelé, et appris qu'il était dans le New Jersey depuis trois mois. Il vient d'acheter ce SUV et a demandé qu'il soit livré chez lui. Il pensait venir ici ce week-end pour le récupérer.

— Et à qui l'a-t-il acheté ? demanda Parker.

— À une concession de Whiskey Gulch, qui appartient à William Dutton, dit Trace.

Ils y étaient passés, mais Dutton n'était pas là.

— J'étais au lycée avec Will Dutton, compléta-t-il. Je me souviens de lui.

— Moi aussi, dit Matt en plissant les yeux. Il avait deux ans de plus que nous et occupait un poste de défenseur dans l'équipe de foot, c'est bien ça ?

Trace hocha la tête.

— Oui. C'était un costaud.

— C'était une brute, rectifia Matt en pinçant les lèvres. Il aimait malmener les gens, que ce soit sur le terrain ou en dehors.

Trace hocha la tête.

— Pour finir à la tête d'une concession automobile, il faut croire qu'il s'est rangé après le lycée.

Le téléphone de Parker tinta. Il posa les yeux sur l'écran et lut rapidement le message.

— C'est Cecilia. Elle m'envoie une sélection de propriétés qui pourraient nous intéresser, mon épouse et moi.

Il fit un clin d'œil à Abby et ouvrit le premier lien.

— Combien y en a-t-il ? demanda Trace.

Parker compta rapidement.

— Dix.

— Mon Dieu. Si nous devons inspecter toutes ces maisons, ça va nous prendre un temps fou, dit Matt.

— Et ce ne sont que celles qui figurent sur la liste des biens proposés à la vente, remarqua Parker. Quant à celle qui a été retirée, c'était sûrement pour éviter qu'un acheteur potentiel vienne la visiter pendant que les femmes étaient là.

Le téléphone de Trace vibra à son tour. Il lut le texto qu'il venait de recevoir et fronça les sourcils.

— C'est Dallas. Elle est passée au bureau du shérif pour poser quelques questions sur Brandon Marshall. Elle a aussi interrogé son ancienne petite amie. Il s'avère que Brandon est criblé de dettes. Il n'arrive plus à rembourser ses crédits, y compris celui de son avion personnel.

Parker se pencha vers le téléphone de Trace.

— Est-ce qu'elle t'envoie l'immatriculation de cet avion ?

— Laisse-moi regarder…, dit Trace en faisant défiler le message sur son écran. Elle a joint quelques documents à son message… Voilà.

Parker ouvrit une application sur son téléphone et entra l'immatriculation de l'appareil dans le champ de recherche.

— Cette appli permet de consulter les plans de vol des avions, expliqua-t-il. Il suffit de connaître leur immatriculation ou le numéro du vol. Je vois que cet appareil a fait plusieurs voyages au Mexique, ces derniers mois.

Au Mexique.

Abby posa les yeux sur Misty, qui continuait à s'occuper de ses tables, avec un mot gentil et un sourire pour chacun de ses clients.

Au Mexique…

Quelque chose la tarabustait. Elle avait l'impression que les pièces du puzzle s'accumulaient devant elle, mais elle ne savait toujours pas comment les assembler. Il fallait qu'elle parle à Misty, qu'elle l'interroge sur son petit ami et sur ce fameux voyage au Mexique.

La jeune serveuse se dirigeait justement vers les cuisines en faisant au revoir de la main à ses collègues.

— Pourquoi un agent immobilier dont la société est au Texas irait-il aussi souvent au Mexique ?

— Il a peut-être une résidence secondaire là-bas, dit Matt. C'est le cas de beaucoup de Texans.

Parker tourna son téléphone vers eux.

— Voilà le modèle d'avion qu'il possède. Ce n'est pas un simple avion de tourisme, mais un avion à réaction qui peut emporter huit à dix passagers et leurs bagages.

— Pas étonnant qu'il ne puisse pas rembourser son crédit, commenta Trace. Ces appareils coûtent des millions.

Le cœur d'Abby se mit à battre plus vite. Les pièces du puzzle commençaient à se mettre en place dans son esprit.

— Et si…

Elle fut interrompue par un coup de klaxon, un hurlement de pneus et un bruit retentissant.

Trace, Matt et Parker se levèrent d'un bond et coururent vers la porte. Abby les suivit, mais s'arrêta sur le seuil : une grosse voiture, d'un modèle assez ancien, venait d'emboutir un pick-up sur le parking du restaurant. Une douzaine de personnes étaient déjà massées autour de la voiture et de sa conductrice, une petite dame âgée qui semblait en état de choc. On n'avait pas besoin d'elle ici. Mais ailleurs, par contre…

Elle fit volte-face, traversa la salle et entra dans les cuisines. Une employée se tenait debout devant la friteuse.

— Margie ? appela Abby.

— Oui, c'est moi.

La jeune femme finit de saupoudrer de sel les frites qu'elle venait de sortir de l'huile bouillante et releva la tête.

— Où est allée Misty ? demanda Abby.

Margie inclina la tête vers la porte de service.

— Elle est sortie par là. Elle avait fini son service. Est-ce que vous voulez que je lui transmette un message ?

— Non, merci, je peux m'en charger moi-même.

— Si vous arrivez à la rattraper, commenta Margie avec un petit rire.

Abby s'élança vers la porte, en espérant qu'elle n'arriverait pas trop tard.

Misty était sur le point de s'envoler pour le Mexique avec l'adjoint au shérif, un homme dont le visage avenant, le sourire facile et l'uniforme inspiraient la confiance.

De son côté, Brandon Marshall possédait un avion et une agence immobilière. Il savait où se trouvaient les propriétés vacantes et y avait accès, et il se rendait souvent au Mexique dans un avion qui pouvait contenir de huit à dix personnes.

Abby se fourvoyait peut-être, mais elle se sentait obligée de conseiller à Misty de renoncer à son voyage au Mexique.

Elle poussa la porte de service juste à temps pour voir Sonny, l'adjoint du shérif, descendre d'une voiture noire haut de gamme et se diriger vers Misty en souriant.

— Misty ! cria-t-elle.

La serveuse se retourna. Quand elle vit Abby, elle sembla perplexe.

— Oui ? Est-ce que j'ai oublié quelque chose ?

Tout ce qu'Abby trouva à lui répondre fut :

— N'y allez pas.

— Pardon ?

Misty fronça les sourcils de plus belle. Abby posa les yeux sur Sonny et répéta, aussi calmement que possible :

— N'y allez pas. Ne partez pas au Mexique avec lui.

— Pourquoi ? demanda Misty.

Les traits de Sonny adoptèrent une expression menaçante.

— Oui. Pourquoi ? répéta-t-il.

— Parce que c'est… dangereux.

Maintenant qu'elle était venue interrompre leur escapade, elle craignait de se tromper sur toute la ligne. Si ce n'était pas Sonny qui avait attiré Cara Jo et Valentina dans son véhicule, elle ne saurait plus où se mettre.

Par contre, s'il s'agissait bien du même homme, son intervention l'empêcherait peut-être d'enlever Misty pour la vendre au Mexique, comme il comptait vendre les quatre autres jeunes femmes.

La lèvre de Sonny se retroussa en un sourire mauvais.

— Vos cheveux sont de travers, dit-il en tendant le doigt vers elle.

Abby porta la main à sa perruque pour la redresser… et comprit aussitôt son erreur.

Un pistolet apparut dans la main de l'officier de police, en même temps qu'il ceignait la taille de Misty de son bras libre pour la plaquer contre lui. Quand il posa le canon de son arme sur la tempe de la jeune femme, celle-ci s'écria :

— Sonny ! Mais qu'est-ce que tu fais ?

— La ferme, dit-il. Et toi, monte dans le coffre.

Abby recula d'un pas en secouant la tête.

— Hors de question.

Elle avait déjà été prisonnière. Elle préférait mourir que l'être de nouveau.

— Monte dans le coffre, ou je lui fais mal.

Il pressa le canon de son pistolet contre la tempe de Misty.

— Sonny, tu me fais peur, geignit la jeune femme.

Le ventre d'Abby se noua.

— Laissez-la partir, Sonny. Si vous tirez, on vous entendra.

— Qu'est-ce que tu fais ? chuchota Misty. Je croyais que tu m'aimais bien.

— Je fais ce qui doit être fait, dit-il. Et toi…

Il tendit le menton vers Abby.

— Monte dans le coffre. Tout de suite.

Il passa son bras autour de la gorge de Misty et serra. La jeune femme écarquilla les yeux et agrippa des deux mains le bras qui l'étranglait.

— Sonny, dit-elle, d'une voix à peine audible. Ne fais pas ça.

Le regard de l'homme était toujours planté dans celui d'Abby.

— Monte dans le coffre, ou tu seras responsable de sa mort.

Abby savait que ce n'était pas vrai. Le seul responsable de la mort de la jeune serveuse serait Sonny. Mais la peur et le désespoir qu'elle lisait dans les yeux de Misty lui déchiraient le cœur.

— Lâchez-la, et je le ferai, dit-elle.

— Monte d'abord, et je la lâcherai.

La jeune femme se débattait de plus en plus faiblement. Si Abby tardait à obéir, elle allait mourir.

D'un pas lent, elle marcha jusqu'à la voiture en priant pour que Parker remarque son absence avant qu'elle soit montée dans le coffre.

— Plus vite, lança Sonny.

Les bras de Misty retombèrent le long de son corps.

Était-elle morte, ou seulement évanouie ? Debout devant le coffre ouvert, Abby était tétanisée par la terreur. Sonny abattit la crosse de son arme sur sa tempe et la poussa.

Elle bascula dans le coffre de la voiture, et lutta farouchement pour ne pas perdre connaissance. Si elle voulait se tirer de ce guêpier, il fallait qu'elle reste consciente, et lucide.

Un poids tomba sur elle, et des cheveux lui balayèrent le visage.

Sonny venait de jeter le corps inerte de Misty dans le coffre et refermait le hayon.

13

Dès que la collision avait eu lieu, Parker, Trace et Matt s'étaient levés d'un bond et avaient couru jusqu'au parking pour apporter leur aide.

La voiture qui avait embouti le pick-up était une Cadillac, d'un modèle ancien. Sa conductrice, une dame âgée, était toujours assise au volant. Elle tremblait et ses joues ruisselaient de larmes. Parker voulut ouvrir sa portière, mais elle était coincée. Et quand Matt ouvrit la portière arrière, une petite boule de poils blanche bondit de la voiture et fila à toute vitesse.

— Sweetpea ! s'écria la vieille dame. Attrapez-la ! Je vous en prie… ne laissez pas mon bébé s'enfuir.

Matt plongea sur le petit chien… qui s'élança dans la direction opposée. Trace voulut le saisir mais l'animal, qui était à peine plus gros qu'un rat, lui glissa entre les doigts.

Parker se planta devant lui pour lui couper la route.

— Sweetpea ! Au pied !

Le chien lui fila entre les jambes.

— Abby, attrape-le ! hurla-t-il en faisant volte-face.

Mais Abby ne se trouvait pas derrière lui, constata-t-il. Le petit chien alla finalement se réfugier sous une voiture en stationnement et se cacha derrière l'une des roues.

Quand Parker se tourna vers la vieille dame, elle lui fit un signe de la main et dit :

— Ne vous occupez pas de moi. Attrapez ma Sweetpea.

Il s'agenouilla près de la voiture, passa un bras sous le châssis et empoigna les longs poils du chien. L'animal eut beau se tortiller, il ne le lâcha pas. Enfin, il se releva, Sweetpea dans les bras. La pauvre bête était tellement traumatisée qu'elle tremblait de tout son corps.

Déjà, des sirènes hurlaient au loin. Parker tendit le petit chien à une jeune femme présente sur les lieux.

— Prenez-la, et ne la lâchez pas. Elle s'appelle Sweetpea.

— Je m'en occupe, répondit la femme.

Ensuite, il rejoignit Matt et Trace, qui regardaient les pompiers ouvrir la portière au pied-de-biche.

— Est-ce que vous avez vu Abby ? demanda-t-il.

Trace regarda autour de lui.

— Je croyais qu'elle était avec toi.

— Non. Je ne l'ai pas vue depuis que nous sommes sortis du restaurant. Je vais voir si elle est restée à l'intérieur.

Il courut vers la porte du restaurant en cherchant Abby du regard dans la foule, gagné par un sombre pressentiment.

— Abby ! appela-t-il. Abby !

Quand il entra dans la salle, il posa les yeux sur la table qu'ils avaient occupée. Elle avait été débarrassée et nettoyée, comme s'ils ne s'y étaient jamais assis.

— Abby ? appela-t-il doucement.

Il s'engagea en courant dans le couloir qui menait aux toilettes des dames, entrebâilla la porte et l'appela de nouveau, mais personne ne répondit. Il s'avança dans la pièce, ouvrit chaque cabine, mais toutes étaient vides. Il retourna en courant dans la salle et hurla :

— Abby !

— Est-ce que je peux vous aider ?

Une serveuse sortait des cuisines, un plateau chargé d'assiettes dans les mains.

— Je cherche la femme qui m'accompagnait. Elle a les cheveux bl… noirs.

— Je vois très bien, dit l'employée. Elle est sortie par les cuisines il y a quelques minutes. Elle essayait de rattraper Misty avant qu'elle ne parte avec l'adjoint Tackett. Je ne l'ai pas vue revenir.

Parker s'engouffra dans les cuisines et courut vers la porte de service. Elle donnait sur une ruelle, qui était déserte.

Au lieu de revenir par les cuisines, il contourna le bâtiment en courant. Il arriva sur le parking au moment où les secouristes installaient la vieille dame – et son petit chien – dans l'ambulance. En l'entendant revenir, Trace se tourna vers lui.

— Qu'est-ce qu'il y a ? demanda-t-il.

— C'est Abby. Elle est introuvable.

Matt se retourna, lui aussi, et scruta la foule massée autour du lieu de l'accident.

— Quand l'as-tu vue pour la dernière fois ?

— Juste avant que nous sortions du restaurant.

— Est-ce que tu l'as cherchée à l'intérieur du restaurant ? demanda Matt.

— Elle n'y est pas. Mais l'une des serveuses m'a dit qu'elle devait rattraper Misty avant que celle-ci ne parte avec son petit ami, l'adjoint au shérif.

Trace fronça les sourcils.

— Est-ce qu'elle t'avait dit qu'elle voulait lui parler ?

— Non, répondit Parker. Quand nous sommes sortis du restaurant, j'ai pensé qu'elle nous suivait. Ensuite, le chien s'est échappé… Et maintenant, elle a disparu.

— Qu'a-t-elle pu vouloir dire à Misty avant qu'elle s'en aille ?

— Je n'en sais vraiment rien.

Il repensa à leurs échanges avec la serveuse… et, soudain, se souvint d'un détail.

— Misty terminait son service. Quand son petit ami, l'adjoint du shérif, lui a dit qu'il partait pour le Mexique, elle a insisté pour l'accompagner.

Il se frappa le front du plat de la main et secoua la tête.

— Il a dit qu'il partait en avion, avec un ami.

— Je vois, dit Matt. Et maintenant, tu penses que l'ami en question est Brandon Marshall.

— Quand on y pense, c'est logique, répondit Parker. Marshall peut facilement trouver des maisons vides pour y cacher ses victimes, et il a un avion pour les transporter. Les deux adolescentes, celle qui était en fugue et celle qui rentrait chez elle depuis l'arrêt de bus, ont dit à Abby que l'homme qui les avait enlevées était un bel homme, blond aux yeux gris-bleus, et très avenant. Une description qui correspond au petit ami de Misty. Peut-être qu'Abby est parvenue à la même conclusion et qu'elle a voulu mettre Misty en garde contre lui.

— Ce n'est qu'une hypothèse, dit Trace.

— Où est garé l'avion de Marshall ? demanda Matt.

— Sans doute sur le petit aérodrome, juste en dehors de la ville, dit Trace. La piste est assez longue pour qu'il puisse décoller de là-bas.

Parker sentit son pouls s'emballer.

— Est-ce qu'il y a des hangars privés, sur cet aérodrome ?

— Oui, répondit Matt. C'est l'endroit idéal pour faire monter des prisonnières à bord d'un avion sans être vu.

Trace s'élança vers son pick-up, aussitôt imité par Matt et Parker.

— Je vais demander à Levi et à Becker de nous rejoindre à l'aérodrome, lança-t-il.

— Tu ne préviens pas le shérif ? demanda Matt.

— Non. Si son adjoint a emporté un scanner radio, il nous entendra et préviendra ses complices. Je vais dire à Levi de transmettre directement l'information à Dallas.

— Nous devons faire vite, dit Parker. Tackett devait s'envoler pour le Mexique dès que Misty serait prête.

— Pourquoi emmènerait-il sa petite amie sur un transport de prisonnières ? demanda Matt. À sa place, je ne voudrais pas qu'elle sache ce que je fais.

— Peut-être qu'il la mène en bateau depuis le début, et qu'il a toujours eu l'intention de la vendre, elle aussi.

Parker bondit dans son pick-up, démarra et slaloma entre les véhicules d'urgence pour sortir du parking. Devant lui, Trace et Matt filaient déjà sur Main Street.

Atteindre l'aérodrome allait leur prendre dix bonnes minutes. Parker pria pour qu'ils n'arrivent pas trop tard.

D'abord, se libérer du corps inerte de Misty, qui pesait sur le sien, dans le coffre. Abby poussa jusqu'à ce que la serveuse se retrouve allongée à côté d'elle, avant de tâter son pouls dans le noir. Elle fut soulagée de le sentir battre à un rythme régulier. Mais elle s'inquiétait que la jeune femme n'ait toujours pas repris connaissance.

Elle s'efforça de réfléchir. Il fallait qu'elle trouve un moyen de sortir de ce coffre, et d'en faire sortir Misty. Il fallait aussi que Parker et Trace connaissent les noms des hommes qui étaient responsables des enlèvements avant que leurs prisonnières soient transférées à bord de l'avion de Brandon Marshall et s'envolent pour le Mexique.

Elle avait eu raison de soupçonner le bel officier de police. C'était forcément lui qui avait convaincu les adolescentes de le suivre. Il avait le visage d'un homme auquel une femme peut se fier.

Elle repensa ensuite aux hommes qui se trouvaient dans la maison lors de sa première tentative d'évasion. Leur geôlier n'était sans doute autre que Roy Felton. En tout cas, la taille correspondait. Quant à celui qui lui avait barré la route quand elle avait ouvert la porte de la cuisine, il était grand, lui aussi, et large d'épaules… un gabarit de footballeur. Le certificat d'immatriculation temporaire qu'ils avaient retrouvé par terre, devant la maison, semblait accuser William Dutton, propriétaire d'une concession automobile.

Enfin, il y avait cet homme au visage dissimulé sous un masque blanc et qui portait un costume sur mesure. Abby était pratiquement certaine d'avoir entrevu des cheveux gris argent à la base du masque. Quand elle l'avait bousculé, il s'était écorché la main en se retenant au chambranle de la porte… et Brandon Marshall n'avait pu retenir une grimace de douleur quand Parker lui avait serré la main.

Oui, les pièces du puzzle étaient toutes là, et s'imbriquaient à la perfection : c'étaient ces quatre hommes qui les avaient enlevées.

La situation délicate dans laquelle elle se trouvait avait au moins un bon côté : ce Sonny allait la conduire jusqu'à ses compagnes de captivité. Et ensuite… ? Si elle s'était échappée une fois, elle pouvait le refaire, se persuada-t-elle. Et cette fois, elle libérerait ses compagnes d'infortune.

Un gémissement s'éleva à côté d'elle.

— Misty, dit Abby en touchant l'épaule de la jeune femme. Réveillez-vous.

— Quoi ? Où… ?

La jeune femme voulut se redresser et se cogna la tête contre le hayon du coffre.

— Qu'est-ce qui s'est passé ? Où sommes-nous ?

— Votre petit ami nous a flanquées dans son coffre. Je pense qu'il nous emmène à l'aérodrome pour nous mettre dans un avion en partance pour le Mexique.

Un rire méprisant lui échappa.

— Et pas pour des vacances tout compris dans un hôtel de luxe, précisa-t-elle. Plus probablement pour nous livrer à un acheteur.

— Je ne comprends pas, dit Misty. Pourquoi est-ce que Sonny ferait une telle chose ?

— Le trafic d'êtres humains est une occupation très lucrative, dit Abby. Voyez cette voiture : je suis sûre que ce n'est pas avec son salaire d'adjoint qu'il a pu se permettre de l'acheter.

— Il m'a dit qu'il l'avait achetée d'occasion, à son oncle.

— Moi, je trouve qu'elle sent le neuf.

— Mais c'est mon petit ami ! s'écria Misty d'une voix brisée par les sanglots. Comment est-ce qu'il peut me faire ça ? J'étais pourtant sûre qu'il m'aimait… Est-ce que nous allons devenir des esclaves sexuelles ?

— Non, dit Abby. Nous allons nous sortir de là.

— Comment ?

— Je ne sais pas. Est-ce que vous sentez quelque part un levier de déverrouillage qui permettrait d'ouvrir le coffre de l'intérieur ? Et il nous faudrait aussi trouver quelque chose qui puisse nous servir d'arme pour nous défendre.

— D'accord, dit Misty d'un ton plus ferme.

La jeune femme avait cessé de sangloter. Abby comprit qu'elle était prête à se battre pour sa liberté.

— Il doit bien y avoir quelque part des outils pour changer les roues, reprit Abby.

— Je crois que je suis couchée sur le couvercle d'un compartiment.

Misty se recula jusqu'à se retrouver plaquée contre Abby, ce qui lui permit d'ouvrir le compartiment. Passant un bras par-dessus sa compagne d'infortune, Abby s'efforça de reconnaître au toucher les outils qu'il renfermait. Quand elle trouva le démonte-pneu, elle referma sa main dessus.

— Qu'est-ce que vous allez faire avec ça ? demanda Misty.

— Me battre pour sortir d'ici.

— Est-ce qu'il y en a un autre ?

— Probablement pas. En général, il n'y en a qu'un par véhicule.

— Vous devriez me le laisser, dit Misty d'une voix dure. Sonny a failli m'étrangler à mort. Je veux lui rendre la monnaie de sa pièce.

— Ne vous inquiétez pas, il paiera.

La voiture ralentit, tourna, et s'arrêta.

— Tenez-vous prête, chuchota Abby.

Elle glissa le démonte-pneu sous la ceinture de son jean, contre sa hanche, et rabattit sa chemise dessus.

— Prête à quoi ? demanda Misty.

— À tout. Mais surtout, à courir.

Elle entendit la portière de la voiture s'ouvrir, puis se refermer. Elle retint son souffle et tendit l'oreille, les doigts toujours crispés sur le démonte-pneu. Quand Sonny ouvrirait le coffre, elle laisserait Misty sortir la première. Ensuite, quand son tour viendrait, elle frapperait Sonny à la tête. Elle espérait que le coup suffirait à l'assommer, ce qui leur permettrait à toutes les deux de prendre la fuite.

Comme les minutes s'écoulaient sans que rien ne se passe, Misty chuchota :

— J'aurais dû savoir que cet homme était trop beau pour être honnête.

— Vous n'êtes pas la seule à vous être laissée berner, dit Abby. Mais il n'agit pas en solitaire : trois autres hommes sont impliqués. J'espère seulement qu'il ouvrira le coffre avant que ses complices n'arrivent.

— Comment est-ce que j'ai pu ne rien voir ? reprit Misty. Je savais qu'il allait souvent au Mexique, mais jamais je n'aurais cru qu'il se livrait à ce genre de trafic.

— Et nous allons l'envoyer en prison, ainsi que ses complices. Mais, d'abord, nous devons sortir de ce coffre.

Abby pivota sur le dos jusqu'à ce que sa tête repose sur la cuisse de Misty.

— Désolée, dit-elle. On est un peu à l'étroit, là-dedans.

— Pas de problème, dit Misty. Qu'est-ce que je dois faire ?

— Pour le moment, rien. Je veux voir si je peux replier les sièges.

Elle posa les pieds sur le dossier de la banquette arrière et le poussa de toutes ses forces, en vain. Alors, elle plia les genoux et le frappa des deux pieds aussi violemment que possible, mais sans plus de résultats.

— Chut, dit Misty. J'entends un bruit de pas.

Abby reprit sa position initiale et referma les doigts sur le démonte-pneu. Elle banda ses muscles, prête à surgir du coffre dès que l'occasion s'en présenterait.

Des voix résonnèrent, trop étouffées pour qu'elle puisse distinguer les paroles qui étaient prononcées et, soudain, le coffre s'ouvrit. Abby releva la tête pour voir où elles se trouvaient et chercher un moyen de s'enfuir. La voiture était dans un hangar, garée tout près d'un avion dont l'escalier était abaissé.

Son pouls s'emballa. Le moment était venu. Ces hommes s'apprêtaient à les emmener loin d'ici – au Mexique, d'après ce qu'avait dit Sonny.

Ce dernier se tenait devant le coffre, en compagnie de l'homme au visage dissimulé par un masque blanc qu'elle avait déjà vu à la maison Golenski. Quand l'homme se retourna, Abby reconnut les cheveux gris argent et le costume sur mesure de Brandon Marshall. Derrière eux, la porte du hangar, grande ouverte, laissait entrer le soleil du Texas.

Si elle parvenait à passer cette porte, elle serait libre, songea-t-elle. Mais elle ne pouvait pas s'enfuir avant de savoir où se trouvaient ses compagnes de captivité. Elle ne les abandonnerait pas une nouvelle fois.

Un second véhicule, flambant neuf lui aussi, entra dans le hangar. Quand le conducteur en descendit, le visage caché sous une cagoule de ski, Abby devina à sa carrure qu'il s'agissait de William Dutton.

— Mets ces deux-là dans l'avion, dit Marshall à Sonny. Ensuite, nous décollerons. Tu as fait du bon boulot.

Sonny jeta dans le coffre un regard vide de toute expression. Son sourire avenant avait disparu. Ses yeux gris brillaient d'un éclat métallique.

— Sortez, ordonna-t-il.

— Sonny, implora Misty, pourquoi est-ce que tu fais ça ? Ramène-moi à la maison. Je ne veux plus aller au Mexique.

— Ce n'est pas à toi d'en décider.

Sa voix était glaciale, inflexible.

— Sortez, répéta-t-il. Toutes les deux.

Misty s'exécuta la première.

— Ce que tu fais est mal, dit-elle à Sonny. Rien ne te force à continuer.

Abby fit glisser le démonte-pneu dans son dos et enjamba à son tour le rebord du coffre. Quand elle se redressa, elle prit bien soin de faire face aux deux hommes. Pas question qu'ils se rendent compte qu'elle était armée.

— Avance, ordonna Sonny en poussant Misty vers l'avion.

— Sonny, qu'est-ce qui te prend ? insista Misty. Tu n'es pas comme ça. Tu es quelqu'un de gentil. Tu appartiens aux forces de l'ordre. Tu as juré de protéger ton prochain.

L'homme au masque blanc s'esclaffa.

— La morale et l'intégrité ne pèsent pas lourd à côté d'une liasse de billets. Pas vrai, Sonny ?

Ce dernier retroussa la lèvre.

— Surtout quand la liasse est épaisse, gloussa-t-il.

— Bon, assez parlé, déclara Marshall. Roy ?

Une haute silhouette apparut en haut de l'escalier de l'avion.

— Aide Sonny à faire monter nos deux dernières invitées à bord, et drogue-les, comme les autres.

Sur ce, Marshall se dirigea vers Dutton, qui sortait une valise du coffre de sa voiture.

Jamais Abby ne pourrait tenir tête à quatre hommes avec un démonte-pneu pour toute arme. En plus, Sonny avait un pistolet – et, à en juger par la bosse qui déformait le veston de Marshall, ce dernier était armé, lui aussi.

Sonny se tourna vers elle et lui décocha un regard d'avertissement.

— Si tu me crées des ennuis, je n'hésiterai pas à te supprimer, maugréa-t-il. Et, maintenant, avance.

Sa seule chance de s'échapper, c'était maintenant, se

dit-elle. Mais… il ne fallait pas que cet avion décolle. Si l'appareil emportait ses compagnes de captivité, ce serait pour un voyage sans retour.

Peut-être qu'elle pourrait trouver un moyen d'entrer dans le cockpit et d'endommager les commandes à l'aide du démonte-pneu. Une fois l'avion cloué au sol, elle utiliserait son arme de fortune contre leurs ravisseurs.

Cette idée en tête, Abby marcha vers l'avion, entre Sonny et Misty. Roy vint à leur rencontre dans l'escalier, empoigna Misty par le bras et la traîna jusqu'en haut des marches. Avant de disparaître dans l'appareil, la jeune femme lui jeta un regard éperdu par-dessus son épaule.

Abby gravit les premières marches. Quand elle sentit le démonte-pneu glisser dans la jambe de son jean, elle s'efforça de ne rien laisser paraître.

— Plus vite, ordonna Sonny. Nous n'avons pas que ça à faire.

Et de poser une main dans le bas de son dos pour la pousser. Abby s'écarta vivement pour ne pas qu'il sente la barre de métal et, ce faisant, trébucha. Le démonte-pneu tinta quand sa jambe heurta une marche.

Le cœur battant la chamade, elle toussa dans l'espoir de masquer ce bruit. Sonny la poussa de nouveau, et elle entra dans la cabine de l'avion en titubant.

Ce qu'elle vit lui coupa le souffle. Cara Jo, Rachel, Laura et Valentina étaient ligotées aux luxueux sièges en cuir, inanimées. Roy tenait un tube de verre dans une main et une seringue dans l'autre. Il glissa l'aiguille dans l'ampoule, tira sur le piston pour aspirer le liquide qu'elle contenait et jeta l'ampoule vide dans un porte-tasse.

Quand il s'approcha de Misty, la jeune femme recula.

— Non, dit-elle. Ne me droguez pas, je vous en supplie. Je ne bougerai pas. Je vous le promets.

Sans prêter attention à ses supplications, Roy empoigna son bras et lui injecta la moitié du contenu de la seringue.

— Je vous en prie, noo…

Misty s'effondra.

C'est maintenant ou jamais, songea Abby en voyant Roy se tourner vers elle. Faisant volte-face, elle poussa Sonny, aussi fort qu'elle le put. Il tituba, tendit le bras comme pour se raccrocher à elle et tomba dans l'escalier, à la renverse.

Abby sortit le démonte-pneu de son jean et l'abattit violemment sur la main de Roy. Il laissa échapper sa seringue, qui vola à travers la cabine et s'écrasa contre un hublot.

Elle s'élança vers le cockpit, mais une main l'empoigna par les cheveux et la tira en arrière. Plaquée contre le torse puissant de Roy, elle prit le démonte-pneu à deux mains et l'abattit sur la tête de l'homme, par-dessus sa propre tête. Elle s'apprêtait à frapper de nouveau quand Roy lui arracha la barre de fer.

D'un geste vif, il lui ramena les bras dans le dos et lui attacha les poignets avec un lien en plastique.

Entre-temps, Sonny était remonté dans l'avion. Son visage était rouge écarlate et une ecchymose se formait déjà sur sa joue. Quand elle vit son bras se déplier, Abby se recroquevilla. Il allait sans doute la gifler suffisamment fort pour l'expédier dans le comté voisin.

— Non !

La voix tonitruante de Brandon Marshall arrêta la main de Sonny à mi-chemin.

— N'abîme pas la marchandise. Elle nous rapportera plus si elle présente bien.

Il monta les marches à son tour. Sonny était toujours

planté devant la porte, et Marshall dut le contourner pour entrer dans la cabine.

— Suffit, reprit-il. Nous devons partir tout de suite, avant que quelqu'un découvre tout. Et cette fois, nous ne reviendrons sans doute pas.

Sonny bougea enfin, mais ses yeux étaient toujours rivés à ceux d'Abby.

— Ça ne vaut pas le coup de porter l'uniforme si c'est pour gagner à peine plus que le salaire minimum, dit-il. Quand nous aurons été payés, je me trouverai une petite *casita*, sur la plage. Rien ne me retient ici.

William Dutton entra dans la cabine à son tour, retira sa cagoule de ski et s'assit dans l'un des sièges.

— Moi non plus, dit-il. J'en ai assez de vendre des voitures pour finir le mois avec à peine assez d'argent pour verser les salaires et les commissions et régler les frais généraux. Sonny a raison. Une *casita* sur la plage, c'est tout ce que je demande.

Roy empoigna les bras d'Abby et la força à s'asseoir dans un siège, non loin de ses compagnes d'infortune.

— Vous ne vous en tirerez pas comme ça, lança-t-elle. Ce que vous faites est affreusement mal. Comment est-ce que vous pouvez dormir la nuit ?

— Comme un bébé, répondit Marshall.

Il reposa les yeux sur Roy.

— Drogue-la.

Roy ramassa la seringue, l'examina et fronça les sourcils. La seringue était vide et l'aiguille, tordue.

— C'était la dernière ampoule, dit-il.

— En ce cas, est-ce que tu peux au moins lui mettre un morceau de scotch sur la bouche ? demanda Marshall. Je ne veux plus l'entendre. Mais d'abord, ferme la porte. Nous devons décoller.

Il passa dans le cockpit, s'installa aux commandes et démarra le moteur.

— Je n'ai pas de scotch, marmonna Roy.

Il attacha les poignets d'Abby aux accoudoirs et reprit :

— Si tu dis un mot, je me fiche des ordres du patron : tu tâteras de ce démonte-pneu, toi aussi.

L'avion se mit à rouler lentement vers la porte du hangar, et Abby sentit tout espoir l'abandonner. C'était fini. Elle avait échoué. Elle n'avait pas pu empêcher ces hommes de détruire les vies de six femmes. L'avion allait quitter le sol sans que la cavalerie arrive pour les sauver. Elles seraient vendues et deviendraient des esclaves sexuelles, qu'on violerait et maltraiterait dans quelque bouge. Peut-être même qu'elles deviendraient accros à la drogue si c'était le seul moyen d'apaiser la douleur.

Elle regretta de ne pas avoir eu la chance de mieux connaître Parker. Elle appréciait vraiment cet homme. Elle se demandait même si elle n'était pas tombée amoureuse de lui.

14

Trace s'engagea sur la route qui menait à l'aéroport municipal de Whiskey Gulch sur les chapeaux de roues. Parker, qui le suivait de près, ralentit juste assez pour négocier le virage.

Il jeta un regard vers la piste. Arrivaient-ils trop tard ? D'après son application de suivi des avions, Marshall avait déposé un plan de vol de Whiskey Gulch à Monterrey, Mexique – et l'heure du décollage était dépassée de quelques minutes.

Non. Il refusait que les choses se passent ainsi. Abby ne pouvait pas être dans l'avion, il n'était pas prêt à la perdre. Il ne devait pas la perdre. Leur relation venait tout juste de commencer, et il voulait qu'elle dure pendant encore de longues années. Oui, il avait eu un coup de foudre. Les autres membres des Outriders allaient sacrément le chambrer quand ils l'apprendraient mais, tant qu'Abby était à ses côtés, cela lui était bien égal.

Pendant que Trace filait vers l'entrée de l'aérodrome, il longea la clôture parallèle à la piste en cherchant un avion du regard. Mais la piste était déserte. Il s'apprêtait à abandonner tout espoir quand un reflet attira son attention.

À l'autre bout de la piste, un avion venait de faire

demi-tour et roulait maintenant sur le tarmac, gagnant de la vitesse.

— Non ! hurla Parker. Tu ne l'emmèneras pas.

Il braqua vers la droite et fonça dans le grillage, qui céda sous le poids de son pick-up. Il traversa un petit fossé avant de s'engager sur la piste pour se précipiter vers l'avion qui se dirigeait vers lui.

Du coin de l'œil, il vit que Trace l'imitait.

Il ne savait pas trop comment il allait parvenir à arrêter cet avion avec son pick-up, mais il devait faire quelque chose pour l'empêcher de décoller. Et puisqu'il ignorait dans combien de temps l'appareil atteindrait la vitesse nécessaire pour quitter le sol, il n'avait pas le choix : il devait le rejoindre aussi rapidement que possible.

Quatre-vingt-quinze… cent dix… cent trente kilomètres/heure… Il accéléra encore. L'avion filait toujours sur la piste et venait droit sur lui.

Il fallait qu'il prenne une décision sans tarder. Soit il continuait à foncer vers l'avion en espérant que son pilote braquerait au dernier moment pour éviter une collision, soit il renonçait et le regardait quitter le sol, emportant Abby et cinq autres femmes à son bord – en vie, mais destinées à disparaître dans des abîmes de drogue, de sexe et de violence.

Il serra les dents. Sa décision était prise : il allait empêcher cet appareil de décoller.

Il enfonça la pédale de frein. Son pick-up dérapa, se mit en travers de la piste et continua à glisser vers l'avion. La collision était imminente. Parker mit les bras devant son visage pour le protéger.

Au dernier moment, le pilote braqua. L'avion traversa un petit fossé, défonça la clôture de l'aérodrome et s'arrêta enfin dans un champ. Parker redémarra aussitôt pour rejoindre l'appareil. Un coup d'œil à son rétroviseur lui apprit que Trace et Matt étaient juste derrière lui.

Il s'arrêta à une vingtaine de mètres de l'empennage, prit son AR-15 sur la banquette arrière et descendit de son pick-up d'un bond. La porte de l'avion était ouverte, la passerelle abaissée. Il s'abrita derrière sa portière et braqua son fusil vers le haut des marches, prêt à faire feu.

Il attendit un long moment que quelqu'un se montre ou fasse connaître ses exigences, mais rien ne se passa.

Soudain, Abby apparut à la porte. Elle avait les mains attachées dans le dos, et Sonny Tackett, derrière elle, tenait le canon de son pistolet posé contre sa tempe.

— Nous voulons que cet avion puisse gagner le Mexique sans encombre, cria-t-il. Sinon, cette femme mourra.

— Si elle meurt, répondit Parker sur le même ton, vous et vos complices mourrez avec elle.

Trace se gara à quelques mètres de lui. Matt et lui descendirent du pick-up, attrapèrent leurs fusils et les pointèrent vers l'adjoint du shérif.

Parker entendit des sirènes hurler au loin.

— C'est fini, Sonny ! cria Trace. Relâche ces femmes. Si tu commets un meurtre, ta peine sera beaucoup plus lourde.

Il marqua une pause avant de reprendre, sur le même ton :

— Tu m'entends, Marshall ? Et toi, Dutton ? Vous n'êtes pas des assassins. Ne vous rendez pas coupables de meurtre.

Du coin de l'œil, Parker vit un autre véhicule se garer derrière le sien, mais il ne quitta pas l'avion des yeux.

— Sonny ? cria Dallas. Tu sais que cet avion ne décollera pas.

— C'est vrai, Sonny, renchérit Parker. Il est trop endommagé.

— Vous n'avez qu'à nous en fournir un autre, rétorqua Sonny. Je ne me rendrai pas.

— Tu sais que ce n'est pas possible, Sonny, dit Dallas calmement. Tu n'auras pas d'autre avion. Tu n'iras pas au Mexique. Tu vas relâcher Abby et te rendre.

— Non.

Brandon Marshall apparut à la porte de l'appareil.

— C'est fini, Tackett, dit-il. Pose ton arme.

— Non, dit Sonny. Je vais au Mexique. Je ne veux pas aller en prison.

— Le gouvernement mexicain t'extradera, répliqua Dallas.

— Ils ont déjà trop de criminels chez eux pour se charger aussi des nôtres, ajouta Levi. Tu seras renvoyé ici, et ta peine sera plus lourde.

— Continue à discuter si tu veux, moi, je ne veux pas être mêlé à ça, lança Marshall.

Les mains en l'air, l'agent immobilier contourna Abby et Sonny, descendit l'escalier et se dirigea vers Dallas.

— Dutton ? appela Parker.

— J'arrive, répondit l'homme. Ne tirez pas.

Quand il passa à côté de Sonny, le propriétaire de la concession automobile lui dit :

— Laisse tomber. Je n'ai pas signé pour un meurtre, et toi non plus.

Il descendit les marches et s'avança vers eux, les mains en l'air.

Ensuite, ce fut au tour de Roy Felton d'apparaître à la porte.

— Moi non plus, je n'ai pas signé pour un meurtre.

Remettez-moi en taule. De toute façon, avec mon casier, impossible de trouver un boulot correct.

Il contourna Sonny, descendit rapidement les marches de la passerelle et se dirigea vers Dallas. Celle-ci lui ramena les bras dans le dos et lui attacha les poignets avec des liens en plastique. Ensuite, elle le fit asseoir dans l'herbe, à côté de Marshall et de Dutton.

— Il n'y a plus que toi, Sonny, dit Trace. Laisse-la partir et rends-toi.

— Non, riposta Sonny en secouant la tête. Je veux cet avion. Si je ne l'ai pas, je tue ces femmes une par une, en commençant par elle. Et après… j'ai le choix. Il y en a cinq autres.

— Nous ne pouvons pas te fournir d'avion, dit Trace. Pose ton arme avant que quelqu'un soit blessé.

— Faut-il que je me mette à tirer pour que tu m'écoutes ? riposta Sonny. Je vais compter jusqu'à trois. Ça te laisse le temps de prendre ton téléphone. Je sais que tu as des amis qui ont un avion, des amis qui ne demandent qu'à te rendre service. Je commence : un…

Parker mit l'œil à la lunette de visée de son arme, et positionna la mire sur le visage de Sonny, juste au-dessus de la tête d'Abby. S'il ratait son coup, Abby pouvait être touchée. Mais s'il ne tirait pas, ce serait Sonny qui le ferait. Et, à bout touchant, Abby n'avait aucune chance d'en réchapper.

— Deux…, cria Sonny.

Soudain, Abby se jeta en avant. Sonny braqua son arme sur elle, et Parker pressa la détente de son fusil. Touché en plein cœur, l'adjoint du shérif s'effondra. Son corps inerte dévala les marches et s'immobilisa sur le sol.

Parker s'élança aussitôt vers Abby. Il s'agenouilla auprès d'elle, l'aida à s'asseoir et coupa le lien en plastique qui lui entravait les poignets. Puis il la prit dans ses bras et la serra contre lui. Elle noua les bras autour de son cou et s'agrippa à lui. Elle tremblait si violemment qu'il entendit ses dents claquer.

Quand elle cessa enfin de trembler, elle dit :

— Il faut que je voie les autres.

Un camion de pompiers et trois ambulances approchaient.

— Attends que les secours les aient sorties de l'avion, répondit-il en lui souriant tendrement.

Elle hocha la tête et se blottit contre lui.

— Tu as raison. Tu sais, je croyais que tout était perdu, mais la cavalerie est arrivée à temps. Merci.

— J'ai vécu mille morts entre le moment où je me suis rendu compte que tu avais disparu et maintenant.

Il posa le front contre le sien, mais elle releva la tête et le regarda dans les yeux.

— Comment as-tu empêché l'avion de décoller ?

Il inspira et souffla avant de répondre :

— Quand je disais que j'avais vécu mille morts… ce moment a représenté la millième.

Trace posa une main sur son épaule et commenta :

— Il a pris un risque calculé, et ça a payé.

— Je n'avais encore jamais vu un pick-up jouer à ce petit jeu avec un avion, remarqua Matt en les rejoignant.

Abby fronça les sourcils.

— Quel petit jeu ?

Parker se garda bien de répondre.

— Allons demander aux secours de t'examiner afin de nous assurer que tu ne t'es pas blessée dans ta chute, dit-il en se relevant. Ensuite, nous retournerons au ranch pour nous reposer un peu.

— Il faudra que j'aille à l'hôpital pour voir les autres, dit-elle.

— Nous pouvons arranger ça.

Il l'aida à se relever, l'enleva dans ses bras et la porta jusqu'à l'une des ambulances. Un médecin l'examina rapidement et leva son inquiétude en déclarant qu'avec juste une ecchymose sur la tempe, Abby s'en tirait à bon compte.

Entre-temps, les pompiers avaient commencé à sortir les autres jeunes femmes de l'avion, l'une après l'autre. La drogue faisait toujours effet, et elles ne se réveillèrent pas.

— Est-ce qu'elles vont se remettre ? demanda Abby.

— Oui, répondit Trace. L'un des secouristes m'a dit que l'effet de la drogue devrait s'estomper dans deux heures. Ne t'inquiète pas pour elles.

— Tu vois ? demanda Parker en la reprenant dans ses bras. Tu as tenu ta promesse : tu es revenue, avec de l'aide.

Elle secoua la tête.

— Non. Ce sont les Outriders qui ont tout fait, avec Dallas et toi.

— Mais sans toi, nous aurions tout ignoré de leur existence, objecta-t-il. Si tu ne t'étais pas enfuie, au péril de ta vie, avant de courir pieds nus sous un orage…

Elle passa un bras autour de son cou et sourit.

— Et n'oublie pas les cochons.

Il gloussa de rire.

— Je ne risque pas de les oublier.

— Et n'oublie pas non plus Brutus. Il s'est comporté en héros.

Il la déposa sur le siège avant de son pick-up, se pencha, effleura ses lèvres des siennes et dit :

— Quand nos petits-enfants me demanderont si ça valait le coup de jouer à foncer sur un avion avec mon pick-up, je leur répondrai : « Bon sang, oui ! » Mais je leur déconseillerai de tenter l'expérience.

Épilogue

Deux mois plus tard

— Merci de nous avoir permis de nous réunir sur le Whiskey Gulch Ranch, dit Abby. Je pensais le faire chez nous, mais notre cottage n'est pas assez grand pour accueillir les Outriders, leurs femmes, mes compagnes de captivité et leurs familles.

Elle se tenait sur le porche, en compagnie de Rosalyn et de Trace, et suivait la partie de volley-ball acharnée qui se déroulait sur la pelouse : Levi, Dallas, Matt et Aubrey contre Irish, Tessa, Becker et Olivia.

Non loin de là, Laura Owens conseillait Cara Jo Noble et Valentina Ramirez sur la meilleure façon de préparer leur entrée à l'université. La jeune étudiante avait pris les adolescentes sous son aile et ne leur ménageait pas ses encouragements. Elle avait ainsi passé des heures au téléphone avec Cara Jo pour la convaincre de passer son certificat d'études avant de s'inscrire dans une classe préparatoire.

Auprès d'elles, la mère de Valentina, assise sur une couverture posée dans l'herbe, discutait avec Rachel Pratt, qui était venue avec ses deux enfants.

Rosalyn prit Abby dans ses bras.

— Je tiens à te remercier d'avoir épousé notre beau Parker aussi rapidement.

— Pourquoi ? demanda-t-elle, perplexe.

Rosalyn sourit et leva les yeux vers son fils.

— Parce que votre mariage a rappelé à Trace et Lily qu'ils n'ont toujours pas fixé de date pour le leur.

Lily les rejoignit sur le porche et leva un visage radieux vers Trace.

— Si, dit-elle. Nous avons décidé de nous marier le mois prochain.

— Ça ne nous laisse pas beaucoup de temps pour tout préparer, mais nous y arriverons, commenta Rosalyn.

— Il faut que nous y arrivions, répondit Lily en prenant Trace par la taille. Si nous attendons plus longtemps, je ne rentrerai pas dans ma robe de mariée.

Trace baissa les yeux vers elle, les sourcils froncés.

— Pourquoi est-ce que tu ne rentrerais pas dans ta robe de mariée ?

Lily sortit une petite réglette en plastique de sa poche et la lui tendit. Elle était radieuse.

— Est-ce que tu es…

Trace semblait abasourdi.

— Oui, répondit Lily.

Il la prit dans ses bras, la fit tourner en l'air et l'embrassa fougueusement.

— Nous allons avoir un bébé ! cria-t-il.

Le match de volley-ball s'interrompit le temps que les joueurs félicitent le couple. Abby sourit devant le visage rayonnant de Lily. Elle était tellement heureuse pour elle et pour Trace ! Elle poussa un petit soupir de contentement et sentit Parker se glisser derrière elle pour la serrer contre lui.

— Tu as l'air heureuse, dit-il.

— Je le suis, répondit-elle en souriant de plus belle.

— Tu n'es pas trop triste de quitter ton école et tes élèves pour t'installer ici ?

— Pas du tout, non. Je suis heureuse d'être auprès de toi. En plus, nous avons des amis merveilleux et un cottage adorable, juste assez grand pour une petite famille comme la nôtre.

Il posa les mains sur son ventre encore plat.

— Pourquoi est-ce que tu n'as rien dit quand Trace et Lily ont annoncé la nouvelle ?

Elle posa les mains sur les siennes.

— Parce qu'ils méritent d'être les héros de cette journée. Ce sont eux qui nous ont tous réunis, c'est grâce à eux que cette équipe est une vraie famille. Pour le moment, il me suffit de savoir que notre enfant aura un ami de son âge, avec lequel jouer. Nous sommes vraiment bénis.

— Tu as raison, dit Parker. Je t'aime, madame Shaw.

Une truffe humide toucha la jambe d'Abby. Elle se pencha et gratta la tête de Brutus.

— Je t'aime, monsieur Shaw. Et toi aussi, Brutus. Et je n'oublie pas Jasper.

Retrouvez prochainement,
dans votre collection

BLACK ROSE

Le risque en embuscade, de Cindi Myers - N°782

MISSIONS EN MONTAGNE – 1/4

La montagne, *sa* montagne, Hannah la connaît bien, et chacune de ses missions de sauvetage est pour elle une découverte enrichissante. Mais la donne a changé et l'émerveillement s'est mué en terreur car un tueur en cavale l'a prise pour cible. Une menace qui pèse sur elle comme un couperet et que rien ne vient atténuer, pas même la présence rassurante de Jake Gwynn, le nouveau shérif d'Eagle Mountain, à ses côtés…

Protection sous tension, de Janice Kay Johnson

Le cœur en vrille, Boyd Chaney tente de lutter contre le réflexe protecteur qui l'a envahi en apprenant que Melinda était en danger. Certes, le criminel qui l'a menacée de mort lors de son procès a été relâché. Mais rien ne justifie que Boyd s'inquiète à ce point. D'abord parce que Melinda est une excellente policière, ensuite parce qu'ils ne sont plus ensemble et qu'à aucun prix elle ne supporterait qu'il la protège…

L'amour menacé, de Carla Cassidy - N°783

Qui en veut à Harper, la jolie pâtissière de Millsville, au point de clouer un message menaçant sur sa porte ? Une femme, jalouse de sa liaison avec Sam, le beau charpentier ? Un proche de ce dernier qui trouve leur couple mal assorti ? Ignorant le danger, tous deux filent le parfait amour. Mais, lorsque Harper échappe de peu à une tentative de meurtre, c'est le cœur brisé qu'elle décide de rompre avec Sam…

La vengeance à deux visages, de Delores Fossen

Cash lâche un juron et se lève d'un bond. Que fait Delaney chez lui ? Et pourquoi s'est-elle glissée, nue, dans son lit alors qu'ils sont séparés depuis un an ? Mais, tandis que son ex tente de justifier sa présence au ranch, Cash comprend : elle a perdu la mémoire, elle croit qu'ils sont toujours fiancés et elle s'est réfugiée chez lui car un véhicule l'a prise en chasse alors qu'elle venait de sortir de l'hôpital…

Une cible trop facile, d'Amelia Autin - N°784

Retrouver une femme en fuite avec deux bébés... Pour le détective Chris Colton, la mission est simple. Pourtant, dès qu'il la rencontre, Chris comprend que Holly n'est pas l'intrigante que lui ont décrite ses beaux-parents. Et que si elle s'est enfuie avec ses jumeaux, après la mort accidentelle de son mari, c'est pour leur échapper et les empêcher de mettre la main sur l'héritage de leurs petits-enfants...

Improbable rencontre, de Jennifer D. Bokal

Désespérée, craignant pour sa vie, Clare Chamberlain a fui son mari dont elle a découvert les activités criminelles. À Mercy, ville perdue du Texas où elle s'est fait embaucher comme serveuse, elle rencontre un homme : Isaac Patton. Charismatique, secret, il n'a rien d'un simple employé de bar et intrigue Clare. Comme si, tel un fauve aux abois, il était venu là pour attendre sa proie...

La fiancée fugitive, de Paula Graves - N°785

MISSION PROTECTION – 3/4

Empêtrée dans sa longue robe de mariée, Tara court à travers bois. Elle fuit les inconnus qui ont tenté de l'enlever quelques heures avant son mariage. Et elle serre la main d'Owen Stiles, son témoin, qui vient de l'arracher aux griffes de ses tortionnaires. Owen, son ami d'enfance, et le seul homme dont elle soit réellement amoureuse...

Un garde du corps pour Katie, de Paula Graves

MISSION PROTECTION – 4/4

Perplexe, Lacey dévisage l'homme qui se tient devant elle. En dépit de ses références, Jim Mercer n'a rien d'un baby-sitter. Pourtant, elle n'a pas d'autre choix que de confier à cet inconnu la garde de Katie, sa pupille âgée de deux ans. Car elle doit à tout prix retrouver les criminels qui ont fait exploser la voiture dans laquelle les parents de la fillette ont trouvé la mort...

Retrouvez prochainement,
dans votre collection

BLACK ROSE

Le piège du hasard, d'Elle James - N°786

Avec une violence inouïe, l'homme projette la femme à terre... Abasourdi par la scène dont il est témoin, T-Rex s'interpose et les sépare. Puis, insensible aux commentaires aigres de l'homme, il écoute les explications de la jeune femme. Elle se nomme Sierra, elle est institutrice, et la brute qui la frappait est son ex-mari...

Entre confiance et suspicion, de Julie Miller

Trop civilisé, trop sûr de lui... trop sexy. Depuis sa rencontre avec Duff Watson, Melanie s'interroge sur les raisons qui l'ont poussé à se faire embaucher sur le domaine familial. Se pourrait-il qu'il soit l'allié dont elle a tant besoin ? Celui qui l'aidera à enquêter sur la mort de son père, mort dans des circonstances suspectes lorsqu'elle était enfant...